经典传家

经典回到生活　阅读从心开始

经典传家

『经典传家』丛书遴选了清代《四库全书》的精华，而且每一种书在注释、译文、解读等方面做了大量的、扎实的工作。

——傅璇琮

国学就是中国人的学问。『经典传家』是一套非常适合大众阅读的国学经典丛书。国学的传承和发展迫切需要好的大众读本。

——毛佩琦

《四库全书》浩如烟海，真正的必读经典就这百余部。

——任德山

国学是相互通融的，切忌断章或是割裂。今人只有从《周易》等原始经典入手，才能真正找到进入国学的门径。

——刘君祖

经典传家系列丛书

图解
搜神记

干宝　编著

崇贤书院　释译

黄山书社

中国小说谱系简表

先秦神话与传说		《山海经》
		《穆天子传》
汉人小说	《伊尹说》	（今佚）
	《鬻子说》	（今佚）
	《青史子》	（今佚）
	《虞初周说》	（今佚）
	《师旷》	（今佚）
	《务成子》	（今佚）
六朝志怪小说	曹丕	《列异传》
	王嘉	《拾遗记》
	张华	《博物志》
	干宝	《搜神记》
	刘义庆	《幽明录》
唐传奇小说	沈既济	《枕中记》
	陈鸿	《长恨歌传》
	白行简	《李娃传》
	元稹	《莺莺传》
	李公佐	《南柯太守传》
		《谢小娥传》
		《古岳渎经》
宋传奇小说	乐史	《绿珠传》
		《杨太真外传》
	涂铉	《稽神录》
	洪迈	《夷坚志》
	秦醇	《赵飞燕别传》
	刘斧	《青琐高议》
		《青琐摭遗》
宋元话本	佚名	《大唐三藏法师取经记》
	佚名	《大宋宣和遗事》
元明历史演义	罗贯中	《三国演义》
		《隋唐志传》
		《残唐五代史演义》

中国小说谱系简表

类别	作者	作品
元明英雄传奇	施耐庵	《水浒传》
	熊大木	《两宋志传》
明神魔小说	吴承恩	《西游记》
	许仲琳	《封神演义》
	罗懋登	《三宝太监西洋记》
	董　说	《西游补》
明世情小说	兰陵笑笑生	《金瓶梅词话》
明公案小说	佚　名	《包公案》
明拟话本	冯梦龙	《喻世明言》《警世通言》《醒世恒言》
	凌濛初	《初刻拍案惊奇》《二刻拍案惊奇》
清公案小说	佚　名	《施公案》《彭公案》
清才子佳人小说	佚　名	《玉娇梨》
	荻岸山人	《平山冷燕》
	名教中人	《好逑传》
	云封山人	《铁花仙史》
清讽刺小说	吴敬梓	《儒林外史》
清世情小说	曹雪芹	《红楼梦》
清之拟晋唐小说	蒲松龄	《聊斋志异》
	纪　昀	《阅微草堂笔记》
清狭邪小说	陈　森	《品花宝鉴》
	魏秀仁	《花月痕》
	俞　达	《青楼梦》
清侠义小说	文　康	《儿女英雄传》
	石玉昆	《三侠五义》《七侠五义》
清末谴责小说	李宝嘉	《官场现形记》
	吴趼人	《二十年目睹之怪现状》
	刘　鹗	《老残游记》
	曾　朴	《孽海花》

说明：中国小说如何分类学界观点不一，以上分类仅供参考。

总 序

国学是什么？简单说，就是中国人之所以成为中国人的学问。因此，国学不仅包括数千年积累流传下来的经典，比如“四书五经”、《老子》《庄子》《孙子》《史记》《汉书》、唐诗、宋词，也包含研究中国人思维方式、生活方式、行为方式乃至娱乐方式的各种学问。广言之，国学研究的对象不仅包括文献，也包括实物；不仅包括物质文化遗产，也包括非物质文化遗产，如我国各民族的建筑、服饰、饮食、音乐、绘画、医药、戏曲等等。

国学是不断丰富、不断发展的学问。上面说的从“四书五经”到唐诗、宋词就是一个不断丰富发展的过程。近代以来，国学的研究范围还在不断地扩大，比如敦煌学、甲骨学，是随着有关文物的出土而兴起的；比如红学，是随着文学理论和学术风气的发展变化而兴起和发展的。随着时间的推移和学术的进步，必将有更多的学问被纳入国学研究的范围。

数千年来，中国人做学问形成了自己独特的理论和方法，比如思想理论、史学理论、文学理论，以及训诂学、考据学、音韵学等等。但这些理论和方法并不是一成不变的。比如，在史学研究领域，由于地下文物的出土，王国维等人提出了以地下文物与传世文献相补充互证的“二重证据法”。近代以来，西风劲吹。国人主动借鉴西方学术研究的理论和方法，研究中国学问。王国维借鉴尼采的哲学理论研究中国的文学戏剧，胡适以杜威的实验主义研究中国的“国故”。国学从来没有拒绝外国学问的融合，佛教传入中国后，经过改造，形成了中国独特的佛学、因明学；自明朝末年西学传入中国后，中国的天文学、数学等就已经融入了西学的因素。马克思主义传入中国后，不少人用马克思主义理论研究中国历史文化，它们自然也成为了国学的一部分。因此，国学又是开放的、随时代而进步的。那么，当今我们研究、振兴国学，不允许也不应该倒退，不允许也不应该僵化。

然而，国学又是与西学明显区分的。国学是西学的对应物，是与西学完全不同的学术体系。在近代，西学挟坚船利炮强势进入中国之后，中国人还视自我，对于中国固有之学问的称呼出现了中学、国故学、国粹、国学这样的名称。面对“帝国主义”的强大，中国人自愧不如，一方面拼命地学习、引进西学，另一方面拼命地贬低、抛弃国学。虽然也有一些人，如张之洞为保护中华文化之根本，提出“中学为体，西学为用”，如胡适，提出“整理国故”，以“再造文明”“建立民族自信心”，但其声音终被时代所淹没。国学一再被严重曲解和轻视，造成了中国历史文化的大断裂。也许，这一历史过程是必然的。但回顾过去，中国在走向独立富强的过程中，国学所付出的代价实在太大、太惨重了。

新中国成立后，饱受屈辱的中国人从此站立了起来，民族自信心大大加强，但没有能够及时认识到国学在新时代的重要性，甚至仅存的一点点国学遗产也进一步成为被抛弃的对象。改革开放三十年之后，走向富强的国人终于幡然醒悟，保护和振兴国学逐渐成为全民的共识。一个强大的自立于世界民族之林的国家，必然要有与之相匹配的伟大的民族文化。中国人，从领导者、学术界到普通百姓，都在重新发现国学的现代价值。同时，在走向全球化的进程中，东西方各国也把目光投向了中国。中国学问，中国的一切都在被重新评价。中国不仅为了自身的建设和发展需要从传统文化中汲取智慧，而且也面临着以优秀的中华文化向全人类贡献智慧的责任和挑战。

那么，这套经典传家丛书的编纂就是可喜的，编纂者的初衷和努力就是可敬的。希望这套丛书能发挥点滴作用，如同涓涓细水与千百万有志者的努力一道汇成大潮，去迎接中华民族的伟大复兴！

是为序。

毛佩琦

二〇一五年五月

前言

汉魏两晋南北朝阶段，是我国政治最混乱、社会最苦难的一个时代，但在精神上却是一个极度解放、极其自由的时代。人的个体价值重新得到了审视，在这种独立精神的指导下，文学艺术上也掀起了创作的热潮，这也是一个文学自觉的时代。

在这之前，两汉时期，思想上定于一尊，文学过于古朴，似乎太淡了；在此之后，隋唐时期，儒、释、道三教并存，文学过于成熟，又似乎太浓了。只有这几百年，真可谓恰到好处，无论在思想上，还是在文艺上，总是充满了蓬勃的生机和活力！

这个时期的士人们，如同刚刚挣脱出牢笼中的鸟儿，对任何事物都抱以好奇之心和急于探索的欲望。在思想上脱离了汉代经学谶纬的桎梏，趋向多元化发展；在文艺领域中，各种文学体裁，包括诗歌、散文、赋等，如雨后春笋般纷纷呈现出来！

正是在这种社会大环境的熏陶之下，在这种自由思想的洗礼之下，小说也乘此风云际会，开始崭露头角，并日益引起人们的重视，相继产生了为数不少的作品。志怪小说作为这一时期小说的重要载体，其地位显得尤为突出。

志怪小说，究其根源，可以上溯到先秦时期的神话和传说，它是神话和传说成长过程中长成的一朵奇葩。其内容包括神仙方术、魑魅妖怪、佛法灵异等方面。古代人们相信天命，对一些自然现象缺乏理解，从而把它们归因于神灵，在这种观念的支配下，这些神话和传说就成为了志怪小说最初的素材。

秦汉以来，关于神仙之类的素材越来越多，一些有识之士开始加以搜集和整理，也就产生了不少关于神仙鬼怪内容的文集。如张华的《博物志》、曹丕的《列异传》、陶渊明的《搜神后记》等，一时蔚然成风。在这些文集中，干宝的《搜神记》，无论在思想内容还是艺术成就方面，都比其他同类集子更高一筹，堪称当时志怪小说中最杰出的代表，这也是我国小说发展的一座里程碑。

魏晋以前的小说，所记之事过于笼统，篇幅都很短，且大都零星地散布于诸子百家及史书中，故事情节比较直白，缺乏曲折性，不容易吸引人；而本时期的志怪小说在篇幅上有所加长，不少还有着曲折复杂的故事情节，而且还有了专门的文集，最终从史书和诸子百家的樊篱中解脱出来，开始形成了自己独特的风格。而所有的这些风格和特点，在干宝的《搜神记》中无不一一得到了很好的印证。

在《搜神记》里，不少故事来源于早期的神话传说，例如从《山海经》中就汲取了不少素材。更重要的是，它还真实地描绘了当时的现实生活，如在《干将莫邪》中就揭露了统治者的残忍和暴戾。最为让人称道的是，作者让那些在现世生活中受尽折磨，愿望无法满足的男女们，通过各种奇幻的方式，又走向了一次新生，所谓精诚所至，金石为开，进而充分反映了人们对于美好生活与爱情的憧憬和向往！

品读《搜神记》的时候，你会随着作者的笔触，上天下地，出入阴阳，沉浸于一个亦魔亦幻、惝恍迷离的世界中。作者以异样的笔触，不仅栩栩如生地刻画出了这些妖魔鬼怪，而且在这些鬼神身上，作者也同样赋予了他们鲜明的人格特色。人类社会的一切，都在它们身上得到不同程度的体现，它们也有人世间的悲欢离合，也有人世间不寻常的遭际，凡此种种，有些读之大快人心，有些则使人扼腕长叹，有些读之如风行水上，波澜不惊，有些则可以惊天动地……这些鬼神们，如同一面面反光镜，照射出人世间的美好与丑恶，让人为之浮想联翩，也让人为之沉思不已。

正因为如此，《搜神记》不仅特立于当世，而且对于后世的小说发展也产生了深远的影响。以《搜神记》为代表的汉魏六朝志怪小说对于唐代传奇的形成起到了直接的推动作用。鲁迅曾在《中国小说史略》中指出："传奇者流，源盖出于志怪，然施之藻绘，扩其波澜，故所成就乃特异。"从唐代的《古镜记》《玄怪录》，宋代的《稽神录》《江湖异人传》等，直到清代纪昀的《阅微草堂笔记》，都是秉承灵怪小说这一传统的，甚至以写鬼怪著称的蒲松龄，在《聊斋志异》序中也说"才非干宝，雅爱搜神"，可见，他确把《搜神记》奉为至宝，所获良多。可以说，《搜神记》直接开启了历代灵怪小说创作的先河。

除此之外，《搜神记》的影响还体现在文学的其他领域，在戏剧方面，家喻户晓的《天仙配》《相思树》，就与《搜神记》中的《董永》《韩凭妻》有着直接的渊源关系；而元杂剧《窦娥冤》，其脉络直可上溯到《搜神记》里的《东海孝妇》。在诗歌方面，唐代大诗人白居易的《长恨歌》，写及杨贵妃死后，唐玄宗日夜思念，让道士施展法力求见贵妃魂魄，其情节就取自《搜神记》中的《李少翁》。

当然，《搜神记》中也不免有"张皇鬼神，称道灵异"的消极因素，过分宣扬迷信和鬼神思想，以及宿命论的观点，应当予以抛弃，但是大部分内容仍然是健康向上的，很值得我们学习和借鉴。

时过境迁，干宝的《搜神记》以及它所营造的鬼神世界，在现代文化中仍然散发着独特的魅力，它在吸引着我们，召唤着我们，它不仅丰富了我们的想象力，充实了原本平淡的生活，也让我们对传统文化的精髓有了更深入的了解和认识。

本书在编排方面，也有其独特之处。所用原文，均参考权威版本加以校订，杜绝舛误；所用译文，结合各家注释，尽可能地忠实原文，做到信、达、雅，使之更能阐释和体现文本的原意。此外，本书还配以精美的插图，这些插图，贯穿于全书的始终，不仅与书中的故事情节丝丝入扣，而且也自成独立的美学体系，让我们在品读此书之余，也经历了一次中国古代版画的艺术之旅。

总之，历史虽已远逝，倘若我们能够跨越时间的长河，回首几千年，重新审视包括像《搜神记》这样精彩的传统民族文化作品的时候，我们得到的不仅是惊奇，更多的是震撼！它们所散发出来的光彩，不再只属于那一个时代，它已经超出了时代的樊篱，一直延续到今天，即便在将来，也会仍在延续！

崇賢書院

目录

原序

卷一

卷　二

卷　四

卷 五

卷 六

卷 七

卷　八

卷　九

卷 十

卷十一

卷十二

卷十三

卷十四

卷十五

卷十六

卷十七

卷十八

卷十九

卷二十

原 序

晋散骑常侍新蔡干宝令升撰

虽考先志于载籍，收遗逸于当时，盖非一耳一目之所亲闻睹也，又安敢谓无失实者哉。卫朔失国，二传互其所闻；吕望事周，子长存其两说。若此比类，往往有焉。从此观之，闻见之难一，由来尚矣。夫书赴告之定辞，据国史之方策，犹尚若此，况仰述千载之前，记殊俗之表，缀片言于残阙，访行事于故老，将使事不二迹，言无异途，然后为信者，固亦前史之所病。然而国家不废注记之官，学士不绝诵览之业，岂不以其所失者小，所存者大乎？今之所集，设有承于前载者，则非余之罪也。若使采访近世之事，苟有虚错，愿与先贤前儒，分其讥谤。及其著述，亦足以发明神道之不诬也。群言百家，不可胜览；耳目所受，不可胜载。今粗取足以演八略之旨，成其微说而已。幸将来好事之士录其根体，有以游心寓目而无尤焉。

卷 一

一 神农尝百草

［原文］

神农以赭鞭鞭百草，尽知其平毒寒温之性，臭（xiù）味所主，以播百谷，故天下号“神农”也。

［译文］

神农用赤色的鞭子对各种草木进行鞭打，全面了解了哪些植物无毒、有毒以及它们的寒热、温凉的性质，还有这些植物的酸、咸、甘、苦、辛等五味到底能主治哪些疾病（酸主治肝、咸主治肾、甘对脾好、苦对心好、辛对肺有利），然后根据这些经验播种各种谷物，所以百姓称他为“神农”。

二 赤松子

［原文］

赤松子者，神农时雨师也，服冰玉散，以教神农，能入火不烧。至昆仑山，常入西王母石室中，随风雨上下。炎帝少女追之，亦得仙，俱去。至高辛时，复为雨师，游人间。今之雨师本是焉。

赤松子

赤松子，又名赤诵子，传说中的上古仙人，为神农氏的雨师，常随风雨上下，为人类布雨。

［译文］

赤松子是神农时候的雨师，他服用冰玉散，还把这种方法传授给了神农，能让他在火里却不被烧到。他还去过昆仑山，经常出入仙女西王母的石室，跟随着风雨上天入地。炎帝的小女儿追随着他，也得了仙道，跟随他而去了。到高辛帝的时候，赤松子继续做雨师，曾到人间游玩。现在的雨师都奉他为祖师。

三 赤将子舆

[原文]

赤将子舆者，黄帝时人也。不食五谷，而啖(dàn)百草华。至尧时，为木工，能随风雨上下。时于市门中卖缴(zhuó)，故亦谓之缴父。

[译文]

赤将子舆这个人，是黄帝时候的人。他不吃粮食，而是靠吃各种植物的花活着。在唐尧时代他成了一名木工，能随着风雨上天入地。又因为他经常在集市中的商店门口卖缴（一种拴在箭上的生丝绳），所以人们称其为“缴父”。

四 宁封子

[原文]

宁封子，黄帝时人也。世传为黄帝陶正，有异人过之，为其掌火，能出五色烟。久则以教封子，封子积火自烧，而随烟气上下。视其灰烬，犹有其骨。时人共葬之宁北山中，故谓之宁封子。

[译文]

宁封子，是生活在黄帝时候的人。有一种古远的传说说他就是给黄帝管理制造陶器的陶正，有一个有神力的人前来拜访他，还帮助他掌管烧陶的火候，这个人能穿行于五彩缤纷的烟火中。没过多长时间，这人就把他的这套法术传授给宁封子，宁封子架起了火堆自焚，却只能随着烟火上下飘动，最后把自己烧成了灰烬。当人们仔细察看那灰烬时，灰烬里还埋着他的骨头。于是人们就把他的骨头连同灰烬一起埋葬在宁北山中，因此，后人将他称为宁封子。

五 偓佺

[原文]

偓佺者，槐山采药父也。好食松实。形体生毛，长七寸，两目更方。能飞行，逐走马。以松子遗尧，尧不暇服。松者，简松也，时受服者，皆三百岁。

[译文]

偓佺，生活在槐山，是一位采药老人。他喜欢吃松树的果实。周身长有七寸长的毛，眼睛不停地转动，可以看到不同的方向。能飞行，可以追上奔跑着的马。

他曾赠给尧松子，但是尧却没有时间吃。他采来的果实是简松松子，吃这些松子的人，都能活到三百岁。

六 彭 祖

[原文]

彭祖者，殷时大夫也。姓钱，名铿。帝颛顼（zhuān xū）之孙，陆终氏之中子。历夏而至商末，号七百岁。常食桂芝。历阳有彭祖仙室。前世云：祷请风雨，莫不辄应。常有两虎在祠左右。今日祠之讫，地则有两虎迹。

彭祖

彭祖，传说中的仙人，精于养生之道，服食灵芝等仙草，以长寿见称，历经夏、商，活了七百多岁。

[译文]

彭祖，是一名大夫，生活在商代。姓钱，名铿。他其实是颛顼帝的孙子，陆终氏的二儿子。他出生于夏朝，一直到了商朝末年才去世，人们称其活了七百岁。他常以桂芝为食。彭祖的仙室在安徽的历阳山上。前朝的人传说只要在那仙室中祈求风雨，就没有不应验的时候。有两只老虎还经常卧在这祠堂的旁边。今天虽然已经找不到这祠堂了，但地上还留有这两只老虎的爪印。

七 师 门

[原文]

师门者，啸父弟子也。能使火，食桃葩（pā）。为孔甲龙师。孔甲不能修其心意，杀而埋之外野。一旦，风雨迎之，山木皆燔（fán）。孔甲祠而祷之，未还而死。

[译文]

师门是啸父的徒弟。他能驾驭火，喜欢吃桃花，而且还担当了夏帝孔甲的御龙师。孔甲因为师门不按他的安排办事情，结果就把师门杀死了，并且埋在荒郊。有一天，风雨之神把师门接上了天，结果山上的树木都燃烧起来。孔甲建立神祠而去祷告，向师门请罪，但在回家的路上就死了。

八 葛 由

[原文]

前周葛由，蜀羌人也。周成王时，好刻木作羊卖之。一旦，乘木羊入蜀中，蜀中王侯贵人追之，上绥山。绥山多桃，在峨眉山西南，高无极也。随之者不复还，皆得仙道。故里谚曰：“得绥山一桃，虽不能仙，亦足以豪。”山下立祠数十处。

葛 由

葛由，古代传说中的仙人，好刻木作羊，后入绥山，终生不复出。其事迹见刘向《列仙传》。

[译文]

周代有一个叫葛由的人是当时蜀国羌族人。他生活在周成王的时代，喜欢把木头雕刻成羊卖掉。有一天，他驾着木羊到了蜀国，蜀国的王侯贵族跟随着他一起到了绥山。绥山上长满了桃树，这座山在峨眉山西南方向，非常高峻。那些追随他的人再也没有回来，都得了仙道。所以在民间流传着一句谚语：“只要得到绥山上的一个桃子，即使成不了仙，也还是能够引以为傲的。”人们在山下建了几十处祠庙来纪念葛由。

九 崔文子

[原文]

崔文子者，泰山人也。学仙于王子乔。子乔化为白霓（ní），而持药与文子。文子惊怪，引戈击霓，中之，因堕其药。俯而视之，王子乔之履也。置之室中，覆以敝筐。须臾，化为大鸟。开而视之，翻然飞去。

[译文]

崔文子是泰山人。他师法王子乔，跟随他修炼仙道。王子乔忽然变作一只白霓，还拿着药给崔文子。崔文子觉得非常奇怪，于是操起长戈刺向白霓，结果刺死了白霓，因而药就顺势掉下来了。等到他低头看那白霓时，看到的却是王子乔的鞋子。于是他把师父的鞋子放在屋子里，还盖上破竹筐。没过多久，鞋子又变成了一只大鸟。崔文子刚打开筐子想看看，那大鸟竟扑棱着翅膀飞走了。

十　冠　先

[原文]

冠先，宋人也。钓鱼为业，居睢(suī)水旁百余年。得鱼，或放，或卖，或自食之。常冠带，好种荔，食其葩实焉。宋景公问其道，不告，即杀之。后数十年，踞宋城门上鼓琴，数十日乃去。宋人家家奉祠之。

[译文]

冠先是宋国人。他靠钓鱼为生，在睢水边上一住就是一百多年。他要是钓到鱼，要么把鱼放掉，要么卖掉，要么留下自己吃。他经常戴着帽子，束着衣带，他喜欢种荔，吃它的花和果实。宋景公曾求教于他，他不肯说，就被宋景公杀害了。几十年过后，冠先坐在宋国的城门上弹琴，直到几十天之后才离开，于是宋国的百姓都祭祀他。

十一　琴　高

[原文]

琴高，赵人也。能鼓琴，为宋康王舍人。行涓、彭之术，浮游冀州、涿郡间二百余年。后辞入涿水中，取龙子，与诸弟子期之曰："明日皆洁斋，候于水旁，设祠屋。"果乘赤鲤鱼出，来坐祠中。且有万人观之。留一月，乃复入水去。

[译文]

琴高是赵国人。他擅长弹琴，担任宋康王的舍人。他修炼涓子、彭祖的道术，漫游在冀州、涿郡之间长达二百多年。后来和世人告别到涿水中去捉拿龙子，并和他的徒弟约定："明天你们都洁身斋戒，在水岸边守候着，还要设置一所祠堂。"第二天他果然骑着一条红鲤鱼冲出水面，在祠堂中坐下。当时围观的人有上万人之多。他在这里停留了一个月，才又回到水中去了。

十二 陶安公

[原文]

陶安公者，六安铸冶师也。数行火，火一朝散上，紫色冲天。公伏冶下求哀。须臾，朱雀止冶上，曰："安公！安公！冶与天通。七月七日，迎汝以赤龙。"至时，安公骑之，从东南去。城邑数万人，豫祖安送之，皆辞诀。

[译文]

陶安公担任六安的冶炼师。他常常使用火，有一天火焰突然升到天上，紫色的火光一直冲到天空。陶安公非常惊恐，趴在冶炼炉下向苍天哀求，请求宽赦。没过多久，一只朱雀站在冶炼炉上，对他说："安公！安公！你的冶炼炉已经和天相通。七月七日这一天，会有一条赤龙来迎接你。"到了这一天，安公骑上了那条龙，从东南方飞去。城内好几万人事先祭祀路神，为安公送别，安公一一和他们告别。

十三 老君授木钻

[原文]

有人入焦山七年，老君与之木钻，使穿一盘石，石厚五尺，曰："此石穿，当得道。"积四十年，石穿，遂得神仙丹诀。

[译文]

有一个人在焦山生活了七年，太上老君赠给他一个木钻，让他去钻一块厚达五尺的大石头，并对他说："只要你钻穿了这块石头，就会得道成仙。"这人一钻就钻了四十年，终于把石头钻穿了，果真得到了炼丹成仙的秘诀。

十四 鲁少千

[原文]

鲁少千者，山阳人也。汉文帝尝微服怀金过之，欲问其道。少千拄金杖，执象牙扇，出应门。

[译文]

鲁少千是山阳县人。汉文帝曾穿着平民的衣服，揣着黄金前去拜访他，想从他那里得到道术。鲁少千拄着黄金拐杖，拿着象牙扇子，走出家门前来迎接。

十五 淮南八公

［原文］

淮南王安，好道术，设厨宰以候宾客。正月上辛，有八老公诣门求见。门吏白王，王使吏自以意难之，曰：“吾王好长生，先生无驻衰之术，未敢以闻。”公知不见，乃更形为八童子，色如桃花。王便见之，盛礼设乐，以享八公。援琴而弦歌曰：“明明上天，照四海兮。知我好道，公来下兮。公将与余，生羽毛兮。升腾青云，蹈梁甫兮。观见三光，遇北斗兮。驱乘风云，使玉女兮。”今所谓《淮南操》是也。

［译文］

淮南王刘安醉心于道术，还专门聘请了厨师前来迎接宾客。在正月上旬的辛日，有八个老公公（《小学绀珠》记载的淮南八公是：左吴、李尚、苏飞、田由、毛被、雷被、晋昌、伍被）前来拜见淮南王。看门人把这情况报告了淮南王，淮南王让看门人随意去为难他们。看门人于是就对淮南八公说：“我们的大王非常想长生不老，各位老先生并没有防止衰老的方法，所以我不敢把你们的请求上报给大王。”老公公明白自己不会被接见了，于是就变成了八个小孩，脸色和桃花一样好看。于是淮南王以十分隆重的礼节接见他们，还为这八位老公公配备了音乐。淮南王拿着琴边弹边唱道：“圣明的上天，光芒照四海啊。知道我喜爱道术，就派老公公下凡来啊。八公赐福我，将长出羽毛来啊。腾云登上青天，在梁甫山上漫游啊。我看日月星辰，又与北斗相遇啊。还能乘风驾云，使唤神女啊。”这首歌就是今天所谓的《淮南操》琴曲。

十六 刘 根

［原文］

刘根，字君安，京兆长安人也。汉成帝时，入嵩山学道，遇异人授以秘诀，遂得仙，能召鬼。颍(yǐng)川太守史祈以为妖，遣人召根，欲戮之。至府，语曰：“君能使人见鬼，可使形见，不者加戮。”根曰：“甚易，借府君前笔砚书符。”因以叩几。须臾，忽见五六鬼，缚二囚于祈前。祈熟视，乃父母也。向根叩头曰：“小儿无状，分当万死。”叱祈曰：“汝子孙不能光荣先祖，何得

罪神仙，乃累亲如此。”祈哀惊悲泣，顿首请罪。根默然忽去，不知所之。

[译文]

刘根，字君安，京兆长安人。在汉成帝的时候，他为了学习道术去了嵩山，正好碰上一个神异的人，这个人把神仙秘诀传授给了他，于是刘根从此得到了仙道，还能够召见鬼魂。颍川太守史祈认为这是妖怪作祟，于是派人召见刘根，并想趁机杀死刘根。刘根一到太守府，史祈就对他说：“您果真能让人见到鬼，那么一定要让人看到鬼的真形，否则就杀了你！”刘根说：“这很简单，请借一下您的笔墨让我写一个符箓。”他写好后用这符箓敲了一下桌子。一会儿就看见五六个鬼绑着两个囚犯到了史祈眼前。史祈仔细看时，这两个人竟然是他的父母亲。他父母向刘根磕着头说：“我儿子无礼，理当万死。”又训斥史祈说：“你们这些子孙不但不能光宗耀祖，为何还要得罪神仙，让你父母还受到你的拖累！”史祈非常惊恐，哭泣悲哀地恳求刘根，向刘根磕头请罪。刘根不声不响地离开了，不知到什么地方去了。

十七 王乔飞舄(xì)

[原文]

汉明帝时，尚书郎河东王乔，为邺令。乔有神术，每月朔，尝自县诣台。帝怪其来数而不见车骑，密令太史候望之。言其临至时，辄有双凫，从东南飞来。因伏伺，见凫，举罗张之，但得一双舄。使尚书识视，四年中所赐尚书官属履也。

[译文]

汉明帝的时候，尚书郎河东人王乔担任邺县令。王乔懂得仙道，每月初一，就从邺县来到尚书台。他来得这样频繁，汉明帝却又看不见他的车马，于是感到很奇怪，就暗地里让太史监视他。太史汇报说，王乔每次快来时，总是有两只野鸭从东南方飞来。汉

王 乔

王乔，古代的仙人，见于文字记载的有数人，以周灵王太子晋名声最显，但这里所指的王乔，乃为汉明帝时人，曾为邺县令，能化作双凫赴阙朝见，被道教奉为神仙。

明帝让人暗中埋伏着，等再看见野鸭就拿起网把它们罩住，结果网到了一双鞋子。让尚书来辨认，却是明帝四年（公元 61 年）时赐给尚书官属的鞋子。

十八 蓟子训

[原文]

蓟子训，不知所从来。东汉时，到洛阳见公卿数十处，皆持斗酒片脯候之。曰："远来无所有，示致微意。"坐上数百人，饮啖终日不尽。去后，皆见白云起，从旦至暮。时有百岁公说："小儿时见训卖药会稽市，颜色如此。"训不乐住洛，遂遁去。正始中，有人于长安东霸城，见与一老公共摩挲铜人，相谓曰："适见铸此，已近五百岁矣。"见者呼之曰："蓟先生小住。"并行应之。视若迟徐，而走马不及。

[译文]

蓟子训，不知来自什么地方。东汉时他曾到洛阳去拜见几十个大官，每次拜见时只拿一杯酒一片干肉款待他们。他说："我远道而来，没什么东西可带，只是聊表一点小小的心意。"宴席上有好几百人却吃喝了一整天都没有吃完。蓟子训走后，大家都看见一道白云升起，从早晨到晚上都这样。当时有个百岁老人说："我小时候见过蓟子训在会稽集市上卖药，脸色就是这个样子的。"蓟子训不喜欢住在洛阳，就偷偷离开了。正始年间（公元 240 年—249 年），有人在长安东面的霸城，看见蓟子训与一位老人一起在抚摸铜像，他们说："当时看见铸造这个铜像，到现在差不多有五百年了。"这个看见的人急忙向他喊道："蓟先生等等。"他一边答应着一边走，看上去走得很慢，但是快马都追不上他。

十九 阴生乞市

[原文]

汉阴生者，长安渭桥下乞小儿也。常于市中丐，市中厌苦，以粪洒之。旋复在市中乞，衣不见污如故。长吏知之，械收系，著桎梏，而续在市乞。又械欲杀之，乃去。洒之者家，屋室自坏，杀十数人。长安中谣言曰："见乞儿，与美酒，以免破屋之咎。"

[译文]

汉朝有个人叫阴生，是长安渭桥下乞讨的小孩。他常在集市上讨饭，集市上有

人厌恶他，并用大粪泼他。没过多久他又在集市上乞讨，衣服和先前一样没被弄脏。官吏知道后，逮捕了他，并且给他戴上了手铐脚镣，但他还是继续出现在集市上行乞。官吏又拘捕了他，还想杀了他，于是他逃走了。向他泼大粪的人的房子自动塌了，压死了十几个人。一首歌谣在长安城中流传着："看见讨饭的小孩儿，要给他美酒喝，免得让房子再塌了。"

二十 平常生复生

[原文]

縠城乡平常生，不如何所人也。数死而复生，时人为不然。后大水出，所害非一，而平辄在缺门山上大呼，言："平常生在此。"云："复雨，水五日必止。"止，则上山求祠之，但见平衣杖革带。后数十年，复为华阴市门卒。

[译文]

縠城乡有个人叫平常生，不知道来自哪里。他几次死了后又活过来，当时没有人相信这件事。后来洪水暴发，多处遭灾，他总是站在缺门山上大喊，说："平常生在这儿。"又说："还会有雨，五天后洪水会退下去的。"洪水退后，人们上山向他祈祷，只看见他的衣服、手杖和皮带。几十年后，他再次成为华阴城的守门人。

二十一 左　慈

[原文]

左慈，字元放，庐江人也。少有神通。尝在曹公座，公笑顾众宾曰："今日高会，珍羞略备。所少者，吴松江鲈鱼为脍。"放云："此易得耳。"因求铜盘贮水，以竹竿饵钓于盘中。须臾，引一鲈鱼出。公大拊掌，会者皆惊。公曰："一鱼不周坐客，得两为佳。"放乃复饵钓之。须臾，引出，皆三尺余，生鲜可爱。公便自前脍之，周赐座席。公曰："今既得鲈，恨无蜀中生姜耳。"放曰："亦可得也。"公恐其近道买，因曰："吾昔使人至蜀买锦，可敕人告吾使，使增市二端。"人去，须臾还，得生姜。又云："于锦肆下见公使，已敕增市二端。"后经岁余，公使还，果增二

端。问之，云：“昔某月某日，见人于肆下，以公敕敕之。”

后公出近郊，士人从者百数。放乃赍（lài）酒一罂，脯一片，手自倾罂，行酒百官，百官莫不醉饱。公怪，使寻其故。行视沽酒家，昨悉亡其酒脯矣。公怒，阴欲杀放。放在公座，将收之，却入壁中，霍然不见。乃募取之。或见于市，欲捕之，而市人皆放同形，莫知谁是。

后人遇放于阳城山头，因复逐之，遂走入羊群。公知不可得，乃令就羊中告之，曰：“曹公不复相杀，本试君术耳。今既验，但欲与相见。”忽有一老羝，屈前两膝，人立而言曰：“遽如许。”人即云：“此羊是。”竞往赴之。而群羊数百，皆变为羝，并屈前膝人立，云：“遽如许。”于是遂莫知所取焉。

老子曰：“吾之所以为大患者，以吾有身也，及吾无身，吾有何患哉。”若老子之俦，可谓能无身矣。岂不远哉也。

［译文］

左慈，字元放，是庐江郡人。他年轻时就很有本领。他曾经参加曹操的宴会，曹操笑着看各位宾客说：“今日贵宾聚会，为各位准备了山珍海味。唯独缺吴国松江中的鲈鱼做的鱼脍。”元放说：“这不难得到。”于是他要了一只装满水的铜盘，在竹竿上安上了鱼饵在盘中垂钓。不一会儿，就钓出一条鲈鱼。曹操带头鼓掌，宴会上的人都很惊奇。曹操说：“一条鱼不够，两条最好。”元放于是又下饵钓鱼。一会儿又钓出一条和前面的一样的鱼，都长三尺多，非常新鲜。曹操亲自把鱼做成鱼脍，赐给宴席上的每个人。曹操说：“现在虽然有鲈鱼，但是还缺少蜀国的生姜作佐料。”元放说：“这也不难得到。”曹操怕他在附近买，就说：“我已派人到蜀国买锦缎，您命令他多买二端（两丈为一端）织锦吧。”元放走了，一会儿就拿来了生姜。还对曹操

左 慈

左慈，字元放，东汉末年方士，恒居天柱山，习炼丹之术。因巧用幻法戏弄曹操，为曹操所妒，捕之，逃入羊群中，终以身脱险。

说："在卖织锦的店铺里我见到了您派去的人，我已经让他多买二端了。"一年多之后，曹操委派买锦的人回来了，果真多买了二端织锦。曹操问他，他回答说："去年某月某日，我在店铺里遇见一人，他向我传达了您的命令。"

后来，曹操到郊外去游玩，有一百多个士大夫陪同着。元放只送来一瓶酒、一片干肉，他亲自给官员倒酒，向每个官员敬酒，官员们都酒足饭饱的。曹操暗暗称奇，派人追问缘故。走访了卖酒的店铺，这个店铺的酒肉昨晚全部丢失了。曹操很愤怒，暗地里想杀掉元放。元放在曹操的府上，曹操刚想逮捕他，他却进入了墙壁里，找不到了。曹操悬赏已逮捕他。有人在集市上遇见他，正要捉拿时，集市上的人都变成元放的模样，不知道捉哪个好。

后来，有人在河南阳城山顶看见元放，前去追赶，他却逃进了羊群。曹操明白无法捉住元放，就派人到羊群中去告诉元放说："曹公不追杀你了，只不过想试试你的法术。现在已经看到了，所以想见你一面。"忽然有一只老公羊，弯下前腿，像人一样站着说："何必忙乱成这样！"那人马上说："这只羊就是元放。"大家都争着捉这只羊。可是这个几百只的羊群，都变成了公羊，也都弯下前腿，像人一样站着说："何必忙乱成这样！"于是人们又不知道到底捉哪只羊了。

老子说："我有大的祸患的原因是我有身体，现在我连身体都没有了，还有什么祸患呢？"像老子这种人，可以说不把身体当一回事了。难道不应该敬而远之吗？

二十二 孙策杀于吉

[原文]

孙策欲渡江袭许，与于吉俱行。时大旱，所在熇厉，策催诸将士，使速引船。或身自早出督切，见将吏多在吉许。策因此激怒，言："我为不如吉耶？而先趋附之。"便使收吉至。呵问之曰："天旱不雨，道路艰涩，不时得过。故自早出，而卿不同忧戚，安坐船中，作鬼物态，败吾部伍。今当相除。"令人缚置地上暴之，使请雨。若能感天，日中雨者，当原赦；不尔，行诛。俄而云气上蒸，肤寸而合；比至日中，大雨总至，溪涧盈溢。将士喜悦，以为吉必见原，并往庆慰。策遂杀之。将士哀惜，藏其尸。天夜，忽更兴云覆之。明旦往视，不知所在。

策既杀吉，每独坐，仿佛见吉在左右。意深恶之，颇有失常。后治疮方差，而引镜自照，见吉在镜中，顾而弗见。如是再三，扑镜大叫，疮皆崩裂，须臾而死。

[译文]

于吉

于吉，东汉末年方士，经常来往于吴、越之地，招收弟子，建造道观，并炼制符水，替人治病消灾，后被孙策以“幻惑人心”的罪名斩首。

吴国的孙策打算渡过长江偷袭魏国首都许昌，他带着道士于吉前往。正值干旱天，他们到达的地方非常炎热，孙策却催促官兵，让他们赶紧把渡江进军的船拉来。一大早他又亲自前来督促，却见官兵都聚集在于吉身边。孙策非常愤怒，说：“我难道比不上于吉吗？你们却去依附他！”于是让人抓来于吉。孙策责备他说：“天气干旱一直没有雨，江不能渡，不知什么时候才能拉齐渡江的船。所以我一早出来动员大家，您却不管我的忧虑，只管坐在船中，装神弄鬼，扰乱我的部队。你今天该杀！”他令人把于吉绑了扔在地上让太阳晒他，还让他求雨。要是他能感动上天，中午能下雨的话，就释放他；否则就杀死他。不一会儿，云气蒸腾，逐渐合拢；中午时分，倾盆大雨马上来了，河流山涧都涨满了水。官兵们十分高兴，以为于吉一定被赦免了，就前去庆贺慰问。谁知于吉却被孙策杀了。官兵们悲痛不已，就把他的尸体藏了起来。当天夜里，乌云升起把他的尸体盖住了。第二天一早去看，于吉的尸体不知到哪里去了。

孙策自从杀了于吉，每当独坐的时候，就觉得于吉在他的旁边。他对于吉充满了厌恶，精神变得失常了。后来他治疗伤口快要痊愈了，拿起镜子照的时候，在镜子中又看到于吉了，转过头却又看不见。这样照了好几次，他突然伏在镜子上大叫，伤口又溃裂开来，不久就死了。

二十三　介琰(yǎn)隐形

[原文]

介琰者，不知何许人也。住建安方山，从其师白羊公杜受玄一无为之道，能变化隐形。尝往来东海，暂过秣陵，与吴主相闻。吴主留琰，乃为琰架宫庙，一日之中，数遣人往问起居。琰或为童子，或为老翁，无所食啖，不受饷遗。吴主欲学其术，琰以吴主多内御，积月不教。吴主怒，敕缚琰，着甲士引弩射之。弩(nǔ)发，而绳缚犹存，不知琰之所之。

[译文]

介琰，不知道是哪里人。他住在建安郡的方山，跟从他的老师白羊公杜学习“玄一”“无为”等道家学说，还学会了隐身术。介琰曾去东海郡，短时间经过吴国首都秣陵，在这里认识了吴国大帝孙权。孙权为了留住介琰，为他建造了道观庙宇，每天孙权都多次派人前去嘘寒问暖。介琰时而是小孩，时而是老头，他不吃不喝，也从不接受别人的馈赠。孙权想跟他学习道术，介琰嫌孙权的宫妃过多，所以几个月过去了也不想传授他。孙权一怒之下让人捆绑了介琰，让身穿盔甲的士兵用箭射他。结果箭射过去了，绑他的绳子还在，介琰却不知到哪里去了。

二十四　徐光报仇

[原文]

吴时有徐光者，尝行术于市里。从人乞瓜，其主勿与，便从索瓣，杖地种之。俄而瓜生，蔓延，生花，成实，乃取食之，因赐观者。鬻（yù）者反视所出卖，皆亡耗矣。凡言水旱甚验。过大将军孙綝（chēn）门，褰衣而趋，左右唾践。或问其故。答曰：“流血臭腥不可耐。”綝闻，恶而杀之。斩其首，无血。及綝废幼帝，更立景帝，将拜陵，上车，有大风荡綝车，车为之倾。见光在松树上拊手指挥嗤笑之，綝问侍从，皆无见者。俄而景帝诛綝。

[译文]

吴国有个人叫徐光，曾经在街上表演法术。他看见卖瓜的人就向人要瓜吃，那卖瓜的不给，他又要瓜子，然后用拐杖挖地，在地上把瓜子种了下去。不一会儿，这个瓜子就发芽、生蔓、开花、结果了，他不仅自己吃，还送给围观的人吃。卖瓜的回头看自己的瓜都没了。徐光说的水灾旱情没有不灵验的。有一次他从大将军孙綝的门口经过，他提着衣服急忙跑过，还向两边吐着唾沫，跺着脚。有人问其中的缘由，他回答说：“那里流血的腥气，让人无法忍受。”孙綝听说后，十分憎恨他，就把他杀了。等砍掉他的头，却不流血。后来孙綝把幼帝孙亮废掉，改立孙休为景帝，马上要拜谒皇陵，刚登上车，一阵大风就刮倒了孙綝的车子。孙綝看见徐光在松树上指手画脚地讥笑他，孙綝忙问身边的人有没有看见徐光，大家都没看见。不久孙綝就被景帝杀了。

二十五　葛玄作法

[原文]

葛玄，字孝先，从左元放受《九丹液仙经》。与客对食，言

及变化之事，客曰：“事毕，先生作一事特戏者。”玄曰：“君得无即欲有所见乎？”乃嗽口中饭，尽变大蜂数百，皆集客身，亦不螫人。久之，玄乃张口，蜂皆飞入，玄嚼食之，是故饭也。又指虾蟆及诸行虫燕雀之属，使舞，应节如人。冬为客设生瓜枣，夏致冰雪。又以数十钱使人散投井中，玄以一器于井上呼之，钱一一飞从井出。为客设酒，无人传杯，杯自至前，如或不尽，杯不去也。

尝与吴主坐楼上，见作请雨土人，帝曰：“百姓思雨，宁可得乎？”玄曰：“雨易得耳！”乃书符着社中，顷刻间，天地晦冥，大雨流淹。帝曰：“水中有鱼乎？”玄复书符掷水中，须臾，有大鱼数百头。使人治之。

[译文]

葛玄

葛玄，字孝先，三国时吴国人，自幼习学五经，性喜老、庄之道，曾从左慈学道，周游山川，被道教尊称为葛仙翁。

葛玄，字孝先，跟着左元放学习《九丹液仙经》。他曾与客人一起吃饭，当他们谈到变化的事情时，客人说：“等吃完饭，先生给我们变个法术来看看。”葛玄说：“那您是不是想马上就看见什么呢？”于是把嘴里的饭喷出，那些饭粒立刻变成了大胡蜂，一共有几百只，都粘到客人的身上，但是却不刺人。过了些时候，葛玄就张开嘴巴，这些胡蜂都飞进了他的嘴巴中，葛玄咀嚼着的却是原来的米饭。他还随即指挥蛤蟆和各种爬虫、燕雀之类的让它们前来跳舞，这些动物就像人一样跳起舞来，而且都合乎节奏。他在冬天里为客人置办了鲜瓜、鲜枣，在夏天的时节还给客人们献上寒冰白雪。他还用几十个钱币，让人随便扔进井里面，然后他拿了一只容器在井上面呼唤这些钱币，不一会儿，这些钱币又一个一个地从井里飞出来。他为客人置办酒宴，但是却没有人来送杯子。于是他施展法术，让杯子会自己跑到客人的面前，要是杯中的酒没喝完，杯子就不会离开。

他曾经和孙权坐在楼上，看见人们在做求雨用的泥人，孙权说：“百姓都盼着下雨，你能够让百姓得到雨吗？”葛玄说：“雨水是不难得到的。”就写了道符箓放在神庙里，顿时，天昏地暗，大雨瓢泼，积水顺着路面流淌。孙权说：“水中能否有鱼呢？”葛玄马上再写一道符箓扔进水中。没过多久，水里出现了几百条大鱼。他就派人把这些鱼抓来。

二十六　吴　猛

［原文］

吴猛，濮(pú)阳人。仕吴，为西安令，因家分宁。性至孝。遇至人丁义，授以神方。又得秘法神符，道术大行。尝见大风，书符掷屋上，有青乌衔去，风即止。或问其故，曰：“南湖有舟，遇此风，道士求救。”验之果然。西安令干庆死，已三日，猛曰：“数未尽，当诉之于天。”遂卧尸旁，数日，与令俱起。后将弟子回豫章，江水大急，人不得渡。猛乃以手中白羽扇画江水，横流，遂成陆路，徐行而过。过讫，水复。观者骇异。尝守浔阳，参军周家有狂风暴起，猛即书符掷屋上，须臾风静。

［译文］

吴猛，是濮阳县人。他曾经在吴国担任西安县令，所以他把家安在分宁县。他这个人是非常孝顺的。有一天遇到圣人丁义，丁义主动教授他神仙秘诀。他还从丁义那里获得了秘诀神符，于是他的法术越来越厉害了。他曾经遇上了大风，于是写了一张符箓贴在屋上，没过多久一只三脚青乌前来衔走了符箓，大风一会就停息了。有人问他到底是什么缘故，他说：“南湖有条船，正好被这大风给围困住了，船上的道士正在向我求救呢。”有人专门前去验证此事，果真像他说的那样。西安县的县令叫干庆，他死了已经三天了，吴猛说：“他的气数未尽，可以向上天申诉。”于是就躺在尸体旁边，没过几天，他和干庆一块起来了。后来他和徒弟一起返回豫章郡，那时候长江的水流十分湍急，没有人敢摆渡他们。吴猛就顺势拿出手里的白羽扇对着江面一划，江水就开始横着流动了，他划的地

吴 猛

吴猛，字世云，三国时吴国人，性至孝，后得到丁义神方，继师南海太守鲍靓，遂以道术大行于吴晋之间，后来被道教奉为真人。

方变成了陆路，他们慢慢地走着过了长江。可是等他们走过后，长江的水又恢复了原样。围观的人惊奇不已。他曾经驻守浔阳县，周参军家中突然刮起了狂风，吴猛马上写了一道符箓扔到屋顶上，没过多久风就静止了。

二十七 神女助客养蚕

[原文]

园客者，济阴人也。貌美，邑人多欲妻之，客终不娶。尝种五色香草，积数十年，服食其实。忽有五色神蛾，止香草之上，客收而荐之以布，生桑蚕焉。至蚕时，有神女夜至，助客养蚕，亦以香草食蚕。得茧百二十头，大如瓮，每一茧缫六七日乃尽。缫讫，女与客俱仙去，莫知所如。

[译文]

园客，是济阴郡人。长相十分出众，同邑的人都争相想把自己的女儿嫁给他，但园客始终不肯结婚。他曾经种了五彩缤纷的香草，这些草一长就几十年，然后园客就吃它的果实。忽然他看到一只五彩缤纷的仙蛾停在香草上，园客把它捉来放在一块布上，这仙蛾就把蚕卵产在布上了。到养蚕的时节了，有个仙女一到晚上就来到园客家，帮助园客养蚕，他们喂蚕也用香草。后来一共得到一百二十个蚕茧，个个都像酒瓮那么大，每一只蚕茧都需要六七天的时间才把它吐的丝缫完。等到所有的蚕丝都缫完了，仙女和园客都成仙去了，没有人知道他们到底去了什么地方。

二十八 董　永

[原文]

汉董永，千乘人。少偏孤，与父居，肆力田亩，鹿车载自随。父亡，无以葬，乃自卖为奴，以供丧事。主人知其贤，与钱一万，遣之。永行三年丧毕，欲还主人，供其奴职。道逢一妇人曰："愿为子妻。"遂与之俱。主人谓永曰："以钱与君矣。"永曰："蒙君之惠，父丧收藏，永虽小人，必欲服勤致力，以报厚德。"主曰："妇人何能？"永曰："能织。"主曰："必尔者，但令君妇为我织缣百匹。"于是永妻为主人家织，十日而毕。女出门，谓永曰："我，天之织女也。缘君至孝，天帝令我助君偿债

耳。”语毕，凌空而去，不知何在。

卖身葬父

董永，东汉时人，以孝闻名。早年丧母，与父亲相依为命，父亡，家贫，无以为葬，卖身为奴，借钱一万葬父。孝行感动天帝，派织女下凡替他还债，三国时曹植曾作《灵芝篇》记咏此事。

[译文]

汉朝有个人叫董永，他是千乘县人。他很小的时候就没有母亲了，与父亲住在一起，他努力种田，用小车拉着父亲来陪伴自己。父亲死后，他没有钱埋葬，就把自己卖给人家当奴仆，用他卖身的钱来为父亲办丧事。买主早就听说他是个大孝子，就给了他一万钱，让他为父亲治丧。董永为父亲守孝三年，正打算到买主家服劳役，尽其奴仆的职责。在去的路上恰好遇到一个女子，这个女子对他说：“我想做您的妻子。”于是跟董永一起到买主家去了。主人对董永说：“我已经把钱奉送给您啦。”董永说：“多亏您的帮助，我父亲才得以安葬，我虽然身份低贱，定会尽力干活来报答您的。”主人说：“妇人能干什么呢？”董永说：“会纺织。”主人说：“要是你一定想报答我的话，那么就让你的妻子为我织一百匹细绢吧。”于是董永的妻子开始为主人家纺织，只用了十天多的时间就把绢给织完了。这时女子走出门才对董永说：“我其实是天上的织女。因为你的孝行感动了上天，天帝才命令我下凡帮您来偿还债务的。”说完这些话，这个女子腾空而去，不知道去了什么地方。

二十九 钩弋夫人

[原文]

初，钩弋夫人有罪，以谴死。既殡，尸不臭，而香闻十余里。因葬云陵，上哀悼之。又疑其非常人，乃发冢开视。棺空无尸，惟双履存。一云：昭帝即位，改葬之，棺空无尸，独丝履存焉。

[译文]

当初，钩弋夫人触犯了王法，被赐死。出殡以后，她的尸体却不腐败发臭，反而香飘十多里。于是把她埋葬在云陵，汉武帝哀悼她。又怀疑她不是个普通的人，于是命人挖开坟墓打开棺材验看。棺材里是空的，并没有尸体，只有两只鞋。还有一种传说是：汉昭帝即位，改葬钩弋夫人时，棺材里空空的，并没有她的尸体，里面只有一双丝鞋而已。

三十 杜兰香

［原文］

汉时有杜兰香者，自称南康人氏。以建兴四年春，数诣张传。传年十七，望见其车在门外，婢通言："阿母所生，遗授配君，可不敬从！"传，先名改硕，硕呼女前视，可十六七，说事邈然久远。有婢子二人：大者萱支，小者松支。钿车青牛，上饮食皆备。作诗曰："阿母处灵岳，时游云霄际。众女侍羽仪，不出墉宫外。飘轮送我来，岂复耻尘秽？从我与福俱，嫌我与祸会。"至其年八月旦，复来，作诗曰："逍遥云汉间，呼吸发九嶷。流汝不稽路，弱水何不之？"出薯蓣(yù)子三枚，大如鸡子，云："食此，令君不畏风波，辟寒温。"硕食二枚，欲留一，不肯，令硕食尽。言："本为君作妻，情无旷远，以年命未合，且小乖。太岁东方卯，当还求君。"兰香降时，硕问："祷祀何如？"香曰："消魔自可愈疾，淫祀无益。"香以药为消魔。

［译文］

汉朝时有个人叫杜兰香，她自己说她是南康人氏。在建兴四年（公元316年）的春天，她前来找张传多次。张传这时候刚十七岁，远远地看见杜兰香的车子停在门外，丫鬟前来通报说："我娘生下我，让我嫁给您，我不敢不听从母亲的命令！"张传在这之前把自己的名字改成了张硕，张硕于是让这个女孩走上前来，对她仔细地打量了一番，只见这女孩大约十六七岁，可是她所说的事情却是很久之前发生的了。她有两个丫鬟，大的叫萱支，小的叫松支。用青牛拉着的车子用金花装饰着，车上有吃的有喝的。女孩作诗道："我娘生活在灵山上，时时都游幸上天。每次出来都有羽毛仪仗，还有婢女扶持，从不在宫墙外头露面。轻便的车子把我送来，难道会嫌弃在人间居住吗？跟我在一起福寿多，如果嫌弃我则会带来祸患。"到那一年八月初一，她又前来作诗道："我在天河间自由往来，我的呼吸散发在九嶷山上。你流连于人间，为什么不渡过弱水成仙？"她拿出三个像鸡蛋一样大的山药果，对张硕说："吃下它们你就不害怕风浪，也不会遭受冷热之侵了。"张硕吃了两个，打算留下一个，她坚持让张硕吃光。她又对张硕说："我本来就想做你的妻子，感情不会疏远，但年命还不相合，有点不协调。等到太岁在东方卯年，我还会来追求你

的。”杜兰香再次前来的时候，张硕问：“祈祷祭祀的到底是怎么一回事情啊？”兰香回答说：“消魔本来就对疾病有用，过多的祭祀却不好。”兰香所说的“消魔”其实就是指药物。

三十一 弦超和神女

[原文]

魏济北郡从事掾弦超，字义起。以嘉平中夜独宿，梦有神女来从之。自称天上玉女，东郡人，姓成公，字知琼，早失父母，天帝哀其孤苦，遣令下嫁从夫。超当其梦也，精爽感悟，嘉其美异，非常人之容，觉寤钦想，若存若亡。如此三四夕。

一旦，显然来游，驾辎軿（píng）车，从八婢，服绫罗绮绣之衣，姿颜容体，状若飞仙。自言年七十，视之如十五六女。车上有壶榼，青白琉璃五具。饮啖奇异，馔具醴酒，与超共饮食。谓超曰：“我，天上玉女，见遣下嫁，故来从君。不谓君德，宿时感运，宜为夫妇。不能有益，亦不能为损。然往来常可得驾轻车，乘肥马，饮食常可得远味异膳，缯素常可得充用不乏。然我神人，不为君生子，亦无妒忌之性，不害君婚姻之义。”遂为夫妇。赠诗一篇，其文曰：“飘飖浮勃逢，敖曹云石滋。芝英不须润，至德与时期。神仙岂虚感，应运来相之。纳我荣五族，逆我致祸灾。”此其诗之大较，其文二百余言，不能悉录。兼注《易》七卷，有卦，有象，以彖为属。故其文言，既有义理，又可以占吉凶，犹扬子之《太玄》，薛氏之《中经》也。超皆能通其旨意，用之占候。

作夫妇经七八年，父母为超娶妇之后，分日而燕，分夕而寝，夜来晨去，倏忽若飞，唯超见之，他人不见。虽居暗室，辄闻人声，常见踪迹，然不睹其形。后人怪问，漏泄其事。玉女遂求去，云：“我，神人也，虽与君交，不愿人知，而君性疏漏，我今本末已露，不复与君通接。积年交结，恩义不轻，一旦分别，岂不怆恨？势不得不尔，各自努力！”又呼侍御，下

酒饮啖，发簏，取织成裙衫两副遗超，又赠诗一首。把臂告辞，涕泣流离，肃然升车，去若飞迅。超忧感积日，殆至委顿。

去后五年，超奉郡使至洛，到济北鱼山下陌上，西行遥望，曲道头有一马车，似知琼。驱驰前至，果是也。遂披帷相见，悲喜交切。控左援绥，同乘至洛，遂为室家，克复旧好。至太康中犹在，但不日日往来，每于三月三日，五月五日，七月七日，九月九日，旦，十五日，辄下往来经宿而去。张茂先为之作《神女赋》。

[译文]

弦超，字义起，在魏朝济北郡担任检举非法的从事掾。嘉平年间（公元249年—254年）的一个夜晚，他晚上独睡时，在梦中见到一个仙女来陪伴他。这个女孩说她是天上的神女，是东郡人，姓成公，字知琼，很小的时候就没有父母了，天帝很可怜她，不忍她孤苦伶仃，就特地批准她下凡嫁给普通人，跟随丈夫。弦超在梦见这个女孩的时候，神志是清醒的，还夸奖过她出奇的美貌，还说她的容貌之美不是普通人所能拥有的，但睡醒以后再仔细想起来这件事像真的又像假的。就这样的情景出现了三四夜。

有一天，知琼果真来游玩了，她乘坐着有帷盖的小车，有八个丫鬟跟随着，身上穿着绫罗绸缎做的衣服，举止神色和仙女没有什么差别。她称自己已七十岁了，但看上却只有十五六岁那么大。车上有壶、榼，用青色、白色的琉璃宝石做的琉璃器皿。她准备的吃的喝的东西都很特别，还特意准备了饭菜和美酒，和弦超一起畅饮。她对弦超说："我是来自上天的神女，上天安排我嫁到凡间，所以我来找您。不是因为您超凡的德行，而是因为我们前世的缘分，所以我们应该结为夫妻。我们做了夫妻，不会带给彼此什么好处，但是也不会有什么害处。不过，以后我们往来可以驾着轻车，乘着肥马，还可以吃到在世间吃不到的珍奇的饭菜，而且也不会缺少绫罗锦缎的衣服。但我是仙人，是不可以给您生儿育女的，我也不会嫉妒什么人，不会对

成公知琼

成公知琼，北朝时人，美貌异常，自幼丧失父母，后度化为神仙，天帝怜其孤苦，许其下嫁，与弦超结为夫妻。

您的婚姻之事有什么影响的。”于是二人结为夫妻。还给他赠了一首诗歌，歌词这样写道：“在渤海蓬莱仙境中飘游着，喧闹的、吞云吐雾的仙境会更繁华（有一种说法是‘云石’就是古乐器‘云板’与‘石磬’，那么可以在这里译成‘云板石磬叮咚地响’）。灵芝并不需要雨露来滋润，德高到时候就会招来好运。神仙的感应岂是毫无根据的，顺应命运来帮助你。娶我的人的亲属都会富贵，违背我心愿的人都会遭到报应。”这只是本诗的大意，那首诗长达二百多字，在这里不一一摘录。她还对《易经》加以注释，共七卷，她的《易经》注释有卦、象，她的注释都根据彖辞所作的。因此，她的解说不光对《易经》中的涵义道理加以阐释，还可以拿来预卜吉凶，正如扬雄的《太玄经》、薛氏的《中经》一样。弦超能够全部领会其中的真意，并以此来观察天象变化而预测吉凶。

两个人的夫妻一做就是七八年，弦超的父母亲为弦超娶了媳妇之后，仙女就隔一天前来与弦超吃饭，隔一夜前来睡觉，夜里来早晨就飞快地离开，只有弦超能够看得见仙女，别人都看不见。虽然住在别人看不见的房间里，可是里面的说话的声音还是被人们听到了，人们也常常见到她的痕迹，但是却看不到知琼的人影。后来有人很奇怪地问弦超，弦超泄漏了他们的事情。知琼要求离开弦超，她说：“我是仙人，虽然和您交往，但并不想让人知道，可您却性格粗漏，把我的秘密泄露给外人了，那么我就不可以再来和您相会了。这么多年来的交往，感情笃厚，现在就要分别了，怎么会不伤感呢？但情势让我不得不这样做，那么就彼此尽力吧！”她又命令仆人，准备好酒菜和弦超一同欢饮，随后她又开启竹编的圆箱，从里面拿出两套彩丝金缕的衣服送给弦超，还赠给他一首诗作别。她挽着弦超的手臂，两人告别时眼泪一直流，泣不成声，随后她凄然地登车，飞一样地离开了。弦超忧伤了很多天，几乎到了萎靡不振的地步了。

知琼离开了大约五年，弦超被郡里委派到洛阳，到达济北郡鱼山脚下的小路上，他一边向西走着，一边看着遥远的前方，在道路拐弯的地方远远地看到一辆马车，好像是知琼的。他马上策马去追，果然是知琼。知琼拉开帏帐两人相遇，不禁悲喜交加。勒住左骖拉绳登车，两人一起乘车到洛阳，于是就又做了夫妻，重归于好。到太康年间（公元 280 年—289 年）还依然生活在一起，只是已经不再每天都来往了，可是每到三月三、五月五、七月七、九月九以及每月初一、十五这些日子她还是会前来，住上一夜又离开了。张茂先为她写了篇《神女赋》。

卷　二

一　寿光侯

[原文]

寿光侯者，汉章帝时人也。能劾百鬼众魅，令自缚见形。其乡人有妇为魅所病，侯为劾之，得大蛇数丈，死于门外，妇因以安。又有大树，树有精，人止其下者死，鸟过之亦坠。侯劾之，树盛夏枯落，有大蛇，长七八丈，悬死树间。章帝闻之，征问，对曰：“有之。”帝曰：“殿下有怪，夜半后，常有数人，绛衣，披发，持火相随。岂能劾之？”侯曰：“此小怪，易消耳。”帝伪使三人为之。侯乃设法，三人登时仆地，无气。帝惊曰：“非魅也，朕相试耳。”即使解之。

或云：汉武帝时，殿下有怪，常见朱衣披发相随，持烛而走。帝谓刘凭曰：“卿可除此否？”凭曰：“可。”乃以青符掷之，见数鬼倾地。帝惊曰：“以相试耳。”解之而苏。

[译文]

寿光侯，是汉章帝时期的人。他这个人能对各种鬼怪进行惩治，让他们自己捆绑，原形毕露。他同乡的妻子被妖怪伤害，他惩治妖怪，抓住一条几丈长的大蛇，死在门外，同乡的妻子就好了。还有一棵大树，树上有精怪，人只要走到这棵树下就死了，鸟经过这棵树就会坠落下来。他前来惩办，这棵树在盛夏就枯落，有条长七八丈的大蛇吊死在树里。汉章帝听说后急忙把寿光侯招来询问，他回答说：“是有这么回事。”章帝说：“宫中藏有精怪，每到半夜的时候，就有几个人，穿着大红衣服、披散着头发、手拿火烛一个跟着一个。你能把他们给揪出来吗？”寿光侯回答说：“只不过是个小妖怪，不难解决。”章帝暗中派三个人假冒精怪做上述的事情。

汉武帝

汉武帝刘彻，汉景帝之子，自幼就非同寻常，极具才略和胆识，即位后，励精图治，使西汉国力达到了顶峰，是中国历史上最有作为的帝王之一。

寿光侯于是施展法术，那三个人立即倒地断气。章帝十分吃惊地说："他们并非精怪啊！我只不过想试试你的法术而已。"立即命令他马上解除法术。

还有一种说法是：在汉武帝时期，宫中常有妖怪，人们常看见穿着红衣服、披头散发，手拿红烛乱跑的几个人在宫中走动。武帝对刘凭说："您是否能除掉这些妖怪呢？"刘凭说："可以。"说完他就把青色的符箓扔到妖怪的身上，只见那几个鬼倒地死了。武帝惊慌地对他说："我只是想试试你的法术而已啊。"刘凭于是把法术解除，这几个人又活过来了。

二　樊　英

［原文］

樊英，隐于壶山。尝有暴风从西南起，英谓学者曰："成都市火甚盛。"因含水嗽之，乃命计其时日。后有从蜀来者，云："是日大火，有云从东起，须臾大雨，火遂灭。"

［译文］

樊英隐居在壶山。曾经从西南方刮来一阵狂风，樊英对学生说："成都街市的火灾很大啊。"就含了口水朝成都城方向喷了过去，还让学生记下这天的日期。后来有个人从蜀郡来，惊奇地说："那一天发生火灾，忽然从东边升起一团乌云，紧跟着大雨来了，火就被浇灭了。"

三　涂登和赵昞(bǐng)

［原文］

闽中有徐登者，女子化为丈夫，与东阳赵昞，并善方术。时遭兵乱，相遇于溪，各矜其所能。登先禁溪水为不流，昞次禁杨柳为生稊(tí)。二人相视而笑。登年长，昞师事之。后登身故，昞东入章安，百姓未知。昞乃升茅屋，据鼎而爨(cuàn)，主人惊怪，昞笑而不应，屋亦不损。

赵昞尝临水求渡，船人不许。昞乃张帷盖，坐其中，长啸呼风，乱流而济。于是百姓敬服，从者如归。章安令恶其惑众，收杀之。民为立祠于永康，至今蚊蜹(ruì)不能入。

徐登、赵昞，贵尚清俭，祀神以东流水，削桑皮以为脯。

[译文]

闽中郡有个叫徐登的人，是由女人变作男人的。他与东阳郡的赵昞一样都会法术。当时正值战乱，两人相遇在一条溪边，各自向对方炫耀才能。徐登抢先念咒语让溪水不流动，赵昞于是紧接着念咒让枯死的柳树发出了新芽。两人互相望着，心领神会地笑了。徐登比赵昞大，赵昞就以老师之礼侍奉。后来徐登死了，赵昞就到东边的章安县去了，百姓不了解他。赵昞跑到草屋顶上，用食鼎烧饭，主人很奇怪，赵昞笑着不答，草屋还是完好无损。

赵昞曾经在河边请求渡河，艄公不渡他。赵昞于是把车上的帷幔和顶盖挂起来，然后在车里坐着，大声喊着呼来一阵风，横渡了过去。于是百姓都佩服他，跟从他的人就像万潮归海。章安县令厌恶他蛊惑百姓，就把他抓住杀了。在永康百姓给他建造了祠堂，到现在他的祠堂蚊子、虫子都飞不进去。

徐登、赵昞，这两个人都十分崇尚清贫、节俭，他们用向东流动着的水来祭神，削下桑树皮当作干肉来祭神。

四　陈节访神

[原文]

陈节访诸神，东海君以织成青襦(rú)一领遗之。

[译文]

陈节前往拜访各位神仙，东海龙王送给了他一件用名贵的丝织品织成的青色短袄。

五　韩友预知

[原文]

宣城边洪，为广阳领校。母丧归家，韩友往投之，时日已暮。出告从者："速装束，吾当夜去。"从者曰："今日已暝，数十里草行，何急复去？"友曰："此间血覆地，宁可复住。"苦留之，不得。其夜，洪欻(xū)发狂，绞杀两子，并杀妇。又斫父婢二人，皆被创，因走亡。数日，乃于宅前林中得之，已自经死。

[译文]

宣城有个人叫边洪，是广阳的领校。母亲去世后他就回家了，正好韩友前来他家拜访，这时天黑了。韩友从边洪家里出来吩咐随从："赶紧收拾行李，连夜就赶路。"随从说："现在天都黑了，走了几十里的草路，什么原因要我们急着晚上就走呢？”韩友说：“这地方鲜血满地，怎么可以继续留宿呢。”随从说尽话劝说他留下，结果没成功。当天夜里，边洪忽然变疯了，先绞杀了两个儿子，又杀掉了妻子。又砍杀父亲的两个丫鬟，都被砍伤了，边洪于是逃走。过了几天，人们才在他家前面的树林里发现他已经上吊自杀了。

六 鞠道龙施展幻术

[原文]

鞠道龙，善为幻术。尝云：“东海人黄公，善为幻，制蛇御虎，常佩赤金刀。及衰老，饮酒过度。秦末，有白虎见于东海，诏遣黄公以赤刀往厌之。术既不行，遂为虎所杀。”

白虎

白虎，古代传说的一种凶兽，在星相上，执掌西方的灵兽，凡所居之地，必有丧服之灾，所以俗语中有“丧门白虎”的称谓。

[译文]

鞠道龙很会法术。他曾说：“东海郡有个叫黄公的人，也很会法术，这个人能制服毒蛇，抵御老虎，他身上常佩带赤金刀。等到他老年的时候，常常酗酒。秦朝末年，在东海郡出现了一只白虎，皇帝命令黄公用赤金刀去镇压它。但他的法术已尽，最后被白虎吃掉了。”

七 谢糺（jiǔ）投符得鲤

[原文]

谢糺，尝食客，以朱书符投井中，有一双鲤鱼跳出，即命作脍。一坐皆得遍。

[译文]

谢糺曾经大宴宾客，他随手用丹砂写了符箓，然后将其丢进井里，不久一对鲤鱼从井里跳出来，他就叫厨师做成鱼脍。宴席上的人都吃到了。

八　天竺胡人耍法术

[原文]

晋永嘉中，有天竺胡人来渡江南。其人有数术，能断舌复续，吐火。所在人士聚观。将断时，先以舌吐示宾客，然后刀截，血流覆地，乃取置器中，传以示人。视之，舌头半舌犹在，既而还，取含续之。坐有顷，坐人见舌则如故，不知其实断否。其续断，取绢布，与人各执一头，对剪中断之。已而取两断合，视绢布还连续，无异故体。时人多疑以为幻，阴乃试之，真断绢也。其吐火，先有药在器中，取火一片，与黍馆合之，再三吹呼，已而张口，火满口中，因就爇（ruò）取以炊，则火也。又取书纸及绳缕之属，投火中，众共视之，见其烧爇了尽；乃拨灰中，举而出之，故向物也。

[译文]

晋朝永嘉年间（公元 307 年—312 年），有一个印度人来到江南。此人擅长法术，能让舌头断裂再重新接上，还会吐火。当地的人都去看热闹。在他快要割断舌头的时候，他总是把舌头伸出来让观众看，然后用刀一割，顿时鲜血直流，滴落在地上，他把割下来的舌头放在容器中，让大家传着看。这时候再看他的舌头，半截还留在嘴里呢，大家把他的断舌归还后，他把断舌含在口中。没过多久，等座席上的观众再看他的舌头时又和先前一样，不明白他的舌头是不是真的被割断了。他还会续接其他东西，他拿出一块绸布，让别人抓住一头，用剪刀把绸布当众剪断。然后他把两个断头一合，大家再看时，绸布又接在了一起，和先前一样。当时很多人都不相信，认为这不过是一种魔术，在暗地里偷偷试验，结果真的把绸布剪断了。他还会吐火，在吐之前，先把火药装在一个器皿里，然后拿出一片，和黍馆混合，然后反复吹气，最后张开嘴，满嘴都是火，接着他又用嘴里的火来煮饭，这是真正的火啊。接着他又拿来书本、纸张以及粗绳细线之类投入火中，大家亲眼看着这些东西被烧成了灰烬；又拨开灰烬，然后从灰里把这些东西提出来，还是原先的东西。

九　范寻养虎鳄

[原文]

扶南王范寻养虎于山，有犯罪者，投与虎，不噬，乃宥之。故山名大虫，亦名大灵。又养鳄鱼十头，若犯罪者，投与鳄鱼，

不噬，乃赦之。无罪者皆不噬，故有鳄鱼池。又尝煮水令沸，以金指环投汤中，然后以手探汤：其直者，手不烂，有罪者，入汤即焦。

［译文］

扶南王范寻把老虎养在山里，有犯罪的人，就被扔给老虎，要是老虎不吃他，就会赦免他。因此人们将此山称为大虫山，也叫作大灵山。范寻还养了十只鳄鱼，只要是犯罪的人，就被扔给鳄鱼，要是鳄鱼不吃，就可以得到赦免。那些无罪的人都不会被吃掉，因此到现在还保留着这鳄鱼池。范寻还曾让人把水烧沸，把金戒指扔进这沸水中，让人伸手去摸：那些无罪的人，其手不会烫烂，那些有罪的人，只要一伸手就被烫伤了。

十　贾佩兰说宫内事

［原文］

戚夫人侍儿贾佩兰，后出为扶风人段儒妻，说在宫内时，尝以弦管歌舞相欢娱，竞为妖服以趋良时。十月十五日，共入灵女庙，以豚黍乐神，吹笛击筑，歌《上灵之曲》。既而相与连臂，踏地为节，歌《赤凤皇来》，乃巫俗也。至七月七日，临百子池，作于阗（tián）乐。乐毕，以五色缕相羁，谓之相连绶。八月四日，出雕房北户，竹下围棋。胜者，终年有福；负者，终年疾病。取丝缕，就北辰星求长命，乃免。九月，佩茱萸，食蓬饵，饮菊花酒，令人长命。菊花舒时，并采茎叶，杂黍米酿之，至来年九月九日始熟，就饮焉，故谓之菊花酒。正月上辰，出池边盥（guàn）濯，食蓬饵，以祓（fú）妖邪。三月上巳，张乐于流水。如此终岁焉。

［译文］

汉高祖最宠幸的戚夫人有个婢女叫贾佩兰，后来做了扶风郡人段儒的妻子，她说在皇宫的时候，她曾经用丝竹奏乐，跳着欢快的舞蹈，争着穿好衣服来度过美好的时光。十月十五日这一天，大家一起到灵女庙，用猪、黍子等娱乐神仙，而且还吹笛击筑，一起唱《上灵之曲》。大家挽起胳膊，用脚打着节拍，一起欢唱《赤凤皇来》的曲子，这就是所谓的巫祝的习俗。每到七月初七，她们便来到百子池一起演奏于阗乐曲。音乐奏完后，大家拿出五彩线相互扎头发，大家称这种活动为“相连绥”。八月初四，大家从雕梁画栋的房间的北门走出来，在竹林中下围棋。赢棋的人象征着一年有福；输的人一年都会生病。要是拿一些丝线，对着北极星祈求长寿，那么就可以避免灾害。到九月的时候，大家都佩戴茱萸，吃蓬蒿做的饼，喝菊花酒，这样做就是为了使人长寿。在菊花开的时候把茎和叶子一起摘下来，将黄米搅拌一起来酿酒，一直酿到明年九月初九才成，取来饮用，所以将其称作菊花酒。正月上旬的辰日，大家都到池塘边洗刷，吃蓬蒿做的饼，以此来驱除妖邪。三月上旬的巳日，大家都来到溪水边奏乐。皇宫中的宫女们是这样来度过一年的。

十一 李少翁

[原文]

汉武帝时，幸李夫人，夫人卒后，帝思念不已。方士齐人李少翁，言能致其神。乃夜施帷帐，明灯烛，而令帝居他帐遥望之。见美女居帐中，如李夫人之状，还幄(wò)坐而步，又不得就视。帝愈益悲感，为作诗曰：“是耶？非耶？立而望之，偏娜娜！何冉冉其来迟！”令乐府诸音家弦歌之。

[译文]

汉武帝当时宠幸李夫人，李夫人去世之后，汉武帝对她还是念念不忘。齐地有一个叫李少翁的方士说能为武帝招魂。在晚上，他设置了帷帐，在帐中点上了灯，然后让汉武帝待在别的帷帐里，在远处看。汉武帝看到一个美女在帐中，样子和李夫人非常像，绕着帷帐坐下或行走，他又不可以走上前去仔细看。汉武帝内心更为感伤，为此作了首诗说：“难道是她么？难道不是她么？我伫立着远望她，飘飘然多么婀娜多姿！为什么却慢慢地走，来得这么迟！”又命令乐府中的乐师用琴瑟伴奏着来唱这首诗歌。

李夫人

李夫人，汉武帝的宠妃，有绝色，然早卒，武帝哀怜，让人画其像于甘泉宫，日夜思念不已，武帝死后，追封为孝武皇后。

十二 北海道士

[原文]

汉北海营陵有道人，能令人与已死人相见。其同郡人妇死已数年，闻而往见之，曰：“愿令我一见亡妇，死不恨矣。”道人曰：“卿可往见之。若闻鼓声，即出，勿留。”乃语其相见之术。俄而得见之，于是与妇言语，悲喜恩情如生。良久，闻鼓声悢（liàng）悢不能得住。当出户时，忽掩其衣裾户间，掣绝而去。至后岁余，此人身亡。家葬之，开冢，见妇棺盖下有衣裾。

[译文]

在汉代北海郡营陵县有一个道士，他有奇异的本领能让死人和活人见面。他同郡的一个人的妻子已经去世很多年了，听说他的法术就要求见，说：“希望你帮助我和我的妻子见一下面，我即使死了也没有什么遗憾了。”这道士说：“您能见她。可是，一听到鼓声就赶紧回来，千万不能停留。”于是这道士就把相见的办法告诉了此人。很快这个人就见到了自己的妻子，于是和妻子就交谈起来，那悲哀、喜悦以及恩爱之情就和妻子活着的时候一样。过了好久，他听见悢悢的鼓声，不得不走。当他出门的时候，他的衣襟忽然被夹在了门缝中，他拽断衣襟离开了。过了一年多，此人也命丧黄泉了。家人埋葬他，等挖开坟墓时，在他妻子的棺材盖下人们发现了他那被拽断的衣襟。

十三 孙休试觋（xí）

[原文]

吴孙休有疾，求觋视者，得一人，欲试之。乃杀鹅而埋于苑中，架小屋，施床几，以妇人屐履服物着其上。使觋视之，告曰：“若能说此冢中鬼妇人形状者，当加厚赏，而即信矣。”竟日无言。帝推问之急，乃曰：“实不见有鬼，但见一白头鹅立墓上。所以不即白之，疑是鬼神变化作此相，当候其真形而定。不复移易，不知何故，敢以实上。”

[译文]

吴国景帝孙休生病，就想请男巫过来看一下，等他找到一个男巫，就想试试他的法术。于是就杀了只鹅埋在苑囿中，还在上面建了小房子，在里面摆上了床和桌子，还把妇女的鞋子衣服等放在桌子上。让男巫前来看了这些东西，并告诉他说：“如果要是您能说出坟冢里妇女的样子来，我就重重赏你，自然也就会相信你了。”这男巫却一天都没有说话。景帝一遍遍地摧问他，最后男巫被问得急了，才说：“确实没有鬼，我只瞧见一只白头鹅站在坟上。之所以我不马上告诉您，原因是怀疑这鬼变化成鹅的样子，要等到它现真形才能确定。它一直没有改变，我不明白到底是什么缘故，只好斗胆把这情况如实向皇上您汇报了。”

十四　公主改葬

[原文]

吴孙峻杀朱主，埋于石子冈。归命即位，将欲改葬之，冢墓相亚，不可识别，而宫人颇识主亡时所着衣服。乃使两巫各住一处，以伺其灵，使察战监之，不得相近。久时，二人俱白：“见一女人，年可三十余，上着青锦束头，紫白袷裳，丹绨丝履，从石子冈上。半冈而以手抑膝长太息，小住须臾，更进一冢上，便止，徘徊良久，奄然不见。”二人之言，不谋而合。于是开冢，衣服如之。

[译文]

吴国的孙峻杀了朱主，将她埋于石子冈。归命侯孙皓登上了王位，想把朱主改葬，但很多坟墓在一起，不知道哪一个是她的坟，只有宫女知道她死的时候穿的衣服。于是命令两个巫婆各自待在一个地方，以此来等待她的灵魂，还派战官监督她们，不允许两人接近。过了很久，两个巫婆都说：“看见一个女人，大概三十多岁，用青色的锦巾包着头，身上穿的是紫色面子、白色里子的夹衣，脚上穿着红色的绸缎鞋子，从石子冈上走过。走到半山时，她的手扶在膝盖上，长长地叹气，稍微停了一会儿，她又向前走到一个坟上停了下来，在那坟边徘徊了很久，忽然就不见了。”两个巫婆的话，不谋而合。于是挖开坟墓，那女尸穿的衣服就是巫婆所说的那样。

十五　夏侯弘见鬼

[原文]

夏侯弘自云见鬼，与其言语。镇西谢尚所乘马忽死，忧恼甚至。谢曰：“卿若能令此马生者，卿真为见鬼也。”弘去良久

还，曰："庙神乐君马，故取之，今当活。"尚对死马坐，须臾，马忽自门外走还，至马尸间，便灭，应时能动，起行。

谢曰："我无嗣，是我一身之罚。"弘经时无所告。曰："顷所见，小鬼耳，必不能辨此源由。"后忽逢一鬼，乘新车，从十许人，着青丝布袍。弘前提牛鼻，车中人谓弘曰："何以见阻？"弘曰："欲有所问。镇西将军谢尚无儿。此君风流令望，不可使之绝祀。"车中人动容曰："君所道正是仆儿。年少时，与家中婢通，誓约不再婚，而违约；今此婢死，在天诉之，是故无儿。"弘具以告。谢曰："吾少时诚有此事。"

弘于江陵，见一大鬼，提矛戟，有随从小鬼数人。弘畏惧，下路避之。大鬼过后，捉得一小鬼，问："此何物？"曰："杀人以此矛戟，若中心腹者，无不辄死。"弘曰："治此病有方否？"鬼曰："以乌鸡薄之，即差。"弘曰："今欲何行？"鬼曰："当至荆、扬二州。"尔时比日行心腹病，无有不死者，弘乃教人杀乌鸡以薄之，十不失八九。今治中恶辄用乌鸡薄之者，弘之由也。

鬼神

古人相信阳世与阴世之说，认为人死之后，形体虽失，而魂魄尚在，这些魂魄就化为鬼神，他们不断地进入阳间，干预人类的正常生活。

[译文]

夏侯弘说他看见了鬼，还和鬼说了话。镇西将军谢尚骑的马突然死了，他非常忧伤烦恼。谢尚对夏侯弘说："要是你能让我的马活过来，你就真的是看见鬼了。"夏侯弘走了很长时间才回来，说："庙里的神仙很喜欢您的马，所以把你的马牵了去。现在这马可以复活了。"谢尚坐在死马前，一会儿，一匹马忽然从门外跑进来，跑到马的尸体上就不见了，那死马动了动，从地上爬起来就能行走了。

谢尚说："我没有儿子，这是我一辈子

的惩罚。”过了很久夏侯弘也没说什么。他说：“刚才我看见的那些都是小鬼，肯定不知道此事的原因。”后来夏侯弘突然看见一个鬼，驾着新车，随从有十几个人，穿着青色丝绸做的衣袍。夏侯弘前去拉着牛的鼻子，车里的人问夏侯弘说：“为什么拦我车子？”夏侯弘说：“我想问件事。镇西将军谢尚无子。这人英俊杰出，名声很好，不能让他断绝后代。”车里的人被触动了，他说：“您说的正是我的儿子。他年轻的时候，私通家里的婢女，还发誓不再婚，谁知却违背诺言；现在这婢女死了，去天上告状，所以他才无子。”夏侯弘告诉了谢尚这些话。谢尚说：“我年轻时的确有这样的事。”

夏侯弘到江陵的时候看见一个大鬼，手里拿着矛戟，身后跟着几个小鬼。夏侯弘非常恐惧，忙到路边躲避。大鬼走过后，他捉住了一个小鬼，问道：“这是什么东西？”那小鬼说：“杀人用的就是这种兵器，要是刺中心腹，没有不马上死的。”夏侯弘说：“有治疗这种疾病的妙方吗？”小鬼回答：“把乌鸡覆盖在心腹上，病就痊愈了。”夏侯弘说：“那你们要去什么地方？”小鬼说：“要去荆州、扬州。”当时正流行这种病，得病的没有不死的，夏侯弘让人杀了乌鸡覆盖在病人的心腹上，十之八九都见效了。现在治疗中邪，总用乌鸡覆盖在病人的心腹上，都是源于夏侯弘。

卷 三

一 钟离意夫子瓮得书

[原文]

汉永平中，会稽钟离意，字子阿，为鲁相。到官，出私钱万三千文，付户曹孔䜣（xīn）修夫子车。身入庙，拭几席剑履。男子张伯除堂下草，土中得玉璧七枚，伯怀其一，以六枚白意。意令主簿安置几前，孔子教授堂下床首有悬瓮，意召孔䜣问："此何瓮也？"对曰："夫子瓮也。背有丹书，人莫敢发也。"意曰："夫子，圣人。所以遗瓮，欲以悬示后贤。"因发之。中得素书，文曰："后世修吾书，董仲舒。护吾车，拭吾履，发吾笥（sì），会稽钟离意。璧有七，张伯藏其一。"意即召问："璧有七，何藏一耶？"伯叩头出之。

钟离意

钟离意，字子阿，汉代人，信奉儒家学说。曾担任鲁相，在位期间，为整修和保护孔庙做出了一定的贡献。

[译文]

汉代永平年间（公元58年—75年），会稽郡人钟离意，字子阿，担任鲁国的国相。一到任，他拿出自己的一万三千文钱，交给户曹孔䜣，让他修孔子的车。他还亲自去了孔庙，擦孔庙的桌子、坐席、刀剑和鞋子。有个叫张伯的在堂下除草时，从土里意外发现七块玉璧，张伯自己藏起来一块，只交给钟离意其中的六块。钟离意让主簿把玉放在桌上，在孔子传授学业的讲堂前的床头一直悬挂着一只大瓮，钟离意召见孔䜣，问他："这只瓮是干什么的？"孔䜣回答说："是孔夫子的瓮。里面盛着丹书，还没有人敢打开这个瓮。"钟离意说："孔夫子是圣人。他之所以留下这个瓮，是想把它悬挂着启示后代的贤良。"于是把它打开了。里面放着一块用素绢写的文书，上面写着："后代研究我的书的人，是董仲舒。保护我的车子、擦拭我的

鞋子、打开我的书箱的人，是会稽郡人钟离意。我收藏的玉璧一共有七块，张伯把一块私藏起来了。”钟离意于是把张伯招来，问：“一共有七块玉璧，你为什么私藏了一块呢？”张伯立刻磕头求饶，把私藏的玉璧交了出来。

二 段翳封简书

[原文]

段翳，字元章，广汉新都人也。习《易经》，明风角。有一生来学积年，自谓略究要术，辞归乡里。翳为合膏药，并以简书封于筒中，告生曰：“有急，发视之。”生到葭萌，与吏争度津。吏挝(zhuā)破从者头。生开筒得书，言：“到葭萌，与吏斗，头破者，以此膏裹之。”生用其言，创者即愈。

[译文]

段翳，字元章，是广汉新都人。他非常懂得《易经》，善用占候之术，根据五音与四方之风声来判断吉凶。有一个学生跟随他学了好几年，自以为学到了他基本的道术，就要拜别师父回家。段翳为他配了些膏药，还写了一封竹简信把它们一起封在竹筒里，告诉这学生说：“要是遇上紧急的事情就打开它。”这学生到了葭萌县，他和当地的官吏抢着渡河。官吏把他随从的脑袋打破了。他打开竹筒就看到了封在里面的信，上面写着：“等到葭萌县，一定会和官吏争斗，头被打破的人，就用这膏药敷在伤口上。”学生按老师的话去做，受伤的人很快就好了。

三 臧仲英家中有怪

[原文]

右扶风臧仲英，为侍御史。家人作食，设案，有不清尘土投污之。炊临熟，不知釜处。兵弩自行。火从箧簏(qiè lù)中起，衣物尽烧，而箧簏故完。妇女婢使，一旦尽失其镜，数日，从堂下掷庭中，有人声言：“还汝镜。”女孙年三四岁，亡之，求，不知处，两三日，乃于圊(qīng)中粪下啼。若此非一。汝南许季山者，素善卜卦，卜之，曰：“家当有老青狗物，内中侍御者名益喜，与共为之。诚欲绝，杀此狗，遣益喜归乡里。”仲英从之，怪遂绝。后徙为太尉长史，迁鲁相。

[译文]

右扶风县的臧仲英，任侍御史。他家里的仆人做好饭，放在桌子上，会有不干净的尘土把饭菜弄脏了。饭快要烧熟的时候，做饭的锅子却不知到什么地方去了。家里的兵器、弓箭自己会动。火不明原因地从竹箱里冒出来，箱子里的衣物全都烧掉了，而箱子却完好无损。家里的妇女丫鬟，有一天早晨忽然都找不到自己的镜子了，过了几天，忽然看见镜子被从堂下扔到院子里，还有一个声音说：“把镜子还给你们！”他的孙女三四岁，忽然找不到了，找来找去也找不到，过了两三天，却在厕所中的大粪下啼哭。像这样的怪事还不只是一次。汝南郡的许季山，精通占卦，为臧仲英占卜了一次，说：“你家应当有一只老青狗，内庭有个侍仆叫益喜，就是这个人和这条狗一起干的。要是你想不再发生这样的事情，就杀掉这条狗，然后把益喜送回老家去。”臧仲英于是按照他说的去办了，从此家里再也没有发生过这类的怪事。后来他还升职为太尉长史，官至鲁国相。

四 乔玄夜见白光

[原文]

太尉乔玄，字公祖，梁国人也。初为司徒长史，五月末，于中门卧，夜半后，见东壁正白，如开门明。呼问左右，左右莫见。因起自往，手扪摸之，壁自如故。还床，复见。心大怖恐。其友应劭，适往候之，语次相告。劭曰：“乡人有董彦兴者，即许季山外孙也。其探赜(zé)索隐，穷神知化，虽眭(suī)孟、京房，无以过也。然天性褊狭，羞于卜筮者。”间来候师王叔茂，请往迎之。须臾便与俱来。

公祖虚礼盛馔，下席行觞。彦兴自陈：“下土诸生，无他异分。币重言甘，诚有踧踖(cù jí)。颇能别者，愿得从事。”公祖辞让再三，尔乃听之，曰：“府君当有怪，白光如门明者。然不为害也。六月上旬鸡鸣时，闻南家哭，即吉。到秋节，迁北行，郡以金为名。位至将军三公。”公祖曰：“怪异如此，救族不暇，何能致望于所不图？此相饶耳。”

至六月九日，未明，太尉杨秉暴薨(hōng)。七月七日，拜钜鹿太守。“钜”边有“金”。后为度辽将军，历登三事。

[译文]

太尉乔玄字公祖，是梁国人。起初担任司徒长史，五月底，在门中间睡觉，睡到半夜，看见东墙雪白，像大门被打开一样明亮。他把身边的人叫来问讯，他们全部都说没看见。于是他就起床上前去用手抚摸墙壁，发现墙还跟原来一样。但是一躺在床上，又看见东墙雪白。他心里十分害怕。他的朋友应劭恰巧在这时候前去探望他，他于是把这件怪事告诉了应劭。应劭说："我有个同乡叫董彦兴，他是许季山的外孙。他喜欢探索幽深奥妙的事情，深入研究神妙变化，即使是精通《春秋公羊传》的眭孟和精通《易经》的京房，也比不上他。但他天性很褊狭，一直认为占卜是一件羞耻的事情。"不久董彦兴的老师王叔茂来，乔玄请他去迎接。过了一会儿，董彦兴就和应劭一起来了。

乔玄对董彦兴以礼款待，并准备了丰盛的酒宴，亲自给他敬酒。董彦兴说道："我只是一个乡下的学生，没有什么过人的才分。您以这么隆重的礼节来对待我，说话如此客气，我内心深感不安。我能判别吉凶，愿意为您效劳。"乔玄谦让了好几次，然后把那件事讲给他听，董彦兴便对他说："您最近发生的奇怪事情，比如墙上的白光像开了门一样明亮。但请您放心，这不是什么危害。六月上旬的早晨鸡叫的时候，就会听见在南边会有一家人在哭，您会变得吉利的。到秋季，您就会被调到北面的郡县任职的，那郡县的名字里会有'金'字。您的官职会升到将军三公。"乔玄说："我先前碰到这样的怪事，恐怕躲避灭门灭族的事情还来不及呢，哪还能会想到这些不指望的事情呢？这是您宽我的心罢了。"

到六月初九这一天，天还没亮，太尉杨秉死了。七月初七这一天，乔玄被任命为钜鹿太守。"钜"字的偏旁中有"金"字。后来乔玄被升任为度辽将军，又担任了太尉、司徒、司空等三公要职。

五　管辂（lù）卜卦

[原文]

管辂，字公明，平原人也。善《易》卜。安平太守东莱王基，字伯舆，家数有怪，使辂筮之。卦成，辂曰："君之卦，当有贱妇人，生一男，堕地便走，入灶中死。又，床上当有一大蛇，衔笔，大小共视，须臾便去。又，乌来入室中，与燕共斗，燕死，乌去。有此三卦。"基大惊曰："精义之致，乃至于此，幸为占其吉凶。"辂曰："非有他祸，直客（一作官）舍久远，魑（chī）魅（mèi）罔两，共为怪耳。儿生便走，非能自走，直宋无忌之妖将其入灶也。大蛇衔笔者，直老书佐耳。乌与燕斗者，直老铃下耳。

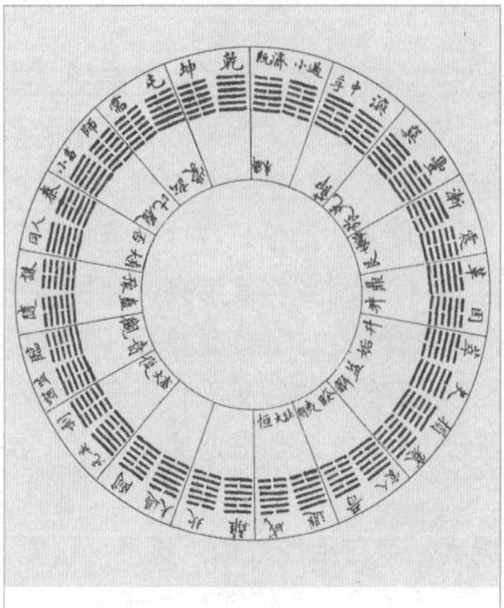

周易

《周易》对天地万物进行性状归类，可以对事物的发展做出预测，卜筮吉凶。

夫神明之正，非妖能害也。万物之变，非道所止也。久远之浮精，必能之定数也。今卦中见象，而不见其凶，故知假托之数，非妖咎之征，自无所忧也。昔高宗之鼎，非雉所雊(gòu)；太戊之阶，非桑所生。然而野鸟一雊，武丁为高宗；桑谷暂生，太戊以兴。焉知三事不为吉祥，愿府君安身养德，从容光大，勿以神奸污累天真。”后卒无他。迁安南督军。

后辂乡里乃太原，问辂：“君往者为王府君论怪，云‘老书佐为蛇，老铃下为乌。’此本皆人。何化之微贱乎？为见于爻象出君意乎？”辂言：“苟非性与天道，何由背爻象而任心胸者乎？夫万物之化，无有常形；人之变异，无有定体。或大为小，或小为大，固无优劣。万物之化，一例之道也。是以夏鲧(gǔn)，天子之父，赵王如意，汉高之子，而鲧为黄熊，意为苍狗，斯亦至尊之位，而为黔喙之类也。况蛇者协辰巳之位，乌者栖太阳之精，此乃腾黑之明象，白日之流景。如书佐、铃下，各以微躯，化为蛇乌，不亦过乎？”

[译文]

管辂，字公明，平原县人。此人非常精通用《周易》卜筮。安平太守是东莱的王基，字伯舆，家里出现过好几次怪事，于是请管辂帮他卜一卦。卦象出来之后，管辂说：“现在根据这个卦象，您家里肯定有一个地位低的女人生了个男孩，这个男孩刚生下来就会跑，掉到炉灶里死了。并且，在你的床上肯定有一条大蛇，衔着毛笔，大家都能看见，一会儿就离开了。还有一只乌鸦飞入屋子，和您家里的燕子争斗，结果是燕子死了，乌鸦飞走了。有这样三种卦象。”王基非常奇怪地说：“您研究卦理的微妙意蕴和含义的细密程度，居然如此精确！麻烦您再帮助我占卜一下这些卦象的吉凶。”管辂说：“其实这些卦象并没有其他灾害，只不过您家的房子太古老了，里面的妖魔鬼怪一起前来捉弄人罢了。那孩子生下来就会跑，不是他自己能跑，只不过是火精宋无忌施展妖术将他拉进了灶中。那大蛇衔笔，只不过是老书佐而已。乌鸦与燕子搏斗，只不过是老铃下罢了。只要坚持神圣的正道，这些妖精是不会对您产生任何危害的。这些事物的变化，远远不是道术所能阻止的。那些久远的精怪，一定会出现这种情况。现在卦象中只看见它们做的事，但是却没有看到他们这样做所产生的吉凶，所以知道他们只不过在施展一些虚假的花招罢了，而不是他们在制造灾祸的预兆，所以您自然就不必忧虑什么了。过去殷高宗祭祀的宝鼎上，不是野鸡啼叫的地方；太戊帝的石阶，不是桑树生长的地方。可是野鸡只是那么一叫，武丁却当上了高宗；桑树、谷树一生长，太戊却变得繁盛起来了。怎么可以说这三件怪事不能被看作吉祥的征兆呢？希望您继续修养高尚的德行，把这些德行发扬出去，千万不能因为这些鬼怪而玷污了天真的本性。”后来王基再也没有碰到什么不好的事情。最后还被升迁为安南督军。

后来，管辂的同乡乃太原问管辂：“您以前和王太守谈论精怪，说‘老书佐变为大蛇，老铃下变为乌鸦’。他们都是人，怎么会变成卑贱的东西了呢？这些东西到底是您从您占卜的卦象里确实看到的，还是您的想象呢？”管辂说：“如果不是依据本性与自然之道，怎么能违背卦象而随心所欲呢？各种事物都是在发生变化的，没有固定的形状；人的变化，没有固定的身体。或者大东西会变小，或者小东西会变大，本来就没什么可以分好坏的。这些事物的变化，是有一定的规律的。所以说夏代的鲧是天子禹的父亲，赵王如意是汉高祖刘邦的儿子，但结果鲧变成了黄熊，如意变成了苍狗，他们也是从极其尊贵的地位，变成了野兽一类。更何况的是蛇与地支中的巳相配，乌鸦是栖于太阳里的精灵，这就像是黑暗中的光明，是太阳下山的景色罢了。像书佐、铃下，各自用卑微的身躯，变成了蛇、乌鸦，不也说得过去吗？”

六　颜超增寿

[原文]

管辂至平原，见颜超貌主夭亡。颜父乃求辂延命。辂曰：“子归，觅清酒一榼、鹿脯一斤，卯日，刈麦地南大桑树下，有二人围棋次，但酌酒置脯，饮尽更斟，以尽为度。若问汝，汝但拜之，勿言。必合有人救汝。”

颜依言而往，果见二人围棋，频置脯斟酒于前。其人贪戏，但饮酒食脯不顾。数巡，北边坐者忽见颜在，叱曰：“何故在此？”颜唯拜之。南面坐者语曰：“适来饮他酒脯，宁无情乎？”北坐者曰：“文书已定。”南坐者曰：“借文书看之。”见超寿止可十九岁，乃取笔挑上，语曰：“救汝至九十年活。”颜拜而回。

管语颜曰：“大助子，且喜得增寿。北边坐人是北斗，南边坐人是南斗。南斗注生，北斗注死。凡人受胎，皆从南斗过北斗；所有祈求，皆向北斗。”

管　辂

管辂，字公明，三国时期魏国人，是历史上著名的相术家，被后世卜卦观相的人奉为祖师。毕生潜心研究《周易》，并留下了《周易通灵诀》《周易通灵要诀》等著作。

[译文]

管辂到了平原县，看见颜超的脸色非常不好，预示着他不久就会死掉。颜超的父亲恳求管辂延长颜超的寿命。管辂说：“您回去准备好一壶清澈的酒，还有一斤鹿肉干，在逢卯日那天，您就到那割掉麦子的田地南边的大桑树下，有两个人在下围棋，您只管倒酒，并把肉干摆上，等到他们把酒杯里的酒一喝完，您就赶紧倒满，直到他们把壶里的酒喝完为止。如果他们问你，您就只管向他们磕头作揖，什么都不说。您照我说的做，肯定会有人救您的。”

颜超果真照着管辂的话去了，在那里真的看到两个人在下围棋，颜超拿了肉干，还为这两个人斟了酒放在他们面前。那两个人一心下棋，只管喝酒吃肉，也没回头看。为他们斟了很多次酒，坐在北边的人忽然看到颜超就站在他们身边，就责问道：“你为什么待在这里呢？”颜超只管向他磕头作揖。坐在南边的人说道：“刚才我们都吃了他的酒肉，怎么可以不顾情面呢？”坐在北边的人说：“可是他的寿命在文书上早已经写好了啊。”坐在南边的人说：“那么借我看一眼文书吧。”他看见文书上写的颜超的寿命只有十九岁，于是抓起笔来把“九”字勾到“十”字之上，对颜超说：“我现在来挽救你，让你活到九十岁。”颜超拜谢后就离开了。管辂对颜超说：“这真是大大地帮助了您，很高兴看到您又增添了寿命。那个坐在北边的人是北斗星，那个南边的人是南斗星。南斗星主管人的生，北斗星主管人的死。人只要成了胎，那么都要从南斗星到北斗星；你所有的请求，都要和北斗星说。”

七　管辂掘棺

[原文]

信都令家妇女惊恐，更互疾病。使辂筮之。辂曰：“君北

堂西头有两死男子：一男持矛，一男持弓箭。头在壁内，脚在壁外。持矛者主刺头，故头重痛不得举也；持弓箭者主射胸腹，故心中悬痛不得饮食也。昼则浮游，夜来病人，故使惊恐也。”于是掘其室中，入地八尺，果得二棺：一棺中有矛，一棺中有角弓及箭，箭久远，木皆消烂，但有铁及角完耳。乃徙骸骨去城二十里埋之，无复疾病。

[译文]

信都县县令家中的女人们都担惊受怕，因为她们都轮流生病。县令于是让管辂给占卜。管辂说：“您家北屋的西头埋着两个男人：其中一个男人拿长矛，另一个拿弓箭。他们的头埋在墙里，脚伸在外面。拿长矛的男人管刺人的头，所以只要被他刺中的人就会头疼得很厉害，甚至疼得抬不起头来；拿弓箭的男人管刺胸部和腰部，因此那些被他射中的人的胸口就会发闷难受，心神不宁，茶饭不思。白天他们到处闲逛，一到夜间就来这里祸害人，所以女人们才整天都担惊受怕。”于是这县令命令人挖掘屋子，掘下去八尺深，真的在这里发现了两口棺材：一口棺材中有一把长矛，另一口棺材中有用兽角装饰的弓及箭，因为它们都年代久远了，木头都已经变腐朽了，只有箭头上的铁和镶嵌在弓上的兽角仍然完好无损。于是县令把他们的尸骨迁移到离城二十里的地方埋了，从此以后，这里的女人再也没有生这样的疾病。

八　管辂筮躄（bì）疾

[原文]

利漕民郭恩，字义博，兄弟三人，皆得躄疾。使辂筮其所由。辂曰：“卦中有君本墓，墓中有女鬼，非君伯母，当叔母也。昔饥荒之世，当有利其数升米者，排著井中，啧啧有声，推一大石下，破其头。孤魂冤痛，自诉于天耳。”

[译文]

利漕口有个老百姓叫郭恩，字义博，他兄弟三个人都得了瘸腿的毛病。因此请来管辂给占卦，看看问题到底出在什么地方。管辂说：“卦象中显现出的是您家人的坟墓，这坟墓中埋葬着一个女鬼，她不是您的伯母，就是您的叔母。过去闹饥荒的时候，当时有一个人给她送了几升米，结果这个人被她推到了井里，她还啧啧地称赞不已，还向井里推了一块大石头下去，结果把这个人的头给砸破了。现在这孤魂受到了冤屈，很悲痛，去向老天申诉了，所以你们才被老天爷给惩罚了这么个恶病。”

九　淳于智杀鼠

[原文]

淳于智，字叔平，济北庐人也。性深沉，有思义。少为书生，能《易》筮，善厌胜之术。高平刘柔，夜卧，鼠啮（niè）其左手中指，意甚恶之。以问智。智为筮之，曰：“鼠本欲杀君而不能，当为使其反死。”乃以朱书手腕横纹后三寸，为田字，可方一寸二分，使夜露手以卧。有大鼠伏死于前。

[译文]

淳于智，字叔平，济北郡庐县人。这个人性格沉稳，而且人很仗义。他年轻的时候是个书生，精通《易经》，占卦非常精准，善用诅咒之术。高平人刘柔，夜里睡觉的时候，老鼠把他左手的中指给咬伤了，他心里感觉一直很不自在。他前去请教淳于智。淳于智给他占了一卦，说：“这只老鼠本来是想把您置于死地，结果却没能实现，我该给你想个办法把这只老鼠置之死地。”于是淳于智拿出丹砂，在刘柔的手腕横纹的后面约三寸的地方画了个田字，大约有一寸二分左右大，叫他在晚上睡觉的时候故意露在外边。有一只大老鼠在他的面前死去了。

十　淳于智卜宅

[原文]

上党鲍瑗，家多丧病，贫苦，淳于智卜之，曰：“君居宅不利，故令君困尔。君舍东北有大桑树。君径至市，入门数十步，当有一人卖新鞭者，便就买还，以悬此树。三年，当暴得财。”瑗承言诣市，果得马鞭。悬之三年，浚井，得钱数十万，铜铁器复二万余，于是业用既展，病者亦无恙。

[译文]

上党郡人鲍瑗，家人多有疾病，很是贫穷，淳于智为他占卜，说：“您的宅子不吉利，所以使您贫困成这样。在您家的东北方向有棵大桑树。您径直赶到城里，进城门几十步远，会有一个卖新鞭子的人，您去把鞭子买回来，把它挂在桑树上。再过三年，您肯定会发大财。”鲍瑗于是按照他的话进城，果然买到了马鞭。马鞭挂在桑树上三年后，他疏浚家里的井，得到钱币几十万，还有铜器、铁器二万多只，于是他家里再也不贫穷了，连家人的病都好了。

十一 淳于智卜屋崩

[原文]

谯人夏侯藻，母病困，将诣智卜，忽有一狐，当门向之嗥叫。藻大愕惧，遂驰诣智。智曰：“其祸甚急。君速归，在狐嗥处拊心啼哭，令家人惊怪，大小毕出，一人不出，啼哭勿休。然其祸仅可免也。”藻还，如其言，母亦扶病而出。家人既集，堂屋五间拉然而崩。

[译文]

谯县人夏侯藻，母亲病重，他想到淳于智那里去占卜，忽然有一只狐狸对着他家的大门向他嗥叫。夏侯藻很害怕，于是跑到了淳于智那里。淳于智说：“这灾祸马上就来了。您赶紧回去，在狐狸嗥叫的地方按着胸口大哭，让你的家人都觉得奇怪，大大小小都出来，要是有一个人不出来，你就一直哭下去，不要停。只有这样做才能免祸。”夏侯藻回家，按照他说的做，连母亲也带病出来了。等到所有人都出来了，五间房屋像被拉倒了一样，倒塌了。

十二 淳于智筮病

[原文]

护军张劭，母病笃，智筮之，使西出市沐猴，系母臂。令旁人捶拍，恒使作声，三日放去。劭从之，其猴出门即为犬所咋死，母病遂差。

[译文]

护军张劭的母亲病重，请淳于智为他占卜，淳于智让他到西边的集市买一只猕猴，系在母亲的手臂上。让旁边的人拍打猕猴，让他一直叫个不停，三天后再放掉。张劭按照吩咐去做，结果猕猴一出门就被狗咬死了，他母亲的病也就好了。

淳于智捕妖

淳于智，字叔平，晋代人，精研《易》学，“有思议，能易筮，善厌胜之术”。

十三 郭璞施术得婢

[原文]

郭璞，字景纯，行至庐江，劝太守胡孟康急回南渡。康不从，璞将促装去之，爱其婢，无由得，乃取小豆三斗，绕主人宅散之。主人晨起，见赤衣人数千围其家，就视则灭，甚恶之，请璞为卦。璞曰："君家不宜畜此婢，可于东南二十里卖之，慎勿争价，则此妖可除也。"璞阴令人贱买此婢，复为投符于井中，数千赤衣人一一自投于井。主人大悦。璞携婢去，后数旬，而庐江陷。

郭 璞

郭璞，字景纯，东晋著名学者，他曾专门注释过《周易》，传说擅长诸多奇门遁甲之术，文中所举之事，可作为其中一个例证。

[译文]

郭璞，字景纯，在他刚来到庐江郡的时候，他劝告太守胡孟康赶紧渡江回到南方。胡孟康不依他，郭璞赶忙收拾行李准备离开，可是他很喜欢胡孟康的婢女，没有办法得到，于是拿了三斗小豆，围着胡孟康的住宅撒上。胡孟康早晨起床，看到几千个穿红衣服的人围着他的住宅，近看时却不见了，他很厌恶，就请郭璞为他算卦。郭璞说："您不宜养那个婢女，可以到东南方二十里外把她卖了，注意不要讨价还价，那么妖怪就可以消除了。"郭璞暗中让人以低价买了这个婢女，又写了道符箓丢到太守的井里，那些穿红衣服的小人也自己跳进井里。胡孟康十分高兴。郭璞带着婢女走了，几十多天后，庐江郡就沦陷了。

十四 郭璞医马

[原文]

赵固所乘马忽死，甚悲惜之，以问郭璞。璞曰："可遣数十人持竹竿，东行三十里，有山林陵树，便搅打之。当有一物出，

急宜持归。”于是如言，果得一物，似猿。持归，入门见死马，跳梁走往死马头，嘘吸其鼻。顷之，马即能起，奋迅嘶鸣，饮食如常。亦不复见向物。固奇之，厚加资给。

[译文]

赵固骑的马忽然死了，他非常悲痛惋惜，于是去问郭璞。郭璞说：“你可以派几十个人拿了竹竿，向东走三十里地，看见那陵园里的树，胡乱敲打。这时会有一个怪物出来，就把它带回家。”于是赵固按他的话去做了，果真得到一个怪物，像猿。把它带回家，它进门一看到死马，就立刻奔跑到死马的头前，对着死马的鼻子吹、吸起气来。一会儿，这匹马就活过来了，精神很好，高声吼叫，也同往常一样吃喝。只是不再看见那怪物了。赵固觉得郭璞有奇才，于是给他很多钱作为酬谢。

十五　郭璞筮病

[原文]

扬州别驾顾球姊，生十年便病，至年五十余，令郭璞筮，得“大过”之“升”。其辞曰：“大过卦者义不嘉。冢墓枯杨无英华，振动游魂见龙车。身被重累婴妖邪，法由斩祀杀灵蛇。非己之咎先人瑕。案卦论之可奈何？”球乃迹访其家事，先世曾伐大树，得大蛇，杀之，女便病。病后，有群鸟数千，回翔屋上，人皆怪之，不知何故。有县农行过舍边，仰视见龙牵车，五色晃烂，其大非常，有顷遂灭。

[译文]

扬州别驾从事史顾球有一个姐姐，在十岁的时候就病了，等到她五十岁时，让郭璞替她卜卦，算得是“大过”卦变“升”卦。郭璞于是诵读那卦辞道：“‘大过’这卦名意思不怎么好。坟墓上的枯杨不开花，惊动了游魂让龙车出现。身遭多重忧患，又碰到了妖怪，因为断了祭祀杀了神蛇。这不是你犯的错，而是先人的错。根据卦辞上的话，可有什么办法呢？”顾球于是开始追查家里的事情，先辈曾经砍了一棵大树，得到一条大蛇，把蛇杀了，女儿就得上这种病了。女儿生病后，有几千只的鸟在他家的屋顶上盘旋，人们都觉得奇怪，但不知道原因。这时候一个农民正好从屋旁经过，抬头看见龙拉着车，五光十色，车子异常的大，不同寻常，不久就不见了。

十六 郭璞筮白牛治病

［原文］

义兴方叔保得伤寒，垂死，令璞占之，不吉，令求白牛厌之。求之不得，唯羊子元有一白牛，不肯借。璞为致之，即日有大白牛从西来，径往临，叔保惊惶，病即愈。

［译文］

义兴郡的方叔保得了伤寒症，快不行了，于是让郭璞给他占卜，占卜的结果不好，郭璞让他找一头白牛来压邪。方叔保却怎么也找不到白牛，只有羊子元有一头白牛，却不愿借给他。郭璞就帮他招引白牛，当天有一头白牛从西边来，直奔到方叔保面前，方叔保非常惊慌，病就好了。

十七 费孝先卜卦

［原文］

西川费孝先，善轨革，世皆知名。有大若人王旻，因货殖至成都，求为卦。孝先曰："教住莫住，教洗莫洗。一石谷捣得三斗米。遇明即活，遇暗即死。"再三戒之，令诵此言足矣。旻志之。

及行，途中遇大雨，憩一屋下，路人盈塞。乃思曰："教住莫住，得非此耶？"遂冒雨行，未几，屋遂颠覆，独得免焉。旻之妻已私邻比，欲媾终身之好，俟旋归，将致毒谋。旻既至，妻约其私人曰："今夕新沐者，乃夫也。"将晡，呼旻洗沐，重易巾帻（jié）。旻悟曰："教洗莫洗，得非此耶？"坚不从。妻怒，不省，自沐。夜半反被害。

既觉，惊呼，邻里共视，皆莫测其由。遂被囚系拷讯。狱就，不能自辩。郡守录状，旻泣言："死即死矣，但孝先所言，终无验耳。"左右以是语上达。郡守命未得行法，呼旻问曰："汝邻比何人也？"曰："康七。"遂遣人捕之，"杀汝妻者，必此人也。"已而果然。因谓僚佐曰："一石谷捣得三斗米，非康七乎。"由是辨雪，诚遇明即活之效。

［译文］

西川人费孝先，精通依照出生时日和图画来预测吉凶的占候术，世人都知道他的名声。有个大若人王旻，因为经商到了成都，于是请费孝先为他占卜。费孝先说："有人让你停别停，让你洗别洗。一石稻谷只得三斗米。要是碰上圣明的人你就能活，要是碰上愚昧的人就会死。"费孝先再三告诫他，要他熟记这几句话。王旻于是牢牢记住了。

在回家的时候，他赶上了大雨，到一所房子里去躲雨，过路人把房子挤满了。王旻寻思道："让你停你别停，不就是这种情况吗？"于是赶紧冒着雨走了，很快那房子就塌了，只有他免受了灾难。王旻的妻子和邻居私通，想长期厮守，等王旻回来，想用毒计害死他。王旻回家后，他的妻子和姘夫约定说："今晚洗澡的是我丈夫。"天快黑了，他妻子叫王旻洗澡，重新换头巾和手帕。王旻忽然想起："让你洗你别洗，莫非就是这个？"于是坚决不洗澡。他妻子生气了，没有考虑，就自己去洗澡了。半夜的时候他的妻子被杀死了。

王旻被惊醒了，大喊大叫，乡邻都一齐来看，可是大家都不知道他妻子被害的原因。于是他被囚禁起来拷问审讯。很快就结案了，王旻无法为自己辩护。太守派人来记录他的罪状，王旻哭着说："死了也没什么，只是费孝先对我说的话没有应验啊。"左右的人把王旻的话上报。太守让人先不要执行死刑，传唤王旻来问道："你隔壁邻居是谁？"王旻回答说："是康七。"太守马上让人逮捕康七，并对王旻说："杀你妻子的肯定是这个人。"后来审问了康七，真的就是这样。太守于是就对身边的僚佐们说："一石稻谷舂得三斗米，不正是说康七吗？"王旻因此冤情得到昭雪，这句"碰上圣明的人就活"应验了。

十八 隗炤（kuí zhào）遗言

［原文］

隗炤，汝阴鸿寿亭民也。善《易》，临终书板，授其妻曰："吾亡后，当大荒。虽尔，而慎莫卖宅也。到后五年春，当有诏使，来顿此亭，姓龚，此人负吾金，即以此板往责之。勿负言也。"亡后，果大困，欲卖宅者数矣，忆夫言，辄止。

至期，有龚使者，果止亭中，妻遂赍（jī）板责之。使者执板，不知所言，曰："我平生不负钱，此何缘尔邪？"妻曰："夫临亡，手书板，见命如此，不敢妄也。"使者沉吟，良久而悟，乃命取蓍（shī）筮之。卦成，抵（zhǐ）掌叹曰："妙哉隗生！含明隐迹而莫之闻，可谓镜穷达而洞吉凶者也。"于是告其妻曰："吾不负金，

贤夫自有金。乃知亡后当暂穷，故藏金以待太平。所以不告儿妇者，恐金尽而困无已也。知吾善《易》，故书板以寄意耳。金五百斤，盛以青罂，覆以铜柈(bàn)，埋在堂屋东头，去壁一丈，入地九尺。”

妻还掘之，果得金，皆如所卜。

[译文]

隗炤，是汝阴郡鸿寿亭的普通百姓，擅长《易经》，他在临死之前写了一块木板，交给妻子说：“我死后，会来大灾荒。即使那样，也千万别把房子卖了。五年后的春天，会有一个使者来到鸿寿亭停留，他姓龚，这个人欠我钱，你就拿着这个木板去向他要钱。一定不要违背我的话。”他死后，家里果然十分贫困，妻子好几次都想卖掉房子，但想起丈夫的话，最后还是没卖。

到了隗炤说的那个日子，有个姓龚的使者果然停在了鸿寿亭，隗炤的妻子于是拿了木板前去讨债。龚使者拿着这块板，不知道说什么才好，就说：“我一生都没有欠债啊，这是怎么回事？”隗炤的妻子说：“我丈夫在临终前，书写了这块板子，让我这样做，我不敢胡说。”龚使者认真地想了很长时间，终于明白了，于是叫人拿蓍草为此事占了个卦。卦占好后，他拍着手赞叹说：“好啊，隗炤！心中明亮却把踪迹隐藏起来不外露，所以别人不知道，可真是一个明察秋毫、通达而又洞悉吉利灾祸的人啊。”于是赶紧对隗炤的妻子说：“我不欠他钱，你丈夫自己就有钱。他知道他死后你们肯定会暂时贫穷，所以就藏着黄金等到太平的日子。之所以没有告诉妻儿，是怕黄金会被用完而到头来还是贫困。他知道我精通《易经》，所以就写在木板上来寄托寓意。黄金有五百斤，用青色的瓷瓶装着，上面盖着铜盘，埋在堂屋的东头，离墙一丈，挖地九尺深。”

隗炤的妻子回去挖，果然挖到了黄金，一切都和占卜说的一样。

十九 韩友设囊治病

[原文]

韩友，字景先，庐江舒人也。善占卜，亦行京房厌胜之术。刘世则女病魅，积年，巫为攻祷，伐空冢故城间，得狸鼍(tuó)数十，病犹不差。友筮之，命作布囊，俟女发时，张囊着窗牖间。友闭户作气，若有所驱。须臾间，见囊大胀如吹，因决败之。女仍大发。友乃更作皮囊二枚，沓张之，施张如前，囊复胀满，因急缚囊口，悬着树。二十许日，渐消。开视，有二斤狐毛。

女病遂差。

[译文]

韩友，字景先，是庐江郡舒县人。这个人擅长卦术，也会施展魔咒之术。刘世则的女儿受到鬼魔缠身一病就好几年，巫医为她祷祝，到旧城坟冢间去讨伐，抓到了狐狸和猪婆龙几十只，但是病还是没好。韩友用蓍草为她占卜，命人做布袋，等到这女孩发病时，把大布袋放在窗边。韩友关上门运气，似乎在驱赶什么。不一会儿，就看见布袋胀起来，好像在吹着气，所以布袋胀破了。这女孩的病仍然严重。韩友做了两个皮袋重叠着套在一起，放在窗户上，像之前一样，皮袋又涨满了气，因此他急忙将皮袋口缚住，把它挂在树上。二十天左右，口袋变小了。打开看，有两斤狐狸毛。从此这女孩的病就好了。

二十 严卿禳(ráng)灾

[原文]

会稽严卿善卜筮。乡人魏序欲东行，荒年，多抄盗，令卿筮之。卿曰："君慎不可东行，必遭暴害，而非劫也。"序不信。卿曰："既必不停，宜有以禳之。可索西郭外独母家白雄狗，系着船前。"求索，止得驳狗，无白者。卿曰："驳者亦足，然犹恨其色不纯，当余小毒，止及六畜辈耳。无所复忧。"序行半路，狗忽然作声，甚急，有如人打之者。比视，已死，吐黑血斗余。其夕，序墅上白鹅数头，无故自死。序家无恙。

[译文]

会稽郡人严卿擅长占卜。同乡魏序要到东方去，正当荒年，强盗很多，因此让严卿算个卦。严卿说："你要小心，不可以到东边去，一定会遭到伤害，但不是抢劫。"魏序不相信。严卿说："既然一定要去的话，得想一个办法为你消灾。你可以到西城外独母家要一条白色的公狗，把狗拴在船前。"魏序前去寻找，只找到了一只杂色狗，没有白狗。严卿说："花狗也足够了，但还是嫌它颜色不纯，应当会留下一点点毒，只会危害到六畜之类罢了。现在没什么再担忧的了。"魏序走到半路，狗突然开始狂叫，特别急，好像有人打它一样。魏序前去看，狗已经死了，还吐出一斗多黑血。那天晚上，魏序田庄里的几只白鹅莫名其妙地死掉了，魏序家里的人没发生灾祸。

二十一 华佗医疮

[原文]

沛国华佗，字元化，一名旉。琅琊刘勋，为河内太守，有女，年几二十，苦脚左膝里有疮，痒而不痛，疮愈，数十日复发，如此七八年。迎佗使视。佗曰：“是易治之。”当得稻糠黄色犬一头，好马二匹。以绳系犬颈，使走马牵犬，马极辄易，计马走三十余里，犬不能行，复令步人拖曳，计向五十里。乃以药饮女。女即安卧不知人。因取大刀，断犬腹近后脚之前，以所断之处向疮口，令去二三寸停之。须臾，有若蛇者，从疮中出。便以铁椎横贯蛇头，蛇在皮中动摇良久，须臾，不动，乃牵出，长三尺许，纯是蛇，但有眼处而无瞳子，又逆鳞耳。以膏散着疮中，七日愈。

华佗

华佗，东汉末医学家，后汉书《华佗传》说他“兼通数经，晓养性之术”，尤其“精于方药”。时人称他为“神医”。文中所举一事，他的医术之精妙于此可见一斑。

[译文]

沛国人华佗，字元化，又名旉。琅琊郡人刘勋，是河内郡太守，他有个女儿快二十岁了，苦于左边的膝盖里长了个疮，这疮很痒但是不痛，疮好了，几十天后又复发了，如此反复了七八年。刘勋请来华佗诊治。华佗说：“这毛病不难治。”要和稻糠一样颜色的黄狗一条，上好的马两匹。用绳子系住狗的脖子，让马拉着这条狗跑，一匹马累了就换上另一匹马，算着马大概跑了三十多里，狗走不动了，又叫步行的人继续拽着狗走，共计走了五十里。于是拿出药来给女孩喝，女孩就安静地躺着，不省人事了。于是他拿起大刀，切断了狗靠近后腿前的腹部，把这斩断的地方对准女孩的疮口，让它在与疮口二三寸的地方停下。一会儿，就有像蛇一样的东西从疮口爬出来。华佗拿来铁锥子横向戳穿它的头部，蛇在皮中蠕动了好久，过了一会儿，就不动弹了，华佗把这个东西拉出来，长达三尺左右，完全是一条蛇，只是这蛇只有眼眶而没有眼珠，鳞片也是倒着长的。华佗把药膏涂在这女孩的疮口里面，七天之后疮口就好了。

二十二　华佗治咽疾

[原文]

佗尝行道，见一人病咽，嗜食不得下，家人车载，欲往就医。佗闻其呻吟声，驻车往视，语之曰：“向来道边，有卖饼家蒜齑(jī)大酢(cù)，从取三升饮之，病自当去。”即如佗言，立吐蛇一枚。

[译文]

华佗曾经行走在路上，看见一个人的喉咙病了，他想吃东西却无法下咽，家人用车拉着他，要去看医生。华佗听到他呻吟的声音，下车前去察看，对他说：“你刚才经过的路旁，有个卖大饼的人家里有蒜泥和醋，去取三升喝了，病自然就会好了。”这人于是按照华佗的吩咐去做，很快吐出了一条蛇。

卷四

一 风伯和雨师

［原文］

风伯、雨师，星也。风伯者，箕星也。雨师者，毕星也。郑玄谓司中、司命，文星第四、第五星也。雨师：一曰屏翳(yì)，一曰号屏，一曰玄冥。

［译文］

风伯、雨师，都是星宿。风伯，是箕星。雨师，是毕星。郑玄说司中、司命就是文星宫排第四、第五的星宿。雨师称为屏翳，又称为号屏，或称为玄冥。

二 张宽卜星主

［原文］

蜀郡张宽，字叔文，汉武帝时为侍中。从祀甘泉，至渭桥，有女子浴于渭水，乳长七尺。上怪其异，遣问之。女曰："帝后第七车者，知我所来。"时宽在第七车。对曰："天星主祭祀者，斋戒不洁，则女人见。"

［译文］

蜀郡人张宽，字叔文，汉武帝时担任侍中。他跟从汉武帝前去甘泉官祭祀，走到渭桥，一个妇人在渭水里洗澡，乳房长七尺。皇上感到很奇怪，于是派人前去询问。这位妇女说："皇帝后面第七辆车上的人，他知道我是从哪里来的。"当时张宽正好在第七辆车中。他回答说："这个人是上天管祭祀的星宿，因为在祭祀的时候斋戒不洁净，所以就以女人的面貌出现了。"

三 泰山神女

［原文］

文王以太公望为灌坛令，期年，风不鸣条。文王梦一妇人，甚丽，当道而哭。问其故。曰："吾泰山之女，嫁为东海妇，欲归，今为灌坛令当道有德，废我行，我行必有大风疾雨，大风

疾雨，是毁其德也。”文王觉，召太公问之。是日果有疾雨暴风，从太公邑外而过。文王乃拜太公为大司马。

［译文］

周文王让姜尚担任灌坛县的县令，一年来，风调雨顺。周文王梦到一个妇人，非常漂亮，在路上哭泣。文王问她哭的原因。妇人说：“我是泰山神的女儿，嫁给东海龙王做妻子，想要出嫁，现在因为灌坛县令是一个有德行的人，使我过不去，要是我过去肯定会有狂风暴雨，只要下暴雨就会败坏他的德行。”周文王醒来，急忙召见姜尚问这件事。这一天果然有暴风雨，从太公的灌坛城外经过。周文王升迁姜尚为大司马。

姜太公

姜太公，即姜尚，字子牙，曾辅佐周文王、武王，灭掉商朝，建立周朝，后封为齐国君主，传说他兼备文韬武略，治国有方，为后世所敬仰。

四　胡母班传信

［原文］

胡母班，字季友，泰山人也。曾至泰山之侧，忽于树间，逢一绛衣驺(zōu)，呼班云：“泰山府君召。”班惊愕，逡巡未答。复有一驺出，呼之。遂随行数十步，驺请班暂瞑，少顷，便见宫室，威仪甚严。班乃入阁拜谒，主为设食，语班曰：“欲见君，无他，欲附书与女婿耳。”班问：“女郎何在？”曰：“女为河伯妇。”班曰：“辄当奉书，不知缘何得达？”答曰：“今适河中流，便扣舟呼青衣，当自有取书者。”班乃辞出。昔驺复令闭目，有顷，忽如故道。

遂西行，如神言而呼青衣。须臾，果有一女仆出，取书而没。少顷，复出，云：“河伯欲暂见君。”婢亦请瞑目。遂拜谒河伯。河伯乃大设酒食，词旨殷勤。临去，谓班曰：“感君远为致书，无物相奉。”于是命左右：“取吾青丝履来！”以贻班。

班出，瞑然忽得还舟。遂于长安经年而还。至泰山侧，不敢潜过，遂扣树，自称姓名：“从长安还，欲启消息。”须臾，昔驺出，引班如向法而进。因致书焉。府君请曰：“当别再报。”班语讫，如厕，忽见其父着械徒作，此辈数百人。班进拜流涕问：“大人何因及此？”父云：“吾死不幸，见遣三年，今已二年矣，困苦不可处。知汝今为明府所识，可为吾陈之，乞免此役。便欲得社公耳。”班乃依教，叩头陈乞。府君曰：“生死异路，不可相近，身无所惜。”班苦请，方许之。于是辞出，还家。

岁余，儿子死亡略尽。班惶惧，复诣泰山，扣树求见。昔驺遂迎之而见。班乃自说：“昔辞旷拙，及还家，儿死亡至尽。今恐祸故未已，辄来启白，幸蒙哀救。”府君拊掌大笑曰：“昔语君‘死生异路，不可相近’故也。”即敕外召班父。须臾，至庭中，问之：“昔求还里社，当为门户作福，而孙息死亡至尽，何也？”答云：“久别乡里，自欣得还，又遇酒食充足，实念诸孙，召之。”于是代之。父涕泣而出。班遂还。后有儿皆无恙。

[译文]

胡母班，字季友，是泰山郡人。他曾经到泰山边上，忽然在树林里看到一个穿红衣服的骑士，此人招呼胡母班说：“泰山府君（招收魂魄的神）想召见你。”胡母班很惊讶，犹豫着没有回答。又有一个骑士出来招呼他。胡母班就跟着他们走了几十步，骑士让他暂时闭上眼睛，没过多久就看到一座宫殿，气势恢宏。胡母班于是进宫拜见了泰山府君，泰山府君为他摆上饭菜，对胡母班说：“我见你，没其他的意思，只不过想让你捎一封信给我女婿。”胡母班问：“您女儿在哪里？”泰山府君说：“她就是河伯的妻子。”胡母班说：“我马上交给他，那么怎么才能去呢？”泰山府君回答说：“现在您到河的中央，就开始敲打船舷喊‘青衣’，会有人前来接收的。”胡母班于是告辞出来。先前的那个骑士又叫他闭上眼睛，过了一会儿，忽然又到了原来的路上。

胡母班于是往西走，按照泰山府君说的那样喊“青衣”。没过多久，果然有一个婢女出来，取了信就没入水中了。过了一会儿，这婢女再次出现，说：“河伯想见您。”婢女也让他闭上眼睛。胡母班于是就拜见了河伯。河伯于是大设宴席，说话非常热情。临走时，他对胡母班说：“谢谢您老远来为我送信，没有什么东西可以送给您。”于是吩咐身边的侍从：“拿来我的青丝鞋。”于是把鞋子送给了胡母班。

胡母班出来，闭着眼睛忽然回到了船上。胡母班在长安待了一年就回家去了。

他来到泰山边上，不敢就这样走了，于是就敲打树干，自报姓名："我胡母班从长安来，有些事情要报告府君。"一会儿，原来的那个骑士出来，带着胡母班进了泰山。于是胡母班把送信的经过告诉了府君。泰山府君说："我会用其他的方式报答您。"胡母班出去上厕所，突然看见他的父亲带着刑具在服劳役，这些人有几百人。胡母班上前拜见父亲，流着泪问："您为什么到这个地方来了？"他父亲说："我不幸死后，需要被惩罚三年，现在已经二年了，这些困苦我再也不能忍受了。我知道你现在被府君赏识，你可以替我向府君陈述，轻轻他免掉我的苦役。我想回去做土地神。"胡母班把父亲的话说给府君，向府君磕头求情。府君说："活人和死人分处于两条道路，不可以接近，我没什么吝惜的。"胡母班苦苦请求，于是府君就答应了。胡母班便告辞回家了。

一年多的时间里，胡母班的儿子几乎都死光了。他很害怕，于是又来到泰山，求见泰山府君。以前的骑士又前来迎接他去见泰山府君。胡母班说道："我以前说话粗俗不当，等我回到家，儿子基本都死了。现在只怕灾害还没有结束，于是我赶紧来禀报，求您怜悯救救我。"府君拍手大笑说："这就是我以前和你说'活人和死人分处于两条道路，不能接近'的原因。"于是马上传令召见胡母班的父亲。不久，他的父亲到了厅堂，府君就问他："你以前请求回家做土地神，本来是想为家里带来幸福的，结果孙子快死光了，为什么呢？"胡母班的父亲回答说："我离开家很长时间了，很高兴能够回去，又遇到丰盛的饭菜，实在想念孙子们，就忍不住召来了他们。"于是泰山府君派人代替了胡母班的父亲。他父亲哭着离开了。胡母班于是就回去了。后来又有了儿子，都平安无事。

五　冯夷溺死

[原文]

宋时弘农冯夷，华阴潼乡隄首人也。以八月上庚日渡河，溺死。天帝署为河伯。又《五行书》曰："河伯以庚辰日死，不可治船远行，溺没不返。"

[译文]

宋国弘农郡的冯夷，是华阴潼乡隄首人。他在八月上旬的庚日渡河，溺水而死。天帝就任命他当河伯。另外，《五行书》也说："河伯死在庚辰日，不宜开船出去远行，一旦出去就可能溺水淹没，回不来了。"

六　河伯招婿

[原文]

吴余杭县南有上湖，湖中央作塘。有一人乘马看戏，将

三四人，至岑村饮酒，小醉，暮还。时炎热，因下马，入水中枕石眠。马断走归，从人悉追马，至暮不返。

眠觉，日已向晡（bū），不见人马。见一妇来，年可十六七，云：“女郎再拜，日既向暮，此间大可畏，君作何计？”因问：“女郎何姓？那得忽相闻？”复有一少年，年十三四，甚了了，乘新车，车后二十人，至，呼上车，云：“大人暂欲相见。”因回车而去。道中绎络把火，见城郭邑居。

既入城，进厅事上，有信幡（fān），题云“河伯信”。俄见一人，年三十许，颜色如画，侍卫繁多。相对欣然，敕行酒炙，云：“仆有小女，颇聪明，欲以给君箕帚。”此人知神，不敢拒逆。便敕备办，会就郎中婚。承白已办。遂以丝布单衣及纱袷（qiā）、绢裙、纱衫裈、履屐，皆精好。又给十小吏，青衣数十人。妇年可十八九，姿容婉媚，便成。三日，经大会客拜阁。四日，云：“礼既有限，发遣去。”妇以金瓯、麝香囊与婿别，涕泣而分。又与钱十万，药方三卷，云：“可以施功布德。”复云：“十年当相迎。”

此人归家，遂不肯别婚，辞亲出家作道人。所得三卷方：一卷脉经，一卷汤方，一卷丸方。周行救疗，皆致神验。后母老，兄丧，因还婚宦。

［译文］

吴郡余杭县南边有个上湖，在这个湖的中央筑有堤坝。有一个人骑着马去看戏，带了三四个人到岑村喝酒，有点醉了，眼看太阳快落下了才回家。那时候天气很热，他于是跳下马，到了湖水中把头枕在石头上睡觉。马自己挣脱了缰绳跑回家去了，随从们都追着马走了，到天黑了还是没回来。

他醒来，已快下午三四点了，他不见了自己的随从和车马。他看到一个女子走过来，大概十六七岁，对他说：“小女子再次向您施礼了，天色这么晚了，这个地方很可怕，您有什么打算吗？”他就问：“姑娘您姓什么？我们怎么会突然在这里相遇？”这时又出现了一个少年，十三四岁，长得聪明伶俐的，他乘着一辆新车，车后跟着二十个人，来到这儿，招呼他上车，对他说：“我父亲想见一下您。”于是这少年转车回去。只见一路上火把通明，照见了城墙里的房屋。

进城后，来到了一座官府，挂着一面信旗，上面写着“河伯信”。不久又看到一个人，三十岁左右，脸色和画上画的一样，而且身边很多侍从。见面很高兴，命令侍从为他准备丰盛的饭菜，并对他说："我有一个女儿聪明伶俐，想给您做妻子。"这个人知道河伯是神，不敢拒绝。河伯于是下令给他们准备，立马跟新郎成婚。承办的小吏说一切都办妥当了。河伯就拿出来丝绸单衣以及纱夹衣、绸缎裙子、纱短衫裤、鞋子等，都很精美。又给了他十个小吏，几十个婢女。那个女子大概十八九岁，长相姣好，于是两个人就成婚了。婚后三天，举行了盛大的宴会招待宾客，回门。第四天，河伯说："婚礼既然有规定，还是打发他回去吧。"

妻子便拿了黄金酒器、麝香袋给丈夫，哭泣着分别。另外，还给了他十万铜钱、三卷药方，对他说："可以用这些来帮助百姓。"又说："十年过后我会去迎接你。"

此人回到家里后，就不肯和别人结婚了，他告别父母，出家做了道士。他得到的三卷药方是：一卷是脉经，一卷是汤剂单方，一卷是丸药单方。他四处行医治疗，都很灵验。后来他母亲年老了，哥哥死了，于是他就还俗跟别人成婚了。

七 祖龙之死

［原文］

秦始皇三十六年，使者郑容从关东来，将入函关。西至华阴，望见素车白马，从华山上下。疑其非人，道住，止而待之。遂至，问郑容曰："安之？"答曰："之咸阳。"车上人曰："吾华山使也。愿托一牍书，致镐(hào)池君所。子之咸阳，道过镐池，见一大梓，下有文石，取款梓，当有应者，即以书与之。"容如其言，以石款梓树，果有人来取书。明年，祖龙死。

［译文］

秦始皇三十六年（公元前211年），使者郑容从关东来，打算去函谷关。他往西走到华阴时，看到白车白马，从华山顶上下来。他怀疑那里面坐的不是人，于是就在道路上停下来等待。一会儿那车子就到了他眼前，里面有人问他道："你打算去哪里？"郑容回答说："到咸阳。"车上的人接着说："我是华山神的使者。希望能托付给您一封信，带到镐池君

遣使求仙

秦始皇晚年统治昏庸，穷奢极侈，置人民于水火之中，为追求长生不老，派遣齐人徐福率童男童女入海求仙。

那里。你到咸阳，路过镐池，在镐池那里你会看到一棵大梓树，树下有一块带有花纹的石头，你就拿起来敲梓树，就会有答应的人，你把信交给那人就可以了。”郑容遵照他说的话，用那石头敲那棵梓树，果然有人出来拿信。第二年，秦始皇便死了。

八 张璞嫁女庐山君

[原文]

张璞，字公直，不知何许人也。为吴郡太守，征还，道由庐山。子女观于祠室，婢使指像人以戏曰：“以此配汝。”其夜，璞妻梦庐君致聘曰：“鄙男不肖，感垂采择，用致微意。”妻觉怪之。婢言其情。于是妻惧，催璞速发。中流，舟不为行。阖船震恐。乃皆投物于水，船犹不行。或曰：“投女。”则船为进。皆曰：“神意已可知也。以一女而灭一门，奈何？”璞曰：“吾不忍见之。”乃上飞庐卧，使妻沉女于水。妻因以璞亡兄孤女代之。置席水中，女坐其上，船乃得去。璞见女之在也，怒曰：“吾何面目于当世也。”乃复投己女。及得渡，遥见二女在下。有吏立于岸侧，曰：“吾庐君主簿也。庐君谢君。知鬼神非匹，又敬君之义，故悉还二女。”后问女，言：“但见好屋吏卒，不觉在水中也。”

庐山

庐山，又名匡山、匡庐。相传周有匡姓七兄弟结庐隐居于此，故名。在江西省九江市南，位于鄱阳湖、长江之滨。山多巉岩、峭壁、清泉、飞瀑，现在是一处著名的旅游胜地。

[译文]

张璞，字公直，不知道他是哪里人。他担任吴郡太守，被征召回朝廷，路过庐山。他的女儿和婢女到庐山祠堂游玩，婢女指着神像开玩笑地说：“让他做你的丈夫。”那天夜里，张璞的妻子梦到庐山山神送上聘礼对他说：“我的儿子不成才，感激你们选择他做你们的女婿，送上这点东西姑且表达一下我微薄的心意。”张璞的妻子醒后

觉得很奇怪。那婢女于是把那天开玩笑的话说出来了。他的妻子很害怕，催促张璞赶快出发。船刚到了江心，不能动了。船上的人都很害怕。于是他们就一起往江水里扔东西，船还是无法前行。这时有人说："把女儿扔到水里。"船前行了一些。大家都说："山神的旨意已经很明确了。因为一个女儿而让全家都遭殃，怎么办？"张璞说："我不忍心看着自己的亲生女儿被扔进江水中。"于是他进入船舱躺下来，让他的妻子把女儿沉进江水中。他的妻子于是让张璞死去的兄长的孤女代替了自己的女儿。她在水中放下一张席子，让这个女孩坐在席子上，船这才得以离开。张璞看到自己的女儿还在船上，十分生气地说："我还有什么颜面活在世上！"于是又把自己的女儿扔进水里。等他们渡到对岸的时候，远远地看见两个女孩站在岸边。有个官吏站在岸边，说："我是庐山神的主簿。庐山神让我前来向您道歉。他深知人和神是不能匹配的，又钦佩您的仁义，所以让我把这两个女孩给您送回来。"后来张璞问女儿，女儿说："我只看见漂亮的房屋和很多的官吏士兵，不觉得自己是在水里面。"

九　庐山神嫁女

［原文］

建康小吏曹著，为庐山使所迎，配以女婉。著形意不安，屡屡求请退。婉潸然垂涕，赋诗序别，并赠织成裈(kūn)衫。

［译文］

建康郡的小吏曹著，被庐山之神的使者前来接走，庐山之神把女儿婉许配给了他。曹著总是不能安心，多次请求回去。婉以泪洗面，为他做了一首诗赠别，并赠给了他彩丝金缕的裤子和衣衫。

十　鱼腹得书刀

［原文］

宫亭湖孤石庙，尝有估客下都，经其庙下，见二女子，云："可为买两量丝履，自相厚报。"估客至都，市好丝履，并箱盛之，自市书刀，亦内箱中。既还，以箱及香置庙中而去，忘取书刀。至河中流，忽有鲤鱼跳入船内，破鱼腹，得书刀焉。

［译文］

宫亭湖（即彭泽湖）畔有一座孤石庙，曾经有一贩卖货物的商人到都城去，经过庙的下面，看见两个女子，说："请帮我们买两双丝鞋，我们一定会重谢你的。"这商人到了都城，买了好看的丝鞋，并用箱子把它们装起来，他自己买的书刀，也放在了箱子里。等到他回到孤石庙的时候，把箱子和线香放在庙里就离开了，但是忘记取出书刀了。他的船行驶到河中心的时候，忽然有一条鲤鱼跳进船舱里，他把鱼肚剖开，得到了他的书刀。

十一 鲤鱼还簪

[原文]

南州人有遣吏献犀簪于孙权者，舟过宫亭庙而乞灵焉。神忽下教曰："须汝犀簪。"吏惶遽不敢应。俄而犀簪已前列矣。神复下教曰："俟汝至石头城，返汝簪。"吏不得已，遂行。自分失簪，且得死罪。比达石头，忽有大鲤鱼，长三尺，跃入舟。剖之，得簪。

[译文]

南州有个人派小吏给孙权进献犀牛角制成的簪子，这个小吏在路过彭泽湖边的宫亭庙时到此庙求福。这里的神灵突然对他说："我只喜欢你的犀牛角簪子。"这小吏很害怕，不敢答应神灵的请求。过了一会儿，犀牛角的簪子已经放到神像的前面了。那神灵再次对他说："等你到了石头城，我会把簪子再还给你的。"这小吏迫不得已，于是前行。他认为自己丢失了簪子，将会被判处死刑。等他到了石头城，忽然从水中跳出来一条大鲤鱼，长三尺，跳进了船里。他剖开鱼肚，又得到了丢失的簪子。

十二 郭璞卜驴鼠

[原文]

郭璞过江，宣城太守殷祐引为参军。时有一物，大如水牛，灰色，卑脚，脚类象，胸前尾上皆白，大力而迟钝，来到城下，众咸怪焉。祐使人伏而取之。令璞作卦，遇"遁"之"蛊"，名曰"驴鼠"。卜适了，伏者以戟刺，深尺余。郡纲纪上祠请杀之。巫云："庙神不悦。此是䢵亭驴山君使，至荆山，暂来过我，不须触之。"遂去，不复见。

[译文]

郭璞过江后，宣城郡的太守殷佑任用他为参军。当时有一个怪物，像水牛那么大，灰色，矮脚，脚和大象有点像，胸口前面和尾巴都是白色的，这怪物有力气但是反应迟钝，恰好到了宣城郡城下，当地的老百姓都感到奇怪。殷佑派人埋伏把这怪物逮住了。请郭璞占卜，占卜的结果是“遁”卦与“蛊”卦，名字叫“驴鼠”。刚算完卦，那些埋伏的人用兵器刺杀这头怪物，刺进它的身体有一尺多深。宣城郡的纲纪到神祠请求把这怪物杀掉。庙里的巫婆说：“庙里的神灵不高兴。其实这怪物是郱亭湖畔驴山君的使者，它想到荆山去，临时路过这里，别再去碰它了。”于是就让这怪物离开了，从此再也没有人看到它。

荆山

荆山，山名，在今湖北省南漳县西部。漳水发源于此。山有抱玉岩，传说为楚人卞和得璞处。

十三 欧明娶如愿

[原文]

庐陵欧明，从贾客，道经彭泽湖，每以舟中所有，多少投湖中，云以为礼。积数年后，复过，忽见湖中有大道，上多风尘，有数吏，乘车马来候明，云是青洪君使要。须臾达，见有府舍，门下吏卒。明甚怖。吏曰：“无可怖！青洪君感君前后有礼，故要君，必有重遗君者，君勿取，独求如愿耳。”明既见青洪君，乃求如愿。使逐明去。如愿者，青洪君婢也。明将归，所愿辄得，数年，大富。

[译文]

庐陵郡人欧明，跟着商人做生意，路过彭泽湖，他每次总是把船上的货物多多少少地扔一点到湖里，说这就算是自己的一点礼物吧。几年之后，再次经过彭泽湖，忽然看见湖中开辟出来一条大道，上面还有很多的尘土，有几个小吏，乘着马车来迎接欧明，说是受青洪君的指派。一会儿就到了，看见有官府房屋，门口有官吏仆役。欧明很恐惧。那小吏说：“没什么可害怕的！青洪君感激您以前赠送给他的礼物，所以派人前去邀请您，一定会有贵重的礼物送给您。您不要收取礼物，只向他要如愿就够了。”欧明拜见青洪君，向他要如愿。青洪君让如愿跟着欧明走了。如愿，是青洪君的婢女。欧明带着如愿回家以后，他所有的愿望都能实现，几年以后，家里就很富有了。

十四 黄石公显灵

[原文]

益州之西，云南之东，有神祠，克山石为室，下有神奉祠之，自称黄公。因言此神，张良所受黄石公之灵也。清净不宰杀。诸祈祷者，持一百纸，一双笔，一丸墨，置石室中，前请乞。先闻石室中有声，须臾，问来人何欲？既言，便具语吉凶，不见其形。至今如此。

[译文]

益州的西面，云南的东面，有一座神庙，凿山石成为庙室，庙室中有神灵，百姓供奉祭祀它，神灵自称是黄公。于是说，这神是张良师从的黄石公的灵魂。这人喜欢素净，不愿让人杀生来祭祀他。那些祈祷的人，只要拿一百张纸，一双笔，一块墨，放在那石洞中，就可以前来祈祷了。祈求的人先是听到洞中发出一阵声音，不一会儿，就问来人有什么需要？说出来后，神就会告诉他们事情的吉凶，不现出他的身体。直到现在还是这个样子。

十五 兖州现神

[原文]

永嘉中，有神见兖州，自称樊道基。有妪，号成夫人。夫人好音乐，能弹箜篌（kōng hóu），闻人弦歌，辄便起舞。

[译文]

永嘉年间（公元307年—312年），在兖州出现了一个神仙，他自称是樊道基。还有一个女人，称自己为成夫人。成夫人爱好音乐，会弹箜篌，她只要听见别人唱歌，就会马上跳起舞来。

十六 戴文谋疑天帝使者

[原文]

沛国戴文谋，隐居阳城山中，曾于客堂食际，忽闻有神呼曰："我天帝使者，欲下凭君，可乎？"文闻甚惊。又曰："君疑我也？"文乃跪曰："居贫，恐不足降下耳。"既而洒扫设位，朝夕进食，甚谨。后于室内窃言之。妇曰："此恐是妖魅凭依

耳。”文曰：“我亦疑之。”及祠飨之时，神乃言曰：“吾相从，方欲相利，不意有疑心异议。”文辞谢之际，忽堂上如数十人呼声，出视之，见一大鸟，五色，白鸠数十随之，东北入云而去，遂不见。

白鸠

鸠，鸟名，我国古代所指不固定，有雉鸠、祝鸠、斑鸠等，亦有非鸠鸽类而以鸠名的，如鸤鸠（布谷），文中所提到的白鸠，当为异类，可看作一种神鸟。

[译文]

沛国人戴文谋，隐居在阳城山中，在客厅吃饭的时候，忽然听到有个神仙呼唤他说：“我是天帝的使者，想下来依附您，可以吗？”戴文谋听了很是吃惊。那神仙又说：“您不相信我吗？”戴文谋便跪下来说：“我那么穷，恐怕不足以让您依附我。”接着戴文谋把家里打扫干净，设立神位，早晚供奉祭品，非常恭谨。后来他在屋里悄悄把此事告诉妻子。他妻子说：“恐怕是妖怪依附我们吧。”戴文谋说：“我也怀疑他。”等到他再进献祭品的时候，那神仙便对他说：“我跟随你，正想让你受利，不料你们却怀疑我。”戴文谋道歉的时候，忽然堂屋上好像有几十人的呼喊声，出来察看，只见一只五色大鸟，几十只白鸠跟随着它，往东北方的云端飞去，就看不见了。

十七 麋竺家中遇火

[原文]

麋（mí）竺，字子仲，东海朐（qú）人也。祖世货殖，家赀（zī）巨万。常从洛归，未至家数十里，见路次有一好新妇，从竺求寄载。行可二十余里，新妇谢去，谓竺曰：“我，天使也。当往烧东海麋竺家，感君见载，故以相语。”竺因私请之。妇曰：“不可得不烧。如此，君可快去，我当缓行，日中，必火发。”竺乃急行归，达家，便移出财物。日中，而火大发。

[译文]

麋竺，字子仲，是东海郡朐县人。他家世代经商，家产数万。有一次他从洛

阳回来，离家还有几十里的地方，看见路旁有一个漂亮的新娘，请求要搭他的车。走了大约二十里，新娘道谢辞去，对麋竺说："我是上天派来的使者，要去烧掉东海郡麋竺的家，感激你让我搭车，所以把消息告诉你。"麋竺于是私下向她求情，新娘说："不能不烧。这样吧，你赶紧回家，我慢慢走，中午必定要起火。"麋竺于是急忙回家，到家后，把家里值钱的东西都搬出来了。到了中午，大火烧起来了。

十八 阴子方祀灶神

[原文]

汉宣帝时，南阳阴子方者，性至孝。积恩，好施，喜祀灶。腊日，晨炊，而灶神形见。子方再拜受庆，家有黄羊，因以祀之。自是已后，暴至巨富。田七百余顷，舆马仆隶，比于邦君。子方尝言："我子孙必将强大。"至识三世，而遂繁昌。家凡四侯，牧守数十。故后子孙尝以腊日祀灶，而荐黄羊焉。

[译文]

汉宣帝的时候，南阳郡有个叫阴子方的人，非常孝顺。这个人经常积德，喜欢施舍，还喜欢祭灶。十二月初八那天，做早饭的时候，灶神现出了原形。阴子方向他拜了两次，请求得到保佑，他家里有黄羊，于是就用黄羊来祭灶。从此之后，他家里变得非常富有。耕田多达七百多顷，仆役和车马不可计数，富有的程度与诸侯王不相上下。阴子方曾经说："我的子孙一定会强大。"到第三代阴识的时候，阴家很旺盛。家里先后有四人被封侯，有几十个做到了州郡一级的官。所以他们的子孙也在十二月初八祭灶，还以黄羊作祭品。

十九 蚕神显灵

[原文]

吴县张成，夜起，忽见一妇人立于宅南角，举手招成曰："此是君家之蚕室。我即此地之神。明年正月十五，宜作白粥，泛膏于上。"以后年年大得蚕。今之作膏糜像此。

[译文]

吴县人张成，有一天夜里起时，忽然看到一个女子站在他家房子的南边，还对张成招手说："这是你们家的养蚕房。我是这里的神仙。明年正月十五，你应该

煮一锅白米粥，涂一层米膏在这养蚕房上。”以后张成每年都在那地方得到很多蚕。现在人们也像这样做米膏。

二十 戴氏女立祠

［原文］

豫章有戴氏女，久病不差。见一小石，形像偶人，女谓曰：“尔有人形，岂神？能差我宿疾者，吾将重汝。”其夜，梦有人告之：“吾将佑汝。”自后疾渐差。遂为立祠山下。戴氏为巫，故名戴侯祠。

［译文］

豫章郡有一个姓戴的女孩，生病很久了都治不好。有次她看到一块小石头，形状很像人，于是对它说：“你长得像人，是不是神仙呢？如果能治好我的老毛病的话，我一定重谢你的。”那天夜里，女孩梦见有人告诉她说：“我会保佑你。”从那以后，她的病就渐渐好了。于是她就在山下为石人建了座庙。这姓戴的女子做了祠庙里的巫婆，所以此庙命名为戴侯祠。

二十一 刘玘(qǐ)死后成神

［原文］

汉阳羡长刘玘尝言：“我死当为神。”一夕，饮醉，无病而卒。风雨，失其柩。夜闻荆山有数千人（喊）声，乡民往视之，则棺已成冢。遂改为君山，因立祠祀之。

［译文］

汉朝时阳羡县县令刘玘曾经说：“我死后会成仙。”有天晚上他喝醉了，没什么病就死去了。当时刮着风下着雨，他的棺材找不到了。当天夜里百姓听到荆山上好几千人的喊声，村民们都跑去看，结果棺材已经成为坟墓了。因此荆山改称为君山，百姓还建造了庙宇来祭祀他。

卷 五

一 蒋子文为土地神

[原文]

蒋子文者，广陵人也。嗜酒，好色，挑挞无度。常自谓己骨清，死当为神。汉末，为秣陵尉，逐贼至钟山下，贼击伤额，因解绶缚之，有顷遂死。及吴先主之初，其故吏见文于道，乘白马，执白羽，侍从如平生。见者惊走。文追之，谓曰："我当为此土地神，以福尔下民。尔可宣告百姓，为我立祠。不尔，将有大咎。"是岁夏，大疫，百姓窃相恐动，颇有窃祠之者矣。文又下巫祝："吾将大启佑孙氏，宜为我立祠；不尔，将使虫入人耳为灾。"俄而小虫如尘虻，入耳，皆死，医不能治。百姓愈恐。孙主未之信也。又下巫祝："若不祀我，将又以大火为灾。"是岁，火灾大发，一日数十处，火及公宫。议者以为鬼有所归，乃不为厉，宜有以抚之。于是使使者封子文为中都侯，次弟子绪为长水校尉，皆加印绶，为立庙堂。转号钟山为蒋山，今建康东北蒋山是也。自是灾厉止息，百姓遂大事之。

蒋山

蒋山，即钟山，在今江苏南京东北处，汉末蒋子文为秣陵尉，逐盗至钟山脚下，并战死于此，三国时吴国孙权为其立庙于钟山，因改称蒋山。

[译文]

蒋子文，是广陵郡人。此人喜欢喝酒，喜欢美色，生性放荡，没有节制。他经常说自己的骨相清高，死后会成仙。汉朝末年，他担任秣陵县县尉，追赶强盗到了钟山下，强盗把他的前额打伤了，又解下衣带把他绑了，没一会就死了。等到吴国先主孙权建国之初，蒋子文原来的小吏在路上看见蒋子文，骑着白马，手拿白扇，随从跟活着的时候一样。看见的人害怕地逃走了。蒋子文追上他，对他说：“我要做这里的土地神，来造福这里的百姓。你可以告诉百姓，为我建造一座祠堂。要不然的话，肯定有大灾难的。”这年夏天，此地盛行瘟疫，百姓都十分害怕，有了很多在暗地里祭拜他的人。蒋子文还告诉巫祝：“我会竭尽全力保佑孙权，因此你们应该为我建立祠庙；要不这样做的话，我会叫虫子钻进人的耳朵里造成灾难。”没过多长时间就生出一种像蠛蠓之类的小虫，钻进人的耳朵里，这些人就死了，不管怎么医治都无效。老百姓更加害怕了。孙权还是不肯相信这件事。他又传言巫祝说：“要是还不祭拜我，那么我就让大火来使百姓遭受不幸。”这一年，吴国的火灾特别严重，一天就有几十处，火势还蔓延到王宫。议论的人认为只要让鬼有一个安定的场所，他们就不会出来加害于人了，因此有必要对他采取安抚措施。于是孙权便派了使者去封蒋子文为中都侯，还让他的二弟蒋子绪担任长水校尉，都给他们加赐印章绶带，并给他们建立庙宇。把钟山改称为蒋山，就是现在建康东北的蒋山。打这以后，这些灾难就再也没发生过，当地的老百姓也都隆重地供奉祭祀他了。

二　刘赤父召为主簿

［原文］

刘赤父者，梦蒋侯召为主簿，期日促，乃往庙陈请：“母老，子弱，情事过切。乞蒙放恕。会稽魏过，多材艺，善事神，请举过自代。”因叩头流血。庙祝曰：“特愿相屈，魏过何人，而有斯举？”赤父固请，终不许。寻而赤父死焉。

［译文］

有一个叫刘赤父的人，他在梦中梦见蒋子文召他当主簿，而且时间紧迫。于是他就到蒋山庙里向蒋子文把自己的困难说出来：“我母亲很老了，孩子又小，现在真的不能离开他们。求您宽恕我吧。会稽郡的魏过，这人很有才华，而且懂得如何去供奉神仙，您还是提拔他来担当主簿吧。”接着他一直向蒋子文磕头，直到血流满面。庙里的巫祝说：“蒋侯只是想让你来，魏过是什么人，您却这样推举他？”刘赤父还是坚持自己的请求，但他始终不同意。不久，刘赤父就去世了。

三　蒋山庙人神戏配

［原文］

咸宁中，太常卿韩伯子某，会稽内史王蕴子某，光禄大夫刘耽子某，同游蒋山庙。庙有数妇人像，甚端正。某等醉，各

蒋山庙

蒋山庙，即供奉蒋子文的庙，初为吴国孙权所立，称为蒋庙，在六朝时最为兴盛，历朝都有所供奉，且香火不绝。

指像以戏，自相配匹。即以其夕，三人同梦蒋侯遣传教相闻，曰："家子女并丑陋，而猥垂荣顾。辄刻某日，悉相奉迎。"某等以其梦指适异常，试往相问，而果各得此梦，符协如一。于是大惧，备三牲，诣庙谢罪乞哀。又俱梦蒋侯亲来降己，曰："君等既已顾之，实贪会对，克期垂及，岂容方更中悔？"经少时并亡。

[译文]

晋武帝咸宁期间(公元275年—280年)，太常卿韩伯的儿子、会稽内史王蕴的儿子、光禄大夫刘耽的儿子，一块游览蒋山庙。庙里有几座妇女的神像，非常端正。这三个人喝醉了，各指着一座神像开起了玩笑，说让神像和自己配为夫妻。就在当天晚上，三个人都梦见蒋侯派人传话说："虽然我家里的姑娘长得不漂亮，但是你们却屈尊前来挑选他们。就约定好某个日子，你们前来迎接她们吧。"这三个人都觉得自己做梦不一般，于是试着去问对方，结果三个人都做了相同的梦，梦见的事一模一样。他们十分害怕，准备了牛、羊、猪等祭品，专程来蒋山庙谢罪，请求蒋侯的谅解。晚上的时候他们三人又都梦见蒋侯亲自降临到自己家中，说："你们既然已经眷顾我的女儿，实际上是贪恋马上会面的，和你们约定的日子快到了，怎么能再更改、中途后悔呢？"没过多长时间，三人都去世了。

四　蒋侯幸望子

[原文]

会稽鄮(mào)县东野有女子，姓吴，字望子，年十六，姿容可爱。其乡里有解鼓舞神者，要之，便往。缘塘行，半路，忽见一贵人，端正非常。贵人乘船，挺力十余，皆整顿。令人问望子欲何之，具以事对。贵人云："今正欲往彼，便可入船共去。"望

子辞不敢。忽然不见。望子既拜神座，见向船中贵人，俨然端坐，即蒋侯像也。问望子来何迟，因掷两橘与之。数数形见，遂隆情好。心有所欲，辄空中下之。尝思啖鲤，一双鲜鲤随心而至。望子芳香，流闻数里。颇有神验，一邑共事奉。经三年，望子忽生外意，神便绝往来。

[译文]

会稽鄮县东的村子里有一个女孩，姓吴，字望子，十六岁，长相很好。她的乡里有要去击鼓跳舞祈神的人，此人邀请她一路，她就去了。沿着河堤走，刚走到半路就看见一位贵人，此人生得非常端正。这个人乘船，身边划船的人有十几个，穿戴都十分好。这贵人派人来问望子要去什么地方，望子于是把一切都告诉了这位贵人。贵人说："我正好想去这个地方，你们可以上船一同前往。"望子辞谢，不敢和他同船。那船忽然不见了。望子拜过神座，看见刚才船里的那位贵人端正地坐在上面，原来就是蒋侯的神像。他问望子来这么晚的原因，一边说着还扔给她两个橘子。蒋子文多次现出原形相见，两人的感情越来越深厚了。望子只要心里想什么东西，这个东西就会从天上掉下来。望子曾经想吃鲤鱼，一对新鲜鲤鱼马上就出现了。望子的好名声，很快就流传到整个乡里。她非常灵验，因此全县的人都供奉她。过了三年，望子忽然移情别恋了，蒋子文的神灵就断绝了和她的来往。

五　蒋侯现灵除虎

[原文]

陈郡谢玉，为琅邪内史，在京城，所在虎暴，杀人甚众。有一人，以小船载年少妇，以大刀插着船，挟暮来至逻所，将出语云："此间顷来甚多草秽，君载细小，作此轻行，大为不易。可止逻宿也。"相问讯既毕，逻将适还去。其妇上岸，便为虎将去；其夫拔刀大唤，欲逐之。先奉事蒋侯，乃唤求助。

如此当行十里，忽如有一黑衣为之导，其人随之，当复二十里，见大树，既至一穴，虎子闻行声，谓其母至，皆走出，其人即其所杀之。便拔刀隐树侧，住良久，虎方至，便下妇着地，倒牵入穴。其人以刀当腰斫断之。虎既死，其妇故活。向晓，能语。问之，云："虎初取，便负着背上，临至而后下之。四体无他，止为草木伤耳。"扶归还船。明夜，梦一人语之曰：

“蒋侯使助汝，知否？”至家，杀猪祠焉。

［译文］

陈郡人谢玉，担任琅邪郡内史，住在京城，这个地方的老虎很厉害，咬死了很多人。有一个人，用小船拉着自己年轻的妻子，在船上插了把大刀，快黄昏时来到巡逻哨所，巡逻的将官对他们说：“这里近来有很多老虎，你载着家小，能够做出这么轻率的举动，是很不容易的。你可以在巡逻哨所过夜。”他们互相问候过后，巡逻的将官就回去了。他的妻子刚走上岸边，就被老虎给叼走了；她丈夫赶紧拔出大刀大声呼喊，要跑去追赶。因为他以前供奉过蒋侯，因此就呼唤着蒋子文的名字让神灵来帮助他。

像这样大概跑了十里，忽然来了一个穿黑衣的人前来为他引路，他紧紧地随着这个黑衣人，大概又走了二十里，看见了一棵大树，然后就到了一个洞穴，洞穴里的小老虎听见脚步声，以为是它们的妈妈回来了，就跑出来了，那人就在洞口把所有的小老虎都杀掉了。他拔刀隐藏在大树的旁边，待了好长一段时间，那母老虎才到，便把那女人扔在地上，倒拖着拉进洞中。那人用刀把老虎拦腰砍死了。老虎已经死了，他的妻子依然活着。到拂晓的时候，妻子可以说话了。他问妻子，妻子回答说：“老虎刚抓住我的时候，就把我背在身上了，等到了这儿才把我放下来。我四肢并没有受到什么伤害，只不过让草木划破一点皮罢了。”那人就扶着妻子回到船上。在第二天晚上，他梦见一个人对他说：“是蒋侯派人来帮助你的，你知道吗？”他一回到家里，就杀猪来祭祀蒋子文。

六　丁姑现身

［原文］

淮南全椒县有丁新妇者，本丹阳丁氏女，年十六，适全椒谢家。其姑严酷，使役有程，不如限者，仍便笞捶不可堪。九月九日，乃自经死。遂有灵向，闻于民间。发言于巫祝曰：“念人家妇女，作息不倦，使避九月九日，勿用作事。”见形，着缥衣，戴青盖，从一婢，至牛渚津，求渡。有两男子，共乘船捕鱼，仍呼求载。两男子笑共调弄之，言：“听我为妇，当相渡也。”丁妪曰：“谓汝是佳人，而无所知。汝是人，当使汝入泥死；是鬼，使汝入水。”便却入草中。

须臾，有一老翁，乘船，载苇。妪从索渡。翁曰：“船上无装，岂可露渡？恐不中载耳。”妪言无苦。翁因出苇半许，安处

着船中，径渡之至南岸。临去，语翁曰：“吾是鬼神，非人也。自能得过，然宜使民间粗相闻知。翁之厚意，出苇相渡，深有惭感，当有以相谢者。若翁速还去，必有所见，亦当有所得也。”翁曰：“恐燥湿不至，何敢蒙谢。”翁还西岸，见两男子覆水中。进前数里，有鱼千数，跳跃水边，风吹至岸上。翁遂弃苇，载鱼以归。

于是丁妪遂还丹阳。江南人皆呼为丁姑。九月九日，不用作事，咸以为息日也。今所在祠之。

丁姑

丁姑，魏晋时人，因不堪姑婆虐待，乃上吊自杀，死后化作神灵，由于自身的不幸，她对劳动妇女寄予了深切的同情，反映着这一脆弱群体的善良愿望。

[译文]

淮南郡全椒县有个姓丁的妇人，她本来是丹阳县丁家的女儿，在十六岁时，就嫁到了全椒县谢家做媳妇。她的婆婆非常凶狠，每天都规定一定的活让她干，只要干不完，就用鞭子毒打，她受不了了。九月九日，她上吊自杀了。于是就有了神灵显应，在民间流传开来。她借巫祝之口发话说：“念及其他人家的媳妇，整天干活得不到休息，让她们在九月九日这一天不要干活。”丁氏现出了原形，身穿淡青色的服装，戴着黑色的头巾，身后还有一个侍女跟着，她们来到牛渚津，求船家摆渡。有两个男子一起乘船捕鱼，就请求搭他们的船。这两个男人一起嬉笑着调戏她俩说：“要是你们肯做我们俩的老婆的话，我们就把你俩送到对岸。”丁氏说：“我还以为你俩是好人，原来什么道理都不懂得。如果是人，你俩就应该掉进污泥里淹死；如果是鬼，你俩就应该葬身水中。”说完就退到草丛中去了。

没过多久，有一个老人划船装运着芦苇来了。丁氏向他求渡。老人说：“船上没安装船篷，怎么可以让你们露天过河呢？我这敞篷船不适合两位坐吧。”丁氏说不怕受苦。老人就把芦苇扔掉了一半，还把她们安顿在船中，一直把她们渡到南岸。丁氏在走的时候对老人说：“我是鬼神，不是人。自己也能过河，但是应该让凡间的老百姓知道我的存在。您真是一位好人，卸掉了芦苇来帮助我们两个过河，我当然要厚谢您的，如果您马上回去，一定会看见某些东西，也一定会得到某些东西的。”老人说：“恐怕还没有照顾好您二位呢，哪敢接受您的感谢。”等到老人回到西岸，看见两个男人溺死在水中。再向前行了几里，看到有上千条鱼在跳跃着，风

把它们都吹到了岸上。老人于是把船上的芦苇卸掉，装上鱼回家去了。

从此，丁氏就回到丹阳县去了。江南的人都叫她丁姑。每年九月九日，这里的人都不干活了，大家都在这一天休息。直到现在还到处祭祀她。

七　王祐病疾遇温鬼

[原文]

散骑侍郎王祐疾困，与母辞诀，既而闻有通宾者，曰："某郡，某里，某人，尝为别驾。"祐亦雅闻其姓字。

有顷，奄然来至，曰："与卿士类有自然之分，又州里，情便款然。今年国家有大事，出三将军，分布征发。吾等十余人为赵公明府参佐，至此仓卒，见卿有高门大屋，故来投，与卿相得，大不可言。"祐知其鬼神，曰："不幸疾笃，死在旦夕，遭卿，以性命相乞。"答曰："人生有死，此必然之事。死者不系生时贵贱。吾今见领兵三千，须卿得度簿相付，如此地难得，不宜辞之。"祐曰："老母年高，兄弟无有，一旦死亡，前无供养。"遂欷(xī)歔(xū)不能自胜。其人怆然曰："卿位为常伯，而家无余财，向闻与尊夫人辞诀，言辞哀苦，然则卿国士也，如何可令死。吾当相为。"因起去："明日，更来。"

其明日，又来。祐曰："卿许活吾，当卒恩否？"答曰："大老子业已许卿，当复相欺耶！"见其从者数百人，皆长二尺许，乌衣军服，赤油为志。祐家击鼓祷祀，诸鬼闻鼓声，皆应节起舞，振袖飒(sà)飒有声。祐将为设酒食，辞曰："不须。"因复起去，谓祐曰："病在人体中，如火，当以水解之。"因取一杯水，发被灌之。又曰："为卿留赤笔十余枝，在荐下，可与人使簪之。出入辟恶灾，举事皆无恙。"因道曰："王甲、李乙，吾皆与之。"遂执祐手与辞。

时祐得安眠，夜中忽觉，乃呼左右，令开被，"神以水灌我，将大沾濡。"开被而信有水，在上被之下，下被之上，不浸，如露之在荷。量之，得三升七合。于是疾三分愈二，数日大除。

凡其所道当取者，皆死亡。唯王文英，半年后乃亡。所道与赤笔人，皆经疾病及兵乱，皆亦无恙。

初，有妖书云：“上帝以三将军赵公明、钟士季各督数鬼下取人。”莫知所在。祐病差，见此书，与所道赵公明合焉。

[译文]

散骑侍郎王祐病重了，和母亲作别，不久他听见外面有一个通报客人姓名的人传话说：“某某郡某某乡的某某人，曾经做过别驾从事史。”王祐以前对此人的姓名有所耳闻。

没过多久，这人果然来到他们家了，对王祐说：“我和您都是读书人，所以就有缘分，我和您又是同乡，所以感情就更深厚了。现在国家有大事，派出了三位将军，分布全国去征发。我们这十几个人都是赵公明的参佐，匆忙地来到这里，看见您高大的屋子，所以就前来投奔，和您结交，真是太好了。”王祐明白他们是鬼神，就说：“我不幸病重，马上就要死了，现在很幸运得碰到您，求您救我一命吧。”那人回答说：“人都是要死的，这是自然的规律。要死的人和活着的时候的贵贱是没有什么关系的。我现在带兵三千，想把档案簿册之类的事情交给您，这样的机会非常难得，您不应该推辞啊。”王祐说：“我老母亲年纪已经很大了，况且我又没有什么兄弟姐妹，一旦我死了，我母亲身前就没有人奉养了。”说到这儿便泣不成声了。那人很哀伤地说：“您官至常伯，家里没有多余的财物，刚才听见您与母亲诀别，言语哀伤痛苦，您是国家的高士，我怎么忍心让您死去。我应当想办法。”于是起身走了，临走的时候还告诉王祐：“我明天还会到您这里来的。”

到了第二天，这一个人又来到了王祐家里。王祐说：“您答应过我要救活我，您真的会给我这样的恩惠吗？”那人回答说：“只要我答应您的事情，怎么可以欺骗您呢？”只见他身边出现了随从几百个，他们长得都二尺多高，身上都穿着黑色的军装，军装上还用红色的油漆画上了标志。王祐于是在家里击鼓祈祷，那些鬼听见鼓声，都随着它的节奏跳起舞来，他们挥舞着衣袖，发出飒飒的声响。王祐要给他们置办酒宴，那人拒绝说：“不需要。”于是起来准备离开，并对王祐说：

赵公明

赵公明，本名朗，字公明，又称赵玄坛，道教中的神仙，专司迎祥纳福、商贾买卖之事。因而被民间侍奉为财神。

"病在人体中，像火一样，应该用水来化解它。"于是他就拿了一杯水，掀开被褥浇在王祐身上。又对王祐说："现在我留给您十几枝红笔，在席子底下，可以把它们送给别人，让他们当作簪子用。这样，进进出出就会避除灾祸，做什么事都会十分顺利的。"这人接着说："王甲、李乙，我也给过他们了。"于是他拿起王祐的手向他握别。

当时王祐还是处于熟睡中，夜里忽然惊醒，于是叫来身边的人，让他们掀开被头说："神用水浇我，会把我的被头弄湿。"他身边的人赶忙掀开被头一看，里面真的有水，水在上面一条被子的底下，在下面一条被子的上面，并没有渗进被子里面，这种情形就好像是露水在荷叶上一样。身边的人量了一下，是三升七合水。因此王祐的毛病就好了三分之二，没过几天他的身体完全就康复了。凡是那人所要捉取的人，都死去了。只有王文英是半年之后才逝世的。那人所说的得到笔的人，都经过了疾病和战乱，但是都太平无事。

在开始的时候，曾经有妖书说："上帝派来三位将军赵公明、钟士季，让他们带领几个小鬼前来捉人。"当时并没有人知道这些鬼魂到底躲藏在什么地方。王祐病愈后，也看到了这些妖书，和梦中那人所说的赵公明的事情完全吻合。

八 周式之死

[原文]

汉下邳(pī)周式尝至东海，道逢一吏，持一卷书，求寄载。行十余里，谓式曰："吾暂有所过，留书寄君船中，慎勿发之。"去后，式盗发现书，皆诸死人录，下条有式名。须臾，吏还，式犹视书。吏怒曰："故以相告，而忽视之。"式叩头流血，良久，吏曰："感卿远相载，此书不可除卿名。今日已去，还家，三年勿出门，可得度也。勿道见吾书。"

式还，不出，已二年余，家皆怪之。邻人卒亡，父怒，使往吊之。式不得已，适出门，便见此吏。吏曰："吾令汝三年勿出，而今出门，知复奈何？吾求不见，连累为鞭杖。今已见汝，无可奈何。后三日，日中，当相取也。"式还，涕泣具道如此。父故不信。母昼夜与相守。至三日日中时，果见来取，便死。

[译文]

汉代下邳县人周式曾经到东海郡去，在路上碰到一个小吏，拿着一卷文书，请求搭船。船行了十多里，这人突然对周式说："我现在想去拜见另一个人，把我的这卷书先留存在您的船上，您千万别打开看。”官吏走了以后，周式就偷偷地把那书打开了，上面都是各个要死的人的名录，而且下面还有周式的名字。没过多久，这官吏就回来了，周式还在翻阅那本书。这官吏很生气地说：“刚才我告诫过你，你却不当回事。”周式赶紧跪下向他磕头求饶，直到鲜血直流，过了很久，这官吏说：“我很感激你能让我搭这么远的船，但这书上您的名字是不可以去掉的。今天你离开之后，赶紧回家，三年内不要出门，这样可以避免灾难。千万不要和任何人说起你看过我的这本书。”

周式回家后，不出门已经两年多了，家里的人对他的这个举动感到很不可思议。他的邻居忽然死去，父亲发脾气，让他前去吊唁。周式迫不得已，刚出家门，就看到了那个官吏。那小吏说：“我让你在三年之内别出门，可是现在你出门了，知道了又有什么办法呢？我找不到你，就会被连累遭到鞭打的酷刑。今天我已经看见您了，我也没有办法了。到三天后正午的时候，就会有人来捉你的。”周式回到家，哭着和家里人诉说了这件事情，他父亲还不相信。他母亲还日日夜夜地守着他。到第三天正午的时候，果然看见有人来捉周式，周式就死了。

九　张助斫李

［原文］

南顿张助，于田中种禾，见李核，欲持去，顾见空桑，中有土，因植种，以余浆溉灌。后人见桑中反复生李，转相告语。有病目痛者，息阴下，言：“李君令我目愈，谢以一豚。”目痛小疾，亦行自愈。众犬吠声，盲者得视，远近翕赫。其下车骑常数千百，酒肉滂沱。间一岁余，张助远出来还，见之，惊云：“此有何神，乃我所种耳。”因就斫之。

［译文］

南顿县人张助，在田间种庄稼，看到一颗李子核，本来想带走它，回头看见一颗空心的桑树，里面有一些泥土，于是就把李子核栽在里面，用喝剩下来的茶水浇灌它。后来人们就看见在这棵桑树里面又长出一棵李树来，就互相转告这件事情。有一个患有眼疾的人，来到这棵李树下休息，说：“李树神，只要您帮助我把我的眼疾治好了，我肯定拿一头猪来酬谢您的。”眼痛本来不是什么大毛病，这个人慢慢就好了。正是“众犬吠声”，人们于是越传越神，最后居然说成了这瞎子看见了东西，远近传得很厉害。李树下常有成百上千的车辆，供奉的酒肉多得铺满地。一年之后，张助出远门回来，看见这情景，非常惊奇地说：“这里有什么神明啊，只不过是我随手种下的一棵李树罢了。”于是他就把李树砍了。

十 临淄新井

[原文]

王莽居摄，刘京上言：“齐郡临淄县亭长辛当，数梦人谓曰：‘吾，天使也，摄皇帝，当为真。即不信我，此亭中当有新井出。’亭长起视亭中，因有新井，入地百尺。”

[译文]

王莽以皇帝的身份处理各种政务，刘京向他觐见说：“齐郡临淄县亭长辛当，多次梦见有人对他说：‘我是上天派来的使者，摄政皇帝，应该做真正的皇帝。你要是不相信我的话，这亭屋中一定会出现一口新井。’亭长起来去亭屋察看，果然在亭屋中发现了一口新井，深一百尺。”

卷　六

一　精气化为妖怪

[原文]

妖怪者，盖精气之依物者也。气乱于中，物变于外。形神气质，表里之用也。本于五行，通于五事，虽消息升降，化动万端，其于休咎之征，皆可得域而论矣。

[译文]

妖怪，大概是精气依附到物体上而形成的。精气混乱于物体内部，物体的外形就会出现变化。形体和气质，只不过是外表和内在这两种要素体现在物体上的作用罢了。它们的本源是金、木、水、火、土五行，这和容貌、言谈、观察、聆听、思考等五种事情是密切相连的，即使是消灭、增长、上升、下降，变化万端，可是它们仍可以作为预测福祸的征兆，可以在一定的范围内对它们加以评论。

二　山　移

[原文]

夏桀之时厉山亡，秦始皇之时三山亡，周显王三十二年宋大丘社亡，汉昭帝之末陈留昌邑社亡。京房《易传》曰：“山默然自移，天下兵乱，社稷亡也。”故会稽山阴琅邪中有怪山，世传本琅邪东武海中山也，时天夜，风雨晦冥，旦而见武山在焉。百姓怪之，因名曰怪山。时东武县山，亦一夕自亡去，识其形者，乃知其移来。今怪山下见有东武里，盖记山所自来，以为名也。又交州脆州山移至青州。凡山徙，皆不极之异也。此二事未详其世。《尚书·金縢(téng)》曰：“山徙者，人君不用道士，贤者不兴，或禄去公室，赏罚不由君，私门成群，不救，当为易世变号。”

说曰：“善言天者，必质于人；善言人者，必本于天。故天有四时，日月相推，寒暑迭代。其转运也，和而为雨，怒而为风，

散而为露，乱而为雾，凝而为霜雪，立而为蚳(chí)蝭，此天之常数也。人有四肢五脏，一觉一寐，呼吸吐纳，精气往来，流而为荣卫，彰而为气色，发而为声音，此亦人之常数也。若四时失运，寒暑乖违，则五纬盈缩，星辰错行，日月薄蚀，彗孛流飞，此天地之危诊也。寒暑不时，此天地之蒸否也。石立，土踊，此天地之瘤赘也。山崩，地陷，此天地之痈疽(yōng jū)也。冲风，暴雨，此天地之奔气也。雨泽不降，川渎涸竭，此天地之焦枯也。”

[译文]

夏桀年间厉山不见了，秦始皇的时候三山也不见了，周显王三十二年（公元前337年）宋国的大丘土地庙消失了，汉昭帝末年，位于陈留郡昌邑县的土地庙也消失了。京房撰写的《易传》说：“山只要悄悄离开，那么天下就有战乱，国家可能就要消亡了。”过去会稽郡山阴县琅邪乡还出现过一座怪山，传说这座山原来是位于琅邪郡东武县海中的山，有一天的夜晚，狂风暴雨，天色阴暗，天亮时便在东武县看见了这座山。百姓心里很是纳闷，于是称呼它为怪山。当时东武县的山，也在一个晚上自行消失得无影无踪了，看明白那座山的形状的人，心里明白它是从东武县迁移来的。现在在这座怪山下还可以看见东武里，可能是为了纪念这座山是如何来的缘故吧，所以这里的百姓把东武作为里名了。还有，交州的脆州山还迁移到了青州。对于山丘移动这样的事情，都是不正常的怪异的事情。可是这两座山丘迁移的事情，人们已经记不起它们发生的具体时代了。《尚书·金縢》说：“山丘之所以迁移，是因为君主不任用有道之士，贤能的人受到了压制，或者是官职的任命权已经不在皇室了，君主也没有什么赏罚的实权了，权贵成群，这样的政治局面已经没有实力再去改变了，那么到这地步也就要改朝换代变更年号了。”

巨龟负山

据《列子·汤问》书中所记：渤海的东边有五座仙山，随海潮涨落而无法固定，玉帝就派天神禺强去处理这件事。禺强让十五只巨龟轮流背负这五座仙山，每只负一座，每六万年轮换一次。从此这五座仙山才不再随浪飘浮往还了。

有人这样议论道：“善于谈论大自然的，肯定是把人看作根本的；善于评判人事的，肯定是把自然作为根本的。所以大自然会有四季的变化，太阳、月亮也会相互移动，寒冬炎暑会有交替。当大自然在正常运转的时候，要是自然调和起来就成为雨，怒发起来就变成了风，发散下去就变成了露，迷乱起来雾就产生了，凝固便是霜和雪，树立起来虹霓也就出现了，这些现象都是大自然的常规。就好比人有四肢五脏，有时候清醒有时候要睡觉一样，人也会呼气吸气，吐故纳新，元气也是往复流动的，流动起来就是所谓的血气，外在表现就成为气色，附之于声就成为声音，这也是人的常规。如果四季不能正常运行了，冬夏的变换也不按常规运行，那就会造成金、木、水、火、土五星的运行出现不正常的现象，星辰运行一旦出现错乱，日食月食不能相继出现，扫帚星胡乱出现于天上，这是大自然危险的症状。冬夏没有按一定的节气出现，则是因为大自然上升的热气受到了阻塞的缘故。山石耸立，泥土被掀翻，这是大自然的赘瘤。山陵崩塌，土地下陷，这是大自然的毒疮。狂风暴雨，这是大自然中能够保持的奔腾的元气。要是总不能下雨，山川河流就会干涸，这是大自然将要枯焦的象征。”

三　龟生毛兔生角

[原文]

商纣之时，大龟生毛，兔生角，兵甲将兴之象也。

[译文]

商纣王统治的时候，有一只大乌龟身上长出毛来，兔子头上长出角来，这些都是战争将要爆发的征兆。

四　马化为狐

[原文]

周宣王三十三年，幽王生，是岁，有马化为狐。

[译文]

周宣王三十三年（公元前795年），周幽王在这一年出生，这一年，有一匹马变成了狐狸。

五　人化为蜮

[原文]

晋献公二年，周惠王居于郑，郑人入王府，多脱化为蜮（yù），射人。

[译文]

晋献公二年（公元前675年），周惠王居住在郑国，有个郑国人到藏玉的府库中为他取出很多玉，（这些玉）大多都变成了蜮，而且还会含沙射人。

六　土地暴长和沦入

［原文］

周隐王二年四月，齐地暴长，长丈余，高一尺五寸。京房《易妖》曰：“地四时暴长，占春、夏多吉，秋、冬多凶。”历阳之郡，一夕沦入地中而为水泽，今麻湖是也。不知何时。《运斗枢》曰：“邑之沦，阴吞阳，下相屠焉。”

［译文］

周隐王二年（公元前313年）的四月，齐国的土地忽然变大了，大概长出了一丈多长，高一尺五寸。京房在他所撰写的《易妖》中说：“土地有突然猛长的现象，要是按照占卜的话，春、夏季要是长的话是吉利的，秋、冬季长多属于凶险。”历阳郡，在一个晚上土地下陷瞬间变成了水泽，也就是现在的麻湖。不知道这件事情发生的具体时间了。《运斗枢》上说：“城镇突然下沉，是阴气吞没阳气，阴阳之气它们在地下也还是互相残杀的啊。”

七　一妇四十子和豕生人

［原文］

周哀王八年，郑有一妇人，生四十子，其二十人为人，二十人死。其九年，晋有豕生人。吴赤乌七年，有妇人一生三子。

［译文］

周哀王八年，郑国有个妇女，生了四十个孩子，其中二十个长大成人，其余二十个都死了。周哀王九年，晋国有头猪生下一个人来。吴国赤乌七年，有个妇女一下生了三个孩子。

八　人生龙

［原文］

周烈王六年，林碧阳君之御人产二龙。

［译文］

周烈王六年（公元前370年），林碧阳君的侍女生下来两条龙。

九 豕 祸

[原文]

鲁严公八年，齐襄公田于贝丘，见豕，从者曰：“公子彭生也。”公怒射之，豕人立而啼，公惧，坠车伤足，丧屦(jù)。刘向以为近豕祸也。

豕

豕，就是猪，古代迷信认为人死后，其灵魂仍在，可以投胎于其他各种生物以延持生命，正如文中所提认为齐襄公的公子死后化作猪，这是荒诞的，不可信。

[译文]

鲁庄公八年（公元前686年），齐襄公打猎于贝邱，看见一头猪，随从说：“此物是公子彭生。”齐襄公非常生气地用箭射向它，那头猪居然像人一样站着啼叫，齐襄公非常害怕，从车上摔下来把脚摔伤了，丢了鞋子。刘向认为这就是猪引发的灾祸。

十 蛇 孽

[原文]

鲁严公时，有内蛇与外蛇斗郑南门中。内蛇死。刘向以为近蛇孽也。京房《易传》曰：“立嗣子疑，厥妖蛇居国门斗。”

[译文]

鲁庄公年间，有城内的蛇和城外的蛇在郑国的南门口搏斗。结果城内的蛇都被杀死了。刘向认为这就是蛇引发的灾祸。京房写的《易传》说：“把别人的儿子作为自己的继承人但是不信任，那怪异的事情就是所谓的蛇在国都城门口相斗。”

十一 龙 孽

[原文]

鲁昭公十九年，龙斗于郑时门之外洧(wěi)渊。刘向以为近龙孽也。京房《易传》曰：“众心不安，厥妖龙斗其邑中也。”

[译文]

鲁昭公十九年（公元前523年），龙在郑国时门之外的洧渊中相斗。刘向认为这就是龙引发的灾祸。京房写的《易传》说："人心不稳定，就会出现国中有龙相斗的事情。"

十二 九蛇绕柱

[原文]

鲁定公元年，有九蛇绕柱，占以为九世庙不祀，乃立炀宫。

[译文]

鲁定公元年（公元前509年），有九条蛇在柱子上盘绕着，占卜的结果说已经持续了九世的祖庙不应该用来祭祀，于是在此地就建造了炀宫。

十三 马生人和牡马生子

[原文]

秦孝公二十一年，有马生人。昭王二十年，牡马生子而死。刘向以为皆马祸也。京房《易传》曰："方伯分威，厥妖牡马生子。上无天子，诸侯相伐，厥妖马生人。"

[译文]

秦孝公二十一年（公元前341年），有匹马生下来一个人。秦昭王二十年（公元前287年），有匹公马生下一匹小马就死去了。刘向觉得这就是所谓的马的灾祸。京房写的《易传》说："诸侯侵犯天子的威势，所以公马生小马这样的事情就会出现。上面没有天子，诸侯之间相互征讨，所以会出现马生人这样的怪事。"

十四 女子化男

[原文]

魏襄王十三年，有女子化为丈夫，与妻，生子。京房《易传》曰："女子化为丈夫，兹谓阴昌，贱人为王。丈夫化为女子，兹谓阴胜阳，厥咎亡。"一曰："男化为女宫刑滥，女化为男妇政行也。"

[译文]

魏襄王十三年（公元前306年），有个女人变成了男人，而且还娶了妻子，生了孩子。京房写的《易传》说："女人能变成男人说明阴气过盛，地位低的人担任君主。男人变成女人，就是阴气胜过阳气，国家就要灭亡了。"另一种说法是："男人变成女人，说明宫刑过滥没有节制，女人变成男人，妇女会执掌大权。"

十五　牛生五足

［原文］

秦惠文王五年，游朐衍，有献五足牛，时秦世大用民力，天下叛之。京房《易传》曰："兴繇(yáo)役，夺民时，厥妖牛生五足。"

［译文］

秦惠文王五年（公元前 333 年），巡游朐衍，有人献给他一头五只脚的牛。当时秦国正大动干戈征用民间财力人力，天下人都反对他。京房写的《易传》说："大兴徭役，延误了农时，所以才出现牛生出五只脚这样怪的事情。"

十六　金人十二

［原文］

秦始皇二十六年，有大人长五丈，足履六尺，皆夷狄服，凡十二人，见于临洮(táo)，乃作金人十二以象之。

［译文］

秦始皇二十六年（公元前 221 年），有巨人身高五丈，此人的鞋子长六尺，身上穿着少数民族的服装，十二个人，出现在临洮县，于是就按照他们的体形铸造了十二个铜像。

十七　龙现于井

［原文］

汉惠帝二年，正月癸酉旦，有两龙现于兰陵廷东里温陵井中，至乙亥夜去。京房《易传》曰："有德遭害，厥妖龙见井中。"又曰："行刑暴恶，黑龙从井出。"

［译文］

汉惠帝二年（公元前 193 年），在正月癸酉那天早上，在兰陵县廷东里温陵的井中出现了两条龙，一直到乙亥那天夜里它们才消失。京房的《易传》说："有高尚道德的人受到了责罚，所以就会出现龙在井中的怪事。"又说："滥施残酷的刑罚，就会有黑龙从井中出来。"

十八 马生角

[原文]

汉文帝十二年，吴地有马生角，在耳前，上向，右角长三寸，左角长二寸，皆大二寸。刘向以为马不当生角，犹吴不当举兵向上也，吴将反之变云。京房《易传》曰："臣易上，政不顺，厥妖马生角。兹谓贤士不足。"又曰："天子亲伐，马生角。"

魍魉

魍魉，凡物之成精后幻化成的精怪，许慎《说文解字》云："罔两，山川之精物也。"文中所提马生角，意味着马已经成为精物。古人常以这种精怪的出现暗示着国家将要出现不祥的征兆。

[译文]

汉文帝十二年（公元前 168 年），吴国有只马长出了角，角在耳朵前，向上竖起，右边的角长三寸，左边的角长二寸，两只角都有二寸大。刘向觉得马不应该长角，就好像吴国不可以对皇上动武，这马长角是吴国快要发生背叛的事情了。京房《易传》说："臣下打算取代君主，政治将要混乱，所以会出现马长角的事情。这是说贤能的人太少。"还有一种说法是："天子亲自征伐，马就长角。"

十九 狗生角

[原文]

文帝后元五年六月，齐雍城门外有狗生角。京房《易传》曰："执政失，下将害之，厥妖狗生角。"

[译文]

汉文帝后元五年（公元前 159 年）的六月，齐国雍城门外有只狗长出了角。京房《易传》说："这预示着掌权的人有失误，臣下会伤害他，所以会出现狗长角。"

二十 人生角

[原文]

汉景帝元年九月，胶东下密人，年七十余，生角，角有毛。京房《易传》曰："冢宰专政，厥妖人生角。"《五行志》以为人不当生角，犹诸侯不敢举兵以向京师也。其后遂有七国之难。至晋武帝泰始五年，元城人，年七十，生角，殆赵王伦篡(cuàn)乱之应也。

[译文]

汉景帝元年（公元前156年）的九月，胶东国下密县有位七十多岁的老人长着角，角上生着毛。京房《易传》说："宰相专制，就会出现人头上长角。"《五行志》认为人不可以长角，就像诸侯不应该武力讨伐京城。此后出现了吴楚七国的叛乱。到晋武帝泰始五年（公元269年），元城也有一位七十岁头上长角的老人，可能预兆着赵王司马伦篡权变乱这件事吧。

二十一 狗豕相交

[原文]

汉景帝三年，邯郸有狗与彘交，是时赵王悖乱，遂与六国反，外结匈奴以为援。《五行志》以为：犬，兵革失众之占。豕，北方匈奴之象。逆言失听，交于异类，以害生也。京房《易传》曰："夫妇不严，厥妖狗与豕交。兹谓反德，国有兵革。"

[译文]

汉景帝三年（公元前154年），邯郸出现了狗和猪交配的事情，那时赵王昏乱，就与吴、楚等大国一起造反，而且还与匈奴勾结作为后援。《五行志》认为：狗，是军事上缺乏支援的征兆，猪，是北方匈奴的象征。听不进去劝谏，与不同类的异族匈奴结交，所以才会发生灾祸。京房《易传》说："男女关系不节制，就会出现狗和猪交配的怪事。这是违反道德的，国家就会发生战乱。"

二十二 黑乌斗白乌

[原文]

景帝三年十一月，有白颈乌与黑乌群斗楚国吕县，白颈不胜，堕泗水中死者数千。刘向以为近白黑祥也。时楚王戊暴逆无道，刑辱申公，与吴谋反。乌群斗者，师战之象也。白颈者小，明小者败也。堕于水者，将死水地。王戊不悟，遂举兵应吴，与汉大战，兵败而走，至于丹徒，为越人所斩，堕泗水之效也。京房《易传》曰："逆亲亲，厥妖白黑乌斗于国中。"

燕王旦之谋反也，又有一乌一鹊，斗于燕宫中池上，乌堕池死。《五行志》以为楚、燕皆骨肉，藩臣骄恣而谋不义，俱有乌鹊斗死之祥。行同而占合，此天人之明表也。燕阴谋未发，独王自杀于宫，故一乌而水色者死；楚炕阳举兵，军师大败于野，故乌众而金色者死。天道精微之效也。京房《易传》曰："颛（zhuān）征劫杀，厥妖乌鹊斗。"

[译文]

汉景帝三年（公元前154年）的十一月，有一群脖子是白色的乌鸦和黑乌鸦在楚国的吕县殴斗，白脖子的乌鸦战败了，结果掉进了泗水之中死了几千只。刘向觉得这预兆着白黑。当时楚王刘戊暴逆无道，对自己的老师申公培施以腐刑，还和吴王策划叛乱。乌鸦成群搏斗，这是军队打仗的象征。白脖子的乌鸦长得小巧，说明了实力弱的一方要失败。它们死于水中，表明楚王会死在水乡。楚王刘戊没有明白这一点，就起兵响应吴王，与汉朝廷大战，结果被汉帝打败逃走，一直逃到丹徒，死于越国人之手，这是白脖子乌鸦掉进泗水去的验证啊。京房《易传》说："骨肉背叛，就会出现白乌鸦与黑乌鸦在国内相斗的怪事。"

燕王刘旦想发动叛乱的时候，也出现了一只乌鸦和一只喜鹊在燕国王宫内的水池上打架，最后乌鸦掉水里淹死了。《五行志》认为楚王、燕王他们是有血缘的诸侯王，这个人不但不知道收敛还骄横放肆，一心想着策划不忠义的事情，所以才会出现乌鸦和喜鹊打架而死的事情。他们的行为相同，占卜相合，这是天象和人事之间有一定的关联的表现。燕王的阴谋虽然没有败露，只是燕王自杀于王宫罢了，所以一只黑色的（"水色"指黑色）乌鸦死于水池中；楚王公开起兵，军队大败于郊野，所以乌鸦数量众多而带有白色（"金色"指白色）的死了。这是自然规律在人身上的验证啊。京房《易传》说："专擅征伐劫杀，所以会有乌鸦与喜鹊相斗的事情。"

二十三 牛背生足

[原文]

景帝十六年，梁孝王田北山，有献牛，足上出背上者。刘向以为近牛祸，内则思虑霿(mào)乱，外则土功过制，故牛祸作。足而出于背，下奸上之象也。

[译文]

汉景帝十六年（公元前144年），梁孝王狩猎于北山，有人献上一条腿长在脊背上的牛。刘向认为这预示着一种灾祸，他考虑到宫廷内部蒙昧昏乱，可是官员在外部大兴土木严重超过了规定，所以灾祸就在牛的身上得到了验证。脚长在背脊上，是下级触犯上级的征兆。

二十四 郭外蛇与邑中蛇相斗

[原文]

汉武帝太始四年七月，赵有蛇从郭外入，与邑中蛇斗孝文庙下。邑中蛇死。后二年秋，有卫太子事，自赵人江充起。

[译文]

汉武帝太始四年（公元前93年）的七月，赵国有条蛇从城外进来，这条蛇和城内的蛇在孝文帝庙下展开搏斗。结果城内的蛇被咬死了。过后两年的秋天，赵国出现了卫太子的事情，这整件事情是由赵国人江充这个奸佞的人引起的。

二十五 端门舞黄鼠

[原文]

汉昭帝元凤元年九月，燕有黄鼠衔其尾，舞王宫端门中。王往视之，鼠舞如故。王使吏以酒脯祠，鼠舞不休。一日一夜，死。时燕王旦谋反，将死之象也。京房《易传》曰："诛不原情，厥妖鼠舞门。"

[译文]

汉昭帝元凤元年（公元前80年）的九月，燕国有只黄鼠咬着自己的尾巴，它在王宫南面的正门跳舞。燕王前去察看，它还在跳舞。燕王于是命人用酒肉拜祭，但是它还一直在跳。跳了一天一夜，死了。当时燕王刘旦正要叛乱，这是他将要被处死的征兆。京房《易传》说：“杀人不追究事情的实情，就像那只一直在跳舞的老鼠。”

二十六 白乌集石

［原文］

昭帝元凤三年正月，泰山芜莱山南，汹汹有数千人声。民往视之，有大石自立，高丈五尺，大四十八围，入地深八尺，三石为足。石立后，有白乌数千集其旁。宣帝中兴之瑞也。

［译文］

汉昭帝元凤三年（公元前 78 年）的正月，泰山郡芜莱山南麓好像有几千人的声音。人们到那里去看，有一块石头自己立起来了，石头高一丈五尺，大四十八围，埋入地下的部分深八尺，身下有三块石头作为基脚。有白乌鸦几千只聚集在石头旁边。这是汉宣帝中兴的吉兆。

二十七 虫叶成文

［原文］

昭帝时，上林苑中大柳树断仆地，一朝起立，生枝叶。有虫食其叶，成文字，曰：“公孙病已立。”

［译文］

汉昭帝年间，上林苑有棵大柳树折断了，卧在地上，一天后又直立起来，重新长出来叶子。有虫子在上面吃叶子，形状像文字，是：“公孙病已立。”

二十八 狗而冠者

［原文］

昭帝时，昌邑王贺见大白狗，冠方山冠而无尾。至熹平中，省内冠狗带绶，以为笑乐。有一狗突出，走入司空府门，或见之者，莫不惊怪。京房《易传》曰：“君不正，臣欲篡，厥妖狗冠出朝门。”

［译文］

汉昭帝年间，昌邑王刘贺看见一条大白狗，狗戴着方山冠但是没有尾巴。到熹平年间（公元172年—178年），宫禁之内给狗戴着帽子，戴上绶印，用来取乐。当时，有狗突然跑出朝门，跑到司空衙门内，看到这样的情景的人，都十分惊恐。京房《易传》说："国君品行不端正，臣子要篡权，狗戴着帽子跑出朝廷这样的怪事就是一个征兆啊。"

二十九 雌鸡化雄

［原文］

汉宣帝黄龙元年，未央殿辂铃中雌鸡化为雄，毛衣变化，而不鸣，不将，无距。元帝初元元年，丞相府史家雌鸡伏子，渐化为雄，冠距鸣将。至永光中有献雄鸡生角者。《五行志》以为王氏之应。京房《易传》曰："贤者居明夷之世，知时而伤；或众在位，厥妖鸡生角。"又曰："妇人专政，国不静，牝鸡雄鸣，主不荣。"

鸡

古代常常把国家将要出现的大事，通过一些动物异常的举动来预示出其端倪。体现在鸡上，比如雌鸡化为雄，牝鸡报晓等，概由于它们失其常理，暗示出国家将要出现大的变动。

［译文］

汉宣帝黄龙元年（公元前49年），未央宫辂铃厩里有一只母鸡变成了公鸡，羽毛变了，可是却不打鸣，不带领鸡群，脚爪后面没有公鸡都有的鸡距。汉元帝初元元年（公元前48年），丞相府史家有只孵蛋的母鸡慢慢也变成了公鸡，不仅有公鸡的鸡冠、鸡距，还会报晓啼叫，而且还带领鸡群。到永光年间（公元前43年—前39年），还有人进献了一只长角的雄鸡。《五行志》觉得这就是王莽篡权的征兆。京房《易传》说："贤能的人处在黑暗的世道之中，感伤时事；那些平庸的人却得到了高位，这时怪异的现象是鸡长角。"又说："妇女专权，国家就得不到安宁，雌鸡像雄鸡一样啼鸣，君主就不会有什么荣耀。"

三十 三男娶一妇

［原文］

宣帝之世，燕、岱之间，有三男共取一妇，生四子，及至

将分妻子而不可均，乃致争讼。廷尉范延寿断之曰：“此非人类，当以禽兽，从母不从父也。请戮三男，以儿还母。”宣帝嗟叹曰：“事何必古？若此，则可谓当于理而厌人情也。”延寿盖见人事而知用刑矣，未知论人妖将来之验也。

[译文]

汉宣帝年间，位于燕国与泰山之间，有三个男人共同娶了一个老婆，生了四个孩子，等到分家时，老婆孩子不能做到平均，于是就打起了官司。廷尉范延寿断案说：“这种事情不是人类做的，和畜生差不多，要跟着母亲而不能跟着父亲。请杀了这三个男人，孩子交给母亲。”汉宣帝叹息说：“为什么一定要按照古代的道义来断案呢？像范延寿这样，可以说是符合了古代道义，却压抑了人之常情。”范延寿真的是充分了解了人情世故才这样判刑的，却不懂得要考虑人妖在将来的应验。

三十一　天雨草

[原文]

汉元帝永光二年八月，天雨草，而叶相樛（jiū）结，大如弹丸。至平帝元始三年正月，天雨草，状如永光时。京房《易传》曰：“君吝于禄，信衰，贤去，厥妖天雨草。”

[译文]

汉元帝永光二年（公元前 42 年）的八月，天上掉下来一些草，它们的叶子互相缠绕，和弹丸差不多大。到汉平帝元始三年（公元 3 年）的正月，天上又掉下了草，形状跟永光年间时的一样。京房《易传》说：“君主不舍得俸禄，忠信的风气开始衰落下去，贤能的人离开，所以才会出现天上掉下奇草的怪事情。”

三十二　断槐复立

[原文]

元帝建昭五年，兖州刺史浩赏，禁民私所自立社。山阳橐（tuó）茅乡社有大槐树，吏伐断之，其夜树复立故处。说曰：“凡枯断复起，皆废而复兴之象也。是世祖之应耳。”

[译文]

汉元帝建昭五年（公元前 34 年），浩赏担任兖州刺史，他不让老百姓私自设农业社（“社”也即是“里”，是基层行政单位）。山阳郡橐县茅乡的农业社种着一棵大槐树，官吏砍断的当夜，这棵槐树又长在原处了。有人解说道：“凡是枯树、断树要是还能活，都是象征着衰败后再恢复兴盛。这预示着世祖光武帝中兴。”

三十三 鼠巢树上

［原文］

汉成帝建始四年九月，长安城南，有鼠衔黄藁柏叶，上民冢柏及榆树上为巢，桐柏为多，巢中无子，皆有干鼠矢数升。时议臣以为恐有水灾。鼠盗窃小虫，夜出，昼匿，今正昼去穴而登木，象贱人将居贵显之占。桐柏，卫思后园所在也，其后赵后自微贱登至尊，与卫后同类，赵后终无子，而为害。明年，有鸢焚巢杀子之象云。京房《易传》曰：“臣私禄罔干，厥妖鼠巢。”

［译文］

汉成帝建始四年（公元前 29 年）的九月，在长安城南，有老鼠衔了黄稻草、柏树叶偷偷爬上老百姓坟墓边的柏树和榆树上搭窝，其中这样的老鼠窝在桐柏乡搭建的最多，巢中并没有小老鼠，都有几升干硬的老鼠屎。当时朝廷上议事的大臣觉得可能有巨大的水灾要发生。老鼠是善于偷窃的小虫，它们一般是在晚上才出来的，白天一般是隐藏在窝里的，现在在光天化日离开老鼠窝爬到树上，也就预示着地位低贱的人要窃据国家的重要职位。桐柏乡，这个地方是卫思皇后花园所在的地方，从那以后，赵皇后从低微的地位上升到高贵的地位，和卫皇后一样。赵皇后最后由于没有孩子而被害了。第二年，还听说发生过老鹰烧掉了巢、杀死了小鹰的现象。京房《易传》说：“臣子私自把俸禄据为己有，所以才会出现老鼠做巢的怪事。”

三十四 狗如人状在室中

［原文］

成帝河平元年，长安男子石良、刘音相与同居，有如人状在其室中，击之，为狗，走出。去后，有数人披甲，持弓弩至良家。良等格击，或死，或伤，皆狗也。自二月至六月，乃止。其于《洪范》，皆犬祸，言不从之咎也。

狗

狗本来为牲畜，一旦变化成人，脱离了它原有的本性，化作妖孽，给人类带来灾祸，其根源在于人类的某些作法违反了常理的缘故。

［译文］

汉成帝河平元年（公元前 28 年），长安有石良和刘音二人住在一起，有一个长得像人一样的怪物出现在他们的房间里，于是就追着打它，不一会儿，这怪物就变成了狗跑出去了。跑出去后，有几个穿着盔甲、拿着弓箭的人直奔石良家。石良和他们拼死搏斗，他们有的被打死了，有的受伤了，再仔细看，原来这些人都是狗变的。这场战斗从二月一直搏斗到六月才最终结束。这种情况如果从《洪范》的观点来看，都是狗引来的灾祸，是说话不执行的缘故啊。

三十五　鸟焚其巢

［原文］

成帝河平元年二月庚子，泰山山桑谷，有鸢焚其巢。男子孙通等闻山中群鸟戴鹊声，往视之，见巢燃尽，堕池中，有三鸢鷇(kòu)，烧死。树大四围，巢去地五丈五尺。《易》曰：“鸟焚其巢，旅人先笑后号咷(táo)。”后卒成易世之祸云。

［译文］

汉成帝河平元年（公元前 28 年）的二月庚子这天，泰山的山桑谷中有一只老鹰把自己的巢烧掉了。男子孙通等人听见山里老鹰、喜鹊等群鸟鸣叫的声音，于是跑去查看，只见那些鸟把自己的鸟巢都烧了，然后落到水池里去了，还有三只小鹰被大火烧死了。建筑鸟巢的树粗有四围，鸟巢离地面五丈五尺。《易经》说：“如果鸟烧掉了它的巢，旅客刚见了会高兴得大笑，而后会号啕大哭起来。”于是国家最终酿成了改朝换代的灾祸。

三十六　北海出大鱼

［原文］

成帝鸿嘉四年秋，雨鱼于信都，长五寸以下。至永始元年

春，北海出大鱼，长六丈，高一丈，四枚。哀帝建平三年，东莱平度出大鱼，长八丈，高一丈一尺，七枚。皆死。灵帝熹平二年，东莱海出大鱼二枚，长八九丈，高二丈余。京房《易传》曰：“海数见巨鱼，邪人进，贤人疏。”

[译文]

汉成帝鸿嘉四年（公元前 17 年）的秋季，信都国下起了鱼雨，这些鱼长不到五寸。到永始元年（公元前 16 年）的春天，渤海出现了大鱼，长六丈，高一丈，一共有四条。汉哀帝建平三年（公元前 4 年），东莱郡平度出现了大鱼，长八丈，高一丈一尺，一共七条。这些鱼都是死鱼。汉灵帝熹平二年（公元 173 年），东莱郡海中还出现了大鱼两条，长八九丈，高二丈多。京房《易传》说：“海中数次出现大鱼，预示着奸佞的小人将要被提拔，贤能的人要遭到迫害啊。”

巨鱼

但凡巨鱼，一般潜藏在大海深处，不易被人所发现。一旦露面，则是一种不祥的预兆，正如文中所提，乃是奸邪之徒被提拔，而贤能之士遭到压制的外在表现。

三十七　树如人状

[原文]

成帝永始元年二月，河南街邮樗（chū）树生枝，如人头，眉目须皆具，亡发耳。至哀帝建平三年十月，汝南西平遂阳乡有材仆地，生枝如人形，身青黄色，面白，头有髭（zī）发，稍长大，凡长六寸一分。京房《易传》曰：“王德衰，下人将起，则有木生为人状”。其后有王莽之篡。

[译文]

汉成帝永始元年（公元前 16 年）的二月，在河南郡大道旁的驿站内有一棵臭椿树，这棵树上长出的树枝像人头，眉毛、眼睛、胡须等都有，只不过缺少头发罢了。到汉哀帝建平三年（公元前 4 年）的十月，在汝南郡西平县遂阳乡有木材倒在地上，这棵树生出的枝条长得像人，身体是青黄色，面孔雪白，头上还长着胡须、头发，逐渐长大，头发一共长六寸一分。京房《易传》说：“君王的道德衰败，身份低微的要执掌大权了，所以树木才长成人的样子。”以后果真发生了王莽篡权的事情。

三十八 厩马生角

[原文]

成帝绥和二年二月，大厩马生角，在左耳前，围长各二寸。是时王莽为大司马，害上之萌，自此始矣。

[译文]

汉成帝绥和二年（公元前 7 年）的二月，大马圈里的马长出角来，角长在左耳的前面，围圆和长度都是二寸。这时候王莽恰巧担任大司马，他迫害皇上、篡夺国家政权的野心正是从这时候开始萌生的。

三十九 燕生雀

[原文]

成帝绥和二年三月，天水平襄有燕生雀，哺食至大，俱飞去。京房《易传》曰：“贼臣在国，厥咎燕生雀，诸侯销。”又曰：“生非其类，子不嗣世。”

[译文]

汉成帝绥和二年（公元前 7 年）的三月，天水郡平襄县有一只燕子生了麻雀，等到燕子把它们喂大的时候，这些麻雀都飞走了。京房《易传》说：“国内出现了叛乱的臣子，要是燕子生麻雀是凶兆的话，那么诸侯就有灭顶之灾。”又说：“现在出现了不生同类的事情，那么儿子就不会继承父亲的事业。”

四十 三足驹

[原文]

汉哀帝建平三年，定襄有牡马生驹，三足，随群饮食。《五行志》以为：马，国之武用。三足，不任用之象也。

[译文]

汉哀帝建平三年（公元前 4 年），定襄郡有匹雄马生了小马，小马只有三条腿，生下来就和其他的马一样吃喝。《五行志》认为：马预示着国家武力。三只脚，说明有将才不被使用。

四十一 仆树自立

［原文］

哀帝建平三年，零陵有树僵地，围一丈六尺，长十丈七尺，民断其本，长九尺余，皆枯，三月，树卒自立故处。京房《易传》曰："弃正，作淫，厥妖本断自属。妃后有颛，木仆，反立，断枯，复生。"

［译文］

汉哀帝建平三年（公元前 4 年），零陵郡有棵树倒地了，此树树围一丈六尺，长十丈七尺，等老百姓把它的根锯段，居然长九尺多，差不多都干枯了，三个月过后，这棵树忽然又长在原先的地方了。京房《易传》说："不顾正道一味作乱，才会出现枯死的树根都断了又重新成活的怪事。妃子皇后专权，树木砍倒又重新立起来，断了、枯了居然还能复活。"

四十二 腹中儿啼

［原文］

哀帝建平四年四月，山阳方与女子田无啬生子，未生二月前，儿啼腹中，及生，不举，葬之陌上。后三日，有人过，闻儿啼声，母因掘收养之。

［译文］

汉哀帝建平四年（公元前 3 年）四月，山阳郡方与县有个叫田无啬的女子生了个孩子，在她快要生产的前两个月，孩子在母亲的腹中啼哭，等到孩子生下来之后，她不给他哺乳，把孩子埋在田野里了。过了三天，有人经过，听到有孩子的哭声，母亲于是挖开土，抱回家里抚养他。

枯 树

枯树在自然条件适宜的情况下，也可能新生，本不为一件怪事，但在那些善于占卜的人眼里，则认为是一种不好的预兆。

四十三　王母传书

［原文］

哀帝建平四年夏，京师郡国民聚会里巷阡陌，设张博具歌舞，祠西王母。又传书曰："母告百姓，佩此书者，不死。不信我言，视门枢下，当有白发。"至秋乃止。

［译文］

汉哀帝建平四年（公元前 3 年）的夏天，京城和郡国的老百姓聚集在里弄的街道上，设置博戏棋具，又唱歌又跳舞，来祭祀西王母。又传递书信说："西王母还告诫百姓，只要佩戴着这书信的人，就不会有什么灾难。如果谁不相信这话的话，看看门的转轴下，肯定有白头发。"这种活动一直持续到秋天才结束。

四十四　男化为女

［原文］

哀帝建平中，豫章有男子化为女子，嫁为人妇，生一子。长安陈凤曰："阳变为阴，将亡；继嗣，自相生之象。"一曰："嫁为人妇，生一子者，将复一世，乃绝。"故后哀帝崩，平帝没，而王莽篡焉。

［译文］

汉哀帝建平年间（公元前 6 年—前 3 年），豫章郡有个男人变成了女人，出嫁给人当了媳妇，而且还生了儿子。长安人陈凤说："男人要是变成女人是失去继承人的征兆啊，一定要保存自己啊。"另一种说法是："嫁给人家当媳妇，生了个儿子的人，将会再过一代就断子绝孙了。"所以汉哀帝逝世了，汉平帝身故，王莽篡夺了帝位。

四十五　女死复生

［原文］

汉平帝元始元年二月，朔方广牧女子赵春病死，既棺殓，积七日，出在棺外，自言见夫死父，曰："年二十七，汝不当死。"太守谭以闻。说曰："至阴为阳，下人为上。厥妖人死复生。"其后王莽篡位。

[译文]

汉平帝元始元年（公元 1 年）二月，朔方郡广牧县有个叫赵春的女孩死了，入殓后，过了七天，她出现在棺材外面，自己说见到了死去的父亲，说：“你现在才二十七岁，你不应该死。”朔方谭太守于是赶紧做了汇报。有人解说道：“极盛的阴气转变为阳气，地位低的人变成处于高位的人。这就是现在的死而复生的怪事。”不久以后王莽篡夺皇位。

四十六 女生怪儿

[原文]

汉平帝元始元年六月，长安有女子生儿，两头，两颈，面俱相向；四臂，共胸，俱前向；尻上有目，长二寸所。京房《易传》曰：“‘暌(kuí)孤见豕负涂’。厥妖人生两头。下相攘善，妖亦同。人若六畜，首目在下，兹谓亡上，政将变更。厥妖之作，以谴失正，各象其类。两颈，下不一也。手多，所任邪也。足少，下不胜任，或不任下也。凡下体生于上，不敬也；上体生于下，媟(xiè)渎也。生非其类，淫乱也；人生而大，上速成也；生而能言，好虚也。群妖推此类。不改，乃成凶也。”

双头怪

双头怪，古人视为一种妖怪，它的出现，能够给人类带来灾害。文中所提，其实乃是一对连体婴儿，由于科学不发达，人们往往以怪物论之。

[译文]

汉平帝元始元年（公元 1 年）六月，长安有个女人生了个儿子，儿子长着两个头，两个脖子，两张脸相对；四条手臂长在一个胸膛上，都向前；臀部上有眼睛，长二寸左右。京房《易传》说：“‘孤儿离家在外，看见猪背上涂有泥土’。人长两个头真是反常。臣民排斥贤良，也是反常啊。人或马、牛、羊、鸡、狗、猪等六畜的头和眼睛在下面长着，预示着政权要发生变化。之所以出现反常的事情，是谴责君主失道，各自象征它们的品类。两个脖子，也就是臣下不一致。手多，是说用奸佞之人。脚少，是臣下不能胜任，或者不任用臣下。凡是下部的器官上长的，是不恭敬；上部的器官长在下部，是猥亵不敬。长出来不同类的东西，是淫乱；人生下来就很大，是皇上急于求成；生下来就会说话，是皇上喜爱花言巧语。各种反常现象都可以推论出君主所做的事情。如果君主不悔改，就会出现天下大乱的祸患了。”

四十七　有角三足乌

[原文]

汉章帝元和元年，代郡高柳乌生子，三足，大如鸡，色赤，头有角，长寸余。

[译文]

汉章帝元和元年（公元 84 年），代郡高柳的乌鸦生出的乌鸦有三只脚，像鸡那么大，而且毛色赤红，头上有角，长一寸多。

四十八　德阳殿上大蛇

[原文]

汉桓帝即位，有大蛇见德阳殿上。洛阳市令淳于翼曰：“蛇有鳞，甲兵之象也；见于省中，将有椒房大臣受甲兵之象也。”乃弃官遁去。到延熹二年，诛大将军梁冀，捕治家属，扬兵京师也。

[译文]

汉桓帝登上王位，德阳殿上出现一只大蛇。洛阳市令淳于翼说：“蛇身上长有鳞片，是铠甲和兵器的象征；现在在宫内出现，是将有皇后的做官的亲人受到诛杀的预兆。”因此他赶紧辞掉官职逃走了。到延熹二年（公元 159 年），汉桓帝杀了大将军梁冀，还惩办他的家人，在京城大动干戈。

四十九　北地雨肉

[原文]

汉桓帝建和三年秋七月，北地廉雨肉，似羊肋，或大如手。是时梁太后摄政，梁冀专权，擅杀，诛太尉李固、杜乔，天下冤之。其后，梁氏诛灭。

［译文］

汉桓帝建和三年（公元 149 年）的七月，北地郡廉县下起了肉雨，极像羊的肋条肉，有的和手一样大。恰逢梁太后执政，梁冀独擅大权，擅自杀人，诛杀了太尉李固、杜乔，所有人都知道他们是冤死的。在那以后，梁家就被诛灭了。

五十　孙寿新世妆

［原文］

汉桓帝元嘉中，京都妇女作愁眉、啼妆、堕马髻、折腰步、龋（qǔ）齿笑。愁眉者，细而曲折。啼妆者，薄拭目下若啼处。堕马髻者，作一边。折腰步者，足不在下体。龋齿笑者，若齿痛，乐不欣欣。始自大将军梁冀妻孙寿所为，京都翕（xī）然，诸夏效之。天戒若曰："兵马将往收捕：妇女忧愁，踧眉啼哭；吏卒掣顿，折其腰脊，令髻邪倾；虽强语笑，无复气味也。"到延熹二年，冀举宗合诛。

［译文］

汉桓帝元嘉年间（公元 151 年—153 年），京城的妇女盛行愁眉、啼妆、堕马髻、折腰步、龋齿笑。愁眉，是妇女把眉毛画得细长弯曲。啼妆，是说在眼下擦上薄粉，像哭过一样。堕马髻，是将发髻梳在一边。折腰步，是走路时双脚支持不住身体。龋齿笑，就是笑起来像牙痛，不是高兴地笑。这些做法始于大将军梁翼的妻子孙寿，京城妇女和各个封国的妇女都模仿她。上天的禁戒这样说："兵马就要来收捕：妇女都愁眉不展，皱着眉头啼哭；官兵抢夺，拉伤她们的腰肢，弄歪她们的头发；即使她们还能笑出来，也没有了那份心情。"到延熹二年（公元 159 年），梁冀这个宗族都被诛灭了。

五十一　牛生鸡

［原文］

桓帝延熹五年，临沅县有牛生鸡，两头四足。

［译文］

汉桓帝延熹五年（公元 162 年），临沅县有一头牛生出了鸡，鸡长有两个头四只脚。

五十二 赤厄三七

[原文]

汉灵帝数游戏于西园中，令后宫采女为客舍主人，身为估服，行至舍间，采女下酒食，因共饮食，以为戏乐。是天子将欲失位，降在皂隶之谣也。其后天下大乱。

古志有曰：“赤厄三七。”三七者，经二百一十载，当有外戚之篡，丹眉之妖。篡盗短祚，极于三六，当有飞龙之秀，兴复祖宗。又历三七，当复有黄首之妖，天下大乱矣。自高祖建业，至于平帝之末，二百一十年，而王莽篡，盖因母后之亲。十八年而山东贼樊子都等起，实丹其眉，故天下号曰“赤眉”。于是光武以兴祚，其名曰秀。

张角

张角，东汉人，曾利用宗教的名义，组织和领导“黄巾大起义”，反抗统治阶级压迫、剥削，大大动摇了东汉王朝的统治，最后致使其土崩瓦解，最终造成了军阀割据的局面。

至于灵帝中平元年，而张角起，置三十六方，徒众数十万，皆是黄巾，故天下号曰“黄巾贼”，至今道服，由此而兴。初起于邺，会于真定，诳感百姓曰：“苍天已死，黄天立。岁名甲子年，天下大吉。”起于邺者，天下始业也，会于真定也，小民相向跪拜趋信，荆、扬尤甚。乃弃财产，流沉道路，死者无数。角等初以二月起兵，其冬十二月悉破。自光武中兴至黄巾之起，未盈二百一十年，而天下大乱。汉祚废绝，实应三七之运。

[译文]

汉灵帝多次在西花园中游戏，他还让后宫的人扮作旅馆主人，他穿上商贩的衣服，来到旅馆，宫女端上酒菜，和她们一起吃喝，以这样的游戏为乐。这是天子将要失去位子，降身变为奴仆的谣言。后来果然天下大乱。

古代志书上这样记载：“赤色厄运三七。”三七，就是说再过二百一十年，会出现外戚篡权、红眉毛的妖孽等祸患。篡权作乱的盗贼福短，限于三六之数，会有飞龙之秀，来复兴祖宗的事业。再经历三七之后，黄头的妖孽就会出现，天下又会大乱了。从汉高祖建立帝业，到汉平帝末年，二百一十年间，王莽篡权，主要是因为皇太后的亲戚。十八年后出现了山东强盗樊子都起兵作乱，还用丹砂画眉毛，因此世人将其称作“赤眉”。这时光武帝起来复兴汉室，他的名字叫刘秀。

到汉灵帝中平元年（公元 184 年），张角起义，设三十六方，信徒几十万，他们都头戴黄色的头巾，所以天下称之为“黄巾贼”，现在道教的服装，是从这里兴起来的。张角在邺县起兵，在真定会师，他蛊惑百姓说：“苍天已经死了，黄天马上要建立。在甲子年，天下就会太平了。”从邺县起兵，也就是说天下的基业要开始了。会师真定时，百姓都前去拜见他们，还遵奉他们的教义，荆州、扬州的老百姓尤其厉害。人们放弃家产，流落于道路上，死去的不计其数。张角等人在二月起兵，当年的冬天十二月就被剿灭了。从光武帝中兴到黄巾军起兵，在不到二百一十年间，天下大乱。汉朝的皇帝被废了，这实在是汉朝应验了“三七”的气数。

五十三　男女服装改变

[原文]

灵帝建宁中，男子之衣，好为长服，而下甚短；女子好为长裾，而上甚短。是阳无下而阴无上，天下未欲平也。后遂大乱。

[译文]

汉灵帝建宁年间（公元 168 年—172 年），男人的衣服都喜好上衣长，下衣短；女人好穿长裙子，上衣短。这是阳气没有下，阴气没有上，因此天下没有太平。后来终于大乱了。

五十四　夫妇相食

[原文]

灵帝建宁三年春，河内有妇食夫，河南有夫食妇。夫妇阴阳二仪，有情之深者也。今反相食，阴阳相侵，岂特日月之眚(shěng)哉。灵帝既没，天下大乱，君有妄诛之暴，臣有劫弑之逆，兵革相残，骨肉为仇，生民之祸极矣。故人妖为之先作。而恨不

遭辛有、屠乘之论，以测其情也。

[译文]

汉灵帝建宁三年（公元170年）的春天，河内郡有个妇人把丈夫给吃了，河南郡有个丈夫把妻子吃了。夫妻阴阳双方相配，是感情至深的人。现在反而夫妻相食，也就是阴阳相犯，这岂止是日月的错误啊。汉灵帝死后，天下顿时大乱，君主有胡乱诛杀臣下的暴行，臣下有劫杀君主的叛逆行为，互相残杀，亲骨肉成为仇人，百姓遭受的苦难到了极点。所以人间有了怪异的事情发生。遗憾的是没有辛有、屠乘所发表的那种预言，没办法来验测它的情由。

五十五 寺壁现黄人

[原文]

灵帝熹平二年六月，洛阳民讹言："虎贲（bēn）寺东壁中，有黄人，形容须眉良是。"观者数万，省内悉出，道路断绝。到中平元年二月，张角兄弟起兵冀州，自号"黄天"。三十六方，四面出和。将帅星布，吏士外属。因其疲馁（něi）牵而胜之。

[译文]

汉灵帝熹平二年（公元173年）的六月，洛阳的百姓一直在传言："虎贲寺的东墙出现了黄人，面容上胡须眉毛很像。"观看的人好几万，连宫禁中的人都赶去看，道路都堵塞了。到中平元年（公元184年）的二月，张角兄弟起兵于冀州，自称"黄天"。他们分兵三十六方，各地的人都起兵响应。将军元帅遍地都是，连官吏也来归附他们。因为他们疲乏饥饿了才受到牵制，被打压下去。

黄巾军将卒

古人经常把一些看似反常的现象附会到现实社会中去，以此来相互印证，正如文中提到的虎贲寺壁中有黄人，就预示着"黄巾起义"的爆发。

五十六 树生人状

[原文]

灵帝熹平三年，右校别作中，有两樗树，皆高四尺许，其一枝宿昔暴长，长一丈余，粗大一围，作

胡人状，头目鬓须发俱具。其五年，十月壬午，正殿侧有槐树，皆六七围，自拔，倒竖，根上枝下。又中平中，长安城西北六七里，空树中，有人面，生鬓。其于《洪范》，皆为木不曲直。

[译文]

汉灵帝熹平三年（公元 174 年），右校作坊中长出了两棵臭椿树，这两棵树高四尺左右，其中的一棵一下子长到了一丈多高，长粗了一围，看上去长得像胡人，而且树长有头、眼睛、鬓角、胡须、头发，和真人没什么区别。熹平五年（公元 176 年）的十月壬午日，正殿旁边的一棵六七围大小的槐树，没有人动就自己倒拔出来了，树根朝上，树梢朝下。还有中平年间（公元 184 年—189 年），在长安城西北六七里远的一棵老树树洞中，长出了人的面孔，还长着鬓发。按照《洪范》的观点来看这些怪事，是因为树木不能正常地弯曲或伸直。

五十七 雌鸡化雄

[原文]

灵帝光和元年，南宫侍中寺雌鸡欲化为雄，一身毛皆似雄，但头冠尚未变。

[译文]

汉灵帝光和元年（公元 178 年），南宫的侍中府也出现了一件怪事，府里的一只母鸡快要变成雄鸡了，全身长着雄鸡的鸡毛，只不过没有长出雄鸡的鸡冠罢了。

五十八 两头怪儿

[原文]

灵帝光和二年，洛阳上西门外女子生儿：两头，异肩，共胸，俱前向。以为不祥，堕地，弃之。自是之后，朝廷霿(mào)乱，政在私门，上下无别，二头之象。后董卓戮太后，被以不孝之名，放废天子，后复害之。汉元以来，祸莫逾此。

[译文]

汉灵帝光和二年（公元 179 年），洛阳上西门外有个女人生了一个儿子：长着两个头，两对肩膀长在一个胸膛上，都向前长着。那女人把这件事看作一种不吉利，于是在孩子生下来后就把孩子扔掉了。从此之后，国家就出现了混乱的状态，政权旁落到权贵手中，君主与臣下没有什么分别，这是两个头所象征的寓意。后来董卓把何太后给杀死

了，还给汉少帝加以不孝的罪名，少帝于是被废黜放逐了，后来董卓还是毒杀了他。汉朝建立以来，再也没有比这更大的灾祸了。

五十九　白衣男子

[原文]

光和四年，南宫中黄门寺有一男子，长九尺，服白衣。中黄门解步呵问："汝何等人？白衣妄入宫掖！"曰："我梁伯夏后，天使我为天子。"步欲前收之，因忽不见。

[译文]

汉灵帝光和四年（公元 181 年），南宫的中黄门官署内有一个男子，长九尺，穿白色的衣服。中黄门解步叱问他道："你到底是什么人？居然敢穿着白衣服乱闯宫廷！"那人说："我是梁伯夏的后代，是天帝派遣我来这里做天子的。"解步想捉住他，但是这个人却忽然不见了。

六十　草作人状

[原文]

光和七年，陈留济阳、长垣，济阴东郡、冤句、离狐界中，路边生草，悉作人状，操持兵弩；牛马龙蛇鸟兽之形，白黑各如其色，羽毛头目足翅皆备，非但仿佛，像之尤纯。旧说曰："近草妖也。"是岁有黄巾贼起，汉遂微弱。

[译文]

汉灵帝光和七年（公元 184 年），陈留郡的济阳县、长垣县，济阴郡和东郡的冤句县、离狐县地界中，路边长着草，这些草都长得像人，而且手里还拿着兵器弓箭；有的草长得像牛马龙蛇鸟兽的形状，白色和黑色跟鸟兽的颜色是一样的，羽毛、头、眼睛、脚、翅膀等都具备，而且这些草不是一般的

草

草木虽为物类，倘若阴差阳错，亦能成精，文中所提到草木悉作人状，操持兵弩，显然被视为一种不祥之兆，盖黄巾农民起义军被污蔑为"草寇"，"草"在其间有相通之处，故有此说也。

像，和真物十分逼真。过去有人说：“这就是所谓的草怪吧。”这一年出现了黄巾强盗，汉朝于是开始变得衰弱了。

六十一　连体婴儿

[原文]

灵帝中平元年六月壬申，洛阳男子刘仓，居上西门外，妻生男，两头共身。至建安中，女子生男，亦两头共身。

[译文]

汉灵帝中平元年（公元184年）的六月壬申日这一天，洛阳男子刘仓，住在上西门外，他的妻子生了个男孩，孩子有两个头，长在一个身子上。到建安年间（公元196年—220年），还有一个女子也生了个男孩，也是两个头长在一个身子上。

六十二　万雀相杀

[原文]

中平三年八月中，怀陵上有万余雀，先极悲鸣，已因乱斗，相杀，皆断头，悬着树枝枳棘。到六年，灵帝崩。夫陵者，高大之象也；雀者，爵也。天戒若曰：“诸怀爵禄而尊厚者，还自相害，至灭亡也。”

[译文]

中平三年（公元186年）八月的一天，怀陵上出现了一万多只麻雀，开始的时候这些麻雀还悲哀地鸣叫着，后来麻雀开始打架，互相残杀，结果所有的麻雀都断了头，身子悬挂在树枝与荆棘丛上。到中平六年（公元189年），汉灵帝就驾崩了。陵，象征着高大；雀，也就是爵的意思。上天的禁戒是这样的：“每一个享有爵位俸禄地位显赫的人，还在互相残杀，定会同归于尽。”

lěi

六十三　魁櫑挽歌

[原文]

汉时，京师宾婚嘉会，皆作“魁櫑”，酒酣之后，续以“挽歌”。“魁櫑”，丧家之乐；“挽歌”，执绋相偶和之者。天戒若曰：“国家当急殄悴，诸贵乐皆死亡也。”自灵帝崩后，京师坏灭，

户有兼尸虫而相食者，“魁櫑”“挽歌”，斯之效乎？

[译文]

汉朝的时候，京城里迎宾和结婚这样的宴会上，都会表演木偶戏，在大家喝得高兴的时候，就开始唱挽歌。木偶戏，本来是丧失国家才奏的乐；挽歌，是拉着棺材的绳子时才唱的歌。上天的禁戒这样说：“国家就要陷入困境，那些时兴的欢乐都要死亡了。”自从汉灵帝驾崩之后，京城被毁于一旦，每家都有一些靠吃人尸体的虫子在吃完尸体后开始自相残杀，木偶戏、唱挽歌，难道不是它的应验吗？

魁 櫑

魁櫑，即用木头制作的小人，汉代时，魁櫑作为一种戏具，主要用于配合丧乐使用。文中提及婚宴上却在使用只有丧事时的魁櫑，实为一种不祥之兆。

六十四　京师散谣言

[原文]

灵帝之末，京师谣言曰：“侯非侯，王非王，千乘万骑上北邙。”到中平六年，史侯登蹑至尊，献帝未有爵号，为中常侍段圭等所执，公卿百僚，皆随其后，到河上，乃得还。

[译文]

汉灵帝末年，京城有一首歌谣是这样说的：“侯不是侯，王不是王，千乘万骑上北邙。”（汉代王侯贵族多葬在北邙山，用此来说不吉利的事）到中平六年（公元189年），史侯执掌最高政权，汉献帝那时候还没有爵号，受到中常侍段圭等人的劫持，公卿百官，都跟随在他们后面，汉献帝一直被挟持到黄河边上才被尚书卢植等解救返回。

六十五　桓氏死后复生

[原文]

汉献帝初平中，长沙有人姓桓氏，死，棺敛月余，其母闻棺中有声，发之，遂生。占曰：“至阴为阳，下人为上。”其后曹公由庶士起。

［译文］

汉献帝初平年间（公元 190 年—193 年），长沙有个姓桓的人，死了，用棺材装了有一个多月，他母亲听到棺材里发出声音，于是就打开来一看，这人又活了。占卜的结果说："当阴气被阳气压迫时，地位低的人就会占据高位。"后来曹操便从小吏开始兴起。

六十六　男变为女

［原文］

献帝建安七年，越嶲有男子化为女子，时周群上言："哀帝时亦有此变，将有易代之事。"至二十五年，献帝封山阳公。

［译文］

汉献帝建安七年（公元 202 年），越嶲有个男人变成了女人，当时周群上言说："哀帝时也出现过这样的变化，将要有改朝换代事情发生。"到建安二十五年（公元 220 年），汉献帝被封为山阳公。

六十七　荆州童谣

［原文］

建安初，荆州童谣曰："八九年间始欲衰，至十三年无孑遗。"言自中兴以来，荆州独全，及刘表为牧，民有丰乐，至建安九年，当始衰。始衰者，谓刘表妻死，诸将并零落也。十三年无孑遗者，表当又死，因以丧败也。是时华容有女子，忽啼呼曰："将有大丧。"言语过差，县以为妖言，系狱。月余，忽于狱中哭曰："刘荆州今日死。"华容去州数百里，即遣马里验视，而刘表果死。县乃出之。续又歌吟曰："不意李立为贵人。"后无几，

刘表

刘表，字景升，东汉末年人，曾为镇南将军、荆州牧，据地数千里，带甲十余万，称雄荆江一带。

曹公平荆州，以涿郡李立字建贤为荆州刺史。

[译文]

在献帝建安初年，荆州出现这样一首童谣，说："八九年间衰落就出现了，十三年后不会留下什么了。"说的就是汉代从中兴以来，荆州能独自保全，等到刘表任荆州牧之后，老百姓衣食无忧，到建安九年（公元 204 年），这种局势开始衰落。所谓开始衰落，是指刘表的妻子死去，后来各位将领也都相继伤亡。歌谣说的十三年不会留下什么，是说刘表就要死亡，荆州于是就衰败了。这时候华容县出现一个女子，她忽然大哭着说："国家将有特大的丧事。"她这话太荒谬了，县令认为她妖言惑众，将她抓起来了。没过一个月，她在狱中大哭着说："刘荆州（刘表）今天死了。"华容县和荆州隔着几百里，县里赶紧派人马前去验证，结果刘表果真去世了。县令于是放了她。她接着唱道："想不到李立成了地位显赫的人物。"后来不久，曹操攻破荆州，就让涿郡人李立（字建贤）担任荆州刺史。

六十八　伐树出血

[原文]

建安二十五年正月，魏武在洛阳起建始殿，伐濯龙树而血出。又掘徙梨，根伤，而血出。魏武恶之，遂寝疾，是月崩，是岁，为魏武黄初元年。

[译文]

建安二十五年（公元 220 年）的正月，魏武帝曹操在洛阳大力修筑建始殿，他命人砍伐掉濯龙园中的树木，那树木却流出鲜血来。他又命人掘梨树，那梨树的根一被碰到便流出鲜血来。对于这件事情曹操心里非常不舒服，于是就开始生病，最后居然一病不起，当月就死了。而这一年正好是魏文帝黄初元年。

六十九　鹰生燕巢

[原文]

魏黄初元年，未央宫中有鹰生燕巢中，口爪俱赤。至青龙中，明帝为凌霄阁，始构，有鹊巢其上。帝以问高堂隆，对曰："《诗》云：'惟鹊有巢，惟鸠居之。'今兴起宫室，而鹊来巢，此宫室未成，身不得居之象也。"

［译文］

魏黄初元年（公元 220 年），未央宫中有一只老鹰生在了燕子巢里，这只鹰的嘴和脚爪都是红色的。到青龙年间（公元 233 年—237 年），魏明帝修建了凌霄阁，在大殿刚开始架屋的时候，喜鹊就开始跑来在上面做巢。魏明帝把这件事情询问高堂隆，高堂隆回答说：“《诗经》说：‘喜鹊做好巢，鸠住在里面。’现在您兴建宫室，喜鹊来做巢，这是宫殿还没有落成，您还不可以到这房子里去住的征象。”

七十　河出妖马

［原文］

魏齐王嘉平初，白马河出妖马，夜过官牧边鸣呼，众马皆应。明日，见其迹，大如斛，行数里，还入河。

［译文］

魏齐王嘉平初年，白马河出现了一匹怪马，那马夜间就来到官府的马厩旁嘶叫，所有的马厩里的马就跟着它一起嘶叫。第二天，人们发现它留下的脚印居然像斗斛一样大，行走了好几里，一直延伸到白马河里去了。

七十一　燕生巨鷇（kòu）

［原文］

魏景初元年，有燕生巨鷇于卫国李盖家，形若鹰，吻似燕。高堂隆曰：“此魏室之大异，宜防鹰扬之臣于萧墙之内。”其后宣帝起，诛曹爽，遂有魏室。

［译文］

魏景初元年（公元 237 年），卫国李盖家里的一只燕子生下了体型庞大的小燕子，形状像老鹰，嘴巴像燕子。高堂隆说：“这是魏王朝很大的怪事，应该防范宫廷内出现大展雄才之臣。”后来，晋宣帝司马懿最终发动了政变，把曹爽诛杀了，还控制了整个魏王朝。

七十二　大树无故自折

［原文］

蜀景耀五年，宫中大树无故自折。谯（qiáo）周深忧之，无所与言，乃书柱曰：“众而大，期之会。具而授，若何复？”言曹者，众

也；魏者，大也。众而大，天下其当会也。具而授，如何复有立者乎？蜀既亡，咸以周言为验。

[译文]

蜀景耀五年（公元 262 年），蜀国宫廷的一棵大树无缘无故地自己断了。谯周非常担忧这件事情，但一时又找不到可以商讨此事的人，于是把自己的想法写在大柱子上，上面写道：“众多而且强大，一周年就会聚集。完全授给别人，如何才能恢复？”它主要是说曹众多，魏强大。只要拥有的兵力多而且强大，天下的人也就会自己聚集到这个地方。全部授给他人，怎么会有立为君主的人呢？蜀汉灭亡以后，人们都认为谯周的话十分灵验。

七十三　大风突至

[原文]

吴孙权太元元年八月朔，大风，江海涌溢，平地水深八尺，拔高陵树二千株，石碑差动，吴城两门飞落。明年权死。

[译文]

吴国孙权太元元年（公元 251 年）八月初一这一天，天忽然刮起了大风，江海开始泛滥，地面上的积水竟然有八尺深，这一场大风也把孙权父亲孙坚墓地高陵上的二千棵树给刮倒了，陵园里的石碑也变得摇动了，吴国京城的两扇大门也被狂风给卷跑落下了。到了第二年，孙权就驾崩了。

七十四　稗草化为稻

[原文]

吴孙亮五凤元年六月，交阯(zhǐ)稗草化为稻。昔三苗将亡，五谷变种。此草妖也。其后亮废。

[译文]

吴国孙亮五凤元年（公元 254 年）六月，交阯郡的稗草变成了稻子。从前三苗部族在快要灭亡的时候，五谷都变成了别的种。这是草妖。后来，孙亮果真被废掉了。

七十五　大石自立

[原文]

吴孙亮五凤二年五月，阳羡县离里山大石自立。是时，孙

皓承废故之家，得复其位之应也。

[译文]

吴国孙亮五凤二年（公元 255 年）五月，阳羡县离里山有一块大石头自己立起来了。这时，孙皓继承衰落的家业，是得到恢复帝位的应验。

七十六　陈焦死而复生

[原文]

吴孙休永安四年，安吴民陈焦死，七日，复生，穿冢出。乌程孙皓承废故之家，得位之祥也。

[译文]

吴国孙休永安四年（公元 261 年），安吴县有一个叫陈焦的人死了，这个人在死去七天之后又活了过来，从坟里走了出来。这是乌程侯孙皓继承废旧的家业，从而获得帝位的征兆。

七十七　孙休服制

[原文]

孙休后，衣服之制，上长，下短，又积领五六，而裳居一二。盖上饶奢，下俭逼，上有余，下不足之象也。

[译文]

从孙休统治过后，人们做衣服就变成了上衣长下衣短了，同时，人们的上衣要穿五六件，下衣只穿一二条。这种情况可能预示上面的统治者富饶奢侈，下面的老百姓贫穷拮据，这也是上面很富有，下面财富不够的征兆。

卷 七

一 开石现文

[原文]

初，汉元、成之世，先识之士有言曰：“魏年有和，当有开石于西三千余里，系五马，文曰：‘大讨曹。’”及魏之初兴也，张掖之柳谷，有开石焉。始见于建安，形成于黄初，文备于太和。周围七寻，中高一仞。苍质素章，龙马、麟鹿、凤皇、仙人之象，粲然咸著。此一事者，魏、晋代兴之符也。

至晋泰始三年，张掖太守焦胜上言：“以留郡本国图，校今石文，文字多少不同，谨具图上。”案其文有五马象：其一，有人平上帻（zé），执戟而乘之；其一，有若马形而不成，其字有“金”，有“中”，有“大司马”，有“王”，有“大吉”，有“正”，有“开寿”；其一，成行，曰“金当取之”。

麒麟

麒麟，古代传说中的一种动物，头上有角，全身有鳞甲，古人认为是一种瑞兽，象征着祥瑞。

[译文]

起初，在汉元帝、汉成帝的时期，有预见的人士曾经这样预言：“在魏朝有‘和’的年号时，在西方大概三千里的地方将有一块裂开的石头，上面画着五匹马的图案，而且石头上还镌刻着文字，上面写的是‘大讨曹’。”等到魏国刚开始兴起的时候，张掖郡的柳谷出现了裂开的石头。这石头最早在建安年间（公元196年—220年）出现，在黄初年间（公元220年—226年）最终形成，在太和年间（公元227年—232年）花纹图像就变得完全了。它的周长有七寻（八尺为一寻），高约为一仞（七尺或八尺为一仞）。质地是青色的，花纹是白色的，上面雕刻有龙马、麟鹿、凤凰、仙人的图像，而且图案十分清晰。这一情况，预示着魏朝废替、晋朝兴起的命理。

到晋朝泰始三年（公元267年），张掖郡

太守焦胜向皇上上奏表说："用留郡府的本国图谶和现在石头上的花纹图形的校对，文字略有出入，现在我把这些花纹都小心地描摹在纸上了，呈上请阅。"仔细推究那花纹图形，可以清楚地看到有五匹马的形象：其中一匹马，有人戴着平上帻、手握着矛骑在马上；还有一匹马，有像马的形状，但是没有成型，而且图上刻有"金"字，有"中"字，有"大司马"这样的字，还有"王"字，有"大吉"字，有"正"字，有"开寿"字；其中一匹有一组成行的文字，组成了"金当取之"（金德的晋王朝将会取代魏王朝）。

二 西晋服制

［原文］

晋武帝泰始初，衣服上俭，下丰，着衣者皆厌腰。此君衰弱、臣放纵之象也。至元康末，妇人出两裆，加乎交领之上。此内出外也。为车乘者，苟贵轻细，又数变易其形，皆以白篾为纯（zhǔn）。盖古丧车之遗象，晋之祸征也。

［译文］

晋武帝泰始初年，百姓的衣服流行上身做得短小、下身做得肥大，而且人们喜欢把上衣的腰身做得很小。这是君主衰弱、臣下放纵的征象。到元康末年，妇女的衣服做出两个裤裆，加在交领上。这是内超出于外。制作车辆的人，以轻便小巧为贵，又多次改变形状，还用白色的竹篾为镶边。大概这是古代灵车遗留下来的形象，是晋朝灾难的征兆。

三 翟器翟食

［原文］

胡床、貊槃，翟之器也；羌煮、貊炙，翟之食也。自泰始以来，中国尚之。贵人，富室，必畜其器。吉享嘉宾，皆以为先。戎翟侵中国之前兆也。

［译文］

马扎、貊槃这些东西是北狄的器具；羌煮、烤肉是北狄的食物。自从晋武帝泰始年间（公元 265 年—274 年）开始，在中原地带就很流行这些东西。那些豪门贵族，家里一定都储备这些器具。每次祭祀请客，他们都会献上羌煮、烤肉等。这样的做法是西戎、北狄入侵中国的先兆。

四　蟛蚑及蟹化为鼠

（蟛 péng　蚑 qí）

[原文]

晋太康四年，会稽郡蟛蚑及蟹，皆化为鼠。其众覆野，大食稻，为灾。始成，有毛肉而无骨，其行不能过田塍(chéng)，数日之后，则皆为牝(pìn)。

[译文]

晋太康四年（公元283年），会稽郡的蟛蚑和蟹，都变成了老鼠。老鼠泛滥，遍布田野，大量啮食稻子，造成了灾难。它们刚变成老鼠的时候，只长出毛和肉，并没有长出骨头，它们能爬，但是还不能越过田埂，几天之后，那些蟛蜞和蟹都变成了雌老鼠。

龙

在古代，龙的出现，经常意味着吉祥，但在充满凶杀之气的武库里面，却是不应该现身的，如果真的出现，则预示着面临凶祸。

五　武库现龙

[原文]

太康五年正月，二龙见武库井中。武库者，帝王威御之器，所宝藏也，屋宇邃密，非龙所处。是后七年，藩王相害。二十八年，果有二胡，僭窃神器，皆字曰龙。

[译文]

太康五年（公元284年）的正月，两条龙出现在武库的井里。武库，是帝王储藏威武之器的地方，是藏宝藏的地方，也是房屋幽深隐蔽的地方，这样的地方不是龙应该待的。这事发生后，过了七年，诸侯王之间就开始相互杀戮。又过了二十八年，果然有两个胡人石勒、石虎僭位，夺取了皇位，因为他们的字都带着“龙”（石勒字世龙，石虎字季龙）。

六　两足虎和四角兽

[原文]

晋武帝太康六年，南阳获两足虎。虎者，阴精而居乎阳，

金兽也。南阳，火名也。金精入火，而失其形，王室乱之妖也。其七年十一月丙辰，四角兽见于河间。天戒若曰："角，兵象也。四者，四方之象。当有兵革起于四方。"后河间王遂连四方之兵，作为乱阶。

[译文]

晋武帝太康六年（公元 285 年），南阳郡有个猎人猎取到一只只有两只脚的老虎。老虎，本来是处于阳间的阴气之精，属于金兽（五行中的金，相应的野兽为白虎）。南阳，代表了火。金的精气进入火，就失去了以前的形状，这是晋王室变乱的凶兆。太康七年（公元 286 年）的十一月丙辰这一天，在河间国突然出现了四只角的野兽。上天的禁戒这样说："角，是用兵打仗的象征。四，是四方的象征。一定会有战乱在四方发生。"后来河间王司马颙联结了四方的军队，最终造成了兵乱之灾的发生。

七 死牛能语

[原文]

太康九年，幽州塞北有死牛头语。时帝多疾病，深以后事为念，而付托不以至公。思瞀（mào）乱之应也。

[译文]

太康九年（公元 288 年），幽州塞北有一头牛本来已经死了，但是死了的牛头居然能说话。当时晋武帝经常生病，还对他身后的事情非常忧虑，但他对托付治国大权一事并没有做到大公无私。这死牛头之所以能说话就是晋武帝思想昏乱的应验。

八 鲤现武库屋上

[原文]

太康中，有鲤鱼二枚，现武库屋上。武库，兵府；鱼有鳞甲，亦是兵之类也。鱼既极阴，屋上太阳，鱼现屋上，象至阴以兵革之祸干太阳也。及惠帝初，诛皇后父杨骏，矢交宫阙，废后为庶人，死于幽宫。元康之末，而贾后专制，谤杀太子，寻亦诛废。十年之间，母后之难再兴，是其应也。自是祸乱构

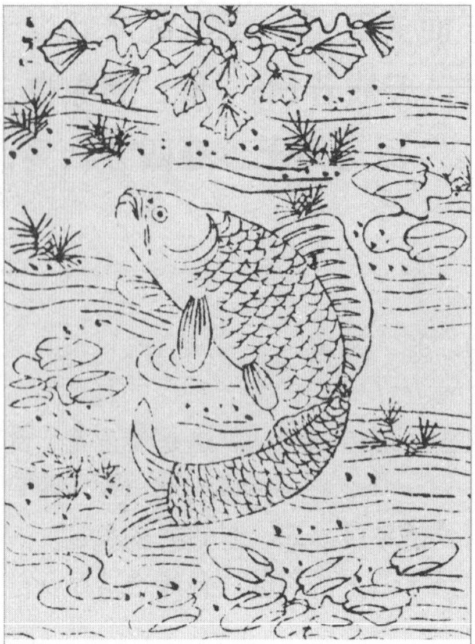

鲤鱼

鱼有鳞甲，象征兵革；鱼因生长于水中，阳气不能贯之，因而阴气很兴盛。而鱼出现在武库的屋顶上，阴气大盛，并与阳气相冲犯，预示着将要发生兵革之灾。

矣。京房《易妖》曰："鱼去水，飞入道路，兵且作。"

[译文]

太康年间（公元280年—289年），有两条鲤鱼出现在武库的屋顶上。武库，是用于藏兵器的库房；鱼身上长着鳞甲，也是兵器之类的东西。鱼的阴气是极盛的，可是屋顶上的阳气是极盛的，鱼之所以会出现在屋面上，也就是极阴因为兵乱的灾祸把极阳之气给冲犯了。到晋惠帝初年，诛杀了晋武帝杨皇后的父亲杨骏，乱箭在宫殿之间飞来飞去，杨皇后被废黜贬为平民，最后杨皇后死于隐蔽的宫室中。元康末年，又出现了贾后独擅大权，她诽谤并杀害了太子，不久贾后也遭到废黜并且被杀死。短短十年之间，皇后的灾难出现了两次，这便是鱼出现在武库屋上的征兆啊。从这个时期以来，晋王朝的祸乱就形成了。京房《易妖》说："鱼离开水，飞到道路上，兵乱将要发生。"

九　女屐改变

[原文]

初，作屐者：妇人圆头，男子方头。盖作意欲别男女也。至太康中，妇人皆方头屐，与男无异。此贾后专妒之征也。

[译文]

最开始，把木屐做成这样：妇女的鞋头一般做成圆头，男人的鞋头一般是做成方头。这样做的理由可能是想通过这种方式把男人和女人有所区别罢了。到太康年间（公元280年—289年），妇女的木屐都做成方头的了，与男人的没有任何区别了。这可以看作是贾后专制嫉妒的征兆。

十　撷（xié）子髻

[原文]

晋时，妇人结发者，既成，以缯（zēng）急束其环，名曰"撷子髻"。

始自宫中，天下翕然化之也。其末年，遂有怀、愍(mǐn)之事。

[译文]

晋朝的时候，梳发髻的妇人在梳理好之后，接着用丝绸紧扎发环，于是将这种发型叫作“撷子髻”。这种发髻是从皇宫内流传出来的，后来全国都开始梳理这种发型。到那晋朝末年，出现了怀帝、愍帝被杀之事。

十一 《晋世宁》舞

[原文]

太康中，天下为《晋世宁》之舞。其舞，抑手以执杯盘，而反覆之。歌曰：“晋世宁，舞杯盘。”反覆，至危也。杯盘，酒器也。而名曰“晋世宁”者，言时人苟且饮食之间，而其智不可及远，如器在手也。

[译文]

太康年间（公元 280 年—289 年），全国流行起跳《晋世宁》的舞蹈。在跳这种舞蹈的时候，手里拿着杯盘，而且是向下的，一边跳一边再把杯盘颠来倒去。口中唱道：“晋朝世代安宁，舞弄杯盘。”这样子颠来倒去，是非常危险的。杯盘，本来是用于饮酒的器具。将这种舞叫作“晋世宁”，是说当时的人在饮酒作乐之中得过且过，而他们的智谋不可能考虑到远大的事情，也就像跳舞时把酒器握在手中一样。

十二 太康中好胡服

[原文]

太康中，天下以毡为絔(mò)头及络带、袴口。于是百姓咸相戏曰：“中国其必为胡所破也。”夫毡，胡之所产者也，而天下以为絔头、带身、袴口，胡既三制之矣，能无败乎？

[译文]

太康年间（公元 280 年—289 年），全国的头巾和腰带、裤脚口都是用毛毡做的。于是老百姓都互相开玩笑说：“中原一定被胡人攻破。”毛毡，是出产于北胡的东西，但是现在全国的百姓都拿它来做头巾、腰带、裤脚口，胡人已经从三处对中原加以控制了，中原有不失败的可能吗？

十三 《折杨柳》歌

[原文]

太康末，京洛为《折杨柳》之歌。其曲始有兵革苦辛之辞，终以擒获斩截之事。自后杨骏被诛，太后幽死，杨柳之应也。

[译文]

太康末年，京城洛阳流行《折杨柳》的歌曲。曲子以战乱辛苦开始，最后以擒捉斩杀作为结束。自从这件事后，杨骏被杀，杨太后遭到暗杀，这是所谓的“折杨柳”的应验吧。

十四 辽东马生角

[原文]

晋武帝太熙元年，辽东有马生角，在两耳下，长三寸。及帝晏驾，王室毒于兵祸。

[译文]

晋武帝太熙元年（公元 290 年），辽东郡出现了长角的怪马，两只角是长在耳朵的下面，长三寸。到晋武帝驾崩的时候，朝廷便被军队毒害了。

十五 妇人以兵器为饰

[原文]

晋惠帝元康中，妇人之饰有五佩兵。又以金、银、象、角、玳瑁之属，为斧、钺(yuè)、戈、戟而载之，以当笄。男女之别，国之大节，故服食异等。今妇人而以兵器为饰，盖妖之甚者也。于是遂有贾后之事。

[译文]

晋惠帝元康年间（公元 291 年—299 年），妇女的饰品中有五件兵器。又用金、银、象牙、兽角、玳瑁之类材料，做成斧、钺、戈、戟等形状佩戴着，别在头发上当作发笄。男女有差别，是国家的重大礼节，因此在吃穿上是不一样的。现在妇女却拿兵器作为饰品，大概是妖怪太厉害了。于是便有贾后荒淫肆虐的事情。

十六 钟出涕

[原文]

晋元康三年闰二月，殿前六钟皆出涕，五刻乃止。前年，贾后杀杨太后于金墉(yōng)城，而贾后为恶不悛，故钟出涕，犹伤之也。

[译文]

晋元康三年（公元 293 年）的闰二月，洛阳太极殿前的六只大钟都流出了眼泪，一直流了五刻的时间才止住泪水。前年，贾后将杨太后害死于金墉城，可是她却不知道悔改，因此大钟流泪，也是在为她的所作所为忧伤。

十七 一身而男女二体

[原文]

惠帝之世，京洛有人，一身而男女二体，亦能两用人道，而性尤好淫。天下兵乱，由男女气乱，而妖形作也。

[译文]

晋惠帝年间，在京城洛阳出现了一种人，这种人是男女的身体合为一身，可以和女人交媾，也可以和男人交媾，而且生性特别淫乱。天下出现了战乱，主要是男女的元气混乱，而妖孽在作怪的原因。

十八 女子化男不尽

[原文]

惠帝元康中，安丰有女子，曰周世宁，年八岁，渐化为男。至十七八，而气性成。女体化而不尽，男体成而不彻，畜妻而无子。

[译文]

晋惠帝元康年间（公元 291 年—299 年），安丰郡有个女子叫周世宁，在八岁的时候，开始渐渐变成男的了。到十七八岁，她完全变化成一个男人了。但是女性的特征没有完全退尽，男性器官长成得不彻底，结果娶了妻子却没有生育。

十九 临淄大蛇

[原文]

元康五年三月，临淄有大蛇，长十许丈，负二小蛇，入城

北门，径从市入汉阳城景王祠中，不见。

[译文]

元康五年（公元 295 年）的三月，临淄县有一条大蛇，长十多丈，这条大蛇身上背着两条小蛇，沿着临淄县城的北门进入县城，沿着街市一直到了汉阳城景王祠中，不见了。

二十 吕县流血

[原文]

元康五年三月，吕县有流血，东西百余步。其后八载，而封云乱徐州，杀伤数万人。

[译文]

元康五年（公元 295 年）的三月，吕县出现了流淌着的鲜血，从东到西一共有一百多步长。此后的第八年，封云起兵攻打徐州，杀伤了好几万人。

méi

二十一 雷破高禖石

[原文]

元康七年，霹雳破城南高禖石。高禖，宫中求子祠也。贾后妒忌，将杀怀、愍，故天怒贾后，将诛之应也。

[译文]

元康七年（公元 297 年），有一个晴天霹雳把城南高禖庙中的石头给击碎了。高禖庙，是供皇宫内祈求生儿子的祠庙。贾后妒忌，要杀掉怀帝、愍帝，因此老天对贾后非常愤怒，于是让霹雳击碎石头来预示着贾后将要诛杀怀帝、愍帝的事情。

二十二 乌杖柱掖

[原文]

元康中，天下始相效为乌杖，以柱掖。其后，稍施其镦，住则植之。及怀、愍之世，王室多故，而中都丧败，元帝以藩臣树德东方，维持天下，柱掖之应也。

[译文]

元康年间（公元 291 年—299 年），百姓开始互相仿效制作乌头杖，用来支撑胳肢窝。后来逐渐在拐杖的末端加上一个平底的铜套，可以把拐杖立起来。到怀帝、愍帝的时候，晋王朝多灾多难，京都也破败了，晋元帝以诸侯王的身份在东方树立德行，维持晋王朝的统治，这就是拐杖支撑胳肢窝的应验吧。

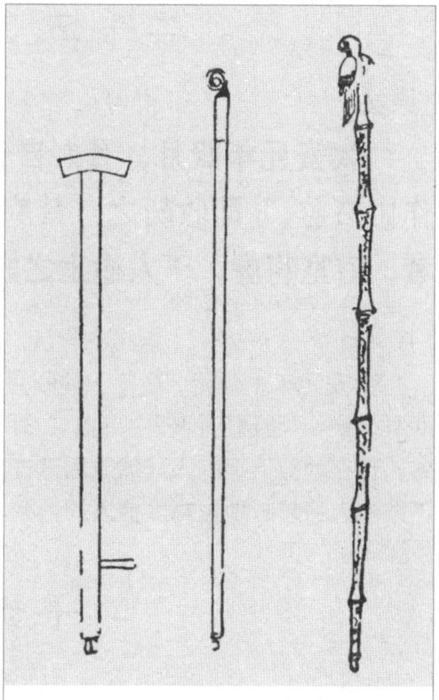

杖

凡杖，上作乌头形，称为乌杖。文中以乌杖为喻，言到了晋怀帝、愍帝的时候，晋王室已经危在旦夕，但尚有晋元帝，可以勉强支撑，但已经是穷途末路了。

二十三 散发倮（luǒ）身之饮

[原文]

元康中，贵游子弟，相与为散发，倮身之饮，对弄婢妾。逆之者伤好，非之者负讥，希世之士，耻不与焉。胡狄侵中国之萌也。其后遂有二胡之乱。

[译文]

元康年间（公元 291 年—299 年），那些贵族子弟互相结伙，披头散发，赤裸着身体一起喝酒，互相玩弄婢女、侍妾。对他们不顺从的就伤害了彼此的情谊，责怪他们的人就受到他们的讽刺，那些善于迎合世俗的人以不参与其中为耻辱。这就是胡人、北狄打算侵略中原的苗头。从这以后，中原就出现了两个胡人（石勒、石虎）作乱的事情。

二十四 浮石登岸

[原文]

惠帝太安元年，丹阳湖熟县夏架湖，有大石浮二百步而登岸，百姓惊叹相告曰："石来。"寻而石冰入建邺。

[译文]

晋惠帝太安元年（公元 302 年），位于丹阳郡湖熟县的夏架湖上，有一块大石头漂浮了二百步后登上湖岸，百姓都十分吃惊地互相传告说："石头飘来了。"这件事发生后不久，张昌的部将石冰打进了建邺。

二十五 贱人入云龙门

[原文]

太安元年四月，有人自云龙门入殿前，北面再拜，曰：“我当作中书监。”即收斩之。禁庭尊秘之处，今贱人竟入，而门卫不觉者，宫室将虚，下人逾上之妖也。是后帝迁长安，宫阙遂空焉。

[译文]

太安元年（公元 302 年）的四月，有一个人从云龙门进入宫殿的前面，朝北拜了两拜，说：“我理应担任中书监。”朝廷把他抓起来并杀掉了。宫廷是尊贵、秘密的地方，现在地位低下的人居然敢闯进去，可是守门人却没有发现，真可谓是宫廷中空虚，下贱的人将超越地位高贵的人的凶兆。后来晋惠帝迁徙到长安，皇宫于是就空虚了。

二十六 牛言大乱

[原文]

太安中，江夏功曹张骋所乘牛忽言曰：“天下方乱，吾甚极为，乘我何之？”骋及从者数人皆惊怖，因绐(dài)之曰：“令汝还，勿复言。”乃中道还。至家，未释驾，又言曰：“归何早也？”骋益忧惧，秘而不言。安陆县有善卜者，骋从之卜。卜者曰：“大凶。非一家之祸，天下将有兵起。一郡之内，皆破亡乎！”骋还家，牛又人立而行，百姓聚观。

其秋张昌贼起。先略江夏，诳曜百姓，以汉祚复兴，有凤凰之瑞，圣人当世。从军者皆绛抹头，以彰火德之祥。百姓波荡，从乱如归。骋兄弟并为将军都尉，未几而败。于是一郡破残，死伤过半，而骋家族矣。京房《易妖》曰：“牛能言，如其言，占吉凶。”

[译文]

太安年间（公元 302 年—303 年），江夏郡的功曹张骋所乘坐的牛忽然对他说：“天下马上就大乱了，我已经非常疲惫了，你到底让我把车拉到什么地方去啊？”张骋和他的几个随从都很害怕，于是欺骗老牛说：“让你回去，不要再说话。”于是就半路返回了。到了家里，还没有卸下牛车，牛又说道：“怎么回来这么早呢？”张骋更加害怕了，保守秘密不敢说话。安陆县有人善于占卜，于是张骋前去叫他占卜。占卜的人说:“这个征兆很不吉利。这不是一家一户的灾难,国家将有战乱发生。一郡之中,都要败亡了!”张骋回到家里,牛又像人一样站起来走路,百姓都很好奇,前来围观。

凤凰

凤凰,古代传说中的生物,雄为凤,雌为凰,与龙一样,并无其物,实际上是中华传统中的图腾,凤凰的出现,是吉祥和谐的象征。

那年秋天,张昌起来造反。先占据了江夏郡,还蛊惑百姓,说汉朝马上就重新统一了,而且还有凤凰来临的吉兆,圣人将要出世。参军的人都用红色抹额头,用来彰显火德的吉祥。老百姓都人心动荡,于是都追随他们参加造反。张骋的兄弟都担任将军都尉,没过多久就兵败了。于是整个郡都被毁掉了,城里的百姓死伤过半,而张骋的家族都死了。京房《易妖》说:“牛能说话,可以按它说的话来预兆吉凶。”

二十七 败屩(juē)聚于道

[原文]

元康、太安之间,江、淮之域,有败屩自聚于道,多者至四五十量。人或散去之,投林草中,明日视之,悉复如故。或云:见狸衔而聚之。世之所说:“屩者,人之贱服。而当劳辱,下民之象也。败者,疲弊之象也。道者,地理,四方所以交通,王命所由往来也。今败屩聚于道者,象下民疲病,将相聚为乱,绝四方而壅王命也。”

[译文]

元康、太安年间(公元 291 年—303 年),在长江、淮河流域,有破草鞋自己聚集到路上,多的时候达到四五十双。人们有时候就把它们散开,扔到树林草丛里,第二天去看,又变成了原先的样子了。有人说是狸猫把它们衔在一起的。社会上的说法是:“草鞋,是低贱的平民百姓的穿着。它劳累受辱,是平民百姓的象征。破败,是疲劳困乏的象征。道路,展现的是土地的纹理,大家要靠它来交通,帝王的命令也是靠路来传送的。现在破草鞋聚集在路上,象征着老百姓疲乏困苦,大家相互约定要起来造反了,甚至把各地的交通道路断绝、堵住,使圣旨不能传达啊。”

二十八 戟锋现火光

[原文]

晋惠帝永兴元年，成都王之攻长沙也，反军于邺，内外陈兵。是夜，戟锋皆有火光，遥望如悬烛，就视，则亡焉。其后终以败亡。

[译文]

晋惠帝永兴元年（公元 304 年），成都王司马颖攻打长沙，后来他返师到城，在城内城外都布置上了兵力。当天夜里，兵器的锋刃上有火光，远处看就像挂着的蜡烛，只要走近就没有了。后来他兵败被杀。

二十九 婢生怪子

[原文]

晋怀帝永嘉元年，吴郡吴县万详婢，生一子，鸟头，两足，马蹄，一手，无毛，尾黄色，大如碗。

[译文]

晋怀帝永嘉元年（公元 307 年），吴郡吴县万详的婢女生下一个儿子，长着鸟头，两只脚，像马蹄，只有一只手，没有毛，尾巴是黄色的，像碗一样大。

三十 婢产龙鹅

[原文]

永嘉五年，枹(fú)罕令严根婢，产一龙，一女，一鹅。京房《易传》曰："人生他物，非人所见者，皆为天下大兵。"时帝承惠帝之后，四海沸腾，寻而陷于平阳，为逆胡所害。

[译文]

永嘉五年（公元 311 年），枹罕县县令严根的婢女生了一条龙、一个女孩和一只鹅。京房《易传》说："人生下来其他的东西，这是人没有见过的，都是天下要发生大的兵乱。"当时晋怀帝承袭了晋惠帝的皇位，国内就像沸水一样昏乱，不久怀帝被俘虏到平阳，被叛逆的胡人杀害了。

三十一 狗作人言

[原文]

永嘉五年，吴郡嘉兴张林家，有狗忽作人言云：“天下人俱饿死。”于是果有二胡之乱，天下饥荒焉。

[译文]

永嘉五年（公元311年），在吴郡嘉兴县张林的家中，有一条狗忽然像人一样说：“天下的人会都被饿死的。”没过多久，果真有两起胡人的兵乱发生，全国闹饥荒。

三十二 蝘鼠出延陵

[原文]

永嘉五年十一月，有蝘鼠出延陵，郭璞筮之，遇“临”之“益”，曰：“此郡之东县，当有妖人欲称制者，寻亦自死矣。”

[译文]

永嘉五年（公元311年）的十一月，有蝘鼠出现在延陵县，郭璞专门占卜了一下，遇到的是“临”卦变“益”卦，就是说：“此郡的东边县内，应当会出现想称帝的妖人，不久也会自取灭亡的。”

三十三 茱萸树相樛而生

[原文]

永嘉六年正月，无锡县欻(xū)有四枝茱萸树，相樛而生，状若连理。先是，郭璞筮延陵蝘鼠，遇“临”之“益”，曰：“后当复有妖树生，若瑞而非，辛螫之木也。倘有此，东西数百里，必有作逆者。”及此生木，其后吴兴徐馥作乱，杀太守袁琇。

[译文]

永嘉六年（公元312年）的正月，无锡县忽然有四棵茱萸树长在一起，形状好像是连理枝。在这以前，郭璞曾给延陵县的蝘鼠事件占卜，遇到“临”卦变“益”卦，便说：“以后还会出现怪树生长，好像是吉祥却又不是，而是带毒刺的树。倘若这样的话，东西几百里的地方之内，肯定会出现叛逆的人。”等到出现了这样的树，后来就出现了吴兴郡功曹徐馥起兵造反，还毒杀了太守袁琇。

三十四　豕生人

[原文]

永嘉中，寿春城内有豕生人，两头，而不活。周馥取而观之。识者云：“豕，北方畜，胡狄象。两头者，无上也。生而死，不遂也。”天戒若曰：“易生专利之谋，将自致倾覆也。”俄为元帝所败。

[译文]

永嘉年间（公元307年—313年），寿春城内有猪生下一个人，这个人两个头，一生下来就是死的。周馥取回查看。有见识的人说：“猪，北方的牲畜，是胡、狄的征象。两个头，说明会没有皇上。生下就是死的，说明没有成功。”上天的禁戒这样说：“想独揽大权，往往会自取灭亡。”不久，胡、狄果真叫晋元帝打败了。

三十五　生笺单衣

[原文]

永嘉中，士大夫竞服生笺单衣。识者怪之，曰：“此古练缃(xiāng)之布，诸侯所以服天子也。今无故服之，殆有应乎？”其后怀、愍晏驾。

[译文]

永嘉年间（公元307年—313年），士大夫喜欢穿生丝细布做的单衣。有远见的人非常奇怪，说：“这些布是古代做丧服用的，专门用作诸侯为天子服丧的。现在无缘无故会穿着这样的衣服，不会有什么事情发生吧？”后来怀帝、愍帝相继死了。

三十六　流行无颜帢(qià)

[原文]

昔魏武军中，无故作白帢，此缟素凶丧之征也。初，横缝其前以别后，名之曰“颜帢”，传行之。至永嘉之间，稍去其缝，名“无颜帢”。而妇人束发，其缓弥甚，紒(jì)之坚不能自立，发被于额，目出而已。无颜者，愧之言也。覆额者，惭

之貌也。其缓弥甚者，言天下亡礼与义，放纵情性，及其终极，至于大耻也。其后二年，永嘉之乱，四海分崩，下人悲难，无颜以生焉。

[译文]

以前在魏武帝的军队中，无缘无故地做起白色的便帽来，这是白色丧服不吉利的征兆。开始时，是在这种帽子的前面缝一块布，以和后面相区别，称之为“颜帢”，传令民间实施。到永嘉年间（公元 307 年—313 年），逐渐去掉缝的那块布，称之为“无颜帢”。可是妇女扎头发却非常松散，发髻不能自己竖起来，头发贴在前额上，只露出眼睛来。“无颜”，是惭愧的谦辞。现在盖住了前额，是惭愧的容貌。头发松散，是说天下没有了礼和义，随心所欲到了极点，最终会给自己带来奇耻大辱。两年之后，永嘉时期就出现了战乱，国家分崩离析，老百姓悲伤难过，再也没有脸面活在世上了。

三十七 任乔妻生异女

[原文]

晋愍帝建兴四年，西都倾覆，元皇帝始为晋王，四海宅心。其年十月二十二日，新蔡县吏任乔妻胡氏，年二十五，产二女，相向，腹心合，自腰以上，脐以下，各分。此盖天下未一之妖也。时内史吕会上言：“按《瑞应图》云：‘异根同体，谓之连理；异亩同颖，谓之嘉禾。’草木之属，犹以为瑞，今二人同心，天垂灵象。故《易》云：‘二人同心，其利断金。’休显见生于陕东之国，盖四海同心之瑞。不胜喜跃。谨画图上。”时有识者哂之。

君子曰：“知之难也。以臧文

臧文仲

臧文仲，名辰，谥文。春秋时人，博学广知而不拘常礼，历事鲁庄公、闵公、僖公、文公四君。对鲁国的发展起过积极的作用。

仲之才，犹祀爰居焉。布在方册，千载不忘。故士不可以不学。古人有言：‘木无枝谓之瘣（huì），人不学谓之瞽。’当其所蔽，盖阙如也。可不勉乎？”

[译文]

晋愍帝建兴四年（公元316年），西都长安失陷，晋元帝开始成为晋朝皇帝，天下都依附。此年的十月二十二日，新蔡县县吏任乔的妻子胡氏，在二十五岁的时候生了两个女儿，脸互相面对着，两个孩子的腹部和心都合在一起，从腰以上、脐以下两人是分着的。这可能是天下不统一的预兆。当时内史吕会禀告说：“按《瑞应图》上说：‘不同根而长在同一枝干上的，叫作连理；不同的禾苗却长着同样的穗子，叫作嘉禾。’草木这类的东西，暂且以为是祥瑞，现在这两个人同心，是上天降临的祥瑞，所以《易经》说：‘两个人同心，足可以斩断金属。’如此吉利的征兆在陕陌以东的封地出现，大概是全国同心的祥瑞。我现在很高兴，所以把两个女孩的形状画成图呈上。”当时有见识的都耻笑他。

君子评论说：“要想明白事理是很难的。有臧文仲的才智，尚且去祭祀那海鸟。把这种事记载在书籍上，即使过了千年也还是忘不掉的。古代的人还说过一句话：‘把没有枝叶的树木叫作瘣，把不学习的人叫作瞎子。’对于自己不了解的，就不可以妄下结论。人可以不努力学习吗？”

三十八 淳于伯冤死

[原文]

晋元帝建武元年六月，扬州大旱。十二月，河东地震。去年十二月，斩督运令史淳于伯，血逆流，上柱二丈三尺，旋复下深四尺五寸。是时淳于伯冤死，遂频旱三年。刑罚妄加，群阴不附，则阳气胜之，罚，又冤气之应也。

[译文]

晋元帝建武元年（公元317年）六月，扬州大旱。十二月，河东郡又出现了地震。去年十二月，督运令史淳于伯又遭到斩首，可是砍下头来他的血倒流，一直喷上柱子约有二丈三尺，接着鲜血又向下流淌了四尺五寸。当时淳于伯是被冤死的，于是频繁大旱三年。由于滥施刑法，各种阴气都不归附，那么阳气就开始占据上位，连旱三年的惩罚只不过是对冤气的报应罢了。

三十九 一体二头牛犊

［原文］

晋元帝建武元年七月，晋陵东门，有牛生犊，一体两头。京房《易传》曰："牛生子，二首，一身，天下将分之象也。"

［译文］

晋元帝建武元年（公元 317 年）七月，晋陵城的东门，有头牛生了一头小牛犊，这头牛一个身体两个头。京房《易传》说："牛生出的小牛，两个头，一个身体，是天下要一分为二的征象。"

四十 地震涌水

［原文］

元帝太兴元年四月，西平地震，涌水出。十二月，庐陵、豫章、武昌、西陵地震，涌水出，山崩。此王敦陵上之应也。

［译文］

晋元帝大兴元年（公元 318 年）四月，西平郡发生地震，地下的水不断冒到地面上来。十二月，庐陵郡、豫章郡、武昌郡、西陵渡口都发生了地震，地下的水纷纷冒到地上，山岭发生了崩塌。这是王敦凌驾于皇上的应验。

四十一 牛生怪胎

［原文］

太兴元年三月，武昌太守王谅，有牛生子，两头，八足，两尾，共一腹。不能自生，十余人以绳引之。子死，母活。其三年后，苑中有牛生子，一足三尾，生而即死。

［译文］

晋大兴元年（公元 318 年）三月，武昌郡太守王谅，他家有头母牛生了一头小牛，这头小牛两个头，八只脚，两条尾巴，而且长在同一个腹部上。这母牛分娩时不能自己把小牛生下来，十多个人就用绳子把小牛给拽出来了。结果小牛死了，母牛得以存活。三年后，后苑中有头牛也生下来一头小牛，这只小牛一只脚三条尾巴，刚生下来就死了。

四十二 两头驹

[原文]

太兴二年，丹阳郡吏濮阳演马生驹，两头，自项前别，生而死。此政在私门，二头之象也。其后王敦陵上。

[译文]

晋大兴二年（公元319年），丹阳郡有个小史叫濮阳演，他家的马生下一匹小马，这匹小马两个头，在脖子的前面分开，刚生下来就是死的。这是政权落到权贵手中，国家将有两个皇帝的象征。之后便发生了王敦凌驾于皇上的事情。

四十三 女子有阴在腹或首

[原文]

太兴初，有女子，其阴在腹，当脐下。自中国来，至江东。其性淫而不产。又有女子，阴在首，居在扬州，亦性好淫。京房《易妖》曰："人生子，阴在首，则天下大乱。若在腹，则天下有事。若在背，则天下无后。"

[译文]

晋大兴初年的时候，有个女子的阴户长在腹部，正好在肚脐底下。这个人从中原来，要去江东。此人生性淫乱，不能生孩子。当时还有一个女子，她的阴户长在头上，此人住在扬州，她也是生性淫乱。京房《易妖》说："人生下来阴户长在头上，那么国家肯定会出现大乱。如果长在腹部，那么国家肯定会发生大事。如果长在背上，这个国家就没有什么继承人了。"

四十四 武昌失火

[原文]

太兴中，王敦镇武昌，武昌灾。火起，兴众救之，救于此，而发于彼，东西南北数十处俱应，数日不绝。旧说所谓"滥灾妄起，虽兴师不能救之"之谓也。此臣而行君，亢阳失节。是时王敦陵上，有无君之心，故灾也。

[译文]

晋大兴年间（公元318年—321年），王敦镇守武昌，武昌发生了火灾。大火燃烧起来，王敦发动百姓前去扑救，救了这个地方，另一个地方又开始烧起来了，东西南北几十个地方都烧起来，一直烧了很多天。这就是过去老人曾经说的“泛滥的灾祸不明原因地发生，即使发动军队还是不可以补救”的情况吧。这是臣下行君主之事，阳气太盛失去了节制才会出现的。当时王敦凌驾于皇上，不把君主放在眼里，所以才发生这样的火灾。

四十五 绛囊缚紒

[原文]

太兴中，兵士以绛囊缚紒。识者曰：“紒在首，为乾，君道也。囊者，为坤，臣道也。今以朱囊缚紒，臣道侵君之象也。”为衣者，上带短，才至于掖；着帽者，又以带缚项，下逼上，上无地也。为袴者，直幅为口，无杀，下大之象也。寻而王敦谋逆，再攻京师。

[译文]

晋大兴年间（公元 318 年—321 年），士兵用红布袋来系住发髻。有见识的人说：“发髻在头上为乾，这是君道的象征。布袋为坤，这是臣道的象征。现在却改用红布袋来扎发髻，这是臣下侵犯君主的征兆。”做衣服，上边的衣带短，刚够到胳肢窝；戴帽子，要用帽带系在脖子下面，这是臣下逼迫君主的，君上无法立足的象征。做裤子，直接用整幅宽的布做裤脚口，但是裤腿到裤脚口的尺寸却不减，这是臣下壮大的象征。不久王敦反叛了，接着又开始攻打京城。

四十六 仪仗生花

[原文]

太兴四年，王敦在武昌，铃下仪仗生花，如莲花，五六日而萎落。说曰：“《易》说：‘枯杨生花，何可久也？’今狂花生枯木，又在铃阁之间，言威仪之富，荣华之盛，皆如狂花之发，不可久也。”其后王敦终以逆命，加戮其尸。

[译文]

晋大兴四年（公元 321 年），王敦驻守武昌，随从侍卫的仪仗开出了一朵花，像莲花一样，五六天后就凋谢了。有人解说道：“《易经》说：‘枯杨树开花，可能会长久吗？’现在这朵奇异的花居然开在枯死的木头上面，又在帅府办事的地方，这是说威仪的富贵，荣华的盛况，都会像这朵奇异之花的开放，不会持久的。”后来王敦由于违抗晋明帝之命被杀掉了，死后尸体还遭到了刑戮。

四十七　长柄羽扇

[原文]

旧为羽扇柄者，刻木象其骨形，列羽用十，取全数也。初，王敦南征，始改为长柄，下出，可捉，而减其羽，用八。识者尤之曰："夫羽扇，翼之名也。创为长柄，将执其柄，以制其羽翼也。改十为八，将未备夺已备也。此殆敦之擅权，以制朝廷之柄，又将以无德之材，欲窃非据也。"

[译文]

过去人们做羽毛扇的柄，雕刻木头像鸟骨的形状，用十根羽毛来编排，这是取"十"这个全数。开始时，王敦去南方征战，就把扇柄改为长柄，下端突出，可以用手拿住，而且减少了羽毛的数量，只用八根羽毛。有见识的人指责说："羽毛扇，是羽翼的名称。王敦创造出长柄，就是想拿住扇柄，目的是控制他手中的羽翼。现在他将十根改成八根，是要用还未完备的夺取已经完备的。这大概是王敦专权，控制国家朝政的大权，又用没有什么德才的人，想要窃取非分所有的权力。"

四十八　大蛇居神祠

[原文]

晋明帝太宁初，武昌有大蛇，常居故神祠空树中，每出头从人受食。京房《易传》曰："蛇见于邑，不出三年，有大兵，国有大忧。"寻有王敦之逆。

[译文]

在晋明帝太宁初年，武昌有一条大蛇，常在旧神庙的树洞中，每次都伸出头来，从祭祀的人那里接受食物。京房《易传》说："蛇现于京城，三年之内，就会有大的兵乱，国家会有大的忧患。"不久就发生了王敦的叛逆。

卷　八

一　舜耕历山

[原文]

虞舜耕于历山，得“玉历”于河际之岩，舜知天命在己，体道不倦。舜，龙颜，大口，手握褎。宋均注曰：“握褎，手中有‘褎’字，喻从劳苦，受褎饬，致大祚也。”

[译文]

舜在历山种地，在黄河边的岩石上得到了“玉历”，舜明白这是上天的旨意要送给他的，就努力不倦地行道。舜，眉毛粗黑，嘴巴宽大，手里握着褎。宋均注解说：“握褎，是说手中握着‘褎’字，比喻他出身贫苦，得到上天的褎扬嘉奖，得到了大福。”

二　汤祈雨

[原文]

汤既克夏，大旱七年，洛川竭。汤乃以身祷于桑林，剪其爪、发，自以为牺牲，祈福于上帝。于是大雨即至，洽于四海。

[译文]

汤战胜夏之后，遭到了连续七年的大旱，洛水都干了。汤于是用自己的身体作为祭品在桑林向上天祈祷，他还把自己的指甲和头发剪下来，把自己当作祭祀用的祭品，向上帝祈求保佑。于是大雨立即降了下来，全国都滋润了。

三　太公钓于渭阳

[原文]

吕望钓于渭阳。文王出游猎，占曰：“今日猎得一兽，非龙，非螭(chī)，非熊，非罴(pí)。合得帝王师。”果得太公于渭之阳，与语，大悦，同车载而还。

[译文]

吕尚在渭河的北岸直钩钓鱼。周文王出去打猎，占卜说：“今天您会收获一只

野兽，这种野兽既不是龙也不是螭，既不是熊也不是罴。您得到的猎物是帝王的老师。”结果周文王果真在渭河的北岸得到了吕尚，与他交谈，两个人谈得很高兴，最后让吕尚和自己乘坐同一辆车回到了自己的属国。

四 武王伐纣

[原文]

武王伐纣，至河上，雨甚，疾雷，晦冥，扬波于河。众甚惧。武王曰：“余在，天下谁敢干余者！”风波立济。

[译文]

周武王攻打商纣王，到了黄河的边上，这时候大雨下得很大，雷声很响亮，天地也变得昏暗，黄河被大风掀起了阵阵大浪。大家都很恐惧。周武王说：“有我在，天下有谁敢来冒犯我！”风波立刻平息了。

五 孔子夜梦三槐

[原文]

鲁哀公十四年，孔子夜梦三槐之间，丰、沛之邦，有赤氤气起，乃呼颜回、子夏同往观之。驱车到楚西北范氏街，见刍儿打麟，伤其左前足，束薪而覆之。孔子曰：“儿来！汝姓为谁？”儿曰：“吾姓为赤松，名时乔，字受纪。”孔子曰：“汝岂有所见乎？”儿曰：“吾所见一禽，如麇，羊头，头上有角，其末有肉。方以是西走。”孔子曰：“天下已有主也。为赤刘。陈、项为辅。五星入井，从岁星。”儿发薪下麟，示孔子。孔子趋而往，麟向孔子蒙其耳，吐三卷图，广三寸，长八寸，每卷二十四字。其言赤刘当起，曰：“周亡，赤气起，火耀兴，玄丘制命，帝卯金。”

[译文]

鲁哀公十四年（公元前 481 年），孔子晚上梦到三棵槐树之间，在沛县的丰邑疆域内，槐树间有红色之气升腾着，于是孔子叫上颜回、子夏一同前去观看。他们坐着车到了楚国西北面的范氏街，看见有个小孩在打麒麟，打伤了那个麒麟左侧的前脚，这个小孩又拿了一捆柴草去覆盖它。孔子说：“小孩你过来，你姓什么啊？”这小孩说：“我姓赤松，名时乔，字是受纪。”孔子说：“你难道看见什么东西了吗？”小孩说：“我看见一只兽，身子长得像獐，长着羊头，头上还有角，角的末端有肉。正从这里往西边去。”孔子说：“天下已经有主人了。这主人是赤帝子刘，陈、项只不过是他的辅佐罢了。金、木、水、火、土五星进入井宿，随后跟着的是岁星。”小孩于是把柴草拿开，给孔子看下面藏着的麒麟。孔子快跑过去。麒麟正对着孔子，蒙上他的耳朵，从口中吐出三卷图，这些图宽三寸，长八寸，每卷有二十四个字。它讲赤帝子刘要兴起了，说：“周朝灭亡，红色的气上升，火德荣耀兴盛，玄圣孔丘来拟定天命，未来皇帝是刘姓。”

六 赤虹化玉

[原文]

孔子修《春秋》，制《孝经》，既成，斋戒，向北辰而拜，告备于天。天乃洪郁起白雾，摩地，赤虹自上而下，化为黄玉，长三尺，上有刻文。孔子跪受而读之，曰：“宝文出，刘季握。卯金刀，在轸北。字禾子，天下服。”

退修诗书

孔子四十二岁时，鲁昭公已死，第二年鲁定公即位，孔子辞去官职，归家修订六经。

[译文]

孔子修订《春秋》，写作《孝经》，等到都已经修订好了后，他斋戒，面对着北极星下拜，向上天汇报他的情况。天上于是就涌起白色的大雾，这股大雾一直笼罩到地面，红色的虹霓从天上垂下来，变成了黄色的玉，长三尺，玉身上雕刻着很多字。孔子于是跪着接受了这块玉，读玉石上的文字，说：“宝文要出现了，刘季掌握。卯金刀（即古刘字）之刘氏，在轸星北面。他的字是禾子（即季，刘邦字季），天下将会归附于他。”

七 陈宝之祠

[原文]

秦穆公时，陈仓人掘地，得物，若羊非羊，若猪非猪。牵以献穆公。道逢二童子，童子曰：“此名为媪(ǎo)。常在地，食死人脑。若欲杀之，以柏插其首。”媪曰：“彼二童子，名为陈宝。得雄者王，得雌者伯。”陈仓人舍媪逐二童子，童子化为雉，飞入平林。陈仓人告穆公，穆公发徒大猎，果得其雌。又化为石，置之汧(qiān)、渭之间。至文公时，为立祠陈宝。其雄者飞至南阳，今南阳雉县，是其地也。秦欲表其符，故以名县。每陈仓祠时，有赤光，长十余丈，从雉县来，入陈仓祠中，有声殷殷如雄雉。其后，光武起于南阳。

[译文]

在秦穆公年间，陈仓县有人在挖地的时候，挖到了一样东西，这个东西长得像羊不是羊，像猪也不是猪。他牵了这东西献给秦穆公。在去的路上碰到了两个小孩，小孩说：“这东西叫媪。它喜欢吃地下死人的脑子。要是想杀它，就把柏树插进它的头里。”媪说：“那两个孩子名字叫陈宝。只要得到那雄的人就能称王天下，只要得到那雌的人就能称霸诸侯。”陈仓县这人于是就丢下媪去追赶那两个小孩，两个小孩变成了野鸡，飞进去了平原上的树林。陈仓县这个人赶紧把事情报告给秦穆公，穆公对这个地区发动了大规模的围猎，果真捉到了那只雌的。雌野鸡又变成了石头，秦穆公就把它放置在汧水和渭河交接的地方。到文公的时候，为这块石头建立了陈宝祠。那只雄野鸡飞到南阳郡，现在的南阳郡雉县，就是它降落的地方。秦国想向天下表明它的效验，于是就把那个县命名为雉县。每次到了陈仓县祭祀时，就会有长十多丈的红光，从雉县那边射过来，一直到陈仓县的祠庙内，还发出一种像野鸡一样的叫声。后来光武帝刘秀便在南阳兴起。

八 邢史子臣论天道

[原文]

宋大夫邢史子臣明于天道。周敬王之三十七年，景公问曰：“天道其何祥？”对曰：“后五十年五月丁亥，臣将死。死后五年五月丁卯，吴将亡。亡后五年，君将终。终后四百年，邾王天下。”俄而皆如其言。所云“邾王天下”者，谓魏之兴也。

邾(zhū)，曹姓，魏亦曹姓，皆邾之后。其年数则错。未知邢史失其数耶？将年代久远，注记者传而有谬也？

[译文]

宋国的大夫邢史子臣懂得天象。在周敬王三十七年（公元前 483 年），宋景公询问他说：“天象有吉凶的预兆吗？”邢史子臣回答道：“再过五十年的五月丁亥日，我就会死了。我死后再过五年的五月丁卯日，吴国就会灭亡了。吴国灭亡后五年，您就会驾崩。您逝世以后四百年，邾氏会称霸天下的。”后来一切发生的事情就和他预测的那样。他所说的“邾氏会称霸天下”，也就是说魏王的兴起。邾氏，是姓曹，魏王也姓曹，他们都是邾国的后代。不过可惜的是他所预测的年限是不对的。不知道是邢史子臣把数字算错了呢？还是由于年代长久了，注解的人在传授过程中发生了讹误呢？

九 荧惑星

[原文]

吴以草创之国，信不坚固，边屯守将，皆质其妻子，名曰“保质”。童子少年，以类相与娱游者，日有十数。

孙休永安三年二月，有一异儿，长四尺余，年可六七岁，衣青衣，忽来从群儿戏。诸儿莫之识也，皆问曰：“尔谁家小儿，今日忽来？”答曰：“见尔群戏乐，故来耳。”详而视之，眼有光芒，爚(yuè)爚外射。诸儿畏之，重问其故。儿乃答曰：“尔恐我乎？我非人也，乃荧惑星也，将有以告尔，三公归于司马。”诸儿大惊，或走告大人，大人驰往观之。儿曰：“舍尔去乎！”耸身而跃，即以化矣。仰而视之，若曳一匹练以登天。大人来者，犹及见焉。飘飘渐高，有顷而没。

司马懿

司马懿，字仲达，三国时期魏国杰出的政治家、军事家，史书称他“少有奇节，聪明多大略，博学洽闻，伏膺儒教”，其孙司马炎篡魏称帝，被追尊为晋宣帝。

时吴政峻急，莫敢宣也。后四年而蜀亡，六年而魏废，二十一年而吴平，是归于司马也。

[译文]

吴国因为是刚开始建立的国家，信誉还不坚固，戍边的将领，都把他们的妻子儿女当作人质，叫作“担保人质”。被当作人质的少年儿童以类相从聚在一起玩耍，每天有十多个。

孙休永安三年（公元260年）二月，有一个怪异的小孩，这孩子有四尺多高，年龄大概有六七岁，身上穿着青色的衣服，忽然来到孩子中间和他们玩耍。大家都不认识他，都问他：“你到底是谁家的孩子，今天怎么会忽然到这里来？”他回答说：“我看到你们有很多人一起玩耍得很快乐，所以我就来了。”再仔细看他，发现他的眼睛有光芒，闪闪发光。孩子们都很害怕他，又仔细地询问他原因。那孩子于是回答说：“你们怕我吗？我不是人，而是火星，我还想告诉你们一件事情，刘、曹、孙三公将归属于司马。”孩子们都很害怕，赶紧跑去告诉自己家的大人，大人赶快去看那个孩子。那孩子说：“离开你们走了！”便纵身一跳，很快大家都看不见了。大家再抬头看他，只见他就像拖着一匹白色的熟绢飞到天上去了。那些跑过来的大人还远远地看见他了。白色的熟绢逐渐飞高了，没过多久就看不见了。

当时吴国政治处境很危险，但是没有人敢宣扬这件事。四年过后蜀国灭亡了，六年过后魏国灭亡了，经过二十一年，吴国也最终被平定了，这就是那个孩子所说的“刘、曹、孙三公归属于司马”。

十　神人托梦

[原文]

都水马武举戴洋为都水令史，洋请急还乡，将赴洛，梦神人谓之曰：“洛中当败，人尽南渡。后五年，扬州必有天子。”洋信之，遂不去。既而皆如其梦。

[译文]

主管河渠灌溉的都水马武举荐戴洋任都水令史，戴洋告假还乡，将要去洛阳，就梦到仙人对他说：“洛阳马上就败了，百姓都会渡江南下。再过五年，扬州肯定会有天子。”戴洋相信他，再也不去洛阳了。后发生的事情就和他梦中梦见的一样。

卷　九

一　神光照社

[原文]

后汉中兴初，汝南有应妪者，生四子而寡。见神光照社，妪见光，以问卜人。卜人曰：“此天祥也。子孙其兴乎！”乃探得黄金。自是子孙宦学，并有才名。至玚，七世通显。

[译文]

后汉中兴的初年，汝南郡有个姓应的妇人，她生了四个孩子后就守寡了。她看见神光照射着神社，妇人看到了神光，于是便去问占卜的人。占卜的人说：“这是上天显示好兆头啊。你的子孙肯定会显达的！”于是她掏到了黄金。从此她的子孙都做官治学，最终都有才华名声。到应玚这一代，前后七代人都官位显赫，名声远扬。

二　绶(shòu)笥(sì)现赤蛇

[原文]

车骑将军巴郡冯绲(gǔn)，字鸿卿，初为议郎，发绶笥，有二赤蛇，可长二尺，分南北走。大用忧怖。许季山孙宪，字宁方，得其先人秘要。绲请使卜，云：“此吉祥也。君后三岁，当为边将，东北四五里，官以东为名。”后五年，从大将军南征，居无何，拜尚书郎、辽东太守、南征将军。

[译文]

车骑将军冯绲，是巴郡人，字鸿卿，他刚做议郎的时候，打开官印的箱子时看到两条大蛇，大约长二尺，向南北两方分头走了。他很害怕。许季山的孙子许宪，字宁方，得到祖父的秘传。冯绲请他给占卜，他说：“这是吉兆啊。您过三年，应当是边关守将，在东北方四五里，您的官名含有东字。”五年后，冯绲随从大将军南征，没过多久，他就任尚书郎、辽东太守、南征将军。

三 飞鸟化金印

[原文]

常山张颢(hào)为梁州牧，天新雨后，有鸟如山鹊，飞翔入市，忽然坠地。人争取之，化为圆石。颢椎破之，得一金印，文曰：“忠孝侯印。”颢以上闻，藏之秘府。后议郎汝南樊衡夷上言：“尧舜时旧有此官。今天降印，宜可复置。”颢后官至太尉。

[译文]

常山郡人张颢担任梁国的相（“梁州牧”当作“梁相”），有一天刚下过雨后，有一只鸟像山鹊，飞进街市，忽然坠落在地上。人们都抢着去拿它，它变成了一块圆石头。张颢用椎子打破它，得到一块金印，印文是“忠孝侯印”。张颢把金印上报给皇上，这枚金印便被收藏在密室中。后来议郎汝南郡人樊衡夷上奏说：“尧、舜时代设有此官职。现在上天降官印，还应该再设这个官职。”张颢后来官至太尉。

四 张氏传钩

[原文]

京兆长安有张氏，独处一室，有鸠自外入，止于床。张氏祝曰：“鸠来，为我祸也，飞上承尘；为我福也，即入我怀。”鸠飞入怀。以手探之，则不知鸠之所在，而得一金钩。遂宝之。自是子孙渐富，资财万倍。蜀贾至长安，闻之，乃厚赂婢，婢窃钩与贾。张氏既失钩，渐渐衰耗。而蜀贾亦数罹(lí)穷厄，不为己利。或告之曰：“天命也，不可力求。”于是赍钩以反张氏，张氏复昌。故关西称“张氏传钩”云。

[译文]

京兆长安县有个张姓的人，自己单独住在一个屋子里，有只鸠从外面飞进来，落在床上。张氏祈祷说：“鸠飞来，要是给我带来灾祸，就飞到天花板上；要是带来的是福佑，就飞进我的怀里。”这只鸠飞到了他的怀里。他再去摸那只鸠，不知鸠在哪里，却得到了一只金钩。于是就把金钩当宝贝一样。从这后，张氏的子孙开始富有，财产增长万倍。有个蜀郡的商人到长安，听说了这件事，花重金买通张家的婢女，婢女给商人偷来了金钩。失去金钩后，张家的财产慢慢在减少。而蜀国的商人也多次遭到穷困，觉得金钩对自己并没有好处。有人告诉他说：“这事是上天的安排，不能强求。”于是他就把金钩送还给张氏，张家又重新昌盛起来。这就是函谷关西边的人经常传颂的“张氏传金钩”的故事。

五 何比干梦贵客车骑满门

［原文］

汉征和三年三月，天大雨，何比干在家，日中，梦贵客车骑满门。觉以语妻。语未已，而门有老妪，可八十余，头白，求寄避雨。雨甚，而衣不沾渍。雨止，送至门，乃谓比干曰：“公有阴德，今天锡君策，以广公之子孙。”因出怀中符策，状如简，长九寸，凡九百九十枚，以授比干，曰：“子孙佩印绶者，当如此算。”

［译文］

汉征和三年（公元前 90 年）三月，天降大雨，何比干在家，到了中午，他梦见富贵的人的车马挤满了家门口。醒后他告诉妻子梦的内容。还没等说完，门口站着个老婆婆，八十多岁，头发花白，请求来躲雨。雨下得很大，可是她的衣服却没有沾一点水渍。雨停了，何比干送她到门口，她就对何比干说：“你积有阴德，现在老天给您一些符策，帮助拓宽您子孙的前途。”于是从怀里掏出符策，形状像竹筒，长九寸，大概九百九十根，她把这些符策给了何比干，并对他说：“你的子孙佩戴官印绶带的，会像符上所写的那样。”

六 魏舒诣野王

［原文］

魏舒，字阳元，任城樊人也。少孤，尝诣野王，主人妻夜产，俄而闻车马之声，相问曰：“男也？女也？”曰：“男。书之，十五，以兵死。”复问：“寝者为谁？”曰：“魏公舒。”后十五载，诣主人，问所生童何在！曰：“因条桑，为斧伤而死。”舒自知当为公矣。

［译文］

魏舒，字阳元，是任城国樊县人。他很小就是孤儿，有一次他到野王县去，房主的妻子夜里快要分娩了，一会儿他听见车马的声音，就问说：“主人生男孩还是生女孩呢？”此人回答说：“是男孩。烦请您记下来，这孩子十五岁时会丧命于兵器。”又问：“床上睡的是什么人？”此人回答说：“是魏公魏舒。”十五年后，魏舒又到了主人家，问孩子现在在哪里。主人回答说：“修理桑树时被斧头砍死了。”魏舒知道自己快是王公了。

贾谊

贾谊，西汉著名的文学家，颇有才华，为文帝所赏识，因遭群臣忌恨，被贬为长沙王的太傅。因作《鵩鸟赋》以自伤。

七 鵩(fú)鸟入贾谊舍

[原文]

贾谊为长沙王太傅，四月庚子日，有鵩鸟飞入其舍，止于坐隅，良久，乃去。谊发书占之，曰：“野鸟入室，主人将去。”谊忌之，故作《鵩鸟赋》，齐死生而等祸福，以致命定志焉。

[译文]

贾谊担任长沙王太傅，在四月庚子日这天，有一只鵩鸟飞进屋中，停在座位边上，很长时间才飞走。贾谊打开符书占卜，书上说：“野鸟飞进屋子，主人将要离去。”贾谊非常忌讳这个，于是写《鵩鸟赋》，把死和生、祸与福同等看待，还用此来看待生命、确定志向。

八 狗啮群鹅

[原文]

王莽居摄，东郡太守翟义，知其将篡汉，谋举义兵。兄宣，教授，诸生满堂。群鹅雁数十在中庭，有狗从外入，啮之，皆死。惊救之，皆断头。狗走出门，求不知处。宣大恶之。数日，莽夷其三族。

[译文]

王莽篡夺皇帝之位处理政务，东郡太守翟义，知道他要篡权，谋划起义征讨他。他的哥哥翟宣，是教书的老师，他的学生挤满了学堂。几十只鹅在院子里，有一只狗从外面跑进来，咬鹅，鹅都死了。翟宣惊慌地去救鹅，鹅的头都被咬下来了。狗跑出门，不知道跑到哪里去了。翟宣很厌恶此事。几天过后，王莽诛杀了翟义的三族。

九　犬着冠帻

[原文]

魏司马太傅懿平公孙渊，斩渊父子。先时，渊家数有怪：一犬着冠帻，绛衣，上屋。欻有一儿，蒸死甑(zèng)中。襄平北市，生肉，长围各数尺，有头、目、口、喙，无手、足，而动摇。占者曰："有形不成，有体无声，其国灭亡。"

[译文]

魏国太傅司马懿平定了公孙渊，斩杀了他们父子。在这之前，公孙渊家怪事连连：一只狗戴着帽子头巾，穿着红衣裳，爬上了屋顶。忽然有一个孩子蒸死在甑子里。襄平县北边市场上长出一块肉，长宽高各几尺，有头、眼睛、嘴巴，没有手脚，却摇摇晃晃地动。占卜的人说："有形状但是没有长成，有身体却没有声音，这个国家就要灭亡了。"

十　犬预知灾祸

[原文]

吴诸葛恪征淮南归，将朝会之夜，精爽扰动，通夕不寐。严毕趋出，犬衔引其衣。恪曰："犬不欲我行耶？"出，仍入坐，少顷，复起，犬又衔衣。恪令从者逐之。及入，果被杀。

其妻在室，语使婢曰："尔何故血臭？"婢曰："不也。"有顷，愈剧。又问婢曰："汝眼目瞻视，何以不常？"婢蹶然起跃，头至于栋，攘臂切齿而言曰："诸葛公乃为孙峻所杀。"于是大小知恪死矣，而吏兵寻至。

[译文]

吴国的诸葛恪征伐淮南归来，在朝见皇帝的前一天晚上，心绪不好，一晚都睡不着。他穿戴整齐后出门，狗咬着衣服拉住他。诸葛恪说："狗不让我走吗？"出去，又回来坐下，没一会又要走，狗又咬住他的衣服。诸葛恪叫人赶走了狗。等他进宫后，果真被杀掉了。

他的妻子在家里，问身边的丫鬟说："你身上怎么有血腥气？"丫鬟说："没有啊。"过了一会儿，血腥气更浓了。她又问丫鬟说："你的眼睛在往上看的时候怎么和平常不一样呢？"这丫鬟突然跳起来，一头撞在梁上，捋起袖子咬牙切齿地说："诸葛公竟被孙峻杀了。"于是他们都知道诸葛恪死了，官兵不久就来了。

十一 邓喜杀猪祠神

[原文]

吴戍将邓喜，杀猪祠神，治毕，悬之。忽见一人头，往食肉。喜引弓射中之，咋咋作声，绕屋三日。后人白喜谋叛，合门被诛。

[译文]

吴国的守将邓喜，杀了猪来祭神，祭祀完，就把猪给挂起来了。忽然看见一个人头前去抢肉，邓喜拉弓射中了他，这个人头发出怪声，围着邓喜的房子转了三天。后来有人告发邓喜谋反，他被满门抄斩。

十二 贾充遭祸

[原文]

贾充伐吴时，常屯项城，军中忽失充所在。充帐下都督周勤时昼寝，梦见百余人录充，引入一径。勤惊觉，闻失充，乃出寻索。忽睹所梦之道，遂往求之。果见充行至一府舍。侍卫甚盛，府公南面坐，声色甚厉，谓充曰：“将乱吾家事者，必尔与荀勖(xù)。既惑吾子，又乱吾孙，间使任恺黜汝而不去，又使庾纯詈汝而不改。今吴寇当平，汝方表斩张华。汝之暗戆(gàng)，皆此类也。若不悛(quān)慎，当旦夕加诛。”充叩头流血。府公曰：“汝所以延日月而名器若此者，是卫府之勋耳。终当使系嗣死于钟虡(jù)之间，大子毙于金酒之中，小子困于枯木之下。荀勖亦宜同。然其先德小浓，故在汝后。数世之外，国嗣亦替。”言毕命去。

充忽然得还营，颜色憔悴，性理昏错，经日乃复。至后，谧死于钟下，贾后服金酒而死，贾午考竟，用大杖终。皆如所言。

[译文]

贾充在攻打吴国的时候，曾经在项城驻军，有一天军中忽然不见了贾充。贾充帐下都督周勤当时白天睡觉，梦见一百多个人带走了贾充，把他带到了一条小路上。周勤惊醒了，听说贾充找不到了，于是出去寻找。忽然看到了梦中的那条小路，于是往这条路上前去寻找。果然看到贾充走到一所府第。侍卫很多，这里的主人朝南坐着，声音和脸色都很严厉，对贾充说："将来败乱我家事的，必定是你与荀勖。你们既迷惑我儿子，又蛊惑我孙子，我暗中让任恺贬退你，但是你却不退，又让庾纯责备你，但你却不知悔改。现在吴国贼寇应当被平定，你又要上奏杀张华。你的糊涂愚昧，都是这一类的事情。如果你还这样一意孤行、还不谨慎，早晚会被杀掉。"贾充于是一直磕头到鲜血直流。这府官说："你之所以能延长寿命并享有这样的名号和车服，只是因为护卫我府第有功而已。最终要让你的继承人死在钟柱之间，你的大孩子死于金酒，你的小孩子会死于干枯的树木下。荀勖也会跟你一样。他的祖先的德行稍微深厚一点，所以对他的处罚在你之后。几代以后，封国和后嗣也会被废掉的。"府官说完让贾充离开了。

贾充忽然回到军营，脸色憔悴，神情慌张，经过一天才恢复正常。到后来，贾谧死在钟下，贾后饮服金酒死亡，贾午遭受拷问，被大杖打死。这些事都如府官所说。

十三 庾亮击方相

[原文]

庾亮，字文康，鄢(yān)陵人，镇荆州，登厕，忽见厕中一物，如方相，两眼尽赤，身有光耀，渐渐从土中出。乃攘臂，以拳击之。应手有声，缩入地，因而寝疾。术士戴洋曰："昔苏峻事，公于白石祠中祈福，许赛其牛，从来未解。故为此鬼所考，不可救也。"明年，亮果亡。

方相

方相，古代神话中的逐疫驱鬼之神，《周礼 · 夏官 · 方相氏》："方相氏掌蒙熊皮，黄金四目，玄衣朱裳，执戈扬盾，帅百隶而时傩，以索室驱疫。"

[译文]

庾亮，字文康，是鄢陵县人，镇守荆州。上厕所时，忽然看见厕所里有一个怪物，形状像驱疫辟邪的神像方相，两只眼睛全是红的，身上光亮，渐渐从土中出来。庾亮于是撸起袖子打它。随着被打的声音，那怪物缩进了地里，庾亮因此生病了。方士戴洋对庾亮说："苏峻曾经起兵作乱，您在白石祠中求福，许愿以牛来酬谢，后来您却从没有还愿。所以被这个鬼惩罚，没办法解救了。"第二年，庾亮果真死了。

十四 刘宠军败

[原文]

东阳刘宠，字道和，居于湖熟。每夜，门庭自有血数升，不知所从来。如此三四。后宠为折冲将军，见遣北征，将行，而炊饭尽变为虫。其家人蒸炒，亦变为虫。其火愈猛，其虫愈壮。宠遂北征，军败于坛丘，为徐龛所杀。

[译文]

东阳人刘宠，字道和，住在湖熟县。每到夜间，他家的门口会出现几升血，不知从哪里来的。这种情况出现了三四次。后来，刘宠被任命为折冲将军，被派往北方打仗，将要出发时，他们做的饭都变成了虫子。他家里的人蒸炒，也变成了虫子。所烧的火越大，虫子越肥壮。刘宠于是去打仗了，结果在坛丘吃了败仗，他被徐龛杀掉了。

卷 十

一 皇后梦登天梯

［原文］

汉和熹邓皇后，尝梦登梯以扪天，体荡荡正清滑，有若钟乳状。乃仰噏（xī）饮之。以讯诸占梦。言："尧梦攀天而上，汤梦及天舐之，斯皆圣王之前占也。吉不可言。"

［译文］

汉和熹邓皇后，曾经梦见自己登着天梯摸天，天体不仅平坦宽广，还清凉滑爽，长得像钟乳石。她就仰头去吮吸它。她拿这个去问占梦的人，占梦的说："尧梦见过自己顺着天梯往上爬，汤梦见自己碰到了天，还舔它，这都是圣王的预兆。您非常吉利。"

二 梦月入怀

［原文］

孙坚夫人吴氏，孕而梦月入怀。已而生策。及权在孕，又梦日入怀。以告坚曰："妾昔怀策，梦月入怀；今又梦日，何也？"坚曰："日月者，阴阳之精，极贵之象，吾子孙其兴乎？"

［译文］

孙坚的夫人吴氏，怀孕后梦见月亮入怀。不久生了孙策。到怀孙权时，她又梦见太阳入怀。她告诉孙坚说："我过去怀孙策时，曾梦见月亮入怀；现在又梦见太阳入怀，为何？"孙坚说："太阳和月亮，是阴阳的精气，是非常富贵的象征，我们的子孙要兴旺了吧？"

三 梦得嘉禾

［原文］

汉蔡茂，字子礼，河内怀人也。初在广汉，梦坐大殿，极上有禾三穗。茂取之，得其中穗，辄复失之。以问主簿郭贺。贺曰："大殿者，官府之形象也。极而有禾，人臣之上禄也。

嘉禾

嘉禾，指生长奇异，非同寻常的禾，古人以为获得嘉禾，是一种吉祥的象征。文中以梦中得到嘉禾，预示着将来必将飞黄腾达。

取中穗，是中台之象也。于字，‘禾’‘失’为‘秩’，虽曰失之，乃所以禄也。衮职中阙，君其补之。”旬月，而茂征焉。

[译文]

汉代人蔡茂，字子礼，是河内郡怀县人。起初在广汉郡的时候，他梦见坐在大殿上，大殿的正脊梁上有一株禾苗抽出三穗谷子。蔡茂去取它，只拿到中间的那穗，接着又丢了。他拿这个梦去询问主簿郭贺。郭贺说："大殿，是官府的象征。谷子挂在正脊梁上，是大臣中最高的俸禄。你拿到了中间的一穗，是中台的象征。从文字字形分析，‘禾’‘失’合在一起是‘秩’，虽说是丢了禾穗，这是因为有俸禄的缘故。皇上的政务要是有缺漏的地方，您将要去补缺。”一个月后，蔡茂被皇上征用。

四　天公哀贫

[原文]

周揽啧者，贫而好道，夫妇夜耕，困，息卧。梦天公过而哀之，敕外有以给与。司命按录籍，云："此人相贫，限不过此。惟有张车子，应赐钱千万。车子未生，请以借之。"天公曰："善。"曙觉，言之。于是夫妇戮力，昼夜治生，所为辄得，赀至千万。

先时，有张妪者，尝往周家佣赁，野合，有身，月满，当孕，便遣出外，驻车屋下，产得儿。主人往视，哀其孤寒，作粥糜食之。问："当名汝儿作何？"妪曰："今在车屋下而生，梦天告之，名为车子。"周乃悟曰："吾昔梦从天换钱，外白以张车子钱贷我，必是子也。财当归之矣。"自是居日衰减，车子长大，富于周家。

[译文]

周揽啧家里贫穷却喜欢圣贤之道，他们夫妻在夜间耕作，困了，就在地里睡着了。梦见天帝经过，怜悯他，就命令小吏给他们东西。司命神翻阅簿籍，说："这人长得清贫，限度不超过这个。只有张车子，应该赐给他钱财一千万。但是张车子还没出生，那么先借给周揽啧吧。"天帝说："好。"天亮醒来后，周揽啧把这个梦告诉妻子。夫妻兢兢业业，日夜经营家业，做什么事都会有收获，财产达到了一千万。

先前有个姓张的老妇人，曾经去周家做佣人，由于和人私通，有了身孕，孕期满了，就要分娩了，就把她打发了出来，让她住在放车的屋子里，生了个儿子。主人去看她，念她孤苦寒冷，就煮粥给她喝。问她："应当给孩子取什么名字？"张妪说："孩子是在放车的屋子里生的，梦见天帝告诉我，让他叫车子。"周揽啧忽然醒悟，说："我曾经梦见过自己从天帝那里借钱，司命神把张车子的钱借给我，张车子一定就是这个孩子。我的资产要还给这个孩子了。"从此周家的收入大减，张车子成人后，比周家更富有。

五　梦探蚁穴

[原文]

夏阳卢汾，字士济。梦入蚁穴，见堂宇三间，势甚危豁，题其额，曰："审雨堂"。

[译文]

夏阳人卢汾，字士济。梦见自己进了蚂蚁洞，看见三间厅堂，气势非常宽阔敞亮，于是写了"审雨堂"这个额匾。

六　梦得火浣衫

[原文]

吴选曹令史刘卓，病笃，梦见一人，以白越单衫与之，言曰："汝着衫，污，火烧便洁也。"卓觉，果有衫在侧。污，辄火浣之。

[译文]

吴国选曹令史刘卓，病重了，梦见一个人，拿了件白单衣给他，对他说道："你穿的这件衣服脏了，只需放火上烧就干净了。"刘卓醒来，真的看到一件单衣在身旁。每次穿脏了，就用火洗干净。

七 刘雅腹痛

[原文]

淮南书佐刘雅，梦见青刺蜴从屋落其腹内，因苦腹痛病。

[译文]

淮南国书佐刘雅，梦见一只青色的蜥蜴从屋上掉下来，落到了他的腹中，从此他患上了腹痛病。

八 梦得印绶

[原文]

后汉张奂为武威太守，其妻梦带奂印绶，登楼而歌。觉，以告奂。奂令占之，曰："夫人方生男，后临此郡，命终此楼。"后生子猛。建安中，果为武威太守，杀刺史邯郸商，州兵围急，猛耻见擒，乃登楼自焚而死。

[译文]

后汉的张奂担任武威太守，他的妻子梦见带着张奂的印绶，登到城楼上去唱歌。醒来后，她把梦告诉张奂。张奂请人占卜，占卜的人说："您的夫人将要生儿子，他会做这个郡的郡守，最后也会死在这座楼上。"后来，张奂的妻子生了儿子张猛。建安年间（公元 196 年—220 年），张猛担任武威太守，杀了刺史邯郸商，被州里的军队围困，他耻于被活捉，于是登上城楼自焚了。

九 汉灵帝之崩

[原文]

汉灵帝梦见桓帝，怒曰："宋皇后有何罪过，而听用邪孽，使绝其命？渤海王悝(kuī)，既已自贬，又受诛毙。今宋氏及悝，自诉于天，上帝震怒，罪在难救。"梦殊明察。帝既觉而恐，寻亦崩。

[译文]

汉灵帝梦见汉桓帝很生气地和他说："宋皇后犯了什么罪，你却听信谗言把她害死了？渤海王刘悝既然已经被贬，还是被你杀了。现在宋皇后和渤海王悝，都来向上天申诉你，上天震怒，你的罪很难被救赎。"这梦特别清楚。汉灵帝醒来后害怕极了，不久也死了。

十　吕石梦见死期

［原文］

吴时嘉兴徐伯始病，使道士吕石安神座。石有弟子戴本、王思，二人居住海盐，伯始迎之以助。石昼卧，梦上天北斗门下，见外鞍马三匹，云：“明日当以一迎石，一迎本，一迎思。”石梦觉，语本、思云：“如此，死期至，可急还，与家别。”不卒事而去。伯始怪而留之，曰：“惧不得见家也。”间一日，三人同时死。

［译文］

吴国时嘉兴县徐伯始生病了，让道士吕石来安放神座。吕石还有两个徒弟是戴本、王思，二人居住在海盐县，徐伯始还把他们接了来帮助吕石。吕石白天睡觉，梦见上天来到北斗门下，只见门外有三匹配好鞍座的马，并说：“明天要用一匹马迎接吕石，还有一匹来迎接戴本，另一匹迎接王思。”吕石从梦中醒来，对戴本、王思说：“如果梦里的话是真的，那么我们的死期就到了，得赶快回去，和家人告别吧。”他们没有完成就离开了。徐伯始觉得奇怪，挽留他们，他们说：“害怕见不到家人了。”过了一天，三人同时死亡了。

十一　同梦争钱

［原文］

会稽谢奉与永嘉太守郭伯猷(yóu)善，谢忽梦郭与人于浙江上争樗(chū)蒲钱，因为水神所责，堕水而死。已营理郭凶事。及觉，即往郭许，共围棋。良久，谢云：“卿知吾来意否？”因说所梦。郭闻之，怅然云：“吾昨夜亦梦与人争钱，如卿所梦，何期太的的也？”须臾如厕，便倒气绝。谢为凶具，一如其梦。

樗蒲

樗蒲，古代的一种博戏。因用于掷采的骰子最初是用樗木制成，故称樗蒲。

[译文]

会稽郡谢奉与永嘉郡太守郭伯猷感情很好，谢奉忽然做梦看到郭伯猷在浙江上和别人争夺赌博的钱，由于水神责罚，溺水而死。谢奉还亲自操办郭伯猷的丧事。等睡醒后，谢奉立即到郭伯猷那里，和他一起下围棋。很长时间后，谢奉说："您知道我的来意吗？"于是把晚上梦的内容都告诉了郭伯猷。郭伯猷听后非常伤感地说："我昨天夜里也梦到与人争钱，跟你梦到的一样，为何这么清楚呢？"过了一会儿，郭伯猷上厕所，摔倒在地上去世了。谢奉亲自为他操办丧事，一切的事情和梦中一样。

十二 徐泰梦中为叔父祈请

[原文]

嘉兴徐泰，幼丧父母，叔父隗（wěi）养之，甚于所生。隗病，泰营侍甚勤。是夜三更中，梦二人乘船持箱，上泰床头，发箱，出簿书示曰："汝叔应死。"泰即于梦中叩头祈请。良久，二人曰："汝县有同姓名人否？"泰思得，语二人云："有张隗，不姓徐。"二人云："亦可强逼。念汝能事叔父，当为汝活之。"遂不复见。泰觉，叔病乃差。

[译文]

嘉兴县人徐泰，很小的时候就没有了父母，叔父徐隗养着他，对他比对亲生的儿子还要好。徐隗病了，徐泰照料服侍得十分周到。那天夜里三更时分，徐泰梦见两个人坐船提着个箱子，走到了自己的床前，他们打开箱子，拿出账簿对他说："你的叔父的死期到了。"徐泰就在梦里对他们磕头请求。很长时间后，那两个人说："你县里有没有和你叔父同姓同名的人呢？"徐泰想出来了，便告诉这两个人说："有一个张隗，但是不同姓。"那两个人说：'姓不同也可以勉强了。考虑到你能侍奉你叔父，应该为你救活他。"于是徐泰马上看不见他们了。等徐泰醒来，叔父的病就好了。

卷十一

一 夜行射石

［原文］

楚熊渠子夜行，见寝石，以为伏虎，弯弓射之，没金，铩羽。下视，知其石也。因复射之，矢摧，无迹。汉世复有李广，为右北平太守，射虎得石，亦如之。刘向曰："诚之至也，而金石为之开，况于人乎！夫唱而不和，动而不随，中必有不全者也。夫不降席而匡天下者，求之己也。"

［译文］

楚国熊渠子在夜里赶路，看见一块躺在地上的石头，以为是一只伏在地上的老虎，就拉开弓射它，箭头深陷石头里，箭杆上的羽毛都没了。他走下去看，才知是石头。于是拔箭再射，箭头折断了，石头上也没有留下痕迹。汉代有个叫李广的，任右北平太守，用箭射向老虎，却射进了石头里，像熊渠子一样。刘向说："精诚到了极点，金石都为它打开了，更何况是人！要是有人倡议得不到响应，有人行动却没人追随，那么其中肯定有不周全的地方。不用离开座席就可以匡正天下，那是以身作则的缘故啊。"

二 由基更羸善射

［原文］

楚王游于苑，白猿在焉，王令善射者射之，矢数发，猿搏矢而笑。乃命由基，由基抚弓，猿即抱木而号。及六国时，更羸(léi)谓魏王曰："臣能为虚发而下鸟。"魏王曰："然则射可至于此乎？"羸曰："可。"有

由基射猿

养由基，春秋时楚国大将。有"神箭"之称。楚共王时，晋、楚交战，他仅一箭便射死了晋将魏琦，名声大振。

顷，闻雁从东方来，更羸虚发而鸟下焉。

[译文]

楚王在游园时看到一只白猴，于是命令好的射手去射它，接连射出几支箭，白猴都接住了箭大笑。楚王让养由基来射，养由基拿起弓弦，那猿就抱着树木哭了。到六国时，更羸对魏王说："我可以只拉弦不发箭就让鸟掉下来。"魏王说："射箭技术可以高到这种地步吗？"更羸说："可以。"一会儿，听见一只大雁从东方飞来，更羸只拉弦不发箭，大雁掉了下来。

三 古冶子杀鼋

[原文]

齐景公渡于江、沅之河，鼋(yuán)衔左骖没之，众皆惊惕。古冶子于是拔剑从之，邪行五里，逆行三里，至于砥柱之下，杀之，乃鼋也。左手持鼋头，右手挟左骖，燕跃鹄踊而出，仰天大呼，水为逆流三百步。观者皆以为河伯也。

[译文]

齐景公渡黄河（"江沅"疑衍文），一只老鳖衔走了他车前左边的马，潜入水中，大家很惊慌害怕。古冶子于是拔出宝剑追赶，他斜着走了五里，逆水走了三里，来到砥柱山下，杀死它，才知道是只老鳖。古冶子左手拿着鳖头，右手拉着马，像飞燕、天鹅那样飞跃而出，仰天大吼，河水被吼声震得倒流了三百步。围观的人都以为他就是河伯。

四 干将莫邪

[原文]

楚干将、莫邪为楚王作剑，三年乃成，王怒，欲杀之。剑有雌雄，其妻重身，当产，夫语妻曰："吾为王作剑，三年乃成；王怒，往必杀我。汝若生子，是男，大，告之曰：'出户，望南山，松生石上，剑在其背。'"于是即将雌剑往见楚王。王大怒，使相之："剑有二，一雄一雌，雌来，雄不来。"王怒，即杀之。

莫邪子名赤，比后壮，乃问其母曰："吾父所在？"母曰："汝父为楚王作剑，三年乃成，王怒，杀之。去时嘱我，'语吾

子，出户，望南山，松生石上，剑在其背。'" 于是子出户南望，不见有山，但睹堂前松柱下石砥之上，即以斧破其背，得剑。日夜思欲报楚王。

王梦见一儿，眉间广尺，言欲报仇。王即购之千金。儿闻之，亡去，入山行歌。客有逢者，谓："子年少，何哭之甚悲耶？"曰："吾干将莫邪子也。楚王杀吾父，吾欲报之。"客曰："闻王购子头千金，将子头与剑来，为子报之。"儿曰："幸甚。"即自刎，两手捧头及剑奉之，立僵。客曰："不负子也。"于是尸乃仆。

客持头往见楚王，王大喜。客曰："此乃勇士头也，当于汤镬(huò)煮之。"王如其言。煮头三日三夕，不烂。头踔出汤中，踬目大怒。客曰："此儿头不烂，愿王自往临视之，是必烂也。"王即临之。客以剑拟王，王头随堕汤中。客亦自拟己头，头复堕汤中。三首俱烂，不可识别。乃分其汤肉葬之，故通名三王墓。今在汝南北宜春县界。

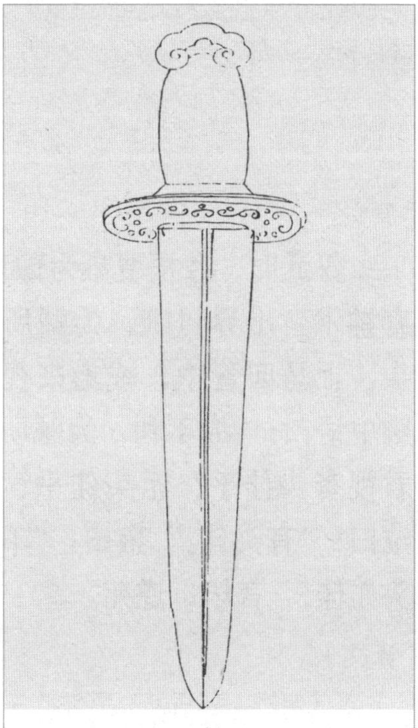

剑

干将莫邪，古代宝剑名，一雄一雌，削铁如泥，锋利无比。传说为楚国剑匠干将、莫邪夫妻所造而得名。

［译文］

楚国人干将、莫邪为楚王铸造宝剑，三年才铸成，楚王非常生气，想把他们杀掉。宝剑当时铸了雌雄两把。干将的妻子马上就要生孩子了，丈夫对妻子说："我们给楚王铸造宝剑，用了三年的时间；楚王一定很恼火，我去进献宝剑时他一定会杀了我。你如果生个男孩，等到他长大了，就告诉他说：'出门翘望南山，看到松树长在石头上，宝剑藏在它的背面。'" 于是他拿了雌剑去拜见楚王。楚王很愤怒，叫人仔细察看那宝剑，看剑的人说："应该有两把宝剑，一把雄剑，一把雌剑，雌剑送来了，雄剑没有送过来。"楚王很生气，立即把干将杀死了。

莫邪为她的儿子取名为赤，等到这个孩子长大后，就问他的母亲说：“我的父亲到底在哪里啊？”母亲说：“你父亲为楚王造剑，造了三年才造好，楚王很生气，就杀了他。他死前叮嘱我说：‘告诉我的儿子，出门看南山，松树长在石头上，宝剑就藏在那棵松树的后面。’”于是赤便出了家门南望，没见到南山，只看到门前的松树柱被一块石墩顶着，他就拿斧子劈断木柱的背面，得到了宝剑。他天天都想着要想楚王报仇。

楚王梦见一个男孩，两眉之间有一尺宽，说要报仇。楚王就用千金悬赏捉拿他。赤听到消息，逃跑了，他进山后一路唱着悲歌。有一个侠客撞见了他，对他说：“你这么小，怎么哭得这么伤心呢？”赤说：“我是干将、莫邪的儿子。楚王杀害了我的父亲，我要复仇！”侠客说：“听说楚王花千金买你的人头，把你的头和宝剑拿来，我为你复仇。”赤说：“我很荣幸。”说罢自刎，两手捧着头和宝剑奉给侠客，身体僵硬地站在那里。侠客说：“我不会让你失望的。”这时尸体才倒了下去。

侠客带着赤的头参见楚王，楚王很高兴。侠客说：“这是勇士的头，应当用锅煮它。”楚王依照他说的做了。煮了三天三夜，都没有烂。这头从汤锅中跳出来，瞪着眼睛，很恼怒。侠客说：“这个头不易烂，还是请大王亲自上前看看，肯定就会烂了。”楚王于是临近锅边。侠客拿起剑就砍向楚王，楚王的头滚进了锅。侠客也把自己的头砍下来，头掉进锅里。三个头都煮烂了，没有办法分辨它们。于是只好把锅里的汤肉分开埋葬，统称为“三王墓”。现在在汝南郡北宜春县境内。

yōng

五　贾雍失头

［原文］

汉武时，苍梧贾雍为豫章太守，有神术。出界讨贼，为贼所杀，失头，上马回营中，咸走来视雍。雍胸中语曰：“战不利，为贼所伤。诸君视有头佳乎？无头佳乎？”吏涕泣曰：“有头佳。”雍曰：“不然。无头亦佳。”言毕，遂死。

夏耕尸

夏耕尸，本为镇守章山的大将，被商汤砍掉脑袋，惊恐之极，遂跑到巫山，再也没有出来。

［译文］

汉武帝时，苍梧郡的贾雍担任豫章郡太守，他会奇妙的法术。他离开豫章郡前去征讨强盗，被强盗杀死了，脑袋被砍掉了，身体却又上马回了营，军营中的人都前来观看。贾雍从胸膛中发出声音说：“我没有打胜仗，被强盗打伤了。你们看我到底是有头好呢还是没有头好啊？”他的部下哭着说：“还是有头好。”贾雍说：“不对。没有头也是好的。”就完，他就死去了。

六 断头能语

［原文］

渤海太守史良好一女子，许嫁而不果。良怒，杀之，断其头而归，投于灶下。曰：“当令火葬。”头语曰：“使君，我相从，何图当尔。”后梦见曰：“还君物。”觉而得昔所与香缨金钗之属。

［译文］

渤海太守史良和一个女子相好，这女孩本答应嫁给他的，后来却没有。史良非常恼怒，就把她杀掉了，砍下这个女孩的头带回去，扔到灶膛里。说：“应当要火葬你。”这个头说：“使君，我跟从你，怎么会是这样。”后来史良在梦中听到这个女孩对他说：“把东西还给你。”史良醒来后，看到以前送给这个女孩的香缨、金钗之类的信物。

七 血化为碧

［原文］

周灵王时，苌(cháng)宏见杀，蜀人因藏其血，三年，乃化而为碧。

［译文］

周灵王时候，苌宏被杀，蜀国的人于是把他的鲜血收藏起来，过了三年，苌宏的鲜血变成了青白色的玉石。

八 东方朔灌酒消灾

［原文］

汉武帝东游，未出函谷关，有物当道，身长数丈，其状象牛，青眼而曜睛，四足入土，动而不徙。百官惊骇。东方朔乃请以酒灌之。灌之数十斛，而物消。帝问其故。答曰：“此名为患，忧气之所生也。此必是秦之狱地，不然，则罪人徒作之所聚。夫酒忘忧，故能消之也。”帝曰：“吁！博物之士，至于此乎！”

东方朔

东方朔，字曼倩，自幼博览群籍，后为汉武帝的大臣，为人机警，性诙谐幽默，善辞赋言对。

[译文]

汉武帝到东部去巡游，还没有走出函谷关，有一个怪物挡住了他的去路，那个怪物身体有几丈高，形状好像牛一样，眼睛是青色的，眸子发亮，四只脚插在了土里，脚在动但没有移动位置。随从汉武帝出行的官吏们都心惊胆战。东方朔请求汉武帝用酒灌这个怪物。灌了这个怪物几十斛酒以后，那怪物突然间消失了。汉武帝问东方朔这是怎么回事。东方朔回答说："这个怪物的名字叫作患，是由充满忧愁的冤气所产生出来的。以前这个地方一定是秦国的监狱所在地，不然，那么一定是犯人服劳役的地方。酒能用来忘记忧愁，所以能把这个怪物消除。"汉武帝说："啊！你真是见多识广的人，见识竟然达到了这种地步！"

九 谅辅祈雨

[原文]

后汉谅辅，字汉儒，广汉新都人。少给佐吏，浆水不交。为从事，大小毕举，郡县敛手。

时夏枯旱，太守自曝中庭，而雨不降。辅以五官掾出祷山川，自誓曰："辅为郡股肱，不能进谏纳忠，荐贤退恶，和调百姓，至令天地否隔，万物枯焦，百姓喁喁（yú），无所控诉，咎尽在辅。今郡太守内省责己，自曝中庭，使辅谢罪，为民祈福，精诚恳到，未有感彻。辅今敢自誓，若至日中无雨，请以身塞无状。"

乃积薪柴，将自焚焉。至日中时，山气转黑，起雷，雨大作，一郡沾润。世以此称其至诚。

[译文]

后汉人谅辅，字汉儒，广汉郡新都县人。他年轻的时候担任佐吏，他非常廉洁，以至于连别人送给他的淡酒茶水都不接受。担任从事史，不论事情大小，他都处理得很妥当，郡县的官吏都非常敬重他。

当时夏天大旱，太守在院子中暴晒祈求老天降雨，然而雨一直没有下。谅辅以五官掾的身份走出家门去向山川祈祷，他自己发誓说：“我谅辅是广汉郡的重臣，不能向太守上进谏言、进纳别人的忠言，推荐贤能的人才，斥退邪恶的势力，协调好老百姓之间的关系，以至于使天地隔离闭塞，万物干枯焦脆，百姓满腹的苦楚，却没有地方可以申诉，这些罪过都推在我谅辅的身上吧。现在郡太守反省责备自己，在院中接受阳光的曝晒，让我谅辅来向上天请罪，为人民百姓祈求福荫，太守的态度如此真诚恳切，竟然还没有感动上天。我谅辅现在胆敢发下誓言，如果到中午还没有雨降下来，我请求用我自己的身体来弥补滔天大罪。”

于是他就堆起柴草，准备自焚。到中午的时候，山间的云气突然转黑，响起雷声，大雨倾盆而下，整个广汉郡都被雨水浸透了。世人因为这件事情而称赞他的至诚。

十　何敞息灾

[原文]

何敞，吴郡人。少好道艺，隐居。里以大旱，民物憔悴，太守庆洪遣户曹掾致谒，奉印绶，烦守无锡。敞不受，退，叹而言曰：“郡界有灾，安能得怀道？”因跋涉之县，驻明星屋中，蝗蝝(yuán)消死，敞即遁去。后举方正、博士，皆不就，卒于家。

[译文]

何敞是吴郡人。年轻的时候喜欢道术，隐居在乡里。家乡因为发生大旱，老百姓都生活困难，太守庆洪派户曹掾送上名帖，奉上绶带和官印，烦劳他出任无锡县的县令。何敞没有接受，把这些东西全部退还了，他感叹地说：“郡内出现了灾害，我怎么能心怀道术而不用？”于是，他徒步走到无锡县，通过道术让太白金星停留在屋子里，等到蝗虫都死后，何敞就离开了。后来，太守推举他做方正、博士，他都推辞不就，最后死在自己家中。

十一　徐栩治蝗

[原文]

后汉徐栩，字敬卿，吴由拳人。少为狱吏，执法详平。为小黄令时，属县大蝗，野无生草，过小黄界，飞逝不集。刺史行部责栩不治，栩弃官，蝗应声而至。刺史谢令还寺舍，蝗即飞去。

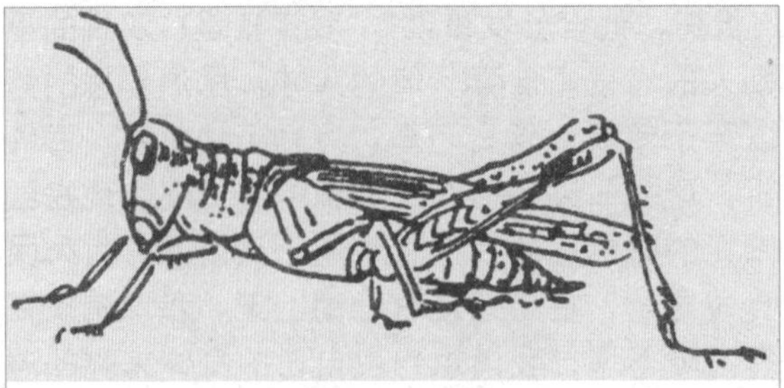

蝗

古代经常发生蝗灾，由于科技不发达，又无更好的防治措施，人们便认为蝗灾乃是上天的安排，是国家战乱之前的预兆。

[译文]

后汉时的徐栩，字敬卿，吴郡由拳县人。他年轻时担任管理监狱的小吏，执行法律时非常谨慎公平。担任陈留郡小黄县县令时，与小黄县相邻的各县都在大规模地闹蝗灾，田野里连青草都不生长，成群的蝗虫从小黄县境内经过时，却径直飞过去而没有聚集在那里。刺史行部责备徐栩不治理蝗灾，徐栩辞去了官职，蝗虫闻声便赶到了小黄县。刺史向徐栩道歉，让他重新回到官府上任，蝗虫立即又飞走了。

十二　湘江白虎墓

[原文]

王业，字子香，汉和帝时为荆州刺史。每出行部，沐浴斋素，以祈于天地："当启佐愚心，无使有枉百姓。"在州七年，惠风大行，苛慝（tè）不作，山无豺狼。卒于湘江，有二白虎，低头，曳尾，宿卫其侧。及丧去，虎逾州境，忽然不见。民共为立碑，号曰"湘江白虎墓"。

[译文]

王业，字子香，汉和帝时任荆州刺史。他每次巡视部属的时候，都要沐浴吃素，从而向天地祈求："请启发辅佐我那颗愚笨的心，不要使我做出冤枉百姓的事情来。"他在荆州任职七年，期间仁爱的风气盛行于整个社会，残酷罪恶的事情没有发生，就连山中都没有豺狼。王业后来死在湘江，有两只白虎，低着头拖着尾巴，日夜守卫在他的身边。等到他的丧事办完，那两只老虎便越过荆州的边界，忽然不见了。百姓一起给王业立了块碑，称为"湘江白虎墓"。

十三　葛祚去槎（chá）

[原文]

吴时，葛祚为衡阳太守。郡境有大槎横水，能为妖怪，百

姓为立庙，行旅祷祀，槎乃沈没。不者，槎浮，则船为之破坏。祚将去官，乃大具斧斤，将去民累。明日当至，其夜闻江中汹汹有人声，往视之，槎乃移去，沿流下数里，驻湾中。自此行者无复沉覆之患。衡阳人为祚立碑，曰“正德祈禳，神木为移。”

［译文］

吴国的时候，葛祚担任衡阳郡太守。郡内有个大木筏横在河中，这个大木筏能兴妖作怪，百姓给它建立了一个庙，旅客去庙里祭祀它，木筏就会沉下去，否则，木筏就浮在水面上，船就会被它毁掉。葛祚即将卸任，于是他准备好了斧子，要为老百姓去除这个祸害。第二天就要去了，当天夜里夜里听见河中有喧哗的声音，前往河边观看，木筏竟然移走了，沿着河水向下一直飘浮了好几里，最后停在了河湾中。从此经过这条河的人再没有船翻沉没的祸患了。衡阳郡的人为葛祚立了块碑，说：“端正德行祈祷上天消除灾祸，神奇的木筏就移走了。”

十四　曾子之孝

［原文］

曾子从仲尼在楚，而心动，辞归问母。母曰：“思尔啮指。”孔子曰：“曾参之孝，精感万里。”

［译文］

曾参跟随孔子在楚国，他感到心跳得厉害，于是辞别了孔子回到家中问候母亲。母亲说：“我想念你，把自己的手指咬了。”孔子说：“曾参的孝心，使他的精神能感觉到万里之外的事情。”

十五　周畅仁孝

［原文］

周畅，性仁慈。少至孝，独与母居，每出入，母欲呼之，常自啮其手，畅即觉手痛而至。治中从事未之信。候畅在田，使母啮手，而畅即归。元初二年，为河南尹，时夏大旱，久祷无应。畅收葬洛阳城旁客死骸骨万余，为立义冢，应时澍（shù）雨。

［译文］

周畅是一个性情仁爱的好人。他年轻的时候极为孝顺，独自和母亲居住在一起，每次出门的时候，母亲想呼唤他，就经常地咬一下她自己的手指，周畅立即

卧冰求鲤

王祥，字休征，自幼丧母，继母待他不好，但他仍然很孝敬。继母想吃鲤鱼，但时天寒，王祥来到河边，准备剖冰求鱼，忽见双鲤鱼跃冰而出，其孝心可以感动天地。

就会感觉到自己的手痛，便马上从外面赶回家来。治中从事不相信世上会有这种事。等周畅在田里干活的时候，他让周畅的母亲咬她自己的手，周畅立刻赶回来了。元初二年（公元 115 年），周畅任河南尹，那年夏天河南遭遇大旱，祈祷了很久都没有应验。周畅把洛阳城外一万多灾民的死尸遗骸收起来埋葬了，并且给他们建造了公墓，随即便降下了暴雨。

十六　王祥孝得双鲤

[原文]

王祥，字休征，琅邪人，性至孝。早丧亲，继母朱氏不慈，数谮（zèn）之。由是失爱于父，每使扫除牛下。父母有疾，衣不解带。母常欲生鱼，时天寒冰冻，祥解衣将剖冰求之，冰忽自解，双鲤跃出，持之而归。母又思黄雀炙，复有黄雀数十入其幕，复以供母。乡里惊叹，以为孝感所致。

[译文]

王祥，字休征，是琅琊郡人，他生性非常孝顺。他年纪很小的时候就失去了母亲，继母朱氏不慈爱，屡次诬陷他。于是他也失去了父亲对他的爱，父亲都让他去打扫牛圈。父母亲患病，他日夜在身边精心服侍，以至于从来不脱衣服睡觉。继母想吃鲜鱼，当时天寒地冻，王祥脱了衣服准备破冰下水去抓鱼，冰层忽然自动裂开，从水中跳出来两条鲤鱼，他就把这两条鲤鱼拿回家了。继母又想吃烤黄雀，又有几十只黄雀飞进了他家的帷帐，王祥又把它们供奉给继母。乡邻们都感到万分的惊叹，认为这都是王祥的孝顺感动了神灵的结果。

十七　王延至孝

[原文]

王延，性至孝。继母卜氏，尝盛冬思生鱼，敕延求而不获，杖之流血。延寻汾，叩凌而哭，忽有一鱼，长五尺，跃出冰上，

延取以进母。卜氏食之，积日不尽。于是心悟，抚延如己子。

[译文]

王延，生性极为孝顺。他的继母卜氏，曾经在严冬季节想吃鲜鱼，她怪王延出去没有找到，就用棍棒打得他鲜血直流。王延又到汾水上去寻找，他一边敲着冰一边放声大哭，忽然有一条鱼跳到冰上，这条鱼长五尺，王延把它逮住，回去献给了继母。卜氏吃这条鱼，吃了几天都没吃完。于是，她心中觉悟，抚养王延就像抚养自己的亲生儿子一样。

十八　楚僚卧冰求鲤

[原文]

楚僚，早失母，事后母至孝。母患痈(yōng)肿，形容日悴，僚自徐徐吮之，血出，迨夜即得安寝。乃梦一小儿，语母曰：“若得鲤鱼食之，其病即差，可以延寿。不然，不久死矣。”母觉而告僚，时十二月，冰冻，僚乃仰天叹泣，脱衣上冰，卧之。有一童子，决僚卧处，冰忽自开，一双鲤鱼跃出。僚将归奉其母，病即愈，寿至一百三十三岁。盖至孝感天神，昭应如此。此与王祥、王延事同。

[译文]

楚僚，在很小的时候就失去了母亲，他极为孝顺地侍候后母。后母身上生了毒疮，容颜一天比一天憔悴，楚僚亲口伏在毒疮上慢慢地吮吸，里面的毒血便被吸了出来，到了晚上，他的后母就能安然入睡了。夜里，她又梦见一个小孩对她说：“如果能吃到鲤鱼，你的病立即就会痊愈，并且还可以延长你的寿命。否则，你很快就会死掉。”后母从梦中醒来，把这个梦告诉了楚僚，当时正值寒冬十二月，天封地冻，于是，楚僚抬头仰望着上天悲叹哭泣，他脱掉衣服，走到冰上躺下来。一个小孩在楚僚躺卧的地方敲了几下，冰忽然自动裂开了，一对鲤鱼从冰下跳出来。楚僚便把它们抓了起来，回家献给了他的后母，后母吃了以后，病就痊愈了，而且一直活到一百三十三岁。这大概是楚僚那至诚的孝顺感动了上天，所以才显示出来这样的应验。这件事情与王祥、王延的事情是一样的。

十九　蛴螬(qí cáo)治病

[原文]

盛彦，字翁子，广陵人。母王氏，因疾失明，彦躬自侍

养。母食，必自哺之。母疾既久，至于婢使数见捶挞。婢忿恨，闻彦暂行，取蛴螬炙饴之。母食，以为美，然疑是异物，密藏以示彦。彦见之，抱母恸哭，绝而复苏。母目豁然即开，于此遂愈。

[译文]

盛彦，字翁子，是广陵人。他的母亲王氏，因为眼部得了疾病而双目失明，盛彦便亲自侍候她。母亲吃饭的时候，他必定亲自喂食。母亲病了很久了，以至于她身边那些婢女多次被她鞭打。婢女们都很怨恨她，听说盛彦要暂时外出几天，就把金龟子的幼虫用火烤了以后拌了饴糖拿给她吃。母亲吃了以后，觉得非常美味，可是又怀疑是不寻常的食物，于是就偷偷地把它藏起来拿给盛彦看。盛彦看到后，抱着母亲放声痛哭起来，哭得死去活来。他母亲的眼睛忽然间看得见了，从此以后她的眼病痊愈了。

二十　蚺蛇胆治失明

[原文]

颜含，字弘都。次嫂樊氏，因疾失明，医人疏方，须蚺(rán)蛇胆，而寻求备至，无由得之。含忧叹累时，尝昼独坐，忽有一青衣童子，年可十三四，持一青囊授含。含开视，乃蛇胆也。童子逡巡出户，化成青鸟飞去。得胆，药成，嫂病即愈。

[译文]

颜含，字弘都。他的二嫂樊氏，因为眼睛生了毛病而导致双目失明，医生给她开了个药方，须用蚺蛇的胆，家人四处都找遍了，也没有在任何地方找到它。颜含满怀忧虑地叹息了很久，有一天他独自坐在家中，突然间有一个身穿青色衣服的小孩，年龄大约有十三四岁，手中拿了一个青袋，他把这个袋子送给了颜含。颜含接过来打开一看，里面竟然是蚺蛇的胆。那个小孩迅速跑出了家门，变成青鸟飞走了。颜含得到了蚺蛇胆，药材就全了，嫂子的病马上就痊愈了。

二十一　为母埋儿

[原文]

郭巨，隆虑人也，一云河内温人。兄弟三人，早丧父。礼毕，二弟求分，以钱二千万，二弟各取千万。巨独与母居客舍，

夫妇佣赁以给供养。

居有顷，妻产男。巨念与儿妨事亲，一也；老人得食，喜分儿孙，减馔，二也。乃于野凿地，欲埋儿，得石盖，下有黄金一釜，中有丹书，曰：“孝子郭巨，黄金一釜，以用赐汝。”于是名振天下。

为母埋儿

郭巨，字文举，家贫，孝母甚勤，生一幼子，常夺母食，他认为生儿妨碍抚养母亲，并说：“子可再有，母不可复得。”欲埋掉儿子，掘地三尺，却得到一锅黄金。

[译文]

郭巨，是河内郡隆虑县人，也有说他是河内郡温县人。他家中有弟兄三人，在他们很小的时候就失去了父亲。守孝的礼仪结束后，他的两个弟弟就要求分家，因为家里有两千万钱的财产，两个弟弟各自拿走了一千万钱。郭巨单独带着母亲住在旅馆里，他和妻子两个人靠打工来奉养母亲。

过了一段时间，他的妻子为他生了个儿子。郭巨考虑到抚养儿子就要妨碍侍奉母亲，这是其中一个原因；老人得到食物，就喜欢分给孙子吃，母亲的食物就会减少，这是另一个原因。于是他就在野外挖了一个坑，想把儿子埋掉，他挖到一块石板盖，掀开石板，发现下面有一锅黄金，锅中有一张用朱砂写的天书，上面写着：“孝子郭巨，这一锅黄金，拿来赏赐你。”郭巨的名声于是天下远扬。

二十二 刘殷得粟

[原文]

新兴刘殷，字长盛。七岁丧父，哀毁过礼。服丧三年，未尝见齿。事曾祖母王氏，尝夜梦人谓之曰：“西篱下有粟。”寤而掘之，得粟十五钟，铭曰：“七年粟百石，以赐孝子刘殷。”自是食之，七岁方尽。及王氏卒，夫妇毁瘠，几至灭性。时柩在殡（bìn），而西邻失火，风势甚猛，殷夫妇叩殡号哭，火遂灭。后有二白鸠来，巢其庭树。

［译文］

新兴郡人刘殷，字长盛。他七岁的时候父亲去世了，悲哀尽礼超过了礼仪所能达到的程度。他为父亲服了三年丧，期间他从来没有露牙笑过。他精心侍奉着曾祖母王氏，有一天夜里，他梦见有人对他说：“院子西边的篱笆下有谷子。”醒来后去挖，挖到了十五钟谷子，那盛谷子的容器盖子上的刻辞是这样的：“这是足够食用七年的一百石谷子，用来赏赐给孝子刘殷。”他从那时就开始吃这些谷子，一直吃了七年才吃完。等到王氏去世，刘殷夫妇两人哀伤过度，身体消瘦，几乎失去了生命。当时棺材待葬，西边的邻居家着了火，风力又很大，刘殷夫妇伤心地敲着棺材号啕大哭，大火于是就熄灭了。后来，有两只白鸠从远处飞来，在刘殷家院子里的树上做了巢。

二十三　杨伯雍种玉

［原文］

杨公伯雍，洛阳县人也，本以侩卖为业。性笃孝，父母亡，葬无终山，遂家焉。山高八十里，上无水，公汲水，作义浆于坂头，行者皆饮之。三年，有一人就饮，以一斗石子与之，使至高平好地有石处种之，云：“玉当生其中。”杨公未娶，又语云：“汝后当得好妇。”语毕，不见。乃种其石，数岁，时时往视，见玉子生石上，人莫知也。

有徐氏者，右北平著姓，女甚有行，时人求，多不许；公乃试求徐氏，徐氏笑以为狂，因戏云：“得白璧一双来，当听为婚。”公至所种玉田中，得白璧五双，以聘。徐氏大惊，遂以女妻公。

天子闻而异之，拜为大夫。乃于种玉处，四角作大石柱，各一丈，中央一顷地名曰“玉田”。

［译文］

杨伯雍是洛阳县人，本来以作为中间人介绍买卖为职业。他生性忠厚孝顺，父母亲去世以后，被葬在无终山，他就把家安在那里。无终山高八十里，山上没有水，他就从别的地方打来了水，把茶水放在山坡上免费供路人饮用，过路的人都喝他的免费茶水。三年后，有一个人来喝水，给了他一斗石子，让他到高且平坦、挑有石头的地方把这些石头种下，并对他说：“这里面会长出宝玉来。”杨伯雍当时还没有娶媳妇，那人又对他说：“以后你会娶到一个好媳妇。”那人说完这些话就消失了。

杨伯雍就种下了那些石子。以后的几年中，他经常去那里察看，结果发现石头上有小宝玉长出，而别人都不知道这件事。

有一个姓徐的人，是右北平郡的名门，他的女儿非常有德行，当时有很多人来求婚，她都没有答应；杨伯雍试着去他家求婚，姓徐的人嘲笑他狂妄自大，于是便戏弄他说：“如果你能拿出一双白璧，就同意你的求婚。”杨伯雍来到他种玉的田中，拿了五双白璧，将它们作为聘礼。姓徐的人非常惊讶，就把女儿嫁给了他。

皇帝听说后很惊奇，任命他为大夫。还在他种玉的地方，四角立起了大石柱，每根石柱都有一丈高，柱子中间的一顷地被命名为“玉田”。

二十四　衡农梦虎啮足

[原文]

衡农，字剽卿，东平人也。少孤，事继母至孝。常宿于他舍，值雷风，频梦虎啮其足，农呼妻相出于庭，叩头三下。屋忽然而坏，压死者三十余人，唯农夫妻获免。

[译文]

衡农，字剽卿，是东平县人。他很小的时候就成了孤儿，他侍奉继母非常孝顺。他曾经在别的地方住了一宿，正好赶上打雷刮风的天气，他频频地梦见老虎咬他的脚，他马上叫醒妻子，两人一起跑到院子中，磕了三个头。眼前的房子忽然间崩塌，被压死的人有三十多个，只有衡农夫妻两人幸免于难。

二十五　罗威为母温席

[原文]

罗威，字德仁。八岁丧父，事母性至孝。母年七十，天大寒，常以身自温席，而后授其处。

[译文]

罗威，字德仁。在他八岁的时候，他的父亲去世了，他极为孝顺地侍奉母亲。母亲七十岁了，天气非常寒冷，他经常用自己的身体把席子焐暖，然后再请母亲入席睡觉。

二十六　王裒（póu）泣墓

[原文]

王裒，字伟元，城阳营陵人也。父仪，为文帝所杀。裒庐于墓侧，旦夕常至墓所拜跪，攀柏悲号。涕泣着树，树为之枯。母性畏雷，母没，每雷，辄到墓曰：“裒在此。”

[译文]

王裒，字伟元，是城阳郡营陵县人。他的父亲王仪被文帝杀害了。王裒在父亲的墓旁盖了一间草屋，每天早晚时分经常到坟墓边跪拜行礼，手抓着墓旁的柏树悲痛地放声大哭。他的眼泪落到树上，树便枯萎了。他母亲天生害怕打雷，母亲去世后，每逢打雷，他总是来到母亲的坟墓旁，对母亲说：“王裒在这里。”

二十七　白鸠郎

[原文]

郑弘迁临淮太守，郡民徐宪在丧致哀，有白鸠巢户侧。弘举为孝廉，朝廷称为“白鸠郎”。

[译文]

郑弘升为临淮郡太守，郡民徐宪在家守丧时非常哀伤，有只白鸠飞到他家大门旁垒巢。郑弘举荐徐宪做了孝廉，朝廷称他为“白鸠郎”。

二十八　东海孝妇

[原文]

汉时，东海孝妇养姑甚谨。姑曰：“妇养我勤苦，我已老，何惜余年，久累年少。”遂自缢死。其女告官云：“妇杀我母。”官收系之，拷掠毒治。孝妇不堪苦楚，自诬服之。时于公为狱吏，曰：“此妇养姑十余年，以孝闻彻，必不杀也。”太守不听。于公争不得理，抱其狱词，哭于府而去。

自后郡中枯旱，三年不雨。后太守至，于公曰：“孝妇不当死，前太守枉杀之，咎当在此。”太守即时身祭孝妇冢，因表其墓，天立雨，岁大熟。

长老传云：孝妇名周青，青将死，车载十丈竹竿，以悬五旛（fān），立誓于众曰："青若有罪，愿杀，血当顺下；青若枉死，血当逆流。"既行刑已，其血青黄，缘旛竹而上标，又缘旛而下云。

东海孝妇

汉代东海有妇人，少寡，但对婆婆非常孝顺，婆婆过意不去，自杀而死，但妇人却遭人诬告，陷害自己的婆婆，判处死刑。随后郡内大旱三年，后来冤案终于昭雪。

[译文]

汉朝时，东海郡有一个孝顺的媳妇非常谨慎地奉养婆婆。婆婆说："你奉养我这样勤劳辛苦，我已经老了，何必吝惜剩下的年月，长久地拖累年轻人呢。"她于是便上吊自杀了。她的女儿到官府告媳妇的状，说："媳妇杀了我的母亲。"官府就把这个媳妇抓了起来，严刑拷打，十分狠毒。这个孝顺的媳妇不能忍受这样的痛苦，自己无辜而承认了谋杀的罪名。当时于公是管理监狱的小吏，他说："这个媳妇赡养婆婆十多年，因为孝顺而名扬郡里，她肯定不会杀死自己的婆婆的。"太守不听他的劝告。于公争辩太守不听，他就抱着那个媳妇的供词，从官府哭着离开了。

从那以后，东海郡发生了大旱，郡内三年没有下雨。后任的太守来了以后，于公对他说："那个孝顺的媳妇本来不应该被处死，但是前任太守冤枉杀了她，造成今日天气大旱的祸根就是这个冤案。"于是，太守马上亲自前往孝妇的坟墓所在地去祭奠她，还给她的坟墓立了碑，天上立刻下起了大雨，这一年庄稼便获得了大丰收。

老人们中间流传着这样一些话：这个孝顺的媳妇名字叫周青，周青临刑的时候，刑车上插着一根十丈高的竹竿，用来悬桂五种不同颜色的长幅挂旗，她对着众人发下誓言："我周青如果真的有罪，心甘情愿被处死，我的鲜血就会沿着旗杆顺流而下；我周青如果死得冤枉，鲜血就会顺着旗杆倒流而上。"行刑完毕以后，她的鲜血呈青黄色，沿着旗杆逆流而上到了顶端，然后又沿着旗帜流了下来。

二十九 叔先雄投水寻父

[原文]

犍（qián）为叔先泥和，其女名雄。永建三年，泥和为县功曹，县

长赵祉遣泥和拜檄，谒巴郡太守。以十月乘船，于城湍堕水死，尸丧不得。雄哀恸号咷，命不图存，告弟贤及夫人，令勤觅父尸，若求不得，吾欲自沉觅之。时雄年二十七，有子男贡，年五岁；贳(shì)，年三岁，乃各作绣香囊一枚，盛以金珠环，预婴二子。哀号之声，不绝于口，昆族私忧。至十二月十五日，父丧不得，雄乘小船于父堕处，哭泣数声，竟自投水中，旋流没底。见梦告弟云："至二十一日，与父俱出。"至期如梦，与父相持并浮出江。县长表言，郡太守肃登承上尚书，乃遣户曹掾为雄立碑，图象其形，令知至孝。

[译文]

犍为郡的叔先泥和，他的女儿名字叫雄。永建三年（公元 128 年），叔先泥和担任县功曹这一官职，县长赵祉派叔先泥和前去进献文书，并拜见巴郡太守。他在十月乘船从县里出发，在城边湍急的河中落水淹死了，尸体没打捞到。叔先雄悲痛得号啕大哭，连命也不想要了，她告诉她的弟弟叔先贤及其弟媳，让他们马上去打捞父亲的尸体，如果捞不到的话，她就要跳河去寻找。当时叔先雄二十七岁，她有一个儿子名字叫贡，当时才五岁；有一个儿子名字叫贳，当时才三岁，于是她就给他们每人做了一个带有绣花的香袋，把黄金珠宝饰品装在里面，提前给两个儿子挂在脖子上。那悲痛的哭声从她口中发出来，从不间断，亲族的人私下里都非常为她担心。到了十二月十五日，父亲的尸体还是没有找到，叔先雄就乘坐一条小船到了父亲落水的地方，哭了几声，竟然自己跳到河里去了，被旋涡卷走沉到河底去了。她托梦告诉弟弟说："到本月二十一日的时候，我和父亲会一起出来。"到了二十一日那一天，果然像她在梦中所说的那样，她与父亲互相搀扶着，一起浮出水面。县长把这件事上奏给郡太守以表称赞，郡太守肃登又把县长的奏表上呈给了尚书，尚书就派遣户曹掾前往犍为郡为叔先雄立了碑，并且把她的形象刻在碑上，让世人知道她非常孝顺。

三十 乐羊子妻

[原文]

河南乐羊子之妻者，不知何氏之女也。躬勤养姑。尝有他舍鸡，谬入园中，姑盗杀而食之。妻对鸡不食而泣。姑怪问其故。妻曰："自伤居贫，使食有他肉。"姑竟弃之。后盗有欲犯之者，乃先劫其姑，妻闻，操刀而出。盗曰："释汝刀。从我者，

可全；不从我者，则杀汝姑。”妻仰天而叹，刎颈而死。盗亦不杀姑。太守闻之，捕杀盗贼，赐妻缣帛，以礼葬之。

叔先雄

叔先雄，汉代犍为人，父亲泥和堕水溺死，尸丧不归，雄终日感念哀痛，常有自沉之计，后与家人诀别，乘小船出，投水而死。事迹详见刘向《列女传》。

[译文]

河南郡乐羊子的妻子，人们不知道她是谁家的女儿。她自己身体力行尽心赡养婆婆。曾经有别人家的鸡误闯进了她家的园子里，她的婆婆悄悄地把这只鸡捉住杀掉吃了。乐羊子的妻子对着做好的鸡肉不吃而哭了。她婆婆感到非常奇怪，就问她哭泣的原因。说：“我伤心我们生活得太贫困了，以至于我们的食物中有从别人家偷来的鸡肉。”婆婆最后把鸡肉扔了。后来有个想侮辱她的强盗，先劫持了她的婆婆，她听见婆婆叫喊的声音，手里拿着刀冲出屋来。强盗说：“放下你的刀！听从我的命令，可以保全你们全家；如果不顺从我，我就杀死你的婆婆。”乐羊子的妻子抬起头对着上天发出了一声长长的叹息，随后把刀往自己的脖子上一抹就死了。这个强盗也没有杀害她的婆婆。太守听说了这件事以后，把强盗抓起来处死了，并且赠送给乐羊子妻一些绫罗绸缎，按照当地的礼仪安葬了她。

三十一　庾　衮

[原文]

庾衮，字叔褒。咸宁中大疫，二兄俱亡，次兄毗复殆。疠气方盛，父母诸弟皆出次于外，衮独留，不去。诸父兄强之，乃曰：“衮性不畏病。”遂亲自扶持，昼夜不眠，间复抚柩哀临不辍。如此十余旬，疫势既退，家人乃返。毗病得差，衮亦无恙。

[译文]

庾衮，字叔褒。咸宁年间（公元 275 年—280 年），民间流行瘟疫，他两个哥哥都死于这场瘟疫中，二哥庾毗又病危。当时瘟疫的气焰正盛行，父母和几个弟弟都离家住到外地去了，只有庾衮独自留在家中，不离开。父老兄长都强行让他离开

这里，但是他说：“我生来就不惧怕疾病。”于是，他亲自照顾他二哥，日日夜夜都不休息，这期间又抚临他其他两个哥哥的灵柩，哀悼吊唁从来不停止。像这样过了一百多天，瘟疫的势头慢慢消退了，家人才从外面返回来。二哥庾毗的病也痊愈了，庾衮也安然无恙。

三十二 韩凭妻

［原文］

宋康王舍人韩凭娶妻何氏，美，康王夺之。凭怨，王囚之，论为城旦。妻密遗凭书，缪其辞曰：“其雨淫淫，河大水深，日出当心。”既而王得其书，以示左右，左右莫解其意。臣苏贺对曰：“‘其雨淫淫’，言愁且思也；‘河大水深’，不得往来也；‘日出当心’，心有死志也。”

俄而凭乃自杀。其妻乃阴腐其衣，王与之登台，妻遂自投台，左右揽之，衣不中手而死。遗书于带曰：“王利其生，妾利其死，愿以尸骨赐凭合葬。”王怒，弗听，使里人埋之，冢相望也。王曰：“尔夫妇相爱不已，若能使冢合，则吾弗阻也。”

宿昔之间，便有大梓木，生于二冢之端，旬日而大盈抱，屈体相就，根交于下，枝错于上。又有鸳鸯，雌雄各一，恒栖树上，晨夕不去，交颈悲鸣，音声感人。宋人哀之，遂号其木曰“相思树”。“相思”之名，起于此也。

南人谓：此禽即韩凭夫妇之精魂。今睢阳有韩凭城，其歌谣至今犹存。

［译文］

宋康王舍人韩凭娶了个妻子何氏，何氏长得非常美丽，宋康王把她夺走了。韩凭从心里非常怨恨他，宋康王囚禁了他，判了他到边境服役的刑罚。他的妻子偷偷地寄给他一封信，她把自己的话写成了隐语：“那雨绵绵地下不停，水面宽广且河水深，太阳出来照耀了我的心。”过了不久，康王得到了这封信，他把这封信拿给身边的侍从看，侍从们没有谁能看懂这封信所蕴含的真实意思。大臣苏贺对宋康王说：“‘那雨绵绵地下个不停’，这句话意思是说她有很深的忧愁，经常想念；‘水面宽广且河水深’，意思是说他们不能互相往来；‘太阳出来照耀我的心’，意思是说她对太阳发誓，自己心中有殉情的意志。”

过了没多久，韩凭就自杀了。他的妻子悄悄地把自己的衣服用药物腐蚀了，宋康王和她一起登上高台，韩凭的妻子就从高台上跳了下去，身旁的人伸出手去拉她，但是她的衣服已经被腐蚀得经不起手拉，所以她就摔在地上死了。她把遗书留在衣带上，说："大王希望我活下来，然而我希望我能死去。请把我的尸骨赐给韩凭，并且与他的尸骨葬在一起。"康王非常恼怒，并没有这样做，就派乡里的人把她埋葬了，而且让她的坟墓与韩凭的坟墓远远相对。康王说："你们夫妻俩生前爱得非常缠绵，如果你们能让两个坟墓合在一起，我就不再阻拦你们了。"

韩舍人妻

韩凭与妻子何氏非常恩爱，但宋襄王却把何氏夺走，并下韩凭入狱，不久韩凭自杀，其妻也坠台而死，死后化作相思树，彼此连理，永不相离。

一夜之间，两个坟墓的顶上便长出两棵大梓树，十来天的时间，这两棵梓树就长到一抱粗，两棵树的树干弯曲着互相靠近，树根在下面盘绕在一起，树枝在上面互相交错。而且还有一对鸳鸯鸟，一雌一雄，经常栖息在这两棵树上，从早到晚都不离开，它们的脖子互相依偎一起鸣叫，叫声使人感动。宋国的百姓哀悼韩凭夫妇，就把那两棵梓树叫作"相思树"。"相思"这个名词，就是产生于此。

南方人说：两只鸳鸯鸟就是韩凭夫妇的魂魄。现在睢阳县有一个地方叫韩凭城，在那里，哀悼传颂韩凭夫妇的歌谣到今天还广为流传。

三十三 饮水有妊(rèn)

[原文]

汉末零阳郡太守史满，有女，悦门下书佐，乃密使侍婢取书佐盥手残水饮之，遂有妊。已而生子，至能行，太守令抱儿出，使求其父。儿匍匐直入书佐怀中，书佐推之，仆地化为水。穷问之，具省前事，遂以女妻书佐。

[译文]

西汉末年，零阳郡太守史满有一个女儿，爱上了太守府里的文书，她就偷偷地让她的丫鬟把这个文书的洗手水拿来喝了，于是她就怀孕了。没过多久，她便生下了一个孩子，等到孩子会走路的时候，太守便让人把小孩抱出来，让他自己

望夫冈

望夫冈，在今江西鄱阳县，传说古时陈明与梅氏成亲时，梅氏被妖怪掳走，陈明入山寻妻，妻子被救，自己却不能回家，梅氏终年登此冈，盼夫回家，故名之为望夫冈。

寻找他的父亲。这个小孩径直爬进那个文书的怀里，文书推开他，他便倒在地上化成了水。太守不断地追问自己的女儿，女儿把以前发生的事都告诉了他，于是太守就把女儿嫁给了文书。

三十四　望夫冈

[原文]

鄱阳西有望夫冈。昔县人陈明与梅氏为婚，未成，而妖魅诈迎妇去。明诣卜者，决云：“行西北五十里求之。”明如言，见一大穴，深邃无底。以绳悬人，遂得其妇。乃令妇先出，而明所将邻人秦文，遂不取明。其妇乃自誓执志，登此冈首而望其夫，因以名焉。

[译文]

鄱阳县境内西部地区有座望夫冈。从前县里有个叫陈明的人，与梅氏订了婚，还没有等到成婚那天，梅氏就被妖怪骗走了。陈明前去占卜，替他占卜的人告诉他：“你往西北方向走五十里，在那个地方找她。”陈明按照他的吩咐去了那个地方，看见一个大洞，深得看不到底。他用绳子把自己捆上悬吊下去，结果真的找到了他的妻子。他让妻子先出去，但是与陈明一起来的邻居秦文，却不把陈明拉上来。陈明的妻子发下誓言保持操守，登上这个山冈的顶端等他，于是人们把这个山冈称作望夫冈。

三十五　邓元义妻

[原文]

后汉，南康邓元义，父伯考，为尚书仆射。元义还乡里，妻留事姑，甚谨。姑憎之，幽闭空室，节其饮食，羸露，日困，终无怨言。时伯考怪而问之，元义子朗，时方数岁，言：“母不病，但苦饥耳。”伯考流涕曰：“何意亲姑，反为此祸？”遣归

家，更嫁，为华仲妻。

仲为将作大匠，妻乘朝车出，元义于路旁观之，谓人曰：“此我故妇，非有他过，家夫人遇之实酷，本自相贵。”

其子朗，时为郎，母与书，皆不答，与衣裳，辄以烧之。母不以介意。母欲见之，乃至亲家李氏堂上，令人以他词请朗。朗至见母，再拜涕泣，因起出。母追谓之曰：“我几死。自为汝家所弃，我何罪过，乃如此耶？”因此遂绝。

［译文］

后汉的时候，南康邓元义的父亲名叫邓伯考，担任尚书仆射。邓元义回到家乡，他的妻子便留下来侍奉年迈的婆婆，她对婆婆十分恭敬孝顺。她婆婆讨厌她，经常把她关在一间空房子里，而且对她的饮食加以限制，她身体极其疲惫衰弱，生活一天比一天困窘，但是始终没有说过任何怨言。当时，邓伯考对她的这种状况感到很奇怪，就去问她，邓元义的儿子邓朗当时才几岁，就对邓伯考说：“妈妈没有生病，只是被饥饿折磨得太苦了。”邓伯考流着眼泪说：“没有想到孝敬婆婆反而会造这样的灾祸！”于是，邓元义就把妻子休回了娘家，她便改嫁给应华仲做了妻子。

应华仲做了将作大匠的官，他的妻子乘着他上朝用的车子外出，邓元义在路边看见了她，就对别人说：“她是我原来的妻子，她没有别的过错，只是我母亲对她实在太残忍了，她本来就有富贵的相貌。”

邓元义的儿子邓朗，当时已经做了郎官，他母亲给他写信，他从来不回信，母亲给他衣裳，他总是把它们烧掉。但是，母亲从来也不把这些事放在心上。母亲一直都想看看儿子，于是就到亲家李氏的家里，让人用其他的理由去请邓朗前来相见。邓朗来了以后，看见了自己母亲，恭敬地朝母亲拜了两次，抽泣流泪，然后便起身出门走了。他母亲向前追上他，对他说：“当时我差一点就死掉了，我是被你家抛弃的，我犯了什么错，你怎么能这样对待我呢？”从此以后母子俩便断绝了来往。

三十六　严遵断案

［原文］

严遵为扬州刺史，行部，闻道傍女子哭声不哀。问所哭者谁，对云：“夫遭烧死。”遵敕吏舁（yú）尸到，与语讫，语吏云：“死人自道不烧死。”乃摄女，令人守尸，云：“当有枉。”吏曰：“有

蝇聚头所。”遵令披视，得铁锥贯顶。考问，以淫杀夫。

[译文]

严遵担任扬州刺史，他前往所属郡县进行巡查，听到路旁一个女子的哭声，并不悲伤。于是就问她哭的人是谁，那女子回答说：“我的丈夫被大火烧死了。”严遵命令差役们把她丈夫的尸体抬来，他对着尸体说了几句话，说完话后，对差役们说：“死人自己说他不是被大火烧死的。”于是，就把那个女子逮捕了，并派人看守她丈夫的尸体，对别人说：“这里边一定有冤情。”差役向他报告说：“有苍蝇聚集在尸体头部。”严遵便叫人拨开死者的头发仔细察看，发现铁锥子贯穿了死者的整个头顶。于是他就拷问那女子，那女子因为与别人通奸，所以才杀死了自己的丈夫。

三十七 范式张劭

[原文]

汉范式，字巨卿，山阳金乡人也，一名汜（sì），与汝南张劭为友。劭字元伯，二人并游太学，后告归乡里，式谓元伯曰：“后二年，当还。将过拜尊亲，见孺子焉。”乃共克期日。

后期方至，元伯具以白母，请设馔以候之。母曰：“二年之别，千里结言，尔何相信之审耶？”曰：“巨卿信士，必不乖违。”母曰：“若然，当为尔酝酒。”至期果到。升堂拜饮，尽欢而别。

后元伯寝疾，甚笃，同郡郅君章、殷子征晨夜省视之。元伯临终，叹曰：“恨不见我死友。”子征曰：“吾与君章尽心于子，是非死友，复欲谁求？”元伯曰：“若二子者，吾生友耳。山阳范巨卿，所

山阳范张

东汉人范式与张劭的友情，可谓“惊天地，泣鬼神”。虽远隔万里，却能心神相应。千古以来，一直为后人所敬仰，明代冯梦龙《喻世明言》详细记载其事。

谓死友也。”寻而卒。

式忽梦见元伯，玄冕垂缨，屣履而呼曰：“巨卿！吾以某日死，当以尔时葬。永归黄泉。子未忘我，岂能相及？”式怳然觉悟，悲叹泣下。便服朋友之服，投其葬日，驰往赴之。未及到而丧已发引。既至圹(kuàng)，将窆(biǎn)，而柩(jiù)不肯进。其母抚之曰：“元伯！岂有望耶？”遂停柩移时，乃见素车白马，号哭而来。其母望之，曰：“是必范巨卿也。”既至，叩丧，言曰：“行矣元伯！死生异路，永从此辞。”

会葬者千人，咸为挥涕。式因执绋(fú)而引柩。于是乃前。式遂留止冢次，为修坟树，然后乃去。

[译文]

汉代的范式，字巨卿，是山阳郡金乡县人，又有一个名字叫范汜，他和汝南郡的张劭是好朋友。张劭，字元伯，两个人曾经一起在京城里的太学读书。后来，范式告别回家，对张劭说：“两年后，我一定回来，将去你家拜访你的双亲，见见你的孩子。”两人就一起约定了相见的日期。

后来两个人约定的日期就要到了，张元伯就把这事全告诉了自己的母亲，请她准备丰盛的饭菜等候范式。他母亲说：“两年时间的离别，远隔千里的承诺，你怎么会这么认真地相信呢？”张元伯说：“巨卿是个讲究信用的人，一定不会违背自己的承诺的。”母亲说：“如果事情真是这样，那应该为你们酿酒了。”到了他俩约定的日期，范式果然按时赶来了。他进屋拜见了张元伯的父母，随后，一家人聚在一起饮酒庆祝，享尽了欢乐后之才辞别。

后来，张元伯得了重病卧床不起，病情非常重，与他同郡的郅君章、殷子征在他家早晚都来看望他。张元伯临死时，叹着气说：“我感到遗憾的是不能见一下我那个生死与共的朋友。”殷子征说：“我与郅君章尽心竭力地照顾你，如果我们不是你生死与共的朋友，那么你还想见谁呢？”张元伯说：“像你们两个人，只不过是我活着时候的朋友。山阳郡的范巨卿才是我所说的生死与共的朋友。”说完这话不一会儿，张元伯便死了。

范式忽然梦见张元伯，戴着黑帽，帽带垂在胸前，拖着鞋子，向他喊道：“巨卿，我在某日死了，应该在某日下葬。永远回到地下去了。您如果没有忘记我，怎样能来得及再见我一面？”范式忽然清醒过来，发出悲痛地叹息声，大声哭泣起来。立即穿上了平时给朋友服丧时穿的衣服，在张劭的下葬日期，乘坐马车前去奔丧。范式还没有赶到，灵车已经出行了。到了埋葬棺材的墓穴后，马上就要把棺材下放到墓穴中去了，但是棺材却不愿意下葬。他母亲抚摸着棺材说：“元伯，你是不是还有什么没实现的愿望呢？”于是停下了棺材，过了一会儿，便看见远处有白

车白马，车上有人痛哭着向这奔来。张劭的母亲望着那辆车马说：“一定是范巨卿来了。”范式来到后，他对着张劭的棺材磕头吊唁，说道：“走吧元伯，死者和生者走的路是不同的，我们从此以后就永远分别了。”

参加张劭葬礼的人有上千名，他们都为之流下了眼泪。下葬的时候，范式双手握着牵引棺材的绳索使劲向前拉，棺材这才开始向前移动。范式便留在墓旁，给张劭垒了坟，在坟墓周围种了树，做完这些事后才离去。

卷十二

一 五气变化

[原文]

天有五气，万物化成。木清则仁，火清则礼，金清则义，水清则智，土清则思，五气尽纯，圣德备也。木浊则弱，火浊则淫，金浊则暴，水浊则贪，土浊则顽，五气尽浊，民之下也。

中土多圣人，和气所交也；绝域多怪物，异气所产也。苟禀此气，必有此形；苟有此形，必生此性。故食谷者智慧而文，食草者多力而愚，食桑者有丝而蛾，食肉者勇憞而悍，食土者无心而不息，食气者神明而长寿，不食者不死而神。

大腰无雄，细腰无雌；无雄外接，无雌外育。三化之虫，先孕后交；兼爱之兽，自为牝牡；寄生因夫高木，女萝托乎茯苓。木株于土，萍植于水。鸟排虚而飞，兽跖实而走，虫土闭而蛰，鱼渊潜而处。本乎天者亲上，本乎地者亲下，本乎时者亲旁：各从其类也。

千岁之雉，入海为蜃；百年之雀，入海为蛤；千岁龟鼋(yuán)，能与人语；千岁之狐，起为美女；千岁之蛇，断而复续；百年之鼠，而能相卜：数之至也。春分之日，鹰变为鸠；秋分之日，鸠变为鹰：时之化也。

故腐草之为萤也，朽苇之为蛩(qióng)也，稻之为蛩也，麦之为蝴蝶也，羽翼生焉，眼目成焉，心智在焉，此自无知化为有知，而气易也。鹤之为獐也，蛩之为虾也，不失其血气，而形性变也。若此之类，不可胜论。

应变而动，是为顺常；苟错其方，则为妖眚(shěng)。故下体生于上，上体生于下：气之反者也。人生兽，兽生人：气之乱者也。男化为女，女化为男：气之贸者也。鲁牛哀得疾，七日化而为

蝴蝶

我国古代，尤其是隋唐以前，有着一种凡神论的思想，非但人畜，草木亦有性情，时间过久，也会变为精怪。文中所提小麦可以化作蝴蝶，真是匪夷所思。

虎，形体变易，爪牙施张。其兄启户而入，搏而食之。方其为人，不知其将为虎也；方其为虎，不知其常为人也。故晋太康中，陈留阮士瑀（yǔ），伤于虺（huǐ），不忍其痛，数嗅其疮，已而双虺成于鼻中。元康中，历阳纪元载，客食道龟，已而成瘕（jiǎ），医以药攻之，下龟子数升，大如小钱，头足壳备，文甲皆具，惟中药已死。夫妻非化育之气，鼻非胎孕之所，享道非下物之具。

从此观之，万物之生死也，与其变化也，非通神之思，虽求诸己，恶识所自来？然朽草之为萤，由乎腐也；麦之为蝴蝶，由乎湿也。尔则万物之变，皆有由也。农夫止麦之化者，沤之以灰；圣人理万物之化者，济之以道。其与不然乎？

［译文］

天有水、木、金、火、土五种气，所有的事物都是由这五种气变化而成的。木气清净的话就会有仁爱，火气清净的话就会有礼制，金气清净的话就会有道义，水气清净的话就会有智慧，土气清净的话就会有思想，如果五种气都纯净的话，圣人所应该具有的德行就完备了。木气混浊就会虚弱，火气温浊就会淫乱，金气混浊就会残暴，水气混浊就会贪婪，土气浑浊就会顽固，如果五气都混浊的话，那么这种人就是下等人了。

中原地区出了很多圣人，这是混和顺之气互相交会融合的结果；交通闭塞的地方会出很多怪物，这是由奇异之气所造成的结果。如果禀受了这样的气，那么就必定有这样的形体；如果有了这样的形体，那么就必定会产生这样的性情。所以吃五谷杂粮的生灵聪明而又文雅，吃杂草的生灵力量大但却非常愚蠢，吃桑叶的生灵会吐丝而变成蛾，吃肉的生灵勇猛而强悍，吃泥土的生灵没有心智但身体却忙个不停，吃气体的生灵神气通顺而且长寿，不吃什么东西的生灵具有不死之身且神气通顺，具有灵性。

像龟、鼍之类的粗腰动物没有雄性个体，像蜂、蚁之类的细腰动物没有雌性个体；没有雄性个体的粗腰动物就和其他动物交配，没有雌性个体的细腰动物就依靠其他的动物来进行生育。蜕化过三次的蚕，先怀孕然后和其他动物交配；对异己的爱不分亲疏的禽兽，自己与自己交配繁殖后代。寄生草依附那高大的树木，女萝寄生在茯苓上。树木把根扎在地上的泥土中，浮萍把根植在水里。鸟儿挥动双翅扑打着空气进行飞翔，禽兽脚踏在实地上才能奔跑，虫子用泥把自己封起来进行冬眠，鱼儿在深水潭中畅游居住。来源于空中的物体附着在上面，来自于地上的物体附着在下面，来自于时节的物体亲附在旁边的物体上：各自都从属于不同的种类。

活了上千年的野鸡，到了海里就会变成大蛤蜊；活了上百年的麻雀，到了海里就会变成小蛤蜊；活了上千年的乌龟、老鳖，能够和人对话；活了上千年的狐狸，能够直立起来变成美女；活了上千年的大蛇，被斩断了以后还能把断开的身体连接起来；活了上百年的老鼠，能够替人看相占卜：这些奇异的现象是生物的寿命达到了一定年数所造成的。每天的春分那一天，鹰能变成鸠；每年的秋分那一天，鸠能变成鹰：这些变化是由时令造成的。

因此，腐烂的枯草能够变成萤火虫，腐烂的芦苇能够变成蟋蟀，陈年的稻谷能够变成蛀虫，陈年的麦子能够变成蝴蝶，羽毛和翅膀生出来了，眼睛也长成了，意念和智慧也就存在了，这是一种从没有知觉到有知觉的变化，而且那精气也发生了改变。鹤变为獐，蟋蟀变为虾，这样的变化并没有丧失它们的血气，但是他们的身体形状和本性改变了。像这样的例子，举不胜举。

适应变化的规律从而发生变动，这是顺应常规的现象；如果违背了变化的规律而发生了变动，就会形成妖怪和灾难。因此，如果生物下身的器官长在上身，上身的器官长在下身：这是由于元气逆反而造成的后果。人生出禽兽，或者禽兽生出人，这些都是元气混乱造成的后果。男人变为女人，或者女人变为男人，这些都是元气互换造成的后果。鲁国的牛哀（或作“公牛哀”）生了病，七天以后，他便变成了老虎，身体的形状改变了，于是行动上便张牙舞爪起来。他哥哥开门进去看他，他就把他哥哥抓住吃了。当牛哀还是人的时候，他并不知道自己将会变成老虎；当他变成老虎的时候，他也不知道自己曾经是人。因此，晋朝太康年间（公元 280 年—289 年），陈留郡有个叫阮士瑀的人被毒蛇咬伤了，他忍受不了伤口的疼痛，屡次把鼻子凑近伤口去闻，没过多长时间，鼻子中就长出两条毒蛇。元康年间（公元 291 年—299 年），历阳县有个名字叫纪元载的人，在外地赶路的时候吃了路上的乌龟，不久以后，他的腹中就结了一个硬块，医生用药来化解它，泻下几升小乌龟，这些小乌龟像小铜钱一样大，头和脚都长全了，也都具备了龟纹和硬壳，可是，因为中了药毒，所以都已经死去了。夫妻两个人并不是融化孕育万物的元气，鼻腔不是怀胎的地方，肠道不是产生生物幼体的器官。

从这一点来看，所有物体的生死及其发展变化，如果通达的神灵不进行思考的话，即便从自己的身上仔细体会，认真寻找，怎么可能知道它们是从哪儿来的？但是，腐烂的枯草变质成为萤火虫，是由于腐烂的原因；陈年的麦子变成蝴蝶，是由于储存粮食的地方潮湿的原因。那么各种事物的变化，都是有一定的原因的。农民要阻止麦子因潮湿而发生变化，就要用灰来浸泡它；圣人理清各种事物的变化，用道来帮助解释这些变化。难道不也是这样吗？

二　穿井获贲(bēn)羊

[原文]

季桓子穿井，获如土缶，其中有羊焉。使问之仲尼，曰：“吾穿井其获狗，何耶？”仲尼曰：“以丘所闻，羊也。丘闻之，木石之怪，夔(kuí)、蝄蜽(wǎngliǎng)；水中之怪，龙、罔象；土中之怪，曰‘贲羊’。”《夏鼎志》曰：“罔象，如三岁儿，赤目，黑色，大耳，长臂，赤爪。索缚则可得食。”王子曰：“木精为游光，金精为清明也。”

贲羊

贲羊，传说中的土中怪兽，似狗非狗，似羊非羊，介在羊、狗之间。

[译文]

季桓子挖了一口井，挖到一个像瓦器一样的东西，里面有一只羊。他派人去问孔子，说：“我挖井的时候挖到了一只狗，这是什么原因呢？”孔子说：“依我的见解，你挖出来的应该是一只羊。我听说，树木、石头中的精怪是夔、蝄蜽；水中的精怪是龙、罔象，泥土中的精怪叫作‘贲羊’。”《夏鼎志》记载说：“罔象，外形像三岁的小孩，眼睛发红，颜色是黑色的，耳朵很大，臂膀很长，脚爪是红色的。如果人用绳子把它缚住，就可以把它吃掉。”王子说：“木精是游光，金精是清明。”

三　掘地获犬

[原文]

晋惠帝元康中，吴郡娄县怀瑶家忽闻地中有犬声隐隐。视声发处，上有小窍，大如螾(yǐn)穴。瑶以杖刺之，入数尺，觉有物。

乃掘视之，得犬子，雌雄各一，目犹未开，形大于常犬。哺之而食，左右咸往观焉。长老或云：“此名‘犀犬’，得之者，令家富昌，宜当养之。”以目未开还置窍中，覆以磨砻(lóng)。宿昔发视，左右无孔，遂失所在。瑶家积年无他祸福。

至太兴中，吴郡太守张懋(mào)，闻斋内床下犬声，求而不得。既而地坼，有二犬子，取而养之，皆死。其后懋为吴兴兵沈充所杀。

《尸子》曰：“地中有犬，名曰‘地狼’；有人，名曰‘无伤’。”《夏鼎志》曰：“掘地而得狗，名曰‘贾’；掘地而得豚，名曰‘邪’；掘地而得人，名曰‘聚’。聚无伤也。”此物之自然，无谓鬼神而怪之。然则贾与地狼名异，其实一物也。《淮南万毕》曰：“千岁羊肝，化为地宰；蟾蜍得菰(gū)，卒时为鹑。”此皆因气化以相感而成也。

[译文]

晋惠帝元康年间（公元 291 年—299 年），吴郡娄县怀瑶的家中忽然听到地下有隐隐约约的狗叫声。察看发出声音的地方，发现那个地方上面有一个小洞，像蚯蚓洞一样大。怀瑶用棍子戳了戳那小洞，一直戳进去几尺深，发觉里面有东西。于是他就刨开表面的土看，得到两只小狗，一雌一雄，眼睛没有睁开，体形比一般的狗大。给它们喂东西，它们就吃，左邻右舍都来看这两只小狗。年长的人说：“这狗叫犀犬，得到它的人，可以让家里富裕长生，应该好好喂养它。”由于小狗还没有睁开眼睛，怀瑶又把它们放到洞中去了，还用磨盘从地上把洞盖好。不久以后，他打开磨盘去察看，左右两边都没有洞了，也就找不到放狗的地方了。怀瑶家中多年也没有什么其他的灾祸。

到了太兴年间（公元 318 年—321 年），吴郡太守张懋，听见书房里的床底下有狗叫的声音，四处寻找却找不到。过了没多久，那块地就自动裂开了，里面有两只小狗，张懋把它们取了出来，喂养它们，结果两只小狗都死了。后来张懋被吴兴郡的兵卒沈充杀害了。

《尸子》说：“地下有狗，狗的名字叫作‘地狼’；地下有人，人的名字叫作‘无伤’。”《夏鼎志》说：“通过掘地而得到的狗，叫作‘贾’；通过掘地而得到的猪，叫作‘邪’；通过掘地而得到的人，叫作‘聚’。‘聚’，就是无伤。”这些东西都是天然的东西，不要以为他们是鬼神，也不要感到奇怪。然而，“贾”与“地狼”虽然名称不同，实际上它们是同一种东西。《淮南万毕》说：“放置了上千年的羊肝，会变成地宰；如果癞蛤蟆得到茭白，那么它死的时候就会变成鹌鹑。”这些变化都是由于元气的变化而引起它们之间互相感应而产生的啊。

xì
四 傒囊

[原文]

吴诸葛恪为丹阳太守，尝出猎，两山之间，有物如小儿，伸手欲引人。恪令伸之，乃引去故地。去故地即死。既而参佐问其故，以为神明。恪曰：“此事在《白泽图》内，曰：‘两山之间，其精如小儿，见人，则伸手欲引人，名曰“傒囊”，引去故地，则死。’无谓神明而异之。诸君偶未见耳。”

[译文]

吴郡人诸葛恪做了丹阳太守，曾经外出打猎，在两座山之间，有一个怪物像小孩，这个孩子伸出手来想拉行人的手。诸葛恪令人把手伸给它，然后拉着它的手使它离开了原来的地方。但是那个东西一离开原来的地方就死了。这件事情过去以后，他的部下问诸葛恪这是什么原因导致的，他们都认为是神明。诸葛格说：“这件事在《白泽图》内有记载，说：‘两座山之间有一种精怪，那精怪外形像小孩，看见人的时候，就把手伸出来拉人，它的名字叫作“傒囊”。如果人把它拉离原来的地方，它立即就会死去。’不要认为是神明而对此感到奇怪，各位只是没有见到这个记载罢了。”

傒囊

傒囊，古代传说中的精怪，状似小儿，栖居山林中，好牵人手，人一旦拉着它的手离开原地，它就会死去。

五 池阳小人

[原文]

王莽建国四年，池阳有小人景，长一尺余，或乘车，或步行，操持万物，大小各自相称，三日乃止。莽甚恶之。自后盗

贼日甚，莽竟被杀。《管子》曰：“涸泽数百岁，谷之不徙，水之不绝者，生‘庆忌。’庆忌者，其状若人，其长四寸，衣黄衣，冠黄冠，戴黄盖，乘小马，好疾驰，以其名呼之，可使千里外一日反报。”然池阳之景者，或庆忌也乎。又曰：“涸小水精生蚳(chí)。蚳者，一头而两身，其状若蛇，长八尺，以其名呼之，可使取鱼鳖。”

[译文]

王莽建国以后的第四年（公元 12 年），池阳县出现了小人的影子，身高大概一尺多，有的乘坐马车，有的步行，手里拿着各种各样的东西，东西的大小也都与他们的体型身高相配，三天以后才消失。王莽非常讨厌这些小人影子。从此以后，盗贼一天比一天猖狂，最后王莽竟然被杀死了。《管子》说：“河泽干枯了几百年，山谷没有移位、水源没有断绝的这些地方，里面就会产生出水怪‘庆忌’。庆忌这种水怪，它们从外形上看很像人，身体有四寸长，穿着黄色的衣服，戴着黄色的帽子，举着黄盖，骑着小马，喜欢迅速地奔驰，用它的名字叫它，可以让他一天从千里以外赶回来报告。”那出现在池阳县的小人影子，或许就是庆忌了。《管子》又说：“干枯的河川小，水精生成蚳。蚳，长着一个头两个身体，它的形状像蛇，身体有八尺长，用它的名字喊它，可以让它抓住水里的鱼鳖。”

六 霹雳神落地

[原文]

晋扶风杨道和，夏于田中，值雨，至桑树下，霹雳下击之，道和以锄格，折其股，遂落地，不得去。唇如丹，目如镜，毛角长三寸余，状似六畜，头似猕猴。

[译文]

晋朝扶风郡人杨道和，夏天在田间干活，天恰巧下起了雨，他就跑到桑树下避雨，霹雳神下来用霹雳打他，杨道和就用锄头格斗，锄头打断了霹雳神的大腿，于是霹雳神就落在地上，不能回去了。霹雳神的嘴唇像丹砂，眼睛像镜子，长有长毛的角长达三寸，身体的形状像六畜，头像猕猴。

七 落头民

[原文]

秦时，南方有“落头民”，其头能飞。其种人部有祭祀，号曰“虫落”，故因取名焉。吴时，将军朱桓，得一婢，每夜卧后，头辄飞去。或从狗窦，或从天窗中出入，以耳为翼。将晓，复还。数数如此，傍人怪之，夜中照视，唯有身无头，其体微冷，气息裁属。乃蒙之以被。至晓，头还，碍被不得安，两三度，堕地，噫咤甚愁，体气甚急，状若将死。乃去被，头复起，傅颈。有顷和平。桓以为大怪，畏不敢畜，乃放遣之。既而详之，乃知天性也。时南征大将，亦往往得之。又尝有覆以铜盘者，头不得进，遂死。

[译文]

秦朝的时候，南方生活着落头民，他们的头能在空中飞翔。这种人的部落内流行一种祭祀，称作“虫落”，所以这个部落由此取名。三国吴国时，将军朱桓得到一个婢女，每天夜里躺下睡着后，她的头就飞走了。她的头或者进出于狗洞中，或者从天窗中进进出出，把她的耳朵当作翅膀来用。等到天快亮的时候，她的头就会再飞回来。接二连三地老是发生这样的事情，旁边的人都感到非常奇怪，夜里点了灯前去看那个婢女，大家看见她只有身体没有头，她身体的体温稍微凉一些，呼吸勉强能维持。人们就用被子盖住了她的身体。到了天拂晓的时候，她的头飞回来了，因为身体被被子遮住了，头就不能安到身体上去了，头掉在地上两三次，她的头十分忧愁地叹息着，而且身体的呼吸非常急促，好像快要死的样子。于是，人们就把盖在身体上的被子拿掉，头又飞起来了，重新安附在她的脖子上。过了一会儿她就平静下来了。朱桓认为这个婢女是个妖怪，吓得不敢再收留她了，于是就把她打发走了。后来他详细地去了解她的情况，才知道这种怪异的行为是她的天性。当时南征的大将军，也常常得到这种人。又曾经有个被人用铜盘盖住身体的，头不能接上去，人就死掉。

chū

八 貙 人

[原文]

江、汉之域，有貙人。其先，禀君之苗裔也，能化为虎。长沙所属蛮县东高居民，曾作槛捕虎，槛发，明日众人共往格

之，见一亭长，赤帻(zé)，大冠，在槛中坐。因问：“君何以入此中？”亭长大怒曰：“昨忽被县召，夜避雨，遂误入此中。急出我。”曰：“君见召，不当有文书耶？”即出怀中召文书。于是即出之。寻视，乃化为虎，上山走。或云：“貙虎化为人，好着紫葛衣，其足无踵，虎有五指者，皆是貙。”

［译文］

长江和汉水之间的这一带地方，有一种貙人。他们的祖先，是禀君的后裔，能变成老虎。隶属于长沙郡的蛮县东高口地的居民，曾经做了木栅栏用来捕捉老虎，栅栏的机关被触发，第二天人们便一起去打老虎，却看见一个亭长，头上包着红头巾，戴着一顶大帽子，坐在木栅栏中。人们就问：“您怎么跑到这里面来了？”这个亭长非常恼怒地说：“昨天我忽然被县令召见，夜里为了躲雨，就误跑到这里面来了。赶快把我放出去。”人们又问道：“您被县令突然召见，不是应该有县令发给你的文书吗？”亭长立即从怀里掏出了县令要召见他的文书。于是人们就把他放了出来。过了一会儿，人们又仔细地看了看他，他却变成了老虎，飞快地跑上山去了。有人说：“虎变为人的时候，喜欢穿紫色的葛布衣，他的脚没有脚后跟。老虎中有五个脚指头的，都是貙。”

九　猳(jiā)国逐人

［原文］

蜀中西南高山之上，有物，与猴相类，长七尺，能作人行，善走逐人，名曰“猳国”，一名“马化”，或曰“玃(jué)猿”。伺道行妇女有美者，辄盗取，将去，人不得知。若有行人经过其旁，皆以长绳相引，犹故不免。此物能别男女气臭，故取女，男不取也。若取得人女，则为家室。其无子者，终身不得还。十年之后，形皆类之，意亦迷惑，不复思归。若有子者，辄抱送还其家，产子，皆如人形。有不养者，其母辄死，故惧怕之，无敢不养。及长，与人不异，皆以杨为姓。故今蜀中西南多诸杨，率皆是“猳国”“马化”之子孙也。

［译文］

蜀国境内西南部的高山上，有一种动物，这种动物和猴子很相似，身体长七尺，能够和人一样直立起来行走，而且善于奔跑追赶人类，它们名叫“猳国”，又叫作“马化”，又被称为“玃猿”。它们看到在路上行走的妇女有漂亮的，就把她们强抢带走，人们不清楚它们把这些人带到了什么地方。如果有行人经过，就用长绳子去拉她，还是不能避免。这种动物能够把男女的气味辨别出来，因此，它们只抢女的，不抢男的。他们如果抢到了人家的女儿，就抢去做妻子。那些没有生孩子的，终身也不能回来。十年以后，这些被他们抢去的妇女，形体也就和它们相似了，思想也被迷惑了，都不再想着回家了。如果有生了孩子的妇女，这些怪物就送她抱着孩子回她原来的家，生出来的孩子都像人的样子。如果这些妇女回家以后有不抚养孩子的，孩子的母亲就会死掉，所以这些母亲们都非常害怕，没有敢不抚养孩子的。等到这些小孩长大以后，和普通的人没有什么不一样，都用“杨”作为自己的姓。所以，现在蜀国境内西南部有许多姓杨的人家，他们可能都是猳国、马化的后代。

十 刀劳鬼

[原文]

临川间诸山有妖物，来常因大风雨，有声如啸，能射人。其所着者，有顷，便肿，大毒。有雌雄，雄急而雌缓。急者不过半日间，缓者经宿。其旁人常有以救之，救之少迟，则死。俗名曰“刀劳鬼”。故外书云：“鬼神者，其祸福发扬之验于世者也。”《老子》曰：“昔之得一者：天得一以清，地得一以宁，神得一以灵，谷得一以盈，侯王得一以为天下贞。”然则天地鬼神，与我并生者也。气分则性异，域别则形殊，莫能相兼也。生者主阳，死者主阴，性之所托，各安其生。太阴之中，怪物存焉。

[译文]

临川郡境内的许多山上都有一种怪物，它们出来的时候往往伴随着狂风暴雨，它们发出的声音像呼啸，能够射击人。那些被射中的人，没过多久就会肿起来，而且毒性非常大。这种怪物有雌雄两种，如果人被雄性怪物射中的话，毒性来得就快，但是如果被雌性怪物射中的话，毒性来得就慢。伤口的毒性急的不超过半天，伤口的毒性缓的可以过一夜。那附近的居民往往有办法抢救被怪物射伤的人，如果抢救得稍微晚了一点，受伤的人就会死掉了。它的俗名叫“刀劳鬼”。因此，外书上记载：“鬼神，是祸福发生后能在人世上得到应验的事物。”《老子》说：“过去有得到一（指“道”）的物体：天得到一就会变得清明，地得到一就会变得安宁，神得到一就会产生灵验，深谷得到一就会盈满，侯王得到一就能成为天下的君王。”那么天地鬼神，都是和我们共同存在的事物。如果气质不一样那么天性就会不同，如果界域不一样那么形体就会不同，世界上没有任何东西能够兼有不同的天性和形体。活的东西以阳气为主，死的东西以阴气为主，天性所依附的东西，各自安存于它们生存的地方。极盛的阴气里面，有怪物存在。

十一 越地冶鸟

[原文]

越地深山中有鸟，大如鸠，青色，名曰冶鸟。穿大树，作巢，如五六升器，户口径数寸，周饰以土垩，赤白相分，状如射侯。伐木者见此树，即避之去。或夜冥不见鸟，鸟亦知人不见，便鸣唤曰：“咄，咄，上去！”明日便宜急上；“咄，咄，下去！”明日便宜急下。若不使去，但言笑而不已者，人可止伐也。若有秽恶及其所止者，则有虎通夕来守，人不去，便伤害人。此鸟，白日见其形，是鸟也，夜听其鸣，亦鸟也；时有观乐者，便作人形，长三尺，至涧中取石蟹，就火炙之，人不可犯也。越人谓此鸟是“越祝”之祖也。

[译文]

越国的深山中有一种鸟，像鸠一样大小，羽毛是青色，名叫“冶鸟”。它们在大树上打出洞穴作为自己的巢窠，用作巢窠的洞就像五六升大的容器，洞口的直径几寸，洞口的周围装饰有用泥土垒起来的小堤障，红白相间，从外形上看就像箭靶子。砍伐树木的人看见这种树，就会躲开它走了。有时候天黑看不见鸟，鸟也知道人看不见它，它们鸣叫着说：“咄，咄，上去！”第二天人们就赶快上山伐木；鸣叫着说：“咄，咄，下去！”第二天人们就赶快下山伐木。如果这鸟不让人离开，只是谈笑不停，人们就可以停止砍伐了。如果有污秽之言以及它叫停止伐木的，就会有老虎前来通宵看守，人如果不赶快离开，老虎便会伤害到人。这种鸟，人们在白天看到它的形状，是鸟，夜里听见它的鸣叫，

冶 鸟

冶鸟，传说中的鸟名，生于南方深山密林中，形状如鸠，且能变化人形。

也是鸟；有时候它们外出观赏作乐，就会变成人的模样，身体有三尺长，他们到山涧中去抓石蟹，把抓来的石蟹放在火上烤着吃，这时人们不可以去冒犯它们。越国人说这种鸟是越国“巫祝”的祖先。

十二 南海鲛人

[原文]

南海之外，有鲛(jiāo)人，水居，如鱼，不废织绩。其眼泣，则能出珠。

[译文]

南海郡之外的大海中，有一种鲛人，这种鲛人生活在水中，像鱼一样，她们没有放弃纺织物品。如果她们哭泣，眼睛里就能流出珍珠。

十三 大青小青

[原文]

庐江皖(huàn)、枞阳二县境上有大青、小青黑居山野之中，时闻哭声多者至数十人，男女大小，如始丧者。邻人惊骇，至彼奔赴，常不见人。然于哭地，必有死丧。率声若多，则为大家；声若小，则为小家。

[译文]

庐江郡皖、枞阳二县的边境上，有大青、小青居住在山野之中，经常可以听见哭声，哭声多的时候达几十人，男女老少的哭声都有，好像刚死了人一样。住在附近的人都非常惊恐，就跑到那里看，但是却常常看不见人影。但是在他们哭泣的地方，肯定有尸体。大概哭声多的人家，就是大户人家；哭声小的人家，就是小户人家。

十四 山都

[原文]

庐江大山之间，有“山都”，似人，裸身，见人便走。有男女，可长四五丈，能啸相唤，常在幽昧之中，似魑魅鬼物。

[译文]

庐江郡的大山之中，有一种叫“山都”的野兽，他们从外形上看像人，赤身裸体，见到人就跑。它们也有男女之分，身体有四五丈长，它们之间能够呼啸着互相呼唤，经常在黑暗中活动，像魑魅怪物。

十五　含沙射人

[原文]

汉光武中平中，有物处于江水，其名曰“蜮(yù)”，一曰“短狐”。能含沙射人。所中者，则身体筋急，头痛，发热，剧者至死。江人以术方抑之，则得沙石于肉中。《诗》所谓“为鬼为蜮，则不可得”也。今俗谓之“溪毒”。先儒以为男女同川而浴，淫女为主，乱气所生也。

[译文]

汉朝光武帝中平年间，长江水里有一种怪物，名为“蜮”，又叫作“短狐”。它能够含沙射人。被它射中的人，就会全身抽筋、头痛发热，伤势严重的甚至会死掉。长江边上的人用方术治疗这种伤，就会在体肉中找到沙石。这就是《诗经》所说的“你如果是鬼或者蜮，那就是用肉眼所看不到的”。现在民间把它称为“溪毒”。古代的儒者认为这是男女在同一条河流中洗澡，而且行为淫乱的女子占了上风，淫乱的元气所生的怪物。

十六　鬼　弹

[原文]

汉永昌郡不韦县，有禁水，水有毒气，唯十一月、十二月差可渡涉。自正月至十月不可渡，渡辄病，杀人。其气中有恶物，不见其形，其作有声，如有所投击。中木则折，中人则害。土俗号为“鬼弹”。故郡有罪人，徙之禁旁，不过十日，皆死。

[译文]

西汉永昌郡不韦县境内有条河叫禁水，水里面有毒气，人们只有在十一月、十二月的时候勉强可以渡过河去。从正月到十月，都不可以渡河，如果强行渡河，人就会得病，甚至死去。那毒气中有一种邪恶的东西，人们看不见它的形状，但它一动作就能听到它们发出的声音，好像在扔投东西一样。毒气中的这种东西如果打

中树木，树木就会被打断，如果打中了人，人就被杀死。当地的人们把它称为“鬼弹”。因此，永昌郡如果有了犯人，就把他们押送到禁水边，不超过十天，这些犯人都会死掉。

十七 蘘(ráng)荷攻蛊

[原文]

余外姊夫蒋士，有佣客，得疾下血。医以中蛊，乃密以蘘荷根布席下，不使知，乃狂言曰：“食我蛊者，乃张小小也。”乃呼小，小亡去。今世攻蛊，多用蘘荷根，往往验。蘘荷，或谓嘉草。

[译文]

我妻子的姐夫蒋士，家里有个佣人，得了一种疾病，泄血。医生以为他中了蛊毒，于是就悄悄地把蘘荷的根放在病人床铺的席子底下，不让病人知道，病人就胡言乱语地说：“让我中蛊毒的人，就是张小小。”于是，家人就去叫张小小，但是张小小早就已逃走了。现在世人治疗蛊毒，大多都用蘘荷根，往往很灵验。蘘荷，有人称为嘉草。

十八 犬 蛊

[原文]

鄱阳赵寿，有犬蛊。时陈岑诣寿，忽有大黄犬六七，群出吠岑。后余相伯归与寿妇食，吐血，几死。乃屑桔梗以饮之而愈。蛊有怪物，若鬼，其妖形变化杂类殊种，或为狗豕，或为虫蛇。其人不自知其形状，行之于百姓，所中皆死。

蛊雕

蛊，传说中的一种人工培养的毒物，其形状变化多样，可以为狗、雕、蛇等各种动物，专用来害人。

[译文]

鄱阳郡的赵寿，有一种狗蛊。当时陈岑去拜访赵寿，忽然出现了六七只大黄狗，都出来咬陈岑。后来，余相伯回到家以后和赵寿的妻子一起吃饭，吐血吐得差一点死去。于是，就把桔梗削成碎屑用水煮了饮服了，病这才痊愈。蛊有一种怪物，样子像鬼，它的妖形变化的种类混杂而且特别，有的是狗、猪，有的是虫、蛇。养蛊的人自己也不知道自己养的蛊是什么形状，他们把这些蛊放到人群中去，中毒的人便都会死去。

十九 蛇 蛊(gǔ)

[原文]

荥(xíng)阳郡有一家，姓廖，累世为蛊，以此致富。后取新妇，不以此语之。遇家人咸出，唯此妇守舍，忽见屋中有大缸，妇试发之，见有大蛇，妇乃作汤灌杀之。及家人归，妇具白其事，举家惊惋。未几，其家疾疫，死亡略尽。

[译文]

荥阳郡有一户人家，姓廖，祖辈几代人都以养蛊为业，他们家靠这一行当发了财。后来，他家娶了个新媳妇，没有把养蛊这件事告诉她。有一次，正好赶上家里的人都出去了，只有这媳妇独自在家中看家，她忽然看见屋里有一口大缸，于是，就试着把缸盖打开了，她看到缸里有一条大蛇，于是，她就烧了开水，把蛇用开水浇死了。等到家里的人回来以后，媳妇把这件事情完完全全地告诉了家人，全家的人都感到非常害怕。不久，这一家人遭到瘟疫，几乎死光了。

卷十三

一 泰山澧泉

[原文]

泰山之东，有澧泉，其形如井，本体是石也。欲取饮者，皆洗心志，跪而挹之，则泉出如飞，多少足用。若或污漫，则泉止焉。盖神明之尝志者也。

[译文]

泰山的东边有一个澧泉，它的外形像口井，它的本体是石头。想要取这个泉水里的水饮用的人，都必须清洗干净自己的思想，跪着去舀水，那么泉水就会飞一样地喷出来，喝多少都足够了。如果这个人心灵肮脏，那么泉水就不流了。这大概就是神灵用来试探人心的东西。

二 二华之山

[原文]

二华之山，本一山也，当河，河水过之，而曲行。河神巨灵，以手擘开其上，以足蹈离其下，中分为两，以利河流。今观手迹于华岳上，指掌之形具在；脚迹在首阳山下，至今犹存。故张衡作《西京赋》所称“巨灵赑屃，高掌远迹，以流河曲”是也。

华 山

华山，在今陕西省华阴市，为“五岳”之一，以雄、奇、险著称于世，是当今著名的旅游胜地。

[译文]

太华山和少华山本来是同一座山，这座山正对着黄河，黄河流水经过此山时只能绕道而流。黄河之神巨灵，用手把山顶劈开，用脚把山麓蹬开，把这座山从中间平分成两座，以利于黄河的流动。现在到华山顶上去观看河神的手印，手指、手掌的形状都还保存着；河神的脚印留在了首阳山下，而且到现在仍然保存着。过去张衡曾经写了篇《西京赋》，赋里所说的“巨灵力大强壮，高山上有他的手掌印，他的脚印留在远方，他劈山开路，是为了使那弯曲的黄河直流奔放”，就是指的这里。

三 霍山四镬(huò)

［原文］

汉武徙南岳之祭于庐江灊(qián)县霍山之上，无水。庙有四镬，可受四十斛，至祭时，水辄自满，用之足了，事毕即空。尘土树叶，莫之污也。积五十岁，岁作四祭，后但作三祭，一镬自败。

［译文］

汉武帝把原来在南岳衡山上举行的祭祀活动迁到庐江郡灊县的霍山上，霍山上没有水。祭庙里有四口大锅，每口大锅可以盛四十斛水，每当到了祭祀的时候，锅里的水总是会自己满起来，有了这些水也就足够整个祭祀活动用了，祭祀完了以后锅内就空了。不管是尘土还是树叶，没有能把它弄脏的。就这样一直用了五十年，每年都要举行四次祭祀活动，到后来一年只举行三次祭祀，其中一只锅就自行坏掉了。

四 山火则雨

［原文］

樊口之东，有樊山。若天旱，以火烧山，即至大雨。今往往有验。

［译文］

樊口的东边有一座樊山。如果遇上天气大旱，只要放火烧山，天就会下大雨。现在这种做法常常还是灵验。

五 孔窦

［原文］

空桑之地，今名为孔窦，在鲁南山之穴。外有双石，如桓楹起立，高数丈。鲁人弦歌祭祀。穴中无水，每当祭时，洒扫以告，辄有清泉自石间出，足以周事。既已，泉亦止。其验至今存焉。

[译文]

空桑那个地方，现在的名称是孔窦，处于鲁国南山的洞穴中。洞穴外有两块石头，就像天子、诸侯安葬时下棺所用的大柱子一样耸立在那里，有几丈高。鲁国人在那儿举行弹唱祭祀活动。那洞穴里没有水，每当祭祀的时候，人们只要洒水扫地向神灵祷告，就会有清澈的泉水从石头缝隙中流出来，足够用来筹办祭祀的事情了。等到祭祀结束以后，泉水也就不再流出来了。这样的应验直到现在还存在。

六 湘 穴

[原文]

湘穴中有黑土，岁大旱，人则共壅(yōng)水以塞此穴，穴淹，则大雨立至。

[译文]

湘东郡新平县境内的一个洞穴中藏有黑土，有一年全县大旱，人们就一起堵住往别处流的水道来灌这个洞穴，这个洞穴被水淹没了以后，大雨马上就降下来了。

七 龟化城

[原文]

秦惠王二十七年，使张仪筑成都城，屡颓。忽有大龟浮于江，至东子城东南隅而毙。仪以问巫。巫曰："依龟筑之。"便就，故名龟化城。

[译文]

秦惠王二十七年（公元前 311 年），朝廷派张仪去修筑成都城，修了几次都倒塌了。忽然有一只大龟浮起在江面，它到东边子城的东南角时死了。张仪就去巫祝那里向他询问了这件事情。巫祝说："根据乌龟的形状来筑城。"于是就把城墙修成了，所以这座城起名为龟化城。

八 城陷为湖

[原文]

由拳县，秦时长水县也。始皇时童谣曰："城门有血，城当陷没为湖。"有妪闻之，朝朝往窥。门将欲缚之。妪言其故。后

门将以犬血涂门，妪见血，便走去。忽有大水，欲没县。主簿令干入白令，令曰：“何忽作鱼？”干曰：“明府亦作鱼。”遂沦为湖。

[译文]

由拳县是秦朝时的长水县。秦始皇年间有一首童谣是这样唱的：“城门有血，城就会陷没为湖泊。”有个老妇人听了这首歌谣后，天天去城门附近探看。守卫城门的将领要逮捕她，她就诉说了她天天来探看城门的原因。后来守卫城门的将领把狗血涂在了城门上，这老妇人看见城门上有了血，就跑着离开了。忽然间有洪水涌来，将要淹没整个县城。主簿派主管府吏到县衙内向县令报告，县令问他：“你为什么忽然变成了鱼？”主管府吏回答说：“您也变成鱼了。”于是整个县城就沦为了湖泊。

九　马邑城

[原文]

秦时，筑城于武周塞内，以备胡。城将成，而崩者数焉。有马驰走，周旋反复，父老异之，因依马迹以筑城，城乃不崩，遂名马邑。其故城今在朔州。

[译文]

秦朝的时候，在武周塞内修筑城墙，用来防备胡人的入侵。好多次城墙快要筑成了，但是又崩塌了。有匹马飞快地奔跑着，来回不断地绕圈子，人们觉得这种现象很奇怪，于是就按照马来回奔跑的印迹修筑城，城没有坍塌，于是人们就给这城起名为马邑。这座故城现在在朔州。

十　劫　灰

[原文]

汉武帝凿昆明池，极深，悉是灰墨，无复土。举朝不解。以问东方朔。朔曰：“臣愚，不足以知之。可试问西域人。”帝以朔不知，难以移问。至后汉明帝时，西域道人入来洛阳，时有忆方朔言者，乃试以武帝时灰墨问之。道人云：“经云：‘天地大劫将尽，则劫烧。’此劫烧之余也。”乃知朔言有旨。

[译文]

汉武帝开凿昆明池，一直挖到很深的地方，发现全是灰墨，不再有泥土。朝廷上下的人都不明白。拿这个事情去问东方朔。东方朔说："我非常愚笨，不知道它究竟是怎么回事。可以去询问一下西域人。"汉武帝以为东方朔都不知道的事情，很难再拿来问别人了。到了后汉明帝的时候，有一个从西域来的道人到了洛阳，当时有人回想起了东方朔当时所说的话，就试着向他询问汉武帝时出现灰墨的事。那个道人说："佛经上说：'天地在大的劫难快要结束的时候，就会有劫火焚烧。'这些灰墨是劫火焚烧留下来的余烬。"人们这才知道东方朔的话是有一定的寓意的。

十一　井内丹砂

[原文]

临沅县有廖氏，世老寿。后移居，子孙辄残折。他人居其故宅，复累世寿。乃知是宅所为，不知何故。疑井水赤，乃掘井左右，得古人埋丹砂数十斛。丹汁入井，是以饮水而得寿。

[译文]

临沅县有户姓廖的人家，家族的人代代都长寿。后来他们全家人搬到其他地方去住了，子孙总是夭折。别人搬到他们原来的住宅中，那家人又是代代长寿。这才知道长寿是由住宅引起的，但是不知道这是什么原因。后来他们怀疑井水是红色的，于是就在井的两边进行挖掘，得到几十斛朱砂，这些朱砂都是古人埋在里面的。朱砂的汁液流入了井里，所以人们喝了井水能够长寿。

十二　吴王脍余

[原文]

江东名"余腹"者，昔吴王阖闾江行，食脍，有余，因弃中流，悉化为鱼。今鱼中有名"吴王脍余"者，长数寸，大者如箸，犹有脍形。

[译文]

江东有一种名叫"余腹"的鱼，以前吴王阖闾在长江中行进的时候，吃鱼片，没吃完，就把剩余的鱼片扔到了江中，这些肉块就全部变成了鱼。现在的鱼中有一种叫作"吴王脍余"的鱼，身体有几寸长，体型大的像筷子一样长，它们的身体到现在还留有生鱼片状的部分。

十三 长卿

[原文]

蟛蛾，蟹也。尝通梦于人，自称“长卿”。今临海人多以“长卿”呼之。

[译文]

蟛蛾，是一种蟹。它曾经托梦给人，称自己为“长卿”。现在临海人还大多用“长卿”称呼这种蟹。

十四 青蚨(fú)

[原文]

南方有虫，名“蠍蝺”，一名“蝍蠋(zhú)”，又名“青蚨”。形似蝉而稍大，味辛美，可食。生子必依草叶，大如蚕子。取其子，母即飞来，不以远近。虽潜取其子，母必知处。以母血涂钱八十一文，以子血涂钱八十一文，每市物，或先用母钱，或先用子钱，皆复飞归，轮转无已。故《淮南子术》以之还钱，名曰“青蚨”。

[译文]

南方有一种虫子，名字叫作“蠍蝺”，又叫“蝍蠋”，也叫“青蚨”。它的外形像蝉但是体积比蝉稍微大一些，它的味道辛辣鲜美，可以吃。它生的小虫必须附着在草叶上，像小蚕一样大小。如果捉了它的幼虫，那母虫马上就会飞过来，不管远近。即使是偷偷地去捉它的幼虫，母虫也一定会知道那幼虫在什么地方。把母虫的血涂在八十一枚铜钱上，再把幼虫的血涂在八十一枚铜钱上，每次买东西的时候，或者先用涂了母虫血的钱，或者先用涂了幼虫血的钱，花出去的钱都会再飞回来，这样这些钱币就可以轮流使用而用不完。所以《淮南子术》用这种方式收回钱，把它称为“青蚨”。

十五 蜾(luǒ)蠃

[原文]

土蜂，名曰“蜾蠃”，今世谓蜠蝾、细腰之类。其为物雄而无雌，不交不产。常取桑虫或阜螽(zhōng)子育之，则皆化成己子。亦

或谓之“螟蛉”，《诗》曰“螟蛉有子，果蠃负之”是也。

［译文］

土蜂，称为蜾蠃，现在的人把它叫作“蚼蠮”，属于细腰蜂的一种。作为一种生物，它只有雄性个体而没有雌性个体，不能交配也不能繁殖。它经常把天牛的幼虫或蝗的幼虫拿来养育，这些幼虫都会变成它自己的幼虫。也有人称之为“螟蛉”。《诗经》说“螟蛉有了幼虫，果蠃把它背去抚养”就是这样一种情况。

十六 木蠹(dù)

［原文］

木蠹，生虫，羽化为蝶。

［译文］

木头被蛀坏了就会生出虫子，虫子长出翅膀就化成了蝴蝶。

十七 猬

［原文］

猬多刺，故不使超逾杨柳。

［译文］

刺猬身上长有很多刺，所以不让自己超越杨柳。

十八 火浣布

［原文］

昆仑之墟，地首也。是惟帝之下都，故其外绝以弱水之深，又环以炎火之山。山上有鸟兽草木，皆生育滋长于炎火之中，故有“火浣布”。非此山草木之皮枲(xǐ)，则其鸟兽之毛也。汉世西域旧献此布，中闲久绝。至魏初时，人疑其无有。文帝以为火性酷裂，无含生之气，著之《典论》，明其不然之事，绝智者之听。及明帝立，诏三公曰：“先帝昔著《典论》，不朽之格言，其刊石于庙门之外及太学，与石经并，以永示来世。”至是，西域使人献火浣布袈裟，于是刊灭此论，而天下笑之。

[译文]

昆仑山上的大丘是大地的头颅。这是天帝设在地上的都城，所以它用深深的弱水把自己与外界隔绝起来，又用火焰山把自己包围起来。火焰山上长有鸟兽草木，都在火焰之中繁殖成长，所以那里有“火浣布”。这种布不是用生长在这个火焰山上的草木的外皮纤维织成的，而是用生活在山上的鸟兽的毛织成的。汉朝的时候，西域曾经向朝廷进贡过这种布，之后很长一段时间不再进贡。到了曹魏初年，人们怀疑这种布是否存在。魏文帝认为火具有严酷猛烈的气质，不含有生命的元气，就把这东西写进了《典论》中，表明这种布的存在是不可能发生的事，以此来阻止那些有见识的人的听传。等到魏明帝即位以后，他曾经下诏书给三公说：“先帝昔日写的《典论》，都是不朽的格言，可以刻在石碑上立到太庙门外及太学里，和石经列在一起，以便永远地昭示后代。”就在这个时候，西域派人向朝廷进献了一件用火浣布做成的袈裟，于是就消除了《典论》中有关这方面的论述，而天下的人都嘲笑它。

十九 金之燧

[原文]

夫金锡之性一也，以五月丙午日中铸，为“阳燧”；以十一月壬子夜半铸，为“阴燧”。

[译文]

铜和锡具有相同的性质，但是在五月丙午日的中午被铸造的燧就成为阳燧（古代借助日光取火的凹面铜镜）；在十一月壬子日的半夜被铸造的就成为阴燧（古代在夜间用来承接露水的铜器）。

二十 焦尾琴

[原文]

汉灵帝时，陈留蔡邕，以数上书陈奏，忤上旨意，又内宠恶之，虑不免，乃亡命江海，远迹吴会。至吴，吴人有烧桐以爨(cuàn)者，邕闻火烈声，曰：“此良材也。”因请之，削以为琴，果有美音。而其尾焦，因名“焦尾琴”。

[译文]

汉灵帝年间（公元 168 年—189 年），陈留郡的蔡邕，因为屡次向皇帝上书陈述自己的政见，抵触了皇帝的旨意，又因为得宠的宦官非常憎恶他，他考虑到自己免不了要遭到陷害，于是就流亡于江湖，远远到达了吴郡、会稽郡。他来到吴郡的时候，有个吴郡人烧桐木来做饭，蔡邕听见猛烈的火势发出来的声音，就说："这是块好木料。"所以请求人家把桐木送给他，他把这段桐木削制成琴，果然能发出优美和谐的音乐声。由于桐木的一端被烧焦，所以给琴取名为"焦尾琴"。

蔡邕

蔡邕，字伯喈，东汉文学家、书法家。通晓音律，并弹得一手好琴，传说一次听到烧火传来清脆的爆裂声，赶紧将那块刚塞进灶膛的桐木拽了出来，并做成一把琴，这就是"焦尾琴"。

二十一　柯亭作笛

[原文]

蔡邕尝至柯亭，以竹为椽。邕仰眄之，曰："良竹事。"取以为笛，发声辽亮。一云邕告吴人曰："吾昔尝经会稽高迁亭，见屋东间第十六竹椽可为笛。"取用，果有异声。

[译文]

蔡邕曾经来过柯亭，发现那里的人都用竹子做屋椽。蔡邕抬头对那竹椽上下打量了一番，说："好竹子。"便把它取来做成了笛子，笛子发出嘹亮的声音。有一种说法是，蔡邕对吴郡的人说："我以前曾经路过会稽郡高迁亭，发现亭间从东头属第十六根竹椽可以做笛子。"于是取下来做成了笛子，果然能吹出奇异的乐声。

卷十四

一　蒙双氏

[原文]

昔高阳氏，有同产而为夫妇，帝放之于崆峒(kōngtóng)之野，相抱而死。神鸟以不死草覆之，七年，男女同体而生。二头，四手足，是为蒙双氏。

[译文]

从前高阳氏的时候，有两个一母同胞的人结为了夫妻，颛顼帝就把他们流放到崆峒山边的田野上，两个人互相拥抱着死了。神鸟用不死之草盖住了他们尸体，七年之后，这一对男女长在同一个身体上，又活了过来。他有两个头，四只手，四只脚，这就是蒙双氏。

二　盘瓠(hù)

[原文]

高辛氏，有老妇人居于王宫，得耳疾历时。医为挑治，出顶虫，大如茧。妇人去，后置以瓠蓠，覆之以盘，俄尔顶虫乃化为犬。其文五色。因名盘瓠，遂畜之。

时戎吴强盛，数侵边境，遣将征讨，不能擒胜。乃募天下有能得戎吴将军首者，购金千斤，封邑万户，又赐以少女。后盘瓠衔得一头，将造王阙。王诊视之，即是戎吴。“为之奈何？”群臣皆曰：“盘瓠是畜，不可官秩，又不可妻。虽有功，无施也。”少女闻之，启王曰：“大王既以我许天下矣。盘瓠衔首而来，为国除害，此天命使然，岂狗之智力哉。王者重言，伯者重信，不可以女子微躯，而负明约于天下，国之祸也。”王惧而从之，令少女从盘瓠。

盘瓠将女上南山，草木茂盛，无人行迹。于是女解去衣裳，为仆竖之结，着独力之衣，随盘瓠升山，入谷，止于石室

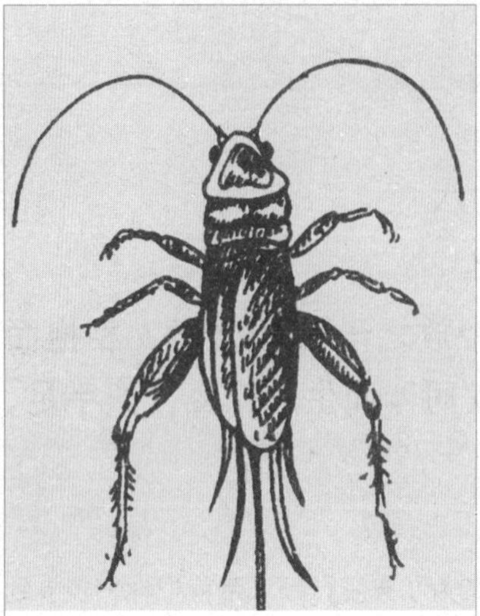

大头狗

大头狗，又名土蚱子，一种类似蟋蟀的昆虫，体长圆形，体背面黑褐色，有光泽，昼伏夜出，常栖息于杂草中。

之中。王悲思之，遣往视觅，天辄风雨，岭震，云晦，往者莫至。盖经三年，产六男六女。盘瓠死，后自相配偶，因为夫妇。织绩木皮，染以草实，好五色衣服，裁制皆有尾形。

后母归，以语王，王遣使迎诸男女，天不复雨。衣服褊裢(biǎn lián)，言语侏㒧，饮食蹲踞，好山恶都。王顺其意，赐以名山广泽，号曰蛮夷。

蛮夷者，外痴内黠，安土重旧，以其受异气于天命，故待以不常之律。田作贾贩，无关繻(xū)符传租税之赋。有邑君长，皆赐印绶。冠用獭皮，取其游食于水。今即梁、汉、巴、蜀、武陵、长沙、庐江郡夷是也。用糁(sǎn)杂鱼肉，叩槽而号，以祭盘瓠，其俗至今。故世称："赤韠(bì)，横裙，盘瓠子孙。"

[译文]

高辛氏的时候，有个老妇人住在王宫里，她的耳朵患病已经有一段时间了。医生为她进行了挑治，挑出一只硬壳虫，如同蚕茧一般大小。这老年妇女走了以后，医生把这只硬壳虫放在瓠瓢中，再用盘子把它盖住，过了不久，这只硬壳虫就变成了一条狗。这条狗身上有五彩的花纹。医生便把这条小狗命名为"盘瓠"，而且饲养了它。

当时戎吴部落势力非常强大，屡次侵犯边境地区，君王便派将军去讨伐戎吴，但是一直不能擒获取胜。于是他招募天下能取得戎吴将军首级的人，悬赏给他一千斤黄金，分封给他一万户城邑，还把国王的小女儿赏赐给他做妻子。后来盘瓠衔回来一个人头，把他叼到王宫门外。国王仔细察看后发现这正是戎吴将军的头颅。国王问各位大臣："怎么处理这件事情呢？"各位大臣都说："盘瓠是牲畜，不能让它做官，又不能给它娶妻。虽然它有功劳，也不要对它实施奖赏了。"国王的小女儿听说了这件事以后，禀告国王说："大王既然答应把我许配给天下能得到戎吴将军首级的人。现在盘瓠把首级叼回来了，为国家除掉了一大祸害，这是上天使它获得了成功，难道是狗的智慧和力量吗？称王于天下的人注重诺言，称霸于天下的人讲究信用，您不应该为了我卑微的身躯，而在天下人面前违背诺言，这是国家的灾祸啊。”国王感到害怕，所以听从了她的话，让她跟从了盘瓠。

盘瓠带着国王的女儿登上南山，山上草木生长得非常茂盛，没有人的踪影。于是，国王的女儿就脱去华美的宫廷服装，把头发梳成奴仆的发髻，身上穿上了便于干体力活的衣服，跟着盘瓠登上高山，走进深谷，最后在山上的石洞中安定居住了下来。女儿走后，国王非常悲伤，总是想念她，于是就派人前去南山察看寻找，然而，老天总是刮风下雨，山岭发生震动，云层阴暗无光，去寻找的人没有一个能到达他们居住的地方的。大约过了三年，国王的女儿生了六个男孩和六个女孩。盘瓠死了以后，六对孩子互相结成配偶，因此成了夫妻。他们用树皮纺织，用草籽的颜色来给衣服染色，喜欢穿五彩的衣服，他们裁制的衣服都有尾巴的形状。

后来他们的母亲回到了王宫，把发生的一切事情都告诉了国王，国王就派出使者去迎接那几个孩子，老天也不再下雨了。这些人穿着色彩斑斓的衣服，说起话来含混不清，吃饭喝水的时候总是喜欢蹲着，喜欢山野而讨厌都市。国王就依从了他们的意愿，赐给他们名山大泽，把他们称为“蛮夷”。

被称作蛮夷的这种人，外痴内明，安于自己的乡土，注重以前的道德习俗，因为他们从上天那里接受了特别的气质，所以国王用不同于普通法律的方法来管理他们。无论是种地的还是经商的，出入关卡的时候都不需要交验帛制凭证与符节，也不需要向国家缴纳租税。只要是拥有城邑的君长，国王都赐给他们印信绶带。他们的帽子是用獭皮做成的，取獭在江河中寻求食物的意思。今天的梁州、汉中郡、巴郡、蜀郡、武陵郡、长沙郡、庐江郡的蛮夷，都是这样的情况。他们把米饭和鱼肉拌在一起，敲着木槽发出叫喊，来祭祀盘瓠，这种风俗一直到今天还在流传。所以现在的人还说：“那些露着大腿、系着短裙的人就是盘瓠的子孙。”

三　夫馀王

［原文］

槁离国王侍婢有娠，王欲杀之。婢曰：“有气如鸡子，从天来下，故我有娠。”后生子，捐之猪圈中，猪以喙嘘之；徙至马枥中，马复以气嘘之，故得不死。王疑以为天子也，乃令其母收畜之，名曰东明。常令牧马。东明善射，王恐其夺己国也，欲杀之。东明走，南至掩施水，以弓击水，鱼鳖浮为桥，东明

得渡。鱼鳖解散，追兵不得渡。因都王夫馀。

[译文]

槁离国国王的一个随身婢女怀孕了，国王想要处死她。婢女说："有一团像鸡蛋一样大的气体从天上掉下来，因此我就怀孕了。"后来，她生下了一个孩子，把这个小孩子扔到了猪圈里，猪用嘴巴向他呵气；又把孩子转移到马厩中，马又向孩子吁气，因此，这个孩子没死。国王却疑惑这孩子是天帝的儿子，于是就叫他母亲把他收养了，并且给他取了个名字叫"东明"。国王经常让他去放马。东明擅长射箭，国王害怕他夺走自己的江山，于是想把他杀掉。东明逃跑了，往南逃到了掩施水边，他在河边用弓拍打水面，鱼鳖便会浮出水面架成一座桥，东明得以渡过河去。他过河后鱼鳖立即就散去了，国王派来的追兵就过不了河了。于是东明就在夫馀建都称王。

九尾狐

九尾狐，我国古代传说中的一种怪兽，身上长有火红色的绒毛，善变化，能吃人，常用其婴儿哭泣声引人上钩。凡九尾狐出，预示着将要发生大乱。

四　鹄苍衔卵

[原文]

古徐国宫人娠而生卵，以为不祥，弃之水滨。有犬名鹄苍，衔卵以归。遂生儿，为徐嗣君。后鹄苍临死，生角而九尾，实黄龙也。葬之徐里中。见有狗垄（lǒng）在焉。

[译文]

古代徐国王宫里的一个宫女怀孕以后却生下一个蛋，她认为这个蛋不吉利，就把它扔在了河边。有条名叫"鹄苍"的狗，就把这个蛋叼了回去。于是这个蛋里生出了一个孩子，成为徐国嗣位的国君。后来，鹄苍临死之前，身上长出了角和九条尾巴，实际是一条黄龙。把它安葬在徐国的乡村。现在还有一座狗的坟墓在那里。

五　縠乌菟（tù）

[原文]

斗伯比父早亡，随母归在舅姑之家。后长大，乃奸妘（yún）子之

女，生子文。其妘子妻耻女不嫁而生子，乃弃于山中。妘子游猎，见虎乳一小儿，归与妻言，妻曰：“此是我女与伯比私通，生此小儿，我耻之，送于山中。”妘子乃迎归养之，配其女与伯比。楚人因呼子文为“穀乌菟”，仕至楚相也。

［译文］

斗伯比的父亲很早就去世了，他跟着母亲回到舅姑家。后来他长大了，与妘国国君的女儿私通，生下了子文。妘国国君的妻子认为女儿还没有出嫁就生了儿子是件很丢脸的事，就把子文丢在了深山里。妘国国君到野外打猎，看见一只老虎正在给一个小孩喂奶，回到家后就跟妻子讲了这件事。妻子说：“这是女儿与斗伯比私通生下的小孩，我觉得很丢人，就把他送到了山中。”妘国国君于是把他捡了回来并加以抚养，而且还把自己的女儿嫁给了斗伯比。楚国人于是把子文称为“穀乌菟”（楚国人把喂奶叫作穀，把老虎叫作乌菟），后来子文做官一直做到楚国的国相。

六　齐顷公诞生

［原文］

齐惠公之妾萧同叔子，见御有身，以其贱，不敢言也。取薪而生顷公于野，又不敢举也。有狸乳而鹯(zhān)覆之。人见而收，因名曰无野，是为顷公。

［译文］

齐惠公的小妾萧同叔子侍奉齐惠公后怀孕了，因为她的地位低贱，所以不敢说出来。她在田野里打柴时生下了顷公，又不敢抚养他。有只母狸猫来给他喂奶，鹯鹰又飞过来遮盖他。有人发现了他，就把他收养了，所以给他取名叫无野，就是后来的齐顷公。

七　袁　钌

［原文］

袁钌者，羌豪也。秦时，拘执为奴隶，后得亡去，秦人追之急迫，藏于穴中。秦人焚之，有景相如虎，来为蔽，故得不死。诸羌神之，推以为君。其后种落炽盛。

[译文]

袁钊是羌族人里的豪杰。秦朝的时候，他被外族抓住做了奴隶，后来能够逃了出去，秦国人就派人追赶他，情况十分紧急，他被迫躲在了山洞的洞穴中。秦国人烧他，有个像老虎一样的影像出来把他给遮蔽了，所以他没有被烧死。羌族内部各个部落都把他当作神灵，推举他做了国家的君主。后来，羌族各个部落势力都非常强盛。

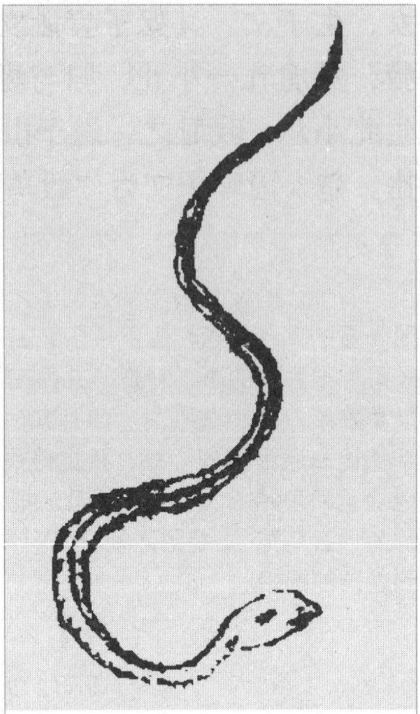

白蛇

蛇，因其形状的特异，在古人眼里，或为邪恶的化身，或为善良的使者，总的来说，人们把它看作一种灵性的生物。

八 女生灵蛇

[原文]

后汉定襄太守窦奉妻生子武，并生一蛇，奉送蛇于野中。及武长大，有海内俊名。母死将葬，未窆，宾客聚集。有大蛇从林草中出，径来棺下，委地俯仰，以头击棺，血涕并流，状若哀恸，有顷而去。时人知为窦氏之祥。

[译文]

后汉时期，定襄太守窦奉的妻子生下了儿子窦武，同时她也生下了一条蛇，窦奉就把蛇送回了田野中。窦武长大成人以后，俊美的名声享誉国内。他母亲去世了，将要下葬，棺材还没有放到墓穴，来出席葬礼的宾客们都聚集在一起。有条大蛇从树林的草丛中爬出来，径直爬到棺材底下，这条蛇盘在地上不停地来回低头抬头，不断用头敲击棺材，鲜血眼泪一起流了下来，样子非常哀痛，过了一会儿才离开。当时在场的人知道这是窦家的吉兆。

九 巨卵生子

[原文]

晋怀帝永嘉中，有韩媪(ǎo)者，于野中见巨卵，持归育之，得婴儿，字曰撅儿。方四岁，刘渊筑平阳城，不就，募能城者。

撅儿应募。因变为蛇，令媪遗灰志其后，谓媪曰：“凭灰筑城，城可立就。”竟如所言。渊怪之，遂投入山穴间，露尾数寸，使者斩之，忽有泉出穴中，汇为池，因名金龙池。

[译文]

晋怀帝永嘉年间（公元 307 年—313 年），有位姓韩的老妇人，在原野中看到了一个体积很大的蛋，她就把它拿回家孵化，孵出了一个婴儿，老妇人给这个婴儿取了个名字叫撅儿。在撅儿刚四岁的时候，刘渊由于修筑平阳城总是不成功，所以就四处招募能筑城的能人。撅儿也去应募。他就变成了蛇，让韩老妇人跟在他的身后往地面上撒上一些灰作为标记，他对老妇人说：“根据灰的痕迹筑城，城可以很快筑成。”结果，就像他所说的那样，城果真筑成了。刘渊觉得这条蛇很怪异，就把它丢进了山洞中，蛇的尾巴还在洞口露出几寸长，派去的使者便把蛇的尾巴斩断了，忽然间有股泉水从山洞中流了出来了，在洞外汇聚成一个水池，人们就给这个水池起名为金龙池。

十 羽衣人

[原文]

元帝永昌中，暨阳人任谷，因耕，息于树下。忽有一人着羽衣就淫之，既而不知所在，谷遂有妊。积月，将产，羽衣人复来，以刀穿其阴下，出一蛇子，便去。谷遂成宦者，诣阙自陈，留于宫中。

[译文]

晋元帝永昌年间（公元 322 年—323 年），暨阳县有个叫任谷的人，因为干活累了就在树下休息了一会。忽然间有一个人穿着用羽毛编织成的衣服，走过来把他奸污了，等他醒来之后，却又不知道这人到哪去了，任谷于是就怀孕了。过了几个月，任谷即将分娩的时候，那个穿羽毛衣服的人又来了，他用刀穿破了任谷的下阴，从里面取出一条小蛇就走了。于是任谷就变成了不能生育的阉人，他到宫中陈述了自己的这种情况，后来就被留在了宫里。

十一 马女化蚕

[原文]

旧说太古之时，有大人远征，家无余人，唯有一女。牡马

马

桑蚕为马所化，确是一件怪事。古时人类离不开马与蚕，它们对于古人都有非常重要的意义，古人也乐意把它们之间串连成一个美丽的故事，作为永久的纪念。

一匹，女亲养之。穷居幽处，思念其父，乃戏马曰：“尔能为我迎得父还，吾将嫁汝。”

马既承此言，乃绝缰而去，径至父所。父见马，惊喜，因取而乘之。马望所自来，悲鸣不已。父曰：“此马无事如此，我家得无有故乎？”亟(jí)乘以归。为畜生有非常之情，故厚加刍养。马不肯食。每见女出入，辄喜怒奋击。如此非一。

父怪之，密以问女，女具以告父，必为是故。父曰：“勿言，恐辱家门，且莫出入。”于是伏弩射杀之，暴皮于庭。

父行，女以邻女于皮所戏，以足蹙之曰：“汝是畜生，而欲取人为妇耶？招此屠剥，如何自苦？”言未及竟，马皮蹷(jué)然而起，卷女以行。邻女忙怕，不敢救之。走告其父。

父还求索，已出失之。后经数日，得于大树枝间，女及马皮，尽化为蚕，而绩于树上。其茧纶理厚大，异于常蚕。邻妇取而养之，其收数倍。因名其树曰桑。桑者，丧也。由斯百姓竞种之，今世所养是也。言桑蚕者，是古蚕之余类也。

案《天官》，辰为马星。《蚕书》曰：“月当大火，则浴其种。”是蚕与马同气也。《周礼》校人职掌“禁原蚕者”，注云：“物莫能两大，禁原蚕者，为其伤马也。”汉礼，皇后亲采桑，祀蚕神曰：“菀窳(wǎn yǔ)妇人，寓氏公主。”公主者，女之尊称也；菀窳妇人，先蚕者也。故今世或谓蚕为女儿者，是古之遗言也。

［译文］

传说在远古时代，有一位大人将要出门远征，家里没有其他的人了，只有一个女儿。有一匹雄马，女儿亲自饲养。女儿居住在十分偏僻闭塞的地方，非常想念她的父亲，就和她家的马开玩笑说："你如果能给我把父亲接回家来，我就嫁给你。"

马听了这话以后，就挣断了缰绳跑出家门，径直跑到她父亲那里。她的父亲看见了自己家的马又惊又喜，便牵过来骑了上去。马抬头望着它来时的方向，不停地发出悲哀地嘶叫。父亲说："这匹马无缘无故就这样，我家里是否发生了什么事呢？"于是，他赶紧骑着马回了家。因为这匹马与主人有着非同寻常的感情，所以主人用优厚的饲料饲养它。马却迟迟不肯吃料，每次看见他家的女儿进出，总是似喜似怒地踢蹄奋起。像这样的情况出现了不止一次。

父亲对这种情况感到非常奇怪，就悄悄地向女儿询问，女儿就把与马开玩笑的事全部告诉了父亲，他认为一定是因为这个缘故马才出现这样异常的举动。她父亲说："不要把这件事说出去，我怕它会玷污了我们家的名声，此外，你也别再进进出出了。"于是，父亲就埋伏在暗处用弓箭把马射死了，并且把马皮剥下来晒在院子中。

父亲走了以后，女儿和邻居家的姑娘在晾晒马皮的地方一起玩耍，女儿用脚踢着马皮说："你是畜生，还想娶人做媳妇吗？结果招来了被屠杀剥皮的祸患，你为什么要自讨苦吃呢？"话还没有说完，那马皮突然直立起来，把女儿卷起来飞走了。邻居家的姑娘又着急又害怕，也不敢去救她，就跑去把这件事告诉了她的父亲。

她的父亲回来以后到处寻找自己的女儿，女儿已经飞出去消失得无影无踪了。过了几天以后，父亲在一棵大树的树枝中找到了，女儿和马皮都变成了蚕，在树上吐丝作茧。那蚕茧丝毫不乱，而且又厚又大，与通常的蚕茧不同。邻居妇女取这种蚕加以饲养，收到的蚕茧多了好几倍。因此人们把那棵树称为桑。桑，就是丧。即悼念死者的意思。从此以后，百姓就争着种植桑树，现在用来养蚕的树就是这种树。平常人们所说的桑蚕，是古蚕中残留下来的一个种类。

根据《天官》里面的说法，辰对应的是马星。《蚕书》上说："与大火对应的那个月（指二月），是将要浴蚕选种的月份。"这样看来，蚕和马具有同样的元气。《周礼》规定，校人（应作"马质"）这一职务主管"禁止再次浴蚕选种"，注说："所有的事物不能同时为大，不让大家再次浴蚕选种，是怕它伤害了马。"依照汉代的礼仪，皇后亲自去田里采桑，在祭祀蚕神时说："菀窳妇人，寓氏公主。"公主，是人们对那个女儿的尊称；菀窳妇人，是第一个教老百姓养蚕的人。所以现在社会上有人把蚕称为女儿，是古代遗留下来的说法。

十二 嫦娥窃药升天

嫦娥奔月

嫦娥本为后羿之妻，王母娘娘送后羿一包长生不老药，服下之后就会成仙，他交给妻子保存着，孰料却被嫦娥偷偷服下，成仙飞升离他而去。

[原文]

羿请无死之药于西王母，嫦娥窃之以奔月。将往，枚筮之于有黄。有黄占之曰："吉。翩翩归妹，独将西行。逢天晦芒，毋恐毋惊，后且大昌。"嫦娥遂托身于月，是为蟾蠩（chánchú）。

[译文]

羿向西王母请求要长生不死之药，嫦娥偷吃了这药飞奔到月亮上。在她即将动身的时候，她到巫婆有黄那里占卜。有黄给她占了一卦说："吉兆。行动轻快的归妹，独自一个人向西奔去。正好赶上空中阴暗无光，请你不要害怕不要惊慌，以后的日子将会无限兴旺。"嫦娥于是托身于月亮，这就是月亮上的蟾蜍。

十三 帝女化怪草

[原文]

舌埵（duǒ）山帝之女死，化为怪草，其叶郁茂，其华黄色，其实如兔丝。故服怪草者，恒媚于人焉。

[译文]

舌埵山帝的女儿死了，变成了怪草，它的叶子长得非常茂盛，它的花是黄色的，它的果实像兔丝。因此，吃过这种怪草的人，往往比别人漂亮妩媚。

十四 兰岩双鹤

[原文]

（荥（xíng））阳县南百余里，有兰岩山，峭拔千丈。常有双鹤，素羽皦（jiǎo）然，日夕偶影翔集。相传云："昔有夫妇，隐此山数百年，化为双鹤，不绝往来。忽一旦，一鹤为人所害，其一鹤岁常哀

鸣。至今响动岩谷，莫知其年岁也。”

［译文］

距离荥阳县南一百多里的地方，有一座兰岩山，山势峻峭挺拔，高达千丈。那山上曾经住着一对白鹤，白色的羽毛清净明亮，它们或者一起飞翔，或者一起栖息，日日夜夜总是形影不离。人们互相传颂说：“从前有一对夫妻，在这座山中隐居了几百年，后来俩人变成了一对白鹤，在这座山上来往不断的飞行。忽然有一天，其中一只鹤被人杀害了，剩下的那一只鹤一年到头经常哀鸣。直到今天，那只鹤鸣叫的回声还在山谷中震动，没有人知道它到底鸣叫了多少年。”

十五 毛衣女

［原文］

豫章新喻县男子，见田中有六七女，皆衣毛衣。不知是鸟，匍匐往，得其一女所解毛衣，取藏之，即往就诸鸟。诸鸟各飞去，一鸟独不得去。男子取以为妇，生三女。其母后使女问父，知衣在积稻下，得之，衣而飞去。后复以迎三女，女亦得飞去。

［译文］

豫章郡新喻县有个男子，看见田间有六七个女子，她们都穿着羽毛做成的衣服。这个男子不知道她们是鸟，就偷偷地爬上前去，拿到了其中一个女子脱下来的羽毛衣服，取来后把它收藏了起来，接着他就向那几只变成了女子的鸟靠近。那几只鸟各自飞跑了，只有一只鸟不能飞走。这男子就娶了她做妻子，一共生了三个女儿。她们的母亲后来就让女儿去询问父亲，知道那件羽衣藏在家里的稻垛下，她找到衣服，穿上就飞走了。后来她又回来迎接她的三个女儿，女儿们也都跟着她飞走了。

十六 母化鼋(yuán)

［原文］

汉灵帝时，江夏黄氏之母浴盘水中，久而不起，变为鼋矣。婢惊走告。比家人来，鼋转入深渊。其后时时出见。初，浴，簪一银钗，犹在其首。于是黄氏累世不敢食鼋肉。

［译文］

汉灵帝的时候（公元 168 年—189 年），江夏郡黄氏的母亲在浴盆中洗澡，洗

了很长时间也没有从盆中起来，变成了一只鳖。婢女们惊慌地奔走相告。等到家里人赶来的时候，那只鳖已经转入了深水潭。后来它还经常出现。当初，她洗澡时插在头上一根银钗，到现在那根银钗还戴在它的头上。从那以后，黄氏几代人都不敢吃鳖肉。

十七 母化鳖

[原文]

魏黄初中，清河宋士宗母，夏天于浴室里浴，遣家中大小悉出，独在室中良久。家人不解其意，于壁穿中窥之。不见人体，见盆水中有一大鳖。遂开户，大小悉入，了不与人相承。尝先着银钗，犹在头上。相与守之啼泣，无可奈何。意欲求去，永不可留。视之积日，转懈。自捉出户外。其去甚驶，逐之不及，遂便入水。后数日，忽还，巡行宅舍如平生，了无所言而去。时人谓士宗应行丧治服，士宗以母形虽变，而生理尚存，竟不治丧。此与江夏黄母相似。

[译文]

曹魏黄初年间（公元220年—226年），清河宋士宗的母亲，夏天在浴室中洗澡，她把家里的大人小孩全都打发出门，独自一个人在屋里待了很长时间。家里的人不明白她的意思，就从墙洞偷偷地向里面看她。看不见她的身体，只见浴盆的洗澡水中有一只大鳖。于是，大家就打开了浴室的门，全家老小全涌了进去，然而那只大鳖与人完全不能沟通。她先前戴到头上的银钗，还戴在头上。家里的人都守护在她的周围痛哭流泪，但是，对她一点办法也没有。大鳖想要离去，永远不留在这儿了。大家对她看护了好几天，就逐渐放松警惕了。她自己突然爬出门外。她离开得非常快，家里的人追不上它，于是，她就跳进河里去了。过了几天，她忽然又回来了，还像平时那样把家里的房屋巡视了一番，一句话也没说就走了。当时的人都说宋士宗应该为她发丧服孝，宋士宗认为母亲的形貌虽然变了，可是她的生命还存在，因此没有为她办理丧事。这件事情与江夏郡黄氏的母亲发生的情况是相似的。

十八 宣骞（qiān）母化鼋

[原文]

吴孙皓宝鼎元年六月晦，丹阳宣骞母，年八十矣，亦因洗

浴化为鼋，其状如黄氏。骞兄弟四人，闭户卫之，掘堂上作大坎，泻水其中。鼋入坎游戏，一二日间，恒延颈外望。伺户小开，便轮转自跃入于深渊。遂不复还。

鼋

鼋，俗称癞头鼋，外形似鳖，短尾，背甲暗绿色，主要生活我国南方的淡水河湖中。

[译文]

吴国孙皓宝鼎元年（公元266年）六月末，丹阳郡宣骞的母亲已经八十岁高龄了，也是因为洗澡而变成了鳖，她的情况和黄氏母亲的相似。宣骞兄弟四人把门关上一直守卫着她，还在厅堂里挖了一个大坑，往里面倒满水。这只鳖爬进水坑中玩耍，在刚开始那一两天的时间里，它常常伸着脖子向外四处探望。等到屋门稍微开了一点的时候，它便转着圈跳了出去，进入了深水潭。后来再也没有回来。

十九 怪老头

[原文]

汉献帝建安中，东郡民家有怪。无故瓮器自发，訇（hōng）訇作声，若有人击。盘案在前，忽然便失，鸡生子，辄失去。如是数岁，人甚恶之。乃多作美食，覆盖，着一室中，阴藏户间窥伺之。果复重来，发声如前。闻便闭户，周旋室中，了无所见。乃暗以杖挝之。良久，于室隅间有所中，便闻呻吟之声，曰："唷（yō）！唷！宜死。"开户视之，得一老翁，可百余岁，言语了不相当，貌状颇类于兽。遂行推问，乃于数里外得其家，云："失来十余年。"得之哀喜。后岁余，复失之。闻陈留界复有怪如此，时人咸以为此翁。

[译文]

西汉汉献帝建安年间（公元196年—220年），东郡境内一户老百姓家发生了一件奇怪的事情。家里的一只瓮会无缘无故地自己产生震动，并且发出铿铿的声音，好像有人在敲击它。盘子和案桌本来在这只瓮前面，忽然之间便消失了，鸡下了蛋，蛋也总是丢失。像这样的情况已经有好几年了，家里人十分讨厌这些事情。于是就做了很多美味的食物，把这些食物遮盖好，放在一个房间里，便悄悄得藏在门背后偷看。那怪物果然又来了，还是发出像过去那样的声音。这藏在门背后的人一听见这声音就立刻关上了门，但这人在房间里徘徊了好半天，也没看见什么东西。于是这人就用棍子在暗处到处乱敲乱打。过了很长一段时间，才在墙角边打着了什么东西，接着耳边便传来呻吟的声音："唉哟，哎哟，该死。"打开门一看，却发现一个老头，看上去大概有一百多岁，但是说起话来与他的年龄却一点儿也不相称，容貌形状很像野兽。于是这个人就出去到处打听查询这个老头的消息，在几里以外的地方找到了他的家，他家里的人说："他已经从家里走散了十多年了。"家里找到了他既悲哀又高兴。过了一年多，家中人又找不到他了。听说陈留郡的边界上又出现了一个这样的怪物，当时的人都认为就是这个老头。

卷十五

一 王道平

[原文]

秦始皇时，有王道平，长安人也。少时与同村人唐叔偕女（小名父喻，容色俱美）誓为夫妇。寻王道平被差征伐，落堕南国，九年不归。父母见女长成，即聘与刘祥为妻，女与道平，言誓甚重，不肯改事。父母逼迫不免，出嫁刘祥。经三年，忽忽不乐，常思道平，忿怨之深，悒悒而死。

死经三年，平还家，乃诘邻人："此女安在？"邻人云："此女意在于君，被父母凌逼，嫁与刘祥，今已死矣。"平问："墓在何处？"邻人引往墓所，平悲号哽咽，三呼女名，绕墓悲苦，不能自止。平乃祝曰："我与汝立誓天地，保其终身。岂料官有牵缠，致令乖隔，使汝父母与刘祥。既不契于初心，生死永诀。然汝有灵圣，使我见汝生平之面。若无神灵，从兹而别。"言讫，又复哀泣。

逡巡，其女魂自墓出，问平："何处而来？良久契阔。与君誓为夫妇，以结终身。父母强逼，乃出聘刘祥。已经三年，日夕忆君，结恨致死，乖隔幽途。然念君宿念不忘，再求相慰，妾身未损，可以再生，还为夫妇。且速开冢破棺，出我即活。"平审言，乃启墓门，扪(mén)看其女，果活。乃结束随平还家。

其夫刘祥闻之惊怪，申诉于州县。检律断之，无条，乃录状奏王。王断归道平为妻。寿一百三十岁。实谓精诚贯于天地，而获感应如此。

[译文]

秦始皇的时候，有个叫王道平的人，他是长安人。少年时期，他和本村唐叔偕的女儿（唐叔偕的女儿小名叫父喻，容颜和姿色都很美丽。）立誓要结为夫妻。不久，王道平被征招入伍前去打仗，后来流落在南方，九年都不能回家。父喻的父母看到女儿已经长大成人，就把她许配给刘祥做妻子，但是，女儿因为与王道平订婚时发下的誓言非常重，所以不肯改嫁给刘祥。父母强迫她，她没法躲避，无奈之下就嫁给了刘祥。过了三年，父喻整天闷闷不乐，经常思念王道平，非常悲愤幽怨，最终忧郁地死掉了。

父喻死了三年之后，王道平回到了家中，他就问邻居："父喻这位姑娘现在在哪里？"邻居说："这姑娘的心全在您身上，无奈她父母逼迫，只好嫁给了刘祥，现在早已经死了。"王道平问："她的坟墓在哪儿？"邻居便把王道平带到了她的墓地，王道平失声痛哭，不断地呼唤着姑娘的名字，围绕着坟墓悲痛万分，无法控制自己的情绪。王道平对她说："我和你早已经向天地发誓，两个人要相互厮守一辈子。哪里想到会被国家的事拖累，以至于我们分离两地，让你的父母把你嫁给了刘祥。这样做，既不符合你我当初的心意，又使我们生死永别了。你如果有神灵的话，就让我再看一下你生前的容貌。如果你没有神灵的话，我们从此就生死永别了。"说完，便又悲伤地抽泣。

不一会儿，姑娘的魂魄从坟墓中出来，向道平问道："你从哪儿来？我们俩已经分别很久了。我曾和你立誓结成夫妻，共同生活一辈子。我父母强迫我，我才嫁给了刘祥。已经过去了三年，我日夜想念您，以至于怨愤太深郁结而死，冥间把我们隔开了。不过感念您仍然不忘旧时的情分，再次过来求我安慰您，所以我要告诉您，我的身体并没有损坏，我可以重新活过来，再和您做夫妻。要赶快挖开我的坟墓，把棺材撬开，放我出来，我就能活了。"王道平仔细琢磨了她的话后，就挖开坟墓，打开棺盖，抚摸观察那姑娘，她果然活过来了。于是装束打扮一番后就跟着王道平回到了家中。

她的丈夫刘祥，听见了这件事以后感到非常惊讶，便向州县衙门控诉。州县官员是根据法律来断案的，但是他发现法律中却没有相应的条文，便把这个情况写下来上奏给皇上。皇上就把父喻判给王道平做妻子。最后王道平活到一百三十岁。这实在是真心诚意感动了天地，才获得了这样的感应。

二 女死苏生

[原文]

晋武帝世，河间郡有男女私悦，许相配适。寻而男从军，积年不归，女家更欲适之，女不愿行，父母逼之，不得已而去，寻病死。其男戍还，问女所在，其家具说之。乃至冢，欲哭之叙哀，而不胜其情。遂发冢，开棺，女即苏活，因负还家。将养数日，平复如初。后夫闻，乃往求之。其人不还，曰："卿妇已死，天下岂闻死人可复活耶？此天赐我，非卿妇也。"于是相

讼。郡县不能决，以谳（yàn）廷尉。秘书郎王导奏：“精诚之至，感于天地，故死而更生，此非常事，不得以常礼断之。请还开冢者。”朝廷从其议。

[译文]

晋惠帝（“晋武帝”当作“晋惠帝”）年间（公元290年—306年），河间郡有一对青年男女私下里相爱，彼此相约以后结为夫妻。不久，男的去服兵役了，好几年都没回家，女孩的父母想让女儿出嫁，但是女儿不肯，她的父母亲就强迫她答应，她没有办法只好顺从父母的意思嫁走了，嫁过去不久就病死了。这个男人服兵役回来以后，问别人这姑娘现在哪儿，他的家人就把事情的经过全部告诉了他。于是他来到这个姑娘的坟墓旁，想对着她痛哭一场来倾泻自己内心的悲哀，但是还是表达不尽对她的情思。于是，他就挖开坟墓，撬开棺材，没想到这姑娘马上复活了，于是他便把她背回了家。把她调养了几天以后，这姑娘又恢复成过去的样子了。她后来改嫁的丈夫听说她复活了以后，就去他家要求姑娘跟自己回家。那个男人不肯把姑娘还给他，对他说：“您的妻子已经死了，天底下哪里有死人可以复活的事情呢？这是老天赏赐给我的，她并不是您的妻子。”于是，两个人打起了官司。郡、县两级官吏都没有办法判决这个案子，就把这场官司移交给朝廷的最高法官廷尉审理。秘书郎王导上奏说：“因为这个男子精诚到了极点，所以才感动了天地，这姑娘才死而复活，这不是一件寻常的事情，不能用通常的礼法来断这个案子。我请求把这个姑娘判给那个掘开她坟墓的男子。”朝廷听从了王导的判决意见。

三　男女亡后结合

[原文]

汉献帝建安中，南阳贾偊（yǔ），字文合，得病而亡。时有吏，将诣太山，司命阅簿，谓吏曰：“当召某郡文合，何以召此人？可速遣之。”

时日暮，遂至郭外树下宿。见一年少女独行，文合问曰：“子类衣冠，何乃徒步？姓字为谁？”女曰：“某，三河人，父见为弋阳令。昨被召来，今却得还。遇日暮，惧获瓜田李下之讥。望君之容，必是贤者，是以停留，依凭左右。”文合曰：“悦子之心，愿交欢于今夕。”女曰：“闻之诸姑，女子以贞专为德，洁白为称。”文合反复与言，终无动志。天明各去。

文合卒已再宿，停丧将殓，视其面有色，扪心下稍温，少

顷却苏。后文合欲验其实，遂至弋阳，修刺谒令，因问曰："君女宁卒而却苏耶？"具说女子姿质服色，言语相反复本末。令入问女，所言皆同。乃大惊叹。竟以此女配文合焉。

[译文]

汉献帝建安年间（公元196年—220年），南阳郡有个叫贾偊的人，字文合，得病以后死了。当时，阴间有一个小吏把他带到了泰山，审判官查阅了生死簿，对这个小吏说："应该招来某某郡的文合，为什么招来的是这个人？赶快把他送回阳间去！"

这个时候天已经黑了，于是贾文合就来到城外的树下，准备在这里过夜。这时他看见一个年轻的女子独自向行走，贾文合就问她："您像是大户人家的姑娘，为什么还得步行赶路？您姓什么？名字叫什么？"姑娘回答说："我是三河人氏，父亲是现任弋阳县令。昨天我被招来，今天却能够重新回去。现在碰巧天黑，害怕自己遭到瓜田李下的嫌疑。从您的容貌举止来看，你一定是个贤能的人，因此在这个地方停留下来，想依靠在您旁边。"贾文合说："我很高兴您这样想，希望今晚跟您结为夫妻。"姑娘说："我曾经听姑姑们说过，女子应该把忠贞专一当作一种美德，把洁身自好当作一种荣誉。"贾文合反复地跟她说话，但是她始终没有动摇自己的决心。天亮以后，两个人便各自离去。

贾文合已经死了两夜了，停丧就要殓尸了，这时，家里的人却发现他的脸上有了血色，摸摸他的心口，也稍微有点温热，过了一会儿他却苏醒过来了。后来，贾文合想要验证一下他昨晚遇到的事情是否是真的，于是就来到弋阳县，写下名帖拜见了当地的县令，他向县令问道："您的女儿果真是死了又苏醒了吗？"他还对县令详细地叙述了那姑娘的容貌品德、衣着打扮以及他们谈话的反复始末。县令走进女儿的闺房询问女儿，女儿说的话与贾文合说的完全一样。县令对这件事情感到大为惊叹，最后把这个女儿许配给贾文合做了妻子。

四　李娥复生

[原文]

汉建安四年二月，武陵充县妇人李娥，年六十岁，病卒，埋于城外，已十四日。娥比舍有蔡仲，闻娥富，谓殡当有金宝，乃盗发冢求金。以斧剖棺，斧数下，娥于棺中言曰："蔡仲！汝护我头。"仲惊遽，便出走，会为县吏所见，遂收治。依法，当弃市。娥儿闻母活，来迎出，将娥回去。

武陵太守闻娥死复生，召见，问事状。娥对曰："闻谬为司

命所召，到时，得遣出，过西门外，适见外兄刘伯文，惊相劳问，涕泣悲哀。娥语曰：‘伯文！我一日误为所召，今得遣归，既不知道，不能独行，为我得一伴否？又我见召，在此已十余日，形体又为家人所葬埋，归当那得自出？’伯文曰：‘当为问之。’即遣门卒与户曹相问：‘司命一日误召武陵女子李娥，今得遣还，娥在此积日，尸丧，又当殡(bìn)殓，当作何等得出？又女弱，独行，岂当有伴耶？是吾外妹，幸为便安之。’答曰：‘今武陵西界，有男子李黑，亦得遣还，便可为伴。兼敕黑过娥比舍蔡仲，发出娥也。’于是娥遂得出。与伯文别，伯文曰：‘书一封，以与儿佗。’娥遂与黑俱归。事状如此。”太守闻之，慨然叹曰：“天下事真不可知也。”乃表，以为：“蔡仲虽发冢，为鬼神所使，虽欲无发，势不得已，宜加宽宥(yòu)。”诏书报可。

太守欲验语虚实，即遣马吏于西界，推问李黑，得之，与黑语协。乃致伯文书与佗，佗识其纸，乃是父亡时送箱中文书也。表文字犹在也，而书不可晓。乃请费长房读之，曰：“告佗，我当从府君出案行部，当以八月八日日中时，武陵城南沟水畔顿。汝是时必往。”

到期，悉将大小于城南待之。须臾果至，但闻人马隐隐之声，诣沟水，便闻有呼声曰：“佗来！汝得我所寄李娥书不耶？”曰：“即得之，故来至此。”伯文以次呼家中大小，问之，悲伤断绝，曰：“死生异路，不能数得汝消息，吾亡后，儿孙乃尔许大！”良久，谓

费长房

费长房，东汉有名的方士，传说从壶公入山学仙，未成便回来了，能医治重病，鞭笞百鬼，一日之间，可行千里之外，人称有缩地术。

佗曰："来春大病，与此一丸药，以涂门户，则辟来年妖疠矣。"言讫，忽去，竟不得见其形。

至来春，武陵果大病，白日皆见鬼，唯伯文之家，鬼不敢向。费长房视药丸，曰："此方相脑也。"

[译文]

汉献帝建安四年（公元 199 年）二月，武陵郡充县的妇女李娥，年纪六十岁，病死了，埋在城外，已经十四天了。李娥的隔壁邻居中有个叫蔡仲的人，听说李娥生前非常有钱，就以为她的棺材中肯定有金银珠宝做陪葬品，于是就偷偷地挖开她的坟墓，想盗取棺材中的金银珠宝。他用斧子劈那口棺材，才劈了几下，就听见李娥在棺材中说道："蔡仲，你可要保护好我的头。"蔡仲吓得惊慌失措，连忙逃跑了，他正好被县衙的官吏看见了，于是蔡仲就被衙门逮捕审讯。按照法律，蔡仲理应被处死示众。李娥的儿子听说自己的母亲活过来了，就来把母亲从棺材接出，搀着李娥回家去了。

武陵太守听说李娥死而复生的事情，便召见了李娥，向她询问事情发生的经过以及当时的情形。李娥回答说："听说我是被那掌管生死的判官误召去的，因此一到阴间就被放了出来，经过西门外的时候，碰巧遇见我的表兄刘伯文，我们惊讶地互相慰问对方，一时间痛哭流涕，感到非常悲哀。我对他说：'伯文，我那天被判官误召到这里，今天才把我放回，但是我既不认识来时的路，又不能独自行走，你能为我找个伴吗？此外，我自从被招来以后，在这里已经待了十多天了，身体又被家里的人埋葬了，回家时我应该从什么地方才能让自己走出坟墓？'伯文说：'我为你问一下。'他立刻派了个守门的士兵去问户曹：'判官那一天把武陵郡的妇女李娥误召来了，今天得以遣回，李娥在这里已经待了有好几天了，尸体应当被入棺埋葬了，应该怎样才能让她走出棺材？此外，这个妇女身体非常虚弱，一个人难以独自行走，应该有同伴吧？她是我的表妹，希望您行个方便安排她。'户曹回答说：'现在武陵郡西面边境上有个叫李黑的男子，也被放回阳间，可以让他和李娥做伴。同时，再让李黑去拜访李娥的邻居蔡仲，让他去挖开李娥的坟墓让她走出棺材。'这样我就出来了。与伯文告别，伯文说：'我这儿有封信，请你捎给我的儿子刘佗。'接着，我就和李黑就一起回来了。事情的大体经过就是这样。"太守听了李娥这一番话，感慨地叹息道："天下的事情真是不能理解。"他就向朝廷上表陈述了这件事情，他认为："蔡仲虽然挖了李娥的坟，但是这事却是鬼神让他干的，他即使不想挖，当时的情势也迫使他不得不这样做，应该加以宽容饶恕。"皇帝给诏书批复说可以。

太守想验证一下李娥说的话是否是真的，就派骑兵到武陵郡西面边境上去询问李黑，果然在那里找到了他，他与李娥所说的情况完全相同。于是把刘伯文的信交给了他的儿子刘佗，刘佗认识那个信纸，这是父亲埋葬时陪葬箱中的公文纸。纸上的文字还在，但却不能理解文字的意思。于是就请费长房来阅读这封信，信是这样写的："告诉佗儿，我要跟随泰山府君出外巡视，应该于八月八日中午时分，在武凌城南护城河边稍微停留一下。你那个时候一定得去。"

到了约定的日期，刘佗带了全家老小在城南等待父亲。过了一会儿刘伯文果然来了，只听见人马隐隐约约的声音，来到沟水边，便听见有人喊道："刘佗，你过来！你收到我让李娥捎给你的信了吗？"刘佗说："已经收到了，所以我才来到这里。"伯文又依次呼唤着全家老小的名字，挨个询问他们的情况，他们当时真是悲痛欲绝，他说："生死是完全不同的两条道路，不能经常听到你们的消息，我死了以后，儿孙们竟长得这么大了。"过了很长时间，他又对刘佗说："明年春天会流行一场大病，给你这一个丸药，把它涂在我们家的家门上，就可以躲避明年将要流行的怪病了。"说完这些话，忽然就走了，刘佗一直没有看见他的形体。

到第二年春天，武陵郡果然流行大病，白天都可以见到鬼的影子，只有刘伯文的家，鬼不敢去。费长房看了看那个药丸后说："这个是驱疫避邪之神——方相的脑髓啊。"

五　史姁(xǔ)神通

[原文]

汉陈留考城史姁，字威明，年少时，尝病，临死，谓母曰："我死，当复生。埋我，竹杖柱于瘗(yì)上，若杖折，掘出我。"及死，埋之，柱如其言。七日，往视，杖果折。即掘出之，已活。走至井上浴，平复如故。

后与邻船至下邳卖锄，不时售，云欲归。人不信之，曰："何有千里暂得归耶？"答曰："一宿便还。"即书取报，以为验实。一宿便还，果得报。考城令江夏鄳贾和姊病在乡里，欲急知消息，请往省之。路遥三千，再宿还报。

[译文]

汉代陈留郡考城县有一个叫史姁的人，字威明，年轻的时候，曾经得过一场大病，临死的时候，他对他母亲说："我死了以后会再复活过来。你埋葬我的时候，请在我的坟上竖起一根竹竿，等到竹竿折断了的时候，你们就把我挖出来。"等到他死了以后，母亲就埋葬了他，遵照他的话在他的坟上竖起了一根竹竿。第七天，母亲前去他的坟前察看，竹竿果然折断了。立即把他挖了出来，他复活了。跑到井边，洗了个澡，就恢复得像过去一样了。

后来他搭乘邻居的船到下邳县去卖锄头，锄头还没有按时卖完，就说要回家。

人们不相信他的话，说：“哪有千里迢迢赶来一下子就能回家的呢？”他却答道：“我在家住一夜便回来。”邻居就给家里写了封信，要他把回信捎来，以此作为验证。过了一夜他就回来了，果然带来了众人的回信。考城县的县令江夏鄳县人贾和的姐姐在家乡得了病，他急着想知道姐姐的病情，于是请史妠前去看望她。考城县到江夏郡县有远达三千里的路程，他过了两夜就回来了，向贾和汇报了姐姐的病情。

六　贺瑀(yǔ)得剑

[原文]

会稽贺瑀，字彦琚，曾得疾，不知人，惟心下温，死三日，复苏。云：“吏人将上天，见官府，入曲房，房中有层架，其上层有印，中层有剑，使瑀惟意所取。而短不及上层，取剑以出门。吏问何得，云得剑。曰：‘恨不得印，可策百神，剑惟得使社公耳。’”疾愈，果有鬼来，称社公。

[译文]

会稽郡有个名叫贺瑀的人，字彦琚，曾经染上过疾病，他神志不清不认识人了，只有心口还有点余温，死过去三天，却又复活了。他说：“阴间地府的差役把我带到了天上，我看见那儿有一座官府，走进那深邃幽静的密室，看到房中摆着许多层架子，架子的上层放着印，中层放着剑，他让我随便拿一件东西。但是我个子比较矮，手够不着架子的上层，就挑了把剑拿出了门。差役问我拿了什么，我说拿了剑。差役说：‘很遗憾你没有拿印，印可以指挥天上的百神，而剑只能指使地上的土地神罢了。’”贺瑀的病痊愈后，果然有自称是土地神的鬼魅来见他。

七　戴洋死而复苏

[原文]

戴洋，字国流，吴兴长城人。年十二，病死，五日而苏，说：“死时，天使其酒藏吏，授符箓(lù)，给吏从幡麾，将上蓬莱、昆仑、积石、太室、庐、衡等山，既而遣归。”妙解占候，知吴将亡，托病不仕，还乡里。行至濑乡，经老子祠，皆是洋昔死时所见使处，但不复见昔物耳。因问守藏应凤曰：“去二十余年，

尝有人乘马东行，经老君祠而不下马，未达桥，坠马死者否？”凤言有之。所问之事，多与洋同。

张悌

张悌，字巨先，襄阳人，少有名理，曾效力于吴国，官至丞相。晋伐吴，张悌率众三万渡江逆之，所领奋勇死战，无去意。军败，阵亡。

[译文]

戴洋，字国流，是吴兴郡长城县人。十二岁的时候，他得病死了，过了五天又复活过来了，并说：“我死去的时候，天帝让我做了酒藏吏，并且授给我符箓，派给我随从和旗帜，就要登上蓬莱山、昆仑山、积石山、太室山、庐山、衡山等大山，没过多久却又把我打发回来了。”戴洋擅长根据天象的变化来预测事件的吉凶，他知道吴国就要灭亡了，便推托自己有病而辞了官，回到他的故乡去了。走到濑乡，经过老子的祠庙的时候，他发现这都是他以前死去的时候所出使的地方，只是现在已经看不到过去的东西罢了。于是他就问守藏史应凤说：“二十多年前，曾经有个人骑了马向东奔去，经过老子的祠庙的时候没有下马祭拜，还没有走到桥上，这个人就从马背上掉到地上摔死了。是否真的发生过这件事呢？”应凤说确实发生过这件事。所询问的事情，大多数与戴洋所经历的事情一样。

八 柳荣死后大喊

[原文]

吴临海松阳人柳荣，从吴相张悌(tì)至扬州。荣病，死船中，二日，军士已上岸，无有埋之者。忽然大叫，言：“人缚军师！人缚军师！”声甚激扬，遂活。人问之。荣曰：“上天北斗门下，卒见人缚张悌，意中大愕，不觉大叫言：‘何以缚军师？’门下人怒荣，叱逐使去。荣便怖惧，口余声发扬耳。”其日，悌即死战。荣至晋元帝时犹存。

[译文]

吴国临海郡松阳县人柳荣，他跟随吴国宰相张悌来到扬州。柳荣得病，死在了船中，已经死了两天了，但是士兵们都已经上岸了，没有人去埋葬他。他

忽然大叫道："有人绑架军师！有人绑架军师！"这呼喊声十分激昂响亮，于是他就复活了过来。别人问他到底发生了什么事。柳荣回答说："我登上天界来到北斗门边，忽然看见有人捆绑张悌，当时我心中感到非常吃惊，不觉大喊道：'你们为什么捆绑军师？'站在门边的人对很生气，大声斥责我，让我离开。我内心非常恐惧，嘴里还没有发出的喊声便不觉地扩散了出来。"柳荣复活过来那一天，张悌就阵亡了。柳荣到晋元帝的时候（公元317年—322年）还活着。

九 马势妇

[原文]

吴国富阳人马势妇，姓蒋，村人应病死者，蒋辄恍惚熟眠经日，见病人死，然后省觉。觉则具说，家中人不信之。语人云："某中病，我欲杀之，怒强魂难杀，未即死。我入其家内，架上有白米饭，几种鲑(guī)，我暂过灶下戏，婢无故犯我，我打其脊，使婢当时闷绝，久之乃苏。"其兄病，有乌衣人令杀之，向其请乞，终不下手。醒乃语兄云："当活。"

[译文]

吴国富阳县人马势的妻子姓蒋，每当村里的人应该病死的时候，蒋氏总是神情恍惚地要熟睡好几天，看到那个病人死了后，她才会醒过来。睡醒后她就把她这几天所遇上的事情详细地告诉大家，家里的人都不相信她的话。她对别人说："某某病了，我想杀了他，令我恼怒的是这个强壮的灵魂很难被杀死，所以他没有立即死去。我来到了他的家中，屋内的架子上有白米饭，还有几种做熟的鱼，我暂时来到他家的灶边，他家的婢女竟没有理由地来侵犯我，我打了她的脊梁，使那个婢女当场昏死过去，过了好长时间才苏醒过来。"蒋氏的哥哥病了，有一个穿黑衣服的人让她去杀她哥哥，她向那个人求情，最终没有对她哥哥下手。她醒过来以后对她哥哥说："你应该活着。"

十 颜畿(jī)托梦复生

[原文]

晋咸宁二年十二月，琅邪颜畿，字世都，得病，就医张瑳使治，死于张家。棺敛已久，家人迎丧，旐(zhào)每绕树木而不可解。人咸为之感伤。引丧者忽颠仆，称畿言曰："我寿命未应死，但

服药太多，伤我五脏耳。今当复活，慎无葬也。”其父拊而祝之，曰：“若尔有命，当复更生，岂非骨肉所愿？今但欲还家，不尔葬也。”旐乃解。

及还家，其妇梦之曰：“吾当复生，可急开棺。”妇便说之。其夕，母及家人又梦之。即欲开棺，而父不听。其弟含，时尚少，乃慨然曰：“非常之事，自古有之。今灵异至此，开棺之痛，孰与不开相负？”父母从之。乃共发棺，果有生验，以手刮棺，指爪尽伤，然气息甚微，存亡不分矣。于是急以绵饮沥口，能咽，遂与出之。

将护累月，饮食稍多，能开目视瞻，屈伸手足，不与人相当，不能言语，饮食所须，托之以梦。如此者十余年。家人疲于供护，不复得操事，含乃弃绝人事，躬亲侍养，以知名州党。后更衰劣，卒复还死焉。

［译文］

晋咸宁二年（公元276年）十二月，琅琊郡有个叫颜畿的人，字世都，得了一种疾病，就到医生张瑳那里让他给自己治疗，死在了张家。颜畿的尸体已经入棺很长时间了，他家人来接丧，引路的魂旗总是缠住树木，难以解开。人们都为此而感到万分感伤。指引棺材前行的人忽然跌倒在地上，自称是颜畿，说道：“我的寿命还不应该死，但吃的药太多，伤害了我的五脏。今天我会重新复活过来，你们不要把我埋葬。”他的父亲拍着棺材对他劝慰道：“如果你还有寿命，应该会重新活过来，难道这不是亲人所愿意的吗？今天我们只是想让你回家，并不去埋葬你。”那魂旗听到这话后才松开。

回到家中以后，他妻子夜里便梦见他说：“应该到我复活的时候了，你赶快去把我的棺材打开。”他妻子就告诉了家人他说的这些话。那天晚上，他母亲以及家里的其他人又梦见他讲了同样的话。家人想要把棺材撬开，但是他的父亲不同意。他的弟弟颜含，当时还很年轻，却感慨地说：“这种非同一般的事情，从古时就曾出现过。现在神灵竟然奇异到了这种程度，撬开棺材的哀痛，与不撬开棺材相比哪个才真正违背了他的遗愿呢？”于是，父母亲听从了颜含的话。就一起把颜畿的棺材撬开了，果然颜畿身上还存在活着的痕迹，他用手抓过棺材，因此他的指甲全都都抓伤了，然而他的呼吸很微弱，是死是活已经无法分辨了。于是家人赶紧用丝绵吸了水滴到他口中，他能把水咽下去，于是，大家马上把他从棺材里抬了出来。

调养护理了几个月以后，他的食量渐渐增加，还能睁开眼睛四处张望，手脚也

可以弯曲伸展，但是他还不能与人沟通，不能讲话，想要吃什么东西，就给家里人托梦。像这样的情况持续了十多年，家里的人因为供养护理他都非常疲惫，不能再做这件事情了，于是颜含就放弃了其他的所有事情，一个人专门侍候供养他，颜含也因此而扬名于州县。后来颜畿的身体越来越衰弱，而且病情越来越恶化，终于还是死了。

十一 羊祜(hù)得金镮(huán)

[原文]

羊祜，年五岁时，令乳母取所弄金镮。乳母曰："汝先无此物。"祜即诣邻人李氏东垣桑树中，探得之。主人惊曰："此吾亡儿所失物也，云何持去？"乳母具言之，李氏悲惋，时人异之。

[译文]

羊祜五岁的时候，让他的奶妈去取来他玩过的金环。奶妈说："你以前并没有这个东西。"羊祜立即到邻居李家东墙边的桑树中，掏出了他所要的金环。那李家的主人吃惊地说："这个金环是我死去的儿子所丢失的东西，你为什么把它拿走？"奶妈就把这件事情的前后经过详细地告诉了李家的主人，李家的主人十分悲痛惋惜，当时的人都觉得很奇异。

郭皇后

郭皇后，魏文帝曹丕之妻，自小就不同寻常，且有谋略，屡出奇谋，帮助曹丕登上帝位。

十二 宫人冢中复活

[原文]

汉末，关中大乱，有发前汉宫人冢者，宫人犹活。既出，平复如旧。魏郭后爱念之，录置宫内，常在左右，问汉时宫中事，说之了了，皆有次绪。郭后崩，哭泣过哀，遂死。

[译文]

后汉末年，关中地区发生大乱，有人掘开西汉宫女的坟墓，发现宫女竟然还活着。从坟墓里出来后，恢复得跟过去一样。魏文帝的郭皇后疼爱可怜她，就把她招到宫内，她经常在郭皇后身边侍候，皇后向她询问汉朝时皇宫内发生的事情，她说得非常清楚明白，很有头绪。郭皇后逝世的时候，她哭得过于悲伤，就死掉了。

十三　棺中生妇

［原文］

魏时，太原发冢破棺，棺中有一生妇人，将出与语，生人也。送之京师，问其本事，不知也。视其冢上树木，可三十岁，不知此妇人三十岁常生于地中耶？将一朝欻(xū)生，偶与发冢者会也？

［译文］

曹魏时期，太原有个人掘开一个坟墓，撬开里面的棺材，发现棺材中有一个活着的妇女，就扶她走出来，和她说话，发现她的确是一个活着的人。把她送到京城，向她询问原来的事情，她不知道。看她坟上的树木，树龄大概有三十年了，不知道三十年来这个妇女是一直活在地下呢？还是这一天忽然活过来，碰巧和掘墓的人相遇？

十四　婢葬十馀年复生

［原文］

晋世杜锡，字世嘏(gǔ)，家葬而婢误不得出。后十余年，开冢祔(fù)葬，而婢尚生。云："其始如瞑目，有顷渐觉。"问之，自谓当一再宿耳。初婢埋时，年十五六，及开冢后，姿质如故。更生十五六年，嫁之，有子。

［译文］

晋代有个叫杜锡的人，字世嘏，家里丧葬时一个婢女误留在坟墓里没有出来。十多年以后，家里的人掘开坟墓祔葬时，那个婢女还活着。她说："刚开始的时候好像是闭住了眼睛，过了没多久就渐渐地苏醒了过来。"问她，她自己说只不过才过了一两夜罢了。当初这个婢女被埋葬时，有十五六岁，等到坟墓被掘开之后，她的姿容气质还和过去一样。她又活了十五六年，嫁了人，还生了儿子。

十五 冯贵人

冯贵人

冯贵人，汉桓帝的宠妃，有倾国倾城之貌，可惜红颜薄命，不幸病死，后墓室被盗，颜色如故。

[原文]

汉桓帝冯贵人，病亡。灵帝时有盗贼发冢，三十余年，颜色如故，但肉小冷。群贼共奸通之，至斗争相杀，然后事觉。后窦太后家被诛，欲以冯贵人配食，下邳陈公达议：“以贵人虽是先帝所幸，尸体秽污，不宜配至尊。”乃以窦太后配食。

[译文]

汉桓帝的冯贵妃是得病而死的。汉灵帝年间，有盗贼掘开她的坟墓，尽管已经在地下埋葬了三十多年，但是脸色还是和过去一样，只是肌肤稍微凉一些。这几个盗贼要奸污她，以致到了争斗互相残杀的地步，然后这事被别人发觉了。后来窦太后全家被诛灭，想用冯贵妃作袝祭，下邳县的陈公达建议说：“我认为冯贵妃虽然是桓帝宠爱的妃子，但是她的尸体被外人玷污了，不配来祭祀先帝。”于是就用窦太后作袝祭。

十六 广陵大冢

[原文]

吴孙休时，戍将于广陵掘诸冢，取版以治城，所坏甚多。复发一大冢，内有重阁，户扇皆枢转可开闭，四周为徼(jiào)道通车，其高可以乘马。又铸铜人数十，长五尺，皆大冠，朱衣，执剑，侍列灵坐。皆刻铜人背后石壁，言殿中将军，或言侍郎、常侍，似公侯之冢。破其棺，棺中有人，发已班白，衣冠鲜明，面体如生人。棺中云母，厚尺许，以白玉璧三十枚藉尸。兵人辈共举出死人，以倚冢壁。有一玉，长尺许，形似冬瓜，从死人怀中透出堕地。两耳及孔鼻中，皆有黄金，如枣许大。

［译文］

吴国孙休在位的时候（公元 258—264 年），守卫城墙的将士们在广陵发掘了很多坟墓，用那些棺材板拿来修筑城郭，被破坏的坟墓有很多。后来他们又发掘了一座大型的坟墓，坟墓里面有亭台楼阁，门扇都要依靠门枢来转动，不仅可以打开，而且可以关闭，四周是供巡逻用的道路，这些道路可以让马车通行，它在墓内的高度可以骑马。此外，还铸有几十个铜人，这些铜人身体长五尺，头上都戴着大帽子，身上穿着红袍，手里拿着宝剑，守卫的士兵排列在棺材的两旁。每个铜人的背后朝向石壁处都刻录着字，有的上刻着殿中将军，有的刻着侍郎、常侍，这个坟墓看起来好像是王侯的坟墓一样。打开其中的棺材，棺中有人，头发已经花白，衣帽华美鲜亮，从面色和身体看，他就和活着的人一样。棺材中的云母石厚度有一尺多，还把三十枚白玉璧衬垫在尸体底下。士兵们一起把死人抬出来，让他靠在墓壁上。有一块玉，长一尺多，形状像冬瓜，从这个死去的人的怀里掉出来落到地上。他的双耳及鼻孔中，都塞有黄金，像枣那么大。

十七　白狐复仇

［原文］

汉广川王好发冢。发栾书冢，其棺柩盟器，悉毁烂无余，唯有一白狐，见人惊走。左右逐之，不得，戟伤其左足。是夕，王梦一丈夫，须眉尽白，来谓王曰："何故伤吾左足？"乃以杖叩王左足。王觉，肿痛，即生疮，至死不差。

［译文］

汉代的广川王喜欢挖掘坟墓。他掘开了栾书的坟墓，栾书的棺材明器全都毁坏腐烂了，只有一只白色的狐狸，看见人就惊慌地逃跑了。广川王身边的人去追赶它，没有追上，只是用戟把它的左脚刺伤了。这天晚上，广川王梦见一个男人，胡须眉毛全白了，他来到广川王面前问说："你为什么要刺伤我的左脚？"说完，便用手杖敲打广川王的左脚。醒来以后，广川王感到左脚肿胀疼痛，左脚很快就生了疮，一直到死疮都没有痊愈。

卷十六

一 颛项之子

[原文]

昔颛顼氏有三子，死而为疫鬼：一居江水，为疟鬼；一居若水，为魍魉鬼；一居人宫室，善惊人小儿，为小鬼。于是正岁命方相氏，帅肆傩(nuó)以驱疫鬼。

[译文]

从前颛顼氏有三个儿子，死后都变成了给人带来瘟疫的鬼：一个住在长江里，是传播疟疾的鬼；一个住在若水中，是魍魉鬼；一个住在人家的屋子里，喜欢恐吓小孩，是小鬼。于是，帝王便命令方相氏在正月里举行庙会，用来驱赶传播瘟疫的鬼。

颛 项

颛顼，号高阳氏，是黄帝的孙子，聪明敏慧，有智谋，在民众中有很高的威信。

二 挽 歌

[原文]

挽歌者，丧家之乐，执绋者相和之声也。挽歌辞有《薤(xiè)露》《蒿里》二章，汉田横门人作。横自杀，门人伤之，悲歌，言："人如薤上露，易晞灭。"亦谓人死精魂归于蒿里。故有二章。

[译文]

挽歌，是有丧人家的哀乐，是手握灵车绳索的人互相唱和的歌。挽歌的歌词有《薤露》《蒿里》二章，这是汉代田横的门客写的。当时田横自杀身亡，他的门客哀悼他，就悲哀地唱起了这些歌："人就像薤上的露水，容易被晒干消亡；又认为人死了以后灵魂会回归到泰山南边的蒿里。"所以才有了这两章歌词。

三 阮瞻与鬼辩论

[原文]

阮瞻，字千里，素执无鬼论，物莫能难。每自谓，此理足以辨正幽明。忽有客通名诣瞻，寒温毕，聊谈名理。客甚有才辨，瞻与之言良久，及鬼神之事，反复甚苦。客遂屈，乃作色曰：“鬼神，古今圣贤所共传，君何得独言无？即仆便是鬼。”于是变为异形，须臾消灭。瞻默然，意色太恶。岁余，病卒。

[译文]

阮瞻，字千里，一直以来就持无鬼论的观点，没有人能难倒他。他总是自己吹嘘他的这种理论足够用来辨别纠正关于阴间和阳间的错误说法。忽然有位客人通报了自己的姓名后就来拜访阮瞻，寒暄过后，就聊起事物的是非道理。那个客人口才很好，阮瞻和他谈了很长时间，讲到有关鬼神的事情的时候，双方辩论地非常辛苦。那客人到最后理屈词穷了，于是板起脸孔说：“鬼神，是古今圣人贤士都传扬的，您怎么偏偏要说鬼神不存在呢？就拿我来说，我就是个鬼。”于是，客人就变成奇异的形状，过了不久就消失了。阮瞻沉默了好久，心情脸色都非常不好。过了一年多，他就病死了。

四 都督之死

[原文]

吴兴施续为寻阳督，能言论。有门生亦有理意，常秉无鬼论。忽有一黑衣白袷(jiá)客来，与共语，遂及鬼神。移日，客辞屈。乃曰：“君辞巧，理不足。仆即是鬼。何以云无？”问：“鬼何以来？”答曰：“受使来取君，期尽明日食时。”门生请乞酸苦，鬼问：“有人似君者否？”门生云：“施续帐下都督，与仆相似。”便与俱往，与都督对坐。鬼手中出一铁凿，可尺余，安着都督头，便举椎打之。都督云：“头觉微痛。”向来转剧，食顷，便亡。

[译文]

吴兴郡的施续任寻阳郡的大将，擅长言谈议论。他有一个学生也有自己的见解，素来持无鬼论。忽然有一个身穿黑衣白领的客人来到他家，和他一起谈论问题，于是，两人就谈到了鬼神的事。第二天，那个客人理屈辞穷了，就说：“您非常会说，但是理论却不充分。我就是鬼，您凭什么说世上没有鬼呢？”学生问：“你这个鬼为什么到我这来？”鬼回答说：“我受到别人的委派前来抓您，时间最晚是明天吃饭的时候。”这学生苦苦向他哀求，鬼便问道：“这里有人长得和你相像吗？”学生说：“施续手下有个都督，和我长得非常相像。”这个学生便带着鬼一起前往，他们俩和都督面对面坐着。鬼的手里拿着一把大铁凿子，大概有一尺多长，鬼把它安放在都督的头上，然后举起锤子击打这个铁凿子。都督说：“我感到头稍微有点疼。”接着疼痛越来越厉害，也就是一顿饭的工夫，都督就死了。

五　蒋济亡儿

［原文］

蒋济，字子通，楚国平阿人也，仕魏，为领军将军。其妇梦见亡儿涕泣曰：“死生异路，我生时为卿相子孙，今在地下，为泰山伍伯，憔悴困苦，不可复言。今太庙西讴士孙阿见召为泰山令，愿母为白侯，属阿令转我得乐处。”言讫，母忽然惊寤。

明日以白济，济曰：“梦为虚耳，不足怪也。”日暮，复梦曰：“我来迎新君，止在庙下。未发之顷，暂得来归。新君，明日日中当发，临发多事，不复得归。永辞于此。侯气强，难感悟，故自诉于母，愿重启侯，何惜不一试验之？”遂道阿之形状，言甚备悉。天明，母重启济：“虽云梦不足怪，此何太适适！亦何惜不一验之？”济乃遣人诣太庙下，推问孙阿，果得之，形状证验，悉如儿言。济涕泣曰：“几负吾儿。”

于是乃见孙阿，具语其事。阿不惧当死，而喜得为泰山令，惟恐济言不信也，曰：“若如节下言，阿之愿也。不知贤子欲得何职？”

太庙

太庙，也称明堂，本指帝王的宗庙，后也泛指祭祀祖先的处所。

济曰：“随地下乐者与之。”阿曰：“辄当奉教。”乃厚赏之。言讫，遣还。

济欲速知其验，从领军门至庙下，十步安一人，以传消息。辰时，传阿心痛；巳时，传阿剧；日中，传阿亡。济曰：“虽哀吾儿之不幸，且喜亡者有知。”后月余，儿复来，语母曰：“已得转为录事矣。”

[译文]

蒋济，字子通，是楚国平阿县人，他在魏国做官，任领军将军这一官职。他的妻子夜里梦见已经死去的儿子哭着对她说：“死和生不同路，我活着的时候是将相的子孙，现在在阴间却是泰山县县衙的差役，非常劳累困苦，不能再说了。现在太庙西边哪个唱赞颂的孙阿新被任命为泰山县令，希望母亲代我去请求父亲，让他去嘱咐孙阿把我调到生活有乐趣的地方。”说完这些话后，母亲就忽然惊醒了。

第二天，他母亲把儿子托梦给她的事情告诉了蒋济，蒋济说：“梦都是空的，不用大惊小怪。”到了晚上，母亲又梦见儿子说：“我来迎接新上任的县令孙阿，现在太庙里休息。趁着还没出发，暂时可以回家。新任的县令明天中午就要出发了，出发的时候还有很多事情，我不能再回来了。所以就此和母亲您永别了。父亲意气强硬，很难使他明白，所以我只好独自向母亲您诉说，希望您再去劝导劝导父亲，为什么不顾惜儿子我而去试验一下呢？”于是就对母亲描述了孙阿的外形，他把孙阿描述得非常详细。天亮之后，母亲又劝导蒋济：“虽然说梦里的事情不值得我们大惊小怪，然而这个梦为什么会这样清楚呢？你又为什么不顾惜儿子去试一下呢？”蒋济就派人到太庙边上去打听查询孙阿，果然找到了他，查看他的长相，都和儿子说的一样。蒋济痛哭流涕他说：“我差一点辜负了我的儿子啊！”

于是，蒋济召见了孙阿，详细地向他叙述了这件事情的始末。孙阿对于自己将要死去这件事情并不害怕，相反，他为自己能到阴间作泰山县令而感到高兴，他只怕蒋济的话不是真实的，所以他对蒋济说：“如果真像将军所说的那样，那确实是我的愿望啊。不知道您的儿子想得到什么官职？”蒋济说：“给他一个阴间快乐的事情做就行了。”孙阿说：“我马上就按您的吩咐去办。”蒋济就给了他丰厚的奖赏。说完后，就把孙阿打发了回去。

蒋济想尽快知道这事的验证，便在他的领军将军府门直到太庙边之间，每十步就安置一个人，用来传递消息。第二天上午八点钟左右，传来孙阿心口疼痛的消息；十点钟左右，传来孙阿的心痛加剧的消息；到正午，传来了孙阿死亡的消息。蒋济说：“我虽然为我儿子的不幸遭遇感到非常伤心，又为他死后的事情我们能够知道而感到高兴。”过了一个多月，儿子又托梦给母亲了，他对他母亲说：“我已经升任录事参军了。”

六 辽水浮棺

[原文]

汉不其县，有孤竹城，古孤竹君之国也。灵帝光和元年，辽西人见辽水中有浮棺，欲斫破之。棺中人语曰：“我是伯夷之弟，孤竹君也。海水坏我棺椁，是以漂流。汝斫我何为？”人惧，不敢斫，因为立庙祠祀。吏民有欲发视者，皆无病而死。

伯夷

伯夷，商末孤竹君之长子，武王兴兵伐纣，天下归周，而伯夷、叔齐耻食周粟，逃隐于首阳山，采薇而食，最后饿死。

[译文]

汉代不其县境内有座孤竹城，它是古代孤竹君的国都。汉灵帝光和元年（公元178年），辽西郡的人看到辽河的流水上漂浮着一口棺材，人们就想把它砍破。棺材里的人对他们说：“我是伯夷的弟弟孤竹君。海水把我的棺椁冲坏了，所以我只好漂在辽河中。你们为什么砍我的棺材呢？”人们感到害怕，不敢继续再砍了，于是给孤竹君建造了庙宇祭祀他。无论是官吏还是百姓，有想打开棺材看一下的人，都没有生病就死了。

七 温序死节

[原文]

温序，字公次，太原祁人也，任护军校尉。行部至陇西，为隗嚣(xiāo)将所劫，欲生降之。序大怒，以节挝杀人。贼趋，欲杀序。荀宇止之曰：“义士欲死节。”赐剑，令自裁。序受剑，衔须着口中，叹曰：“无令须污土。”遂伏剑死。世祖怜之，送葬到洛阳城旁，为筑冢。长子寿，为印平侯，梦序告之曰：“久客思乡。”寿即弃官，上书乞骸骨，归葬。帝许之。

[译文]

温序，字公次，是太原郡祁县人，担任护军校尉的官职。他巡视部属来到了陇西郡，被隗嚣的部将劫持，这些强盗想让他投降。温序非常愤怒，便用符节击杀他们。强盗们奔上前去要杀死温序，荀宇阻止了他们，说道：“义士要为了节操而死。”赐给温序一把宝剑，让他自杀。温序接过剑，把胡须衔在嘴里，叹息着说：“别让胡须沾上泥土。”于是拿起宝剑刎颈而死。世祖皇帝怜爱他，把他的尸体运到洛阳城边埋葬了，并给他修筑了坟墓。他的大儿子温寿是印平侯，曾经梦见温序对他说：“我长年漂泊在外地，非常想念家乡。”温寿就辞了官，上书乞求皇帝允许他将父亲的尸骨迁到老家去埋葬。皇帝准许了他的请求。

八　鬼神托梦

[原文]

汉南阳文颖，字叔长，建安中为甘陵府丞。过界止宿，夜三鼓时，梦见一人跪前曰：“昔我先人，葬我于此，水来湍墓，棺木溺，渍水处半，然无以自温。闻君在此，故来相依，欲屈明日暂住须臾，幸为相迁高燥处。”鬼披衣示颖，而皆沾湿。颖心怆然，即寤。语诸左右。曰：“梦为虚耳，亦何足怪？”颖乃还眠。

向寐复梦见，谓颖曰：“我以穷苦告君，奈何不相愍（mǐn）悼乎？”颖梦中问曰：“子为谁？”对曰：“吾本赵人，今属汪芒氏之神。”颖曰：“子棺今何所在？”对曰：“近在君帐北十数步，水侧枯杨树下，即是吾也。天将明，不复得见，君必念之。”颖答曰：“喏！”忽然便寤。

天明可发，颖曰：“虽曰梦不足怪，此何太适。”左右曰：“亦何惜须臾，不验之耶？”颖即起，率十数人将导顺水上，果得一枯杨，曰：“是矣。”掘其下，未几，果得棺。棺甚朽坏，没半水中。颖谓左右曰：“向闻于人，谓之虚矣。世俗所传，不可无验。”为移其棺，葬之而去。

[译文]

汉代南阳郡人文颖，字叔长，建安年间（公元 196 年—220 年）任甘陵府丞。他路过甘陵边界停了下来，在这里休息过夜，半夜三更的时候，他梦见一个人跪在他面前对他说：“以前我的父亲把我埋葬在这里，但是水急促地涌进了我的坟墓，我的棺材被河水淹没了，有一半棺材泡在水里，而我也没有什么办法来取暖。听到您来到了这里，因此过来依托您。想委屈您明天暂时停留片刻，希望您把我的棺材搬到清爽干燥的地方去。”这个鬼还把衣裳撩开给文颖看，衣服的确都湿透了。文颖心中感到非常凄凉，当时就醒了过来。他把这个梦告诉了他身边的人。身边的人说：“梦都是空的，哪能值得您大惊小怪的？”文颖就又接着睡了。

等他一睡着便又梦见了刚才这个鬼，鬼对文颖说：“我把我的困难和苦楚告诉了您，您怎么不可怜我呢？”文颖在梦中问道：“你是谁？”鬼回答说：“我原本是赵国人，现在属于汪芒国的神。”文颖又说：“你的棺材现在在哪儿？”鬼回答说：“离这很近，就在您帐篷北边十几步远的地方，在河边的那棵枯杨树下面，那就是我。天快要亮了，我不能再看到您了，您一定要把我的这件事放在心上。”文颖回答说：“好。”突然间就醒了。

天亮以后他们应该出发了，文颖说：“虽然说梦中的事不值得我大惊小怪，但这个梦太清楚明白了。”他身边的人对他说：“你为什么要吝啬这一点点时间，为什么不去验证一下这个梦的真假呢？”文颖马上起身，率领十几个人顺着河流一直向上走，果然发现一棵枯杨树，就说道：“就是这个地方了。”挖掘杨树底下，没过多长时间，果然看到了棺材。棺材已经腐烂了，有一半浸在水中。文颖对身边的人说：“昨天晚上我把这件事告诉你们，你们都说梦是空的。世俗中流传的东西，不可能没有验证。”于是就为这个鬼搬迁了棺材，埋葬好了就离开了。

九 黄泉申状

[原文]

汉九江何敞，为交州刺史，行部到苍梧郡高要县，暮宿鹄奔亭。夜犹未半，有一女从楼下出，呼曰：“妾姓苏，名娥，字始珠，本居广信县，修里人。早失父母，又无兄弟，嫁与同县施氏，薄命夫死，有杂缯(zēng)帛百二十匹，及婢一人，名致富。妾孤穷羸弱，不能自振，欲之傍县卖缯，从同县男子王伯赁(lìn)牛车一乘，直钱万二千，载妾并缯，令致富执辔(pèi)，乃以前年四月十日到此亭外。于时日已向暮，行人断绝，不敢复进，因即留止，致富暴得腹痛，妾之亭长舍乞浆，取火，亭长龚寿，操戈持戟，

来至车旁，问妾曰：‘夫人从何所来？车上所载何物？丈夫安在？何故独行？’妾应曰：‘何劳问之？’寿因持妾臂曰：‘少年爱有色，冀可乐也。’妾惧怖不从，寿即持刀刺胁下，一创立死。又刺致富，亦死。寿掘楼下，合埋，妾在下，婢在上。取财物去，杀牛烧车，车釭(gāng)及牛骨，贮亭东空井中。妾既冤死，痛感皇天，无所告诉，故来自归于明使君。”敞曰：“今欲发出汝尸，以何为验？”女曰：“妾上下着白衣，青丝履，犹未朽也，愿访乡里，以骸骨归死夫。”掘之，果然。

敞乃驰还，遣吏捕捉，拷问具服。下广信县验问，与娥语合。寿父母兄弟，悉捕系狱。敞表寿：“常律杀人，不至族诛，然寿为恶首，隐密数年，王法自所不免。令鬼神诉者，千载无一，请皆斩之，以明鬼神，以助阴诛。”上报听之。

[译文]

汉朝九江郡人何敞任交州刺史，巡行部属来到苍梧郡高要县，夜间的时候在鹄奔亭过夜。

还没有到半夜时分，便有一个女子从楼下走出来，呼喊着说：“我姓苏，名娥，字始珠，原本住在广信县，是修里人氏。我很小的时候就失去了父母，又没有兄弟，就嫁给了本县的施家，也是我的命不好，丈夫死了，家里还有一百二十匹各种各样的丝织品，还有一个婢女，名叫致富。我孤苦伶仃，身体又很瘦弱，自己不能谋生，想到邻县把这些丝织品卖掉，于是就从本县一个叫王伯的男人那里租了一辆牛车，租金是一万二千文钱，载上我和丝织品，让我的婢女致富牵了缰绳驾车，就在前年四月十日来到这鹄奔亭外面。当时太阳快要下山，路上都没行人了，我不敢再往前走，便留宿在这鹄奔亭，致富突然感到腹部疼痛，我就到亭长的住处去讨一点茶水和火种，那亭长龚寿手拿戈戟，来到我的牛车边，向我问道：‘夫人从哪儿来？车上装的是什么东西？你的丈夫在哪儿？为什么

驿 亭

驿亭，秦汉以后给过往旅客提供住宿的场所。文中所说的鹄奔亭，系一古亭名，今在广东肇庆。

独自一个人赶路？’我回答说：‘何必劳烦你问这些事情？’龚寿于是抓住我的胳膊说：‘小伙子都喜欢漂亮的姑娘，是希望能得到快乐。’我非常害怕，不肯依从他，龚寿便拿起刀向我的肋下刺去，一刀就刺死了我。他又把刀刺向致富，致富也死掉了。龚寿在楼下挖了一个坑，把我们一起埋在里边，我在下面，我的婢女致富在上面。他拿走了我的财物，杀了牛，烧了车，把车轴上的铁和牛的骨骼都藏在这亭子东边的空井里。我冤屈而死，痛苦感动上天，没有控告申诉的地方，因此便来投奔您这贤明的刺史。”何敞说：“我现在要把你的尸体挖出来，你用什么来验证呢？”那女子说：“我上身和下身都穿着白色的衣服，脚上穿着青丝鞋，身体还没有腐烂，希望您寻访我的乡里，把我的尸骨迁葬到我死去的丈夫那里。”何敞让人把她的尸体挖了出来，果然是她说的那样。

于是，何敞骑马回到自己的官府，派遣差役逮捕犯人，把犯人拷问审讯之后，犯人们都认了罪。他又发文书到广信县查询，情况也和苏娥说的相吻合。龚寿的父母兄弟，全部被逮捕入狱。何敞在写给朝廷有关龚寿案的表文中这样说道：“按照寻常的法律，一人杀人不至于灭族，但龚寿是罪恶的首领，隐瞒了好几年，王法当然不能让他们免受惩罚。让鬼神申诉的事情，一千年也遇不上一次，请求陛下下旨把他们一家都处死，用来明示鬼魂的神灵，以帮助鬼魂诛罚恶人。”皇帝批复奏表，同意何敞的做法。

十 曹公船

[原文]

濡须口有大船，船覆在水中，水小时便出见。长老云：“是曹公船。”尝有渔人，夜宿其旁，以船系之，但闻竽笛弦歌之音，又香气非常。渔人始得眠，梦人驱遣，云：“勿近官妓。”相传云：曹公载妓船覆于此，至今在焉。

[译文]

濡须口有一条大船，船身没在水中，水流小的时候，它就会露出来。老人们说：“这是曹操乘坐的船。”曾经有一个渔夫，夜里在它的旁边停下了过夜，把自己的船绑在这条大船上，只听见吹奏竽笛、弹拨丝弦以及歌咏的欢快声，又飘过来非同一般的香气。渔

曹操

曹操，字孟德，东汉末年人，挟天子以令诸侯，平定地方叛乱，恢复了北方的统一。他文学造诣极高，在他推动下，形成了以曹氏父子为中心的建安文学，在文学史上留下光彩的一页。

夫刚刚入睡，便梦见有人驱赶他，那人对他说：“不要靠近官家的歌妓。”传说曹操载满歌妓的船就在这里沉入水中，直到现在这条船还在这里放着。

十一　苟奴见鬼

［原文］

夏侯恺，字万仁，因病死。宗人儿苟奴，素见鬼，见恺数归，欲取马，并病其妻，着平上帻(zé)，单衣，入坐生时西壁大床，就人觅茶饮。

［译文］

夏侯恺，字万仁，因为生病而死了。他的一个族人的儿子苟奴，平日能看见鬼，他多次看见夏侯恺回到了家里，想把家里的马牵走，并且为他的妻子忧虑，他回家的时候戴着顶部平展如屋顶的帽子，身上穿着单衣，进屋以后就坐在他活着时经常坐的靠在西墙边的大床上，向家人要茶喝。

十二　显姨产亡

［原文］

诸仲务一女显姨，嫁为米元宗妻，产亡于家。俗闻：产亡者，以墨点面。其母不忍，仲务密自点之，无人见者。元宗为始新县丞，梦其妻来上床，分明见新白妆面上有黑点。

［译文］

诸仲务有一个叫显姨的女儿，嫁给米元宗做妻子，生孩子时死在家中。当时民间有个风俗：生小孩难产而死的人，要在脸上点上墨。她母亲不忍心这样做，诸仲务自己就偷偷地去往女儿脸上点墨，他这样做的时候没有人看见。后来米元宗担任始新县丞，夜里梦见他死去的妻子向他走过来并且上了床，清楚地看见她那刚扑过白粉的脸上有黑点。

十三　昭平除鬼

［原文］

晋世，新蔡王昭平，犊车在厅事上，夜，无故自入斋室中，触壁而出。后又数闻呼噪攻击之声，四面而来。昭乃聚众，设弓

弩战斗之备，指声弓弩俱发，而鬼应声接矢数枚，皆倒入土中。

[译文]

晋代新蔡县有个叫王昭平的人，他的小牛车停在官府的厅堂上，夜里，这车子无缘由地自己闯进了官厅旁边的厢房中，然后撞破墙壁冲了出去。后来，他又多次听到呼喊聒噪以及战场进攻的声音从四面八方传来。王昭平就聚集了很多人，准备好了弓箭等战斗用的武器，箭伴随着手指拉弦的声音都射了出去，而闹事的鬼也应声挨了好几箭，都跌倒在土里。

十四　鬼弹琵琶

[原文]

吴赤乌三年，句章民杨度至余姚。夜行，有一少年，持琵琶，求寄载，度受之。鼓琵琶数十曲，曲毕，乃吐舌，擘（bò）目，以怖度而去。复行二十里许，又见一老父，自云姓王名戒。因复载之。谓曰：“鬼工鼓琵琶，甚哀。”戒曰：“我亦能鼓。”即是向鬼。复擘眼，吐舌，度怖几死。

[译文]

吴国赤乌三年（公元 240 年），句章县平民杨度要到余姚去。他在夜里赶路的时候，有一个少年，手拿着琵琶，要求搭他的车，杨度就让他上了车。那少年抱着琵琶弹了几十首曲子，弹完这些曲子后，他就吐出舌头，裂开眼睛，来吓唬杨度，然后就下车走了。又走了大概二十里地，杨度又看见一个老翁，他自称姓王名戒。杨度又让他搭了自己的车。杨度对他说：“鬼擅长弹琵琶，而且弹得曲调都很悲哀。”王戒说：“我也会弹。”原来他就是刚才弹琵琶的那个鬼。又朝杨度裂开眼睛吐出舌头，杨度吓得几乎晕死过去。

十五　秦巨伯误杀孙儿

[原文]

琅邪秦巨伯，年六十，尝夜行饮酒，道经蓬山庙，忽见其两孙迎之。扶持百余步，便捉伯颈着地，骂：“老奴！汝某日捶我，我今当杀汝！”伯思，惟某时信捶此孙。伯乃佯死，乃置伯去。伯归家，欲治两孙，两孙惊惋，叩头言：“为子孙，宁可有此？恐是鬼魅，乞更试之。”伯意悟。

数日，乃诈醉，行此庙间，复见两孙来扶持伯。伯乃急持，鬼动作不得。达家，乃是两偶人也。伯着火炙之，腹背俱焦坼，出着庭中，夜皆亡去。伯恨不得杀之。

后月余，又佯酒醉夜行，怀刃以去，家不知也，极夜不还，其孙恐又为此鬼所困，乃俱往迎伯，伯竟刺杀之。

[译文]

琅琊郡人秦巨伯，时年六十岁，曾经夜里出去喝酒，路过蓬山庙的时候，忽然看见他的两个孙子过来迎接他。搀扶着他走了一百多步，就掐住他的脖子把他按倒在地，嘴里骂道："老奴才！你某天把我毒打了一顿，今天我要杀死你！"秦巨伯仔细想了想，他那天确实打过这个孙子。于是秦巨伯就装死，两个孙子便扔下他走了。秦巨伯回到家中，想要处罚这两个孙子，两个孙子既感到惊讶又感到难过，一边向他磕头一边说："我们当子孙的，哪会做这种事情呢？恐怕是鬼魅在作祟，求您再去试探一下。"秦巨伯心里就有点醒悟了。

过了几天，他又假装喝醉了酒，来到这座寺庙前，又看见他这两个孙子来搀扶他。秦巨伯赶紧把他们紧紧挟住，这两个鬼就不能动弹了。回到家中一看，原来是两个木偶人。秦巨伯便点了火，把它们放在火上烧烤，它们的腹部、背部都被烤得焦枯裂开了，然后他又把它们提出去扔在院子里，到夜里它们便都逃跑了。秦巨伯后悔自己没能把它们杀掉。

一个多月后，秦巨伯又假装喝醉了酒在夜间外出，他离家的时候怀里藏着把刀，家里的人都不知道，他彻夜没有回来，他的两个孙子怕他又被那两个鬼魅困住，就一起去迎接他，秦巨伯竟然把自己的两个孙子误认作鬼给刺死了。

十六　三鬼酣醉

[原文]

汉武建元年，东莱人姓池，家常作酒。一日，见三奇客，共持面饭至，索其酒饮。饮竟而去。顷之，有人来，云见三鬼酣醉于林中。

[译文]

汉代建武元年（公元 32 年），东莱郡有一户姓池的人家，家里经常酿酒。有一天，这家的主人看见门外走来三个奇怪的客人，他们一起拿着面饭向他家走来，向他要酒喝。喝完酒就都离去了。没过多久，有一个人来告诉池姓主人，说看见有三个鬼醉倒在前面的林子里。

十七 钱小小

[原文]

吴先主杀武卫兵钱小小，形见大街，顾借赁人吴永，使永送书与街南庙，借木马二匹，以酒噀(xùn)之，皆成好马，鞍勒俱全。

[译文]

吴国先主孙权把武卫营中的小兵钱小小杀死了，钱小小的形貌出现在大街上，他去见雇用中间人吴永，让吴永给大街南端的庙宇里送去借条，借来两匹木马，用酒朝木马身上喷了一下，这些木马便都变成了好马，连鞍座和马笼头也都完全具备。

十八 宋定伯捉鬼

[原文]

南阳宋定伯，年少时，夜行逢鬼，问之。鬼言："我是鬼。"鬼问："汝复谁？"定伯诳之，言："我亦鬼。"鬼问："欲至何所？"答曰："欲至宛市。"鬼言："我亦欲至宛市。"

遂行数里，鬼言："步行太迟，可共递相担，何如？"定伯曰："大善。"鬼便先担定伯数里。鬼言："卿太重，将非鬼也。"定伯言："我新鬼，故身重耳。"定伯因复担鬼，鬼略无重。如是再三，定伯复言："我新鬼，不知有何所畏忌？"鬼答言："惟不喜人唾。"于是共行。

道遇水，定伯令鬼先渡，听之，了然无声音。定伯自渡，漕漼(cuǐ)作声。鬼复言："何以有声？"定伯曰："新死，不习渡水故耳。勿怪吾也。"

行欲至宛市，定伯便担鬼，着肩上，急执之。鬼大呼，声咋咋然，索下，不复听之。径至宛市中下着地，化为一羊，便卖之，恐其变化，唾之，得钱千五百，乃去。当时石崇有言："定伯卖鬼，得钱千五。"

[译文]

南阳郡人宋定伯，在他还很年轻的时候，在夜里赶路时遇上了鬼，宋定伯问他是谁。鬼说：“我是鬼。”鬼向宋定伯问道：“你又是谁？”宋定伯骗他说：“我也是鬼。”鬼问他：“你要到哪儿去？”宋定伯回答说：“我想去宛城的市场。”鬼说：“我也要去宛城的市场。”

鬼 怪

许多人怕鬼神，谈“鬼”色变，对鬼神持敬畏之心，常担心遭到恶鬼的蛊惑，但在此文里，人以智慧最终战胜了恶鬼，具有重要的启示意义。

宋定伯就和鬼一起走了几里路，鬼说：“这样步行速度太慢，我们可以轮流扛着对方走，怎么样？”宋定伯说：“那真是太好了。”鬼就先扛着宋定伯走了几里路。鬼说：“您身体太重了，恐怕不是鬼吧？”宋定伯说：“我是新鬼，所以身体才会沉重。”宋定伯于是也把鬼扛了起来，鬼没有一点儿重量。他们就这样反复轮换着背了好几次，宋定伯又说：“我是新鬼，不知道鬼害怕什么东西？”鬼回答说：“只是讨厌人吐口水。”于是，他们还是一起赶路。

路上碰上了一条河，宋定伯让鬼先渡过去，仔细听那鬼渡河，一点声音也没有。等到宋定伯自己渡河时，水声嘈杂。鬼又说：“你渡河的时候为什么会发出声音？”宋定伯说：“可能是我刚刚死，不习惯蹚水过河。请你不要责怪我。”

马上要到宛城的市场了，宋定伯便把鬼扛在自己肩上，迅速地捉住他。那个鬼大声叫喊，发出哇哇哇的叫声，他请求宋定伯把他放下来，宋定伯这时不再听他的话。他一直走到宛城的市场上，才把他放下来扔在地上，鬼变成了一只羊，宋定伯就再市场上把这只羊卖掉了，他怕它还要发生变化，就对它吐了一些口水，卖了一千五百文钱，拿到钱就走了。当时，石崇说过这样的一句话：“定伯卖鬼，得钱千五。”

十九 紫 玉

[原文]

吴王夫差小女，名曰紫玉，年十八，才貌俱美。童子韩重，年十九，有道术。女悦之，私交信问，许为之妻。

重学于齐、鲁之间，临去，属其父母使求婚。王怒，不与女。玉结气死，葬阊(chāng)门之外。三年，重归，诘其父母，父母曰：“王大怒，玉结气死，已葬矣。”

重哭泣哀恸，具牲币往吊于墓前。玉魂从墓出，见重，流涕谓曰：“昔尔行之后，令二亲从王相求，度必克从大愿。不图别后遭命，奈何？”玉乃左顾，宛颈而歌曰：“南山有乌，北山张罗。乌既高飞，罗将奈何！意欲从君，谗言孔多。悲结生疾，没命黄垆。命之不造，冤如之何！羽族之长，名为凤凰。一日失雄，三年感伤。虽有众鸟，不为匹双。故见鄙姿，逢君辉光。身远心近，何当暂忘？”歌毕，歔欷流涕，要重还冢。重曰：“死生异路，惧有尤愆，不敢承命。”玉曰：“死生异路，吾亦知之。然今一别，永无后期。子将畏我为鬼而祸子乎？欲诚所奉，宁不相信？”

夫差

夫差，姓姬，名将，春秋末年吴国国君，吴王阖闾之子，在位期间，励精图治，国力强盛，曾一度称霸，因不听伍子胥之言，被越国乘虚攻入都城，求和未成，羞愧而自杀。

重感其言，送之还冢。玉与之饮宴，留三日三夜，尽夫妇之礼。临出，取径寸明珠以送重曰：“既毁其名，又绝其愿，复何言哉！时节自爱。若至吾家，致敬大王。”

重既出，遂诣王自说其事。王大怒曰：“吾女既死，而重造讹言。以玷秽亡灵，此不过发冢取物，托以鬼神。”趣收重。重走脱，至玉墓所，诉之。玉曰：“无忧，今归白王。”王妆梳，忽见玉，惊愕悲喜，问曰：“尔缘何生？”玉跪而言曰：“昔诸生韩重来求玉，大王不许，玉名毁，义绝，自致身亡。重从远还，闻玉已死，故赍牲币，诣冢吊唁（yàn）。感其笃终，辄与相见，因以珠遗之，不为发冢。愿勿推治。”夫人闻之，出而抱之，玉如烟然。

[译文]

吴王夫差的小女儿名字叫紫玉，年龄十八岁，她的才能和容貌都很出众。当时有个叫韩重的少年，年龄十九岁，会道术。紫玉喜欢他，私下送信给他，心里许诺要做他的妻子。

韩重要到齐、鲁一带去求学，临走之前，他嘱咐自己的父母去求婚。吴王非常恼火，不把女儿嫁给韩重。紫玉因此抑郁而死，死后被埋葬在阊门的外边。三年之后，韩重回到了家中，向他的父母问起紫玉的事情，他父母说："吴王听了这件事之后非常恼火，紫玉也因此抑郁而死了，已经埋葬了。"

韩重痛哭流涕，非常悲伤，他准备了祭品和礼物去紫玉的坟墓前悼念她。紫玉的灵魂从坟墓中走了出来，见了韩重，流着眼泪对韩重说："过去你走了以后，你让父母亲前来向我的父王求婚，当时想着父王应该能成全我这终身大愿。没想到你我分别以后，竟然遭到这样的命运，但是又有什么办法呢？"紫玉于是把头掉转到左边，弯着脖子唱道："南山有乌鹊，北山张开了罗网。乌鹊已经高飞了，罗网也没有用处了！本来想跟随您，可是流言太多了。抑郁不已生了重病，薄命而死葬于黄土。命运真的是太坏了，冤死了又怎么样！鸟类中的王，名字叫凤凰。失去雄凤以后，三年持续悲伤。虽然有很多鸟在，但是不愿与它们配成双。所以显鄙陋身，逢君再放容光。身远心相近，何时才能相忘？"唱完这首歌后，紫玉掩面抽泣流泪，她邀请韩重共同回到她的坟墓中。韩重说："死和生不同路，我怕这样会有灾难，所以不敢接受你的邀请。"紫玉说。"死和生是不同路，我也懂得这个道理。但是今天分别之后，以后就永远没有见面的时候了。您还怕我变成了鬼来祸害您吗？我要把诚心奉献给您，您难道不相信吗？"

韩重被她的话深深地感动了，就跟她一起回到了她的坟墓里。紫玉跟他一起饮酒、吃饭，留他在这儿住了三天三夜，也尽到了夫妻之间的礼仪。在韩重将要走出坟墓的时候，紫玉拿了一颗直径大约为一寸的明珠送给韩重，对他说："我既然已经毁坏了名声，又断绝了心愿，还有什么可说的呢？请您时时要多加保重身体。如果去我家拜访，请你代我向我父王表示敬意。"

韩重从坟墓中走出来以后，就去拜见吴王，主动向他叙述了这几天发生的这些事情。吴王听了后非常生气，说："我的女儿已经死了，你却制造谣言来玷污死者的灵魂。这不过是偷挖坟墓盗窃的宝物，却假托鬼神。"于是，马上把韩重逮捕起来了。韩重乘机偷偷跑掉了，他来到紫玉的坟前，对她诉说了这件事。紫玉说："不用担心，我现在就回去向父王说明情况。"当时吴王正在梳洗，忽然看见紫玉来到他身边，大吃一惊，悲喜交加，就问道："你怎么又活过来了？"紫玉跪着对他说："以前书生韩重来向你求婚娶我，父王不同意，我的名誉毁坏了，我对他的情义也已绝了，因此我把自己也折磨死了。韩重从远方回来以后，听说我已经死了，因此特地送来了祭品和礼物，到我的坟上哀悼我。我非常感激他的深情厚谊，就跟他见了面，于是把明珠送给了他，那不是挖坟所得，请大王不要再追究他的责任了。"吴王夫人听到了紫玉的声音，便走出来一把抱住她，但是紫玉却像烟一样消失了。

二十 驸马都尉

[原文]

陇西辛道度者，游学至雍州城四五里，比见一大宅，有青衣女子在门。度诣门下求飧（sūn）。女子入告秦女，女命召入。

度趋入阁中，秦女于西榻而坐。度称姓名，叙起居，既毕，命东榻而坐。即治饮馔。食讫，女谓度曰：“我秦闵王女，出聘曹国，不幸无夫而亡。亡来已二十三年，独居此宅，今日君来，愿为夫妇。”经三宿三日后，女即自言曰：“君是生人，我鬼也，共君宿契，此会可三宵，不可久居，当有祸矣。然兹信宿，未悉绸缪，既已分飞，将何表信于郎？”即命取床后盒子开之，取金枕一枚，与度为信。乃分袂泣别，即遣青衣送出门外。未逾数步，不见舍宇，惟有一冢。

辛道度

辛道度，西汉人，外出游学，道遇一妙龄女郎，乃是秦闵王之女，死去已经二十三年了，但二人仍旧结为夫妻之好。这充分体现了对自由爱情的歌颂。

度当时荒忙出走，视其金枕在怀，乃无异变。寻至秦国，以枕于市货之，恰遇秦妃东游，亲见度卖金枕，疑而索看，诘度何处得来，度具以告。妃闻，悲泣不能自胜，然尚疑耳，乃遣人发冢启柩视之，原葬悉在，唯不见枕。解体看之，交情宛若。秦妃始信之。叹曰：“我女大圣，死经二十三年，犹能与生人交往，此是我真女婿也。”遂封度为驸马都尉，赐金帛车马，令还本国。

因此以来，后人名女婿为“驸马”，今之国婿，亦为“驸马”矣。

[译文]

陇西郡有个叫辛道度的人，外出游学来

到距离雍州城四五里远的地方，他看见一座非常大的住宅，有一个身着青衣的婢女在门口站着。辛道度来到门前，请求她施舍饭食。婢女进去向秦女报告了他的请求，秦女便让婢女请辛道度进屋。

辛道度走进阁子里，秦女坐在西边的床榻上。辛道度上前报上了自己的姓名，向秦女请了安，之后，秦女就让他坐在东边的床榻上。立即置办好了酒菜。吃完后，秦女对辛道度说：“我是秦闵王的女儿，原本是要远嫁到曹国，不幸的是我还没有成婚就死了。到现在已经有二十三年了，我独自一个人住在这所住宅里，今天您来了，我希望能和您结为夫妻。”过了三夜三天以后，秦女自己说道：“您是活人，我是鬼。和您早就有了情缘，但这种幽会只可以持续三夜，您不能再在这里久住下去，否则，灾祸就会降临在你头上了。但是这么短暂的几夜，不能尽到相亲相爱之情，既然我们现在就要分别了，我应该送给你什么信物呢？”她马上就叫婢女把床后的盒子拿了过来，打开盒子以后，她从里面取出一个金枕，把它送给辛道度作为信物。于是，秦女哭着和辛道度分手告别，又派婢女把他送出门外。辛道度还没走多远，原来的这栋房子就不见了，只剩下一座坟墓。

辛道度慌忙逃走，看了看那金枕还在他的怀里，并没有发生什么变化。没过多久，他便来到了秦国，就拿着金枕到市场上去卖，碰巧遇上到秦王的妃子来东方游玩，她亲眼看见辛道度在卖金枕，感到有点疑惑，就向辛道度把金枕要来仔细察看，并问辛道度从哪儿得到的这个东西，辛道度把那事情的前后经过详细地告诉了秦妃。秦妃听了他的话以后，禁不住悲哀地哭起来，但是她心里还是有点疑虑，就派人去挖那座坟墓，打开棺材仔细查看了一下，发现原先陪葬的东西都在，只是缺了那个金枕。解开秦女的衣服查看了她的身体，好像是夫妻行礼的样子。秦妃这才相信了辛道度说的话。她感慨颇深地说：“我的女儿真是神通广大啊，死了二十三年，竟然还能和活人交往，这辛道度是我真正的女婿啊。”于是就把辛道度封为驸马都尉，并且赐给他金帛车马，让他回到自己的国家。

自从这件事发生以后，后代人就把女婿称为“驸马”，现在帝王的女婿，也被称为“驸马”。

二十一　谈　生

[原文]

汉，谈生者，年四十，无妇，常感激读《诗经》。夜半，有女子，年可十五六，姿颜服饰，天下无双，来就生为夫妇。之言曰：“我与人不同，勿以火照我也，三年之后，方可照耳。”与为夫妇。

生一儿，已二岁，不能忍，夜伺其寝后，盗照视之。其腰已上，生肉如人，腰已下，但有枯骨。妇觉，遂言曰：“君负

鬼女

鬼女也能变化成人，与人结为夫妻，可谓怪诞至极，实际上，这些鬼女身上，体现的正是真正爱情的理想和追求，充满了人间的烟火气息。

我！我垂生矣，何不能忍一岁，而竟相照也？”生辞谢，涕泣不可复止。云：“与君虽大义永离，然顾念我儿，若贫不能自偕活者，暂随我去，方遗君物。”生随之去，入华堂室宇，器物不凡。以一珠袍与之，曰：“可以自给。”裂取生衣裾留之而去。

后生持袍诣市，睢阳王家买之，得钱千万。王识之曰：“是我女袍，那得在市？此必发冢。”乃取拷之，生具以实对。王犹不信，乃视女冢，冢完如故，发视之，棺盖下果得衣裾。呼其儿视，正类王女。王乃信之，即召谈生，复赐遗之，以为女婿。表其儿为郎中。

[译文]

汉朝有个名字叫谈生的人，四十岁了，没有妻子，他常常有所感慨而怀着激动的心情诵读《诗经》。有一天半夜，有一个女子，年纪大约在十五六岁，体态容貌和衣着打扮非常出众，天底下没有哪个女孩子能比得上她，她主动接近谈生，想和他做夫妻。说道：“我和常人不一样，你不要拿火来照我，三年之后，才可以拿火来照。”于是，谈生就和她结成了夫妻。

后来，这个女子生了一个儿子，已经过了两年，谈生忍不住自己的好奇心，在半夜里等着妻子睡着以后，悄悄地用火烛照看她。只看见她的腰部以上的部位长着肉，腰部以下只有枯骨。妻子惊醒了，就问道：“您辜负了我！我就要活过来了，您为什么不能再忍耐一年，竟然现在就用火光来照我呢？”谈生赶紧向她道歉。他妻子痛哭流涕，眼泪止不住地往下流，对谈生说：“我虽然和您将要永远地断绝夫妻关系，但我顾念我的儿子，如果您穷到连他不能一起养活的地步，就暂时跟我走一趟，我要送给您一点东西。”说完，谈生就跟着妻子走了，走进一间华丽的厅堂，里面的器物都非同寻常。他妻子拿了一件表面缀着珠宝的长袍给了他，对他说：“你可以靠它来养活你自己和我们的儿子了。”她又把谈生的衣襟撕了一片留下，就让他走了。

后来谈生拿着这件珠袍到市场上去出售，睢阳王家里的人把它买了去，谈生得到了一千万钱。睢阳王认识那件长袍，他说：“这是我女儿的长袍，怎么会在市场上出售呢？这个人肯定挖我女儿的坟墓了。”于是，他就把谈生抓来家里拷问，谈生就详细如实地回答了他的问题。睢阳王还是不相信他说的话，就去察看女儿的坟墓，女儿的坟墓还是像原来那样完好无损，掘开坟墓查看，果然在棺材盖下面发现了谈生的衣襟。他又把谈生的儿子叫来仔细观看，也正和自己的女儿长得一样。睢阳王这才相信谈生的话是真的，便把谈生召了过来，又把他女儿的那件珠袍赠送给了他，把他当作自己的女婿。还向朝廷上奏疏，推荐谈生的儿子当了郎中。

二十二 卢充幽婚

[原文]

卢充者，范阳人，家西三十里，有崔少府墓。充年二十，先冬至一日，出宅西猎戏，见一獐，举弓而射，中之，獐倒复起。充因逐之，不觉远。忽见道北一里许，高门瓦屋，四周有如府舍，不复见獐。门中一铃下唱：“客前。”充曰：“此何府也？”答曰：“少府府也。”充曰：“我衣恶，那得见少府？”即有一人提一幞(fú)新衣，曰：“府君以此遗郎。”

充便着讫，进见少府，展姓名。酒炙数行，谓充曰：“尊府君不以仆门鄙陋，近得书，为君索小女婚，故相迎耳。”便以书示充。充父亡时虽小，然已识父手迹，即欷歔无复辞免。便敕内：“卢郎已来，可令女郎妆严。”且语充云：“君可就东廊。”及至黄昏，内曰：“女郎妆严已毕。”充既至东廊，女已下车，立席头，却共拜。时为三日，给食。

三日毕，崔谓充曰：“君可归矣。女有娠(shēn)相，若生男，当以相还，无相疑。生女，当留自养。”敕外严车送客，充便辞出。崔送至中门，执手涕零。出门，见一犊车，驾青衣，又见本所着衣及弓箭，故在门外。寻传教将一人提幞衣与充，相问曰：“姻缘始尔，别甚怅恨。今复致衣一袭，被褥自副。”充上车，去如电逝，须臾至家。家人相见悲喜。推问，知崔是亡人而入其墓。追以懊惋。

别后四年，三月三日，充临水戏，忽见水旁有二犊车，乍沉乍浮，既而近岸。同坐皆见，而充往开车后户，见崔氏女与三岁男共载。充见之忻然，欲捉其手，女举手指后车曰："府君见人。"即见少府。充往问讯，女抱儿还充。又与金琬(wǎn)，并赠诗曰："煌煌灵芝质，光丽何猗猗！华艳当时显，嘉异表神奇。含英未及秀，中夏罹霜萎。荣耀长幽灭，世路永无施。不悟阴阳运，哲人忽来仪。会浅离别速，皆由灵与祇。何以赠余亲？金琬可颐儿。恩爱从此别，断肠伤肝脾。"

充取儿、琬及诗，忽然不见二车处。充将儿还，四坐谓是鬼魅，佥遥唾之，形如故。问儿："谁是汝父？"儿径就充怀。众初怪恶，传省其诗，慨然叹死生之玄通也。

充后乘车入市，卖琬，高举其价，不欲速售，冀有识。欻有一老婢识此，还白大家曰："市中见一人，乘车，卖崔氏女郎棺中琬。"大家即崔氏亲姨母也，遣儿视之，果如其婢言。上车，叙姓名，语充曰："昔我姨嫁少府，生女，未出而亡。家亲痛之，赠一金琬，着棺中。可说得琬本末。"充以事对。此儿亦为之悲咽。赍还白母，母即令诣充家，迎儿视之。诸亲悉集。儿有崔氏之状，又复似充貌。儿、琬俱验。姨母曰："我外甥三月末间产。父曰：'春，暖温也，愿休强也。'即字温休。温休者，盖幽婚也，其兆先彰矣。"

儿遂成令器，历郡守二千石。子孙冠盖，相承至今。其后植，字子干，有名天下。

[译文]

卢充，范阳郡人，他家西边三十里，有崔少府的坟墓。卢充二十岁那年，在冬至前一天，他到家的西面去打猎游玩，看见有一只獐，便拿起弓向它射去，一箭把它射中了，那只獐跌倒了，又接着起来逃跑了。卢充于是就追它，不知不觉追了很远。忽然发现在路北一里左右的地方，有一座高大的瓦房，四面的房子好像是官府的，再也看不见獐子的影子了。一个站在大门当中的侍从高声传呼道："贵客请进。"卢充说："这是谁家的府第呀？"回答说："这是崔少府的府第。"卢充说："我衣服太破烂，怎么能进去拜见少府呢？"这时，马上有个人拿来一包新衣服，对卢充说：“府君让我把这个送给您。”

卢充就换好衣服，进去拜见少府，并且报上了自己的姓名。酒斟了几巡后，少府对卢充说：“令尊大人不嫌弃我家的门第卑贱，最近收到他的信，替你向我小女求婚，因而我才把你接了过来。”说完便拿信给卢充看。父亲去世的时候，卢充虽然年纪很小，但是已经能认识父亲的笔迹了，因此，看到父亲的信后，喉咙立刻哽咽起来，也不再推辞婚事了。于是，少府对家里的人吩咐道：“卢郎已经来了，可以让女儿梳妆打扮了。”又对卢充说：“您现在可以到东厢房去等待。”等到黄昏时分，里面的人说：“小姐已经梳妆打扮完了。”卢充便来到了东厢房，小姐已经下了车，站在席边，于是便和卢充一起拜堂。总共有三天，府里每天都大办酒席。

獐

獐，即獐子，古代也称作麕。状似鹿而小，无角，行动灵敏，善于奔跑，主要产于我国南方地区。

三天以后，崔少府对卢充说：“您现在可以回家了。我女儿有了怀孕的迹象，如果生男孩，我会把他抱去给你，这请你不必疑心。如果生女孩，我们就把她留下来让我女儿自己抚养。”又吩咐外面的侍从把车马准备好送客，卢充便告辞离去。崔少府把他送到大门口，握着他的手眼泪一直往下流。卢充出了他家大门，看见眼前有一辆小牛车，套着一头青牛，又发现自己原来所穿的衣服和弓箭都在门外。接着，崔少府又让一个人提着一包衣服给卢充，这个人慰问道：“新婚刚开始，分别非常惆怅怨恨。现在再送给您一套衣服，被褥也已经配备好了。”卢充上了车，车便像闪电般迅速离去了，一会儿就到家了。家人看到他以后悲喜交集。打听查询后，卢充才知道崔少府是死人，自己进了他的坟墓。卢充回忆着发生的那一切，感到非常懊悔叹惋。

分别四年后的三月三日，卢充到河边游玩，突然间发现河里有两辆小牛车，一会沉下去，一会浮来，不一会儿就靠近了岸边。与卢充坐在一起的人都看见了，卢充上前去打开车子的后门，看到崔氏女和一个三岁的男孩坐在车中。卢充看见了她们非常高兴，想去抓住她的手。崔氏姑娘把手举来指向后面的车子说：“府君看见你了。”卢充便上前拜见崔少府。卢充寒暄问候了一番，崔氏姑娘抱着儿子，把儿子给了卢充，又送给他一只金碗，还赠给他一首诗说：“姿色出众像灵芝，光泽丰满多美丽。漂亮艳丽谁不知，赞我出众又神奇。含苞欲放未及开，盛夏遭霜便枯萎。姿容光耀永消亡，人间道路全阻隔。阴阳命运悟不透，贤人忽然来光临。相会片刻离别快，都由神灵来掌控。拿什么赠送亲人？送只金碗可养子。恩爱夫妻从此别，肠断心碎肝脾裂。”

卢充把儿子、金碗和诗都接过来，忽然两辆车子都消失了。卢充带着儿子回到岸上，在座的人都说他儿子是鬼，就都远远地朝他儿子身上吐唾沫，但是他儿子却还是原来的样子。大家就向这孩子问道："谁是你的父亲？"孩子就径直扑进卢充的怀里。大家开始还对着孩子有点奇怪和厌恶，但是等到互相传阅了那首诗以后，便都对死人和活人之间这种玄妙的交往发出感慨和叹息。

后来，卢充驾车到集市上去卖这个金碗，故意抬高了它的价格，不想很快就把它卖掉，他就期待着认识金碗的人前来找他。有一个年老的婢女认识这只碗，便回去告诉她的女主人说："我在集市上看见一个人，乘着车，在出售崔氏姑娘棺材中的那只金碗。"这个女主人就是崔氏姑娘的亲姨母，崔氏姨母就派儿子去查看，情况果然和那个老婢女讲的一样。崔氏儿子便上了卢充的车，向前通报了自己的姓名，对卢充说："以前的时候，我的姨母嫁给了崔少府，生了个女儿，但是这个女儿还没有等到出嫁就死了。我母亲非常伤心，就送给她一只金碗，把它放在棺材中。你说一说你得到这只金碗的详细经过。"卢充便把事情的经过全都如实告诉了他。姨母的儿子听到经过后也悲伤地哭起来。于是，便把金碗带了回去，并且告诉母亲事情的详细经过，他母亲便派人到卢充家里，把卢充的儿子接过来看一看。所有的亲戚朋友都过来了。那儿子有点像崔氏姑娘的样子，又有点像卢充的相貌。儿子和金碗都被验证了。姨母说："我的外甥女是三月底出生的。她父亲说：'春天天气温暖，祝愿她秀美强健。'于是就给她取了温休的名字。温休，大概就是幽婚的意思，这个预兆早在取名时就显现出来了。"

卢充的儿子长大后成为优秀的人才，做过俸禄为二千石的郡守。后代子孙都在朝廷中做官，一直承袭到现在。他的后代卢植，字子干，更是闻名天下。

二十三　西门亭闹鬼

[原文]

后汉时，汝南汝阳西门亭，有鬼魅，宾客止宿，辄有死亡。其厉厌者，皆亡发失精。寻问其故，云："先时颇已有怪物。其后郡侍奉掾宜禄郑奇来，去亭六七里，有一端正妇人乞寄载。奇初难之，然后上车。入亭，趋至楼下。亭卒白：'楼不可上。'奇云：'吾不恐也。'时亦昏冥，遂上楼，与妇人栖宿。未明，发去。亭卒上楼扫除，见一死妇，大惊，走白亭长。亭长击鼓，会诸庐吏，共集诊之。乃亭西北八里吴氏妇，新亡，夜临殡，火灭，及火至，失之。其家即持去。奇发，行数里，腹痛，到南顿利阳亭，加剧，物故。楼遂无敢复上。"

[译文]

后汉时期，汝南郡汝阳县西门亭经常闹鬼，旅客在这里留宿的时候，总是有人死亡。被害的严重的，都是头发脱光，失去精气。询问这种情况发生的原因，那里的人会说："从前这里也经常有怪物出现。后来在汝南郡任侍奉掾一职的宜禄县人郑奇来到了这儿，就在离亭六七里的地方，有个衣着很整齐的妇女请求搭他的车。郑奇开始有点为难，不过后来还是让她上了车。他们到了亭中，郑奇就走到阁楼下。守亭的士兵说：'这楼不能上去。'郑奇说：'我不害怕。'当时天色也已经变暗了，于是郑奇就上了楼，和这妇女睡了一夜。天还没有亮的时候，郑奇就动身走了。守亭的士兵上楼去打扫卫生，看见了一具女尸，他非常害怕，就跑去向亭长报告了这件事。亭长马上敲鼓，召集了所有的侍从和差役，一起前去查看情况。原来这个妇女是西门亭西北八里处的吴家的媳妇，最近刚死，昨天晚上快要下葬的时候，火烛熄灭了，等到点上火烛再拿来照看时，尸体就不见了。吴家的人来把尸体抬走了。郑奇起身走了几里路，小腹疼痛，走到南顿县利阳亭，腹痛越来越厉害，人就死了。于是就再没有人敢到这座楼上去了。"

二十四　钟繇杀鬼

[原文]

颍川钟繇，字元常，尝数月不朝会，意性异常。或问其故，云："常有好妇来，美丽非凡。"问者曰："必是鬼物，可杀之。"妇人后往，不即前，止户外。繇问："何以？"曰："公有相杀意。"繇曰："无此。"勤勤呼之，乃入。繇意恨，有不忍之，然犹斫之，伤髀。妇人即出，以新绵拭，血竟路。明日，使人寻迹之，至一大冢，木中有好妇人，形体如生人，着白练衫，丹绣裲裆，伤左髀，以裲（liǎng）裆中绵拭血。

钟 繇

钟繇，字元常，三国魏河南长葛人，官至太傅。工于书法，尤精于隶、楷书。书若飞鸿戏海，舞鹤游天，与晋代王羲之并称"钟王"。

[译文]

颍川郡人氏钟繇，字元常，曾经连续几个月不上朝，他的神色气质都与平常不一样。

有人问他原因，他说："这几个月经常有一个美女到我这儿来，她美丽得非同一般。"问他的人说："这个美女一定是个鬼，你可以把她杀掉。"那美女后来又来了，却不立刻走到钟繇跟前，而是站在门外。钟繇问她："你为什么不进来？"那女人说："您有杀我的想法。"钟繇说："我根本就没有杀你的这种想法。"于是就殷勤地呼唤她，她这才进了屋。钟繇心里非常恨她，却又不忍心，但是还是朝她身上砍了一刀，伤到了她的大腿。这女人马上跑出了门，用新棉花揩擦伤口，鲜血滴撒了她所走过的道路。第二天，钟繇派人沿着这血迹去找她，来到了一座大坟前，挖开坟墓，打开棺材一看，发现棺材中躺着一个漂亮的女人，她的身体就像活人的一样，身上穿着白色的丝绸衫、红色的绣花背心，左大腿被砍伤了，还用背心中的新棉絮揩擦伤口的血。

卷十七

一 张汉直为鬼所愚

[原文]

陈国张汉直到南阳，从京兆尹延叔坚学《左氏传》。行后数月，鬼物持其妹，为之扬言曰："我病死，丧在陌上，常苦饥寒。操二三量不借，挂屋后楮(chǔ)上；傅子方送我五百钱，在北墉下：皆亡取之。又买李幼一头牛，本券在书箧中。"往索取之，悉如其言。妇尚不知有此，妹新从婿家来，非其所及。家人哀伤，益以为审。父母诸弟衰绖(cuī dié)到来迎丧，去舍数里，遇汉直与诸生十余人相追。汉直顾见家人，怪其如此。家见汉直，谓其鬼也。怅惘良久。汉直乃前为父拜，说其本末，且悲且喜。凡所闻见，若此非一，得知妖物之为。

[译文]

陈国人张汉直到南阳，跟着京兆尹延叔坚学习《左传》。他离家几个月以后，他的妹妹被鬼附身，鬼装成他扬言道："我现在病死了，但是尸体还在路上，魂魄还经常遭到饥饿与寒冷的困扰。我把以前打好的两三双草鞋挂在了屋后的楮树上，傅子方送给我五百文钱，我把它放在了北墙下面：这些东西我都忘拿了。此外，我从李幼那里买了一头牛，契据放在书箱里。"大家听了他的这些话后就去找这些东西，这些东西都像他妹妹说的那样放在原处。他的妻子也不知道家里有这些东西，他妹妹刚从自己丈夫家里来，不可能知道这些事情。家里的人都非常悲伤，更确定无疑地认为张汉直死了。他的父母兄弟都穿了丧服来迎丧，在距离学府还有几里地的地方，迎丧的人却遇上张汉直和

延笃

延笃，字叔坚，汉代人，少时师从唐溪典、马融受业，博通经传及百家之言，善著文章，称名京师。

他的十几个同学一起走着。张汉直回头看见了家里人，对他们穿戴成这个样子感到很奇怪。家里人看见张汉直，都以为他是鬼。一家人惆怅了很长时间。张汉直于是走上前去拜见父亲，他父亲就把事情的前后经过对他说了，父子俩感到悲喜交集。所听到看到的这种事情并非只有一件，经过这件事，大家才知道这是妖怪在作乱。

二　贞节先生

[原文]

汉，陈留外黄范丹，字史云，少为尉从佐使，檄谒督邮。丹有志节，自恚（huì）为厮役小吏，乃于陈留大泽中，杀所乘马，捐弃官帻（zé），诈逢劫者。有神下其家曰："我史云也，为劫人所杀。疾取我衣于陈留大泽中。"家取得一帻。丹遂之南郡，转入三辅，从英贤游学，十三年乃归，家人不复识焉。陈留人高其志行，及没，号曰贞节先生。

[译文]

汉朝陈留郡外黄县人范丹，字史云，年轻的时候担任尉从佐使，任务就是给督邮送发文书。范丹是一个非常有志气的人，他对自己只能当这种差役小吏感到非常惭愧，于是就在陈留郡一个沼泽地中，杀掉所有他骑的马，而且扔掉了他当差时所戴的头巾，假装自己遭到了匪徒的抢劫。事情发生后，有个神灵降临到他家中说："我是史云，被强盗杀死了。你们赶快到陈留郡的沼泽中去把我的衣服取回来。"家里人赶到了那里，拣到了一块头巾。于是范丹去了南郡，又转到三辅地区，跟随那些精英贤人学习，十三年以后他才回到家中，家人都不认识他了。陈留郡的人都非常推崇他的志气和行为，他去世后，称其为贞节先生。

三　费季久客

[原文]

吴人费季，久客于楚，时道多劫，妻常忧之。季与同辈旅宿庐山下，各相问出家几时。季曰："吾去家已数年矣。临来，与妻别，就求金钗以行。欲观其志当与吾否耳。得钗，乃以着户楣（méi）上。临发，失与道，此钗故当在户上也。"尔夕，其妻梦季曰："吾行遇盗，死已二年。若不信吾言，吾行时，取汝钗，遂

不以行，留在户楣上，可往取之。”妻觉，揣钗得之，家遂发丧。后一年余，季乃归还。

[译文]

吴国有个叫费季的人，在楚国已经寄居了很久了，当时路上经常发生抢劫的事情，他的妻子经常为他担忧。费季和他的同伴们投宿在庐山下，几个人互相询问各自离家多长时间了。费季说：“我已经离家好几年了。临走的时候，我向妻子告别，动身之前向她要了一枚金钗。我只是想试探一下她的心，看看她会不会给我罢了。我从她那要到了金钗，就把它放在我家门框上端的横木上。临走的时候，忘了对她说这件事了，这金钗到现在肯定还在门框上端的横木上。”当天晚上，他的妻子梦见费季对她说：“我在路上赶路的时候遇上了强盗，已经死了两年了。如果你不相信我说的话，我走的时候，向你要了你头上戴的金钗，但是并没有把它带走，而是把它放在咱们家门框上端的横木上了，你可以去把它取下来。”他妻子醒了以后，在门框上找到了金钗，家里人就给他办了丧事。过了一年多，费季却又回家了。

四　余姚现怪

[原文]

余姚虞定国，有好仪容，同县苏氏女，亦有美色。定国常见，悦之。后见定国来，主人留宿，中夜，告苏公曰：“贤女令色，意甚钦之。此夕能令暂出否？”主人以其乡里贵人，便令女出从之。往来渐数，语苏公云：“无以相报。若有官事，某为君任之。”主人喜。自尔后有役召事，往造定国。定国大惊曰：“都未尝面命，何由便尔？此必有异。”具说之。定国曰：“仆宁肯请人之父而淫人之女？若复见来，便当斫之。”后果得怪。

[译文]

余姚县有个叫虞定国的人，长得仪表堂堂，与他同县的苏家姑娘，长得也非常漂亮。虞定国曾经见过她，很喜欢这位姑娘。后来苏家看见虞定国前来拜访，主人就留他在家里住了一宿，半夜的时候，虞定国对苏公说：“您女儿长得非常漂亮，我非常仰慕她。今天晚上你能不能让她出来一下呢？”主人因为虞定国是当地的身份高贵的人物，便让女儿出来陪伴他。虞定国与苏家的来往逐渐频繁，他告诉苏公：“我没有什么可用来报答您。如果官府中有什么公差，就让我替您承担吧。”苏公听了以后感到非常高兴。这以后，有个差役去苏家让苏家主人去服役，苏家主人就去找虞定国。虞定国感到非常惊讶，说：“我和你根本没有见过面交谈过，你怎么会有这样的想法？这里面一定有怪事。”苏家主人就把那事情的经过详细地告诉了他。虞定国说：“我怎么会乞求人家的父亲要奸淫人家的女儿吗？如果你再看见他去你家，就应该立即把他杀了。”后来，苏公果然在家里捉到了一个妖怪。

五　蝉　怪

[原文]

吴孙皓世，淮南内史朱诞，字永长，为建安太守。诞给使妻有鬼病，其夫疑之为奸。后出行，密穿壁隙窥之。正见妻在机中织，遥瞻桑树上，向之言笑。给使仰视树上，有一年少人，可十四五，衣青衿袖，青幧(qiāo)头。给使以为信人也，张弩(nǔ)射之。化为鸣蝉，其大如箕，翔然飞去。妻亦应声惊曰：“噫！人射汝。”给使怪其故。

后久时，给使见二小儿在陌上共语，曰：“何以不复见汝？”其一即树上小儿也。答曰：“前不遇，为人所射，病疮积时。”彼儿曰：“今何如？”曰：“赖朱府君梁上膏以敷之，得愈。”

给使白诞曰：“人盗君膏药，颇知之否？”诞曰：“吾膏久致梁上，人安得盗之？”给使曰：“不然。府君视之。”诞殊不信，试为视之，封题如故。诞曰：“小人故妄言，膏自如故。”给使曰：“试开之。”则膏去半。为掊刮，见有趾迹，诞因大惊，乃详问之，具道本末。

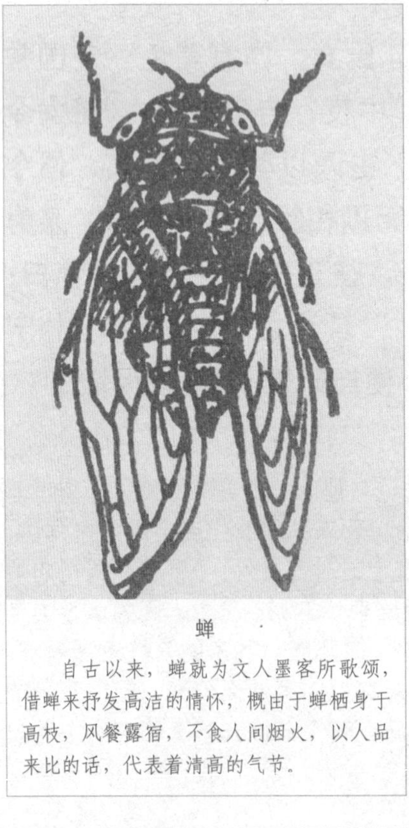

蝉

自古以来，蝉就为文人墨客所歌颂，借蝉来抒发高洁的情怀，概由于蝉栖身于高枝，风餐露宿，不食人间烟火，以人品来比的话，代表着清高的气节。

[译文]

吴国孙皓年间，淮南内史朱诞，字永长，任建安太守。朱诞侍从的妻子得了一种鬼病，她的丈夫却怀疑她与别人有奸情。后来侍从假装出外做事，就悄悄地在墙上打了个洞偷看。有一次，他恰好看见妻子在布机旁织布，而她的眼睛却向远处的桑树望去，朝那里有说有笑。侍从抬头向那树上望去，只见树上有一个年轻人，年纪大约十四五岁，身上穿着青色的衣服，头上戴着青头巾。侍从把他当作了真的活人，便拉弓射向他。年轻人变成了一只蝉，像簸箕一样大小，伸展着翅膀飞走了。妻子也随着声音惊叫道："呀！有人射你。"侍从非常奇怪她为什么会这样。

后来，又过了很长一段时间，侍从在路上看见两个小孩在说话，其中一个孩子说："这些日子为什么老是不见你的踪影？"其中一个就是树上的那个小孩。他回答说："前段时间没遇见，是被人用箭射伤了，受伤病了很长时间。"那个小孩又问："现在怎么样了？"这小孩说："全靠朱太守家梁上的膏药，我把它拿来敷在伤口上，伤口痊愈了。"

侍从对朱诞说："有人偷了您的膏药，您是否察觉到了？"朱诞说："我的膏药放到梁上很久了，别人哪能偷去呢？"侍从说："不是这样。您还是去看看。"朱诞根本就不相信侍从说的话，他试着去梁上看了看，发现那膏药还是像以前那样原封没动。朱诞便说："你这个小子故意胡说八道，明明这包膏药还是像原来那样原封没动。"侍从说："试着打开看看。"那包膏药少了一半。膏药是刮掉的，发现有脚爪的印记，朱诞于是感到非常惊讶，就详细地询问侍从事情的缘由，侍从便把这事情的前后经过详细地告诉了朱诞。

六　鬼魅作祟

［原文］

吴时，嘉兴倪彦思居县西埏里，忽见鬼魅入其家，与人语，饮食如人，惟不见形。彦思奴婢有窃骂大家者，云："今当以语。"彦思治之，无敢詈之者。

彦思有小妻，魅从求之，彦思乃迎道士逐之。酒肴既设，魅乃取厕中草粪，布着其上。道士便盛击鼓，召请诸神。魅乃取伏虎于神座上吹作角声音。有顷，道士忽觉背上冷，惊起解衣，乃伏虎也。于是道士罢去。

彦思夜于被中窃与妪语，共患此魅。魅即屋梁上谓彦思曰："汝与妇道吾，吾今当截汝屋梁。"即隆隆有声。彦思惧梁断，取火照视，魅即灭火，截梁声愈急。彦思惧屋坏，大小悉遣出，更取火，视梁如故。魅大笑，问彦思："复道吾否？"

郡中典农闻之曰："此神正当是狸物耳。"魅即往谓典农曰：

鬼

鬼魅以其卑鄙的伎俩，骚扰人们，人们虽然对它恨之入骨，却也无可奈何，只是因为他们自身也干了一些不光彩的事情，正是因为我们自己心中有鬼，反而着了鬼魅的道，只要一身正气，鬼魅的伎俩就不会得逞的。此中虽言鬼，而切中之地却是人事。

“汝取官若干百斛谷，藏着某处，为吏污秽，而敢论吾！今当白于官，将人取汝所盗谷。”典农大怖而谢之。自后无敢道者。

三年后去，不知所在。

［译文］

吴国的时候，嘉兴县的倪彦思住在县城西边的埏里，有一天，他忽然看见一个鬼魅到了他家中，这个鬼魅跟人说话，像人一样吃东西，只是人们看不见它的形体。倪彦思有一个奴婢暗地里骂家主，那鬼魅说：“现在就把她骂的这些话告诉给主人。”倪彦思惩罚了这个奴婢，再也没有谁敢骂主人的了。

倪彦思有个小老婆，鬼魅去追求她，倪彦思于是请来了道士驱逐这个鬼魅。摆好了酒肉，鬼魅就从厕所中挖了大粪，放在了酒肉上面。道士便猛烈打鼓，召请各路神仙。鬼魅就拿了一个便壶，坐在神座上吹出号角的声音。过了一会儿，那个道士忽然感到背上发冷，急忙站起来脱衣服，原来是便壶。于是，道士作罢就离开了。

倪彦思晚上在被窝里悄悄地和老婆谈话，两人都很发愁这个鬼魅。鬼魅立即在屋梁上对倪彦思说：“你和妻子一起说我，我现在应该把你家的屋梁锯断。”马上发出了轰隆隆的响声。倪彦思害怕屋梁被锯断，就拿了火烛来照着察看，鬼魅立即把火吹灭了，锯屋梁的声音越来越急。倪彦思害怕房屋会倒塌，就把全家老幼都叫到了门外，又拿了火烛去察看，屋梁却还是像原来那样。鬼魅哈哈大笑，向倪彦思问道：“你还说我吗？”

郡里有位典农听说了这件事以后，便对他说：“这个怪物肯定是只狐狸。”鬼魅立刻去典农那里对他说：“你拿了官府几百斛谷子，把它藏在某个地方，你为官的贪污，还敢来说我！现在我应该去报告官府，带人去取你偷拿的谷子。”典农非常害怕，赶紧向它道歉。从这以后，再也没有人敢说这鬼魅了。

三年以后，鬼魅离开了，不知道它去了什么地方。

七 鬼魅怖人

［原文］

魏黄初中，顿丘界，有人骑马夜行，见道中有一物，大

如兔，两眼如镜，跳跃马前，令不得前。人遂惊惧，堕马。魅便就地捉之，惊怖暴死。良久得苏，苏已失魅，不知所在。乃更上马，前行数里，逢一人，相问讯已，因说："向者事变如此，今相得为伴，甚欢。"人曰："我独行，得君为伴，快不可言。君马行疾，且前，我在后相随也。"遂共行。语曰："向者物何如，乃令君怖惧耶？"对曰："其身如兔，两眼如镜，形甚可恶。"伴曰："试顾视我耶。"人顾视之，犹复是也。魅便跳上马，人遂坠地，怖死。家人怪马独归，即行推索，乃于道边得之。宿昔乃苏，说状如是。

[译文]

曹魏王朝黄初年间（公元220年—226年），顿邱县边境上有个人在夜里骑着马赶路，看见路当中有一个妖怪，像兔子一般大小，两只眼睛像镜子一样明亮，它在马的前面跳跃，使马不能再向前走了。骑马的这人感到非常吃惊害怕，就从马上摔了下来。鬼魅便上前把他捉住了，这个人吓得昏死过去了。过了很久才苏醒过来，醒来后就不见鬼魅了，不知道它在什么地方。他于是又上了马继续前行，向前走了几里路，遇到一个人，两个人互相问候完毕，他便说："先前发生了那样的怪事，现在能和你做伴，我感到非常高兴。"那个人说："我一个人走路，有您做伴，快乐得无法用语言表达了。您的马跑得快，你就在前面先走，我跟在您的后面。"于是他们俩就结伴而行。那人向他问道："先前那个怪物什么样子，竟然让您担惊受怕？"于是，他回答说："那个东西的身体像兔子，两只眼睛像镜子，形状看起来非常可怕。"这个伙伴说："试着回头看看我吧。"他回头一看，又是那个怪物。那鬼魅便立即跳上马，这个人于是就摔倒在地上，吓死了。他家里的人非常奇怪那匹马自己回来了，立刻到处寻找他，最后才在路边找到了他。这个人过了一夜才苏醒过来，他把先前的事情如实说了一下。

八　度朔君

[原文]

袁绍，字本初，在冀州，有神出河东，号度朔君，百姓共为立庙。庙有主簿大福。

陈留蔡庸为清河太守，过谒庙，有子名道，亡已三十年。度朔君为庸设酒曰："贵子昔来，欲相见。"须臾子来。

度朔君自云父祖昔作兖州，有一士，姓苏，母病，往祷。

主簿云："君逢天士，留待。"闻西北有鼓声，而君至。须臾，一客来，着皂角单衣，头上五色毛，长数寸。去后，复一人，着白布单衣，高冠，冠似鱼头，谓君曰："昔临庐山，共食白李，忆之未久，已三千岁。日月易得，使人怅然。"去后，君谓士曰："先来，南海君也。"士是书生，君明通五经，善《礼记》，与士论礼，士不如也。士乞救母病。君曰："卿所居东，有故桥，人坏之，此桥所行，卿母犯之，能复桥，便差。"

曹公讨袁谭，使人从庙换千匹绢，君不与。曹公遣张郃毁庙。未至百里，君遣兵数万，方道而来。郃未达二里，云雾绕郃军，不知庙处。君语主簿："曹公气盛，宜避之。"后苏并邻家有神下，识君声，云："昔移入胡，阔绝三年。"乃遣人与曹公相闻："欲修故庙，地衰，不中居，欲寄住。"公曰："甚善。"治城北楼以居之。

数日，曹公猎，得物大如麑（ní），大足，色白如雪，毛软滑可爱。公以摩面，莫能名也。夜闻楼上哭云："小儿出行不还。"公拊掌曰："此子言真衰也。"晨将数百犬，绕楼下，犬得气，冲突内外。见有物，大如驴，自投楼下。犬杀之，庙神乃绝。

[译文]

袁绍，字本初，他在冀州时，有一个神灵出现在河东郡，这个神灵号称度朔君，百姓共同为他建立了一座庙宇。庙里设有主簿，香火很旺盛。

陈留郡的蔡庸做了清河太守，过来拜访这座庙宇，他有个儿子叫蔡道，已经死了三十年了。度朔君给蔡庸置办了一桌酒席，对他说："你的儿子先前来了，他很想见见您。"一会儿工夫，蔡道就来了。

度朔君说他的祖辈以前曾经任职兖州，有一个姓苏的士人，他的母亲生病了，他就到庙里来祈祷。主簿对他说："度朔君遇到了天士，请等一下。"听见西北方传来击鼓的声音，紧接着度朔君就来到了。过了一会儿，进来一个客人，他身穿黑色单衣，头上插着五颜六色的毛发，大概有几寸长。这客人走了以后，又进来一个客人，这个人身上穿着白色的单衣，头上戴着高高的帽子，帽子的形状像鱼头，这个人对度朔君说："从前我们一起到庐山吃白李子，现在回想起来好像还没有多久一样，但是已经过去三千年了。时间过得真快，不免使人感到惆怅。"这个人走了以后，度朔君对苏姓士人说："最先进来的那个人是南海君。"苏姓士人是个读书人，而度朔君也精通《诗》《书》《礼》《易》《春秋》五经，尤其对《礼记》特别熟悉，当他与士人谈论起礼仪时，士人比不上他。士人请求度朔君治好他母亲的病。度朔君说："您家房子东面有座旧桥，有人把它弄坏了，这座桥经常有人行走，您母亲曾经冒犯过这座桥上的神，如果您能够把这座桥修好，那么您母亲的病就会痊愈。"

袁 绍

袁绍，字本初，东汉末年人，出身名门望族，曾据黄河下游四州，领众数十万，成为当时最大势力。后与曹操官渡一战中失利，从此一蹶不振，以至忧愤而死。

曹操讨伐袁谭，派人到庙里换取一千匹绸缎，度朔君不同意换给他。曹操就派张郃来把庙宇捣毁了。在离庙一百里左右的地方，度朔君派了几万神兵一道赶来。张郃的部队离庙宇还有二里远的地方，一片云雾把张郃的部队笼罩住了，他们不知道庙宇在什么地方。度朔君对主簿说："曹操的气势非常盛，我们应该避过他。"后来，苏家和隔壁邻居家有神灵降临，苏姓男士听出那是度朔君的声音，度朔君对他说："过去我移居到匈奴，和你们分别了三年的时间。"于是他就派人去与曹操商量说："想把旧庙修筑一下，但那块土地已经非常衰败，不再适合居住，想寄居到一个地方。"曹操说："非常好。"于是，就派人修筑了城北的楼房让他住在那个地方。

过了几天，曹操出去打猎，捕获到一个像麑一样大的怪物，脚也非常大，毛色像雪一样白，皮毛柔软滑爽得非常可爱。曹操用这个怪物的皮毛摩擦面孔，没人说得出它的名字。那天夜里，曹操听见这座楼上有人哭着说："小儿外出还没回来。"曹操拍着巴掌说："这个怪物真是要衰败了。"早晨起来以后，他带来了几百只狗围绕在这座楼下，狗闻到了它的气味，便在屋里屋外到处寻找。只见一个大小像驴子一样的怪物，自己从楼上跳到了楼下。狗咬死了它，庙里的神灵就灭绝了。

九 竹中现鬼

[原文]

临川陈臣家大富。永初元年，臣在斋中坐，其宅内有一町(tīng)筋竹，白日忽见一人，长丈余，面如方相，从竹中出，径语陈臣："我在家多年，汝不知，今辞汝去，当令汝知之。"去一月

许日，家大失火，奴婢顿死。一年中，便大贫。

[译文]

临川郡有个叫陈臣的人，家里非常富裕。永初元年（公元 107 年），陈臣正坐在书房中，他住宅里有一畦筋竹，白天忽然看见一个人，身长一丈多，面孔像驱疫辟邪的神像方相一样，从竹林中走出，直接对陈臣说：“我在你家里待了好多年了，你不知道，今天我就要辞别离开了，应该让你知道我。”这个人走了大概一个月左右，陈家着了大火，家里的奴婢一下子都被烧死了。一年之内，陈家便变得非常贫穷了。

十 釜中白头翁

[原文]

东莱有一家姓陈，家百余口。朝炊，釜不沸。举甑（zèng）看之，忽有一白头公，从釜中出。便诣师卜。卜云：“此大怪，应灭门。便归大作械，械成，使置门壁下，坚闭门在内，有马骑麾盖来扣门者，慎勿应。”乃归，合手伐得百余械，置门屋下。

果有人至，呼不应。主帅大怒，令缘门入，从人窥门内，见大小械百余，出门还说如此。帅大惶惋，语左右云：“教速来，不速来，遂无一人当去，何以解罪也？从此北行可八十里，有一百三口，取以当之。”

后十日，此家死亡都尽。此家亦姓陈云。

[译文]

东莱郡有一户姓陈的人家，全家有一百多口人。有一天早上做饭的时候，做饭的锅老是烧不开。于是就把锅子上的蒸笼拿起来看，忽然从锅子中走出来一个白头老人。陈家的人便到巫师那里为这事占卜。巫师说：“这是一个很大的怪物，你们全家都会死掉。赶快回家多做一些兵器，等到这些兵器做成后，把它们放在门内的屋子下，然后把大门紧紧关闭，你们一家人都要躲在家里，如果有骑马乘车的人来敲你家的家门，千万不要答应开门。”他们回到家中，一起动手制造兵器，最后做成了一百多件兵器，并把它们放在了门内的屋子下。

后来，果然有人来了，在他家大门外大声叫喊，但是里面没有人答应。那个主帅非常恼火，让部下爬门闯了进去，随从探着头朝门里边看了一下，发现有一百多件大大小小的兵器，就出门把他所看到的这种情况汇报给了主帅。主帅听了以后感到非常害怕，对自己身旁的人说：“我让你们快点来，你们却不赶快来，因此到现

在一个人也抓不到去抵挡，我们拿什么来弥补罪过呢？从这里往北走大约八十里，有一户人家有一百零三口人，去把他们抓了来回去抵挡吧。”

过了十天后，这个地方北边的一家人全都死光了。这一家也姓陈。

十一 服留鸟

［原文］

晋惠帝永康元年，京师得异鸟，莫能名。赵王伦使人持出，周旋城邑市，以问人。即日，宫西有一小儿见之，遂自言曰：“服留鸟。”持者还白伦。伦使更求，又见之，乃将入宫。密笼鸟，并闭小儿于户中。明日往视，悉不复见。

［译文］

晋惠帝永康元年（公元 300 年），京城里有人抓到一只外形奇异的鸟，人们都不能叫出它的名字。赵王司马伦派人把这只鸟拿了出去，在京城内的街市上来回走动，见到人就询问。那天，住在皇宫西边的一个小孩看见了这只鸟，就自言自语地说：“这是服留鸟。”拿鸟的人回去把这件事报告给了赵王。赵王派他出去再寻找那个小孩，结果找到了那个小孩，然后把他带进了皇宫。赵王把鸟紧紧地关在笼子里，并把这个小孩和这个鸟笼子关在了一间屋里。第二天再去看的时候，小孩和鸟却全部不见了。

十二 南康甘子

［原文］

南康郡南东望山，有三人入山，见山顶有果树，众果毕植，行列整齐，如人行。甘子正熟，三人共食，致饱，乃怀二枚，欲出示人。闻空中语云：“催放双甘，乃听汝去。”

［译文］

南康郡南部有座东望山，有三个人进了这座山，他们看见山顶上长有果树，各种果树种植得非常整齐，好像人行走的队伍一样。这时节柑子正好熟了，三个人便一起吃起来，等到吃饱了，每人还在怀里藏了两个，想着出山后把它拿给别人看。这时，只听到空中有人说道：“快点把那两只柑子放下，这样你们才能离开！”

十三 神物入人脑

[原文]

秦瞻，居曲阿彭皇野，忽有物如蛇，突入其脑中。蛇来，先闻臭气，便于鼻中入，盘其头中。觉哄哄，仅闻其脑间食声咂咂，数日而出，去。寻复来，取手巾缚鼻口，亦被入。积年无他病，唯患头重。

[译文]

秦瞻住在曲阿县彭皇的野外，忽然有一个像蛇一样的怪物，突然钻进了他的脑中。这条蛇刚来的时候，先闻气味，然后就从秦瞻的鼻孔钻了进去，盘绕在他的头颅中。他便觉得脑子轰轰的，只听见那蛇在他的脑子里咂咂吃东西的声音，过了几天，蛇从他的脑袋里钻了出来，离开了。不久蛇又来了，秦瞻用手巾捂住鼻子和嘴巴，还是被蛇钻了进去。过了几年，他也没有其他的病，只是感觉头很沉重。

卷十八

一 饭臿(chā)枕头作怪

[原文]

魏景初中，咸阳县吏王臣家有怪，无故闻拍手相呼，伺无所见。其母夜作倦，就枕寝息。有顷，复闻灶下有呼声曰：“文约，何以不来？”头下枕应曰：“我见枕，不能往。汝可来就我饮。”至明，乃饭臿也。即聚烧之，其怪遂绝。

[译文]

曹魏王朝景初年间（公元237年—239年），咸阳县县吏王臣家里有怪物，家里人无缘无故地会听到拍手和呼喊的声音，仔细查看一下，却什么也看不到。他母亲夜里干活干累了，就靠在枕头上睡觉休息。过了一会儿，便又听见灶下传来喊叫声：“文约，你为什么不下来？”他母亲头下的枕头回答道：“我被枕住了，不能到你那边去。你可以到我这儿来喝水。”等到天亮一看，原来过来喝水的是饭勺。立刻把它们放在一起烧掉了，他家的怪物就灭绝了。

二 阿文捉鬼

[原文]

魏郡张奋者，家本巨富，忽衰老，财散，遂卖宅与程应。应入居，举家病疾，转卖邻人阿文。文先独持大刀，暮入北堂中梁上。至三更竟，忽有一人长丈余，高冠，黄衣，升堂，呼曰：“细腰！”细腰应诺。曰：“舍中何以有生人气也？”答曰：“无之。”便去。须臾，有一高冠青衣者。次之，又有高冠白衣者。问答并如前。及将曙，文乃下堂中，如向法呼之，问曰：“黄衣者为谁？”曰：“金也，在堂西壁下。”“青衣者为谁？”曰：“钱也，在堂前井边五步。”“白衣者为谁？”曰：“银也，在墙东北角柱下。”“汝复为谁？”曰：“我，杵(chǔ)也，今在灶下。”及晓，文按次掘之，得金银五百斤，钱千万贯。仍取杵焚之。由此大富，宅遂清宁。

捣 杵

杵，本指一种棒槌，两头粗，中间细，可用来舂捣谷物、药物及筑土、捣衣等。

[译文]

魏郡有个叫张奋的人，本来家里非常富有，忽然之间家道衰败，财产散失了，于是就把自己的房子卖给了程应。程应搬进去住了以后，全家都生了病，所以又把房子转卖给了邻居何文。何文自己先拿了一把大刀，在傍晚时分进入了北面堂屋中的屋梁上。到了三更将尽的时候，屋里忽然来了一个人，那个人身高一丈多，头上戴着高帽子，身上穿着黄色的衣服，进屋喊道："细腰。"那个叫细腰的答应了一声。来的那人又说："屋里怎么有生人的气味？"细腰回答道："没有呀。"说完，这个穿黄衣服的人就走了。过了一会儿，又来了一个戴高帽子穿青衣服的人。然后，又来了一个戴高帽子穿白衣服的人。他们和细腰的谈话内容都与之前的那个人一样。天快要亮的时候，何文便下到堂中，像刚才那三个人的口气呼唤细腰，并问道："穿黄衣服的人是谁？"细腰回答道："他是黄金，在堂屋西边的墙下。""那个穿青衣服的人是谁？"细腰回答道："他是铜钱，在堂屋前离井边五步远的地方。""那个穿白衣服的人是谁？"细腰回答说："他是银子，在墙东北角的柱子底下。""你又是谁？"细腰回答说："我是木杵，现在在灶头下面。"等到天亮以后，何文依次挖掘那几个地方，挖到了五百斤黄金白银，一千万贯铜钱。然后便把木杵拿出来烧掉了。从此以后，何文变得非常富裕，整个宅院也就清静安宁了下来。

三　梓树怪

[原文]

秦时，武都故道有怒特祠，祠上生梓树。秦文公二十七年，使人伐之，辄有大风雨。树创随合，经日不断。文公乃益发卒，持斧者至四十人，犹不断。士疲还息，其一人伤足，不能行，卧树下，闻鬼语树神曰："劳乎攻战？"其一人曰："何足为劳。"又曰："秦公将必不休，如之何？"答曰："秦公其如予何？"又曰："秦若使三百人，被发，以朱丝绕树，赭(zhě)衣，灰坌(bèn)伐汝，

汝得不困耶？”神寂无言。

明日，病人语所闻。公于是令人皆衣赭，随斫创坌以灰。树断，中有一青牛出，走入丰水中。其后，青牛出丰水中，使骑击之，不胜。有骑堕地，复上，髻(jì)解被发，牛畏之，乃入水，不敢出。故秦自是置“旄(máo)头骑”。

［译文］

秦朝的时候，武都郡故道县有一座怒特祠，祠堂长着一棵梓树。秦文公二十七年（公元前739年），派人去砍伐这棵梓树，砍的时候总有狂风暴雨。砍完之后，树上的创口立即就会合拢，整整砍了一天也没有砍断它。于是，秦文公就增派了兵力，手里拿着斧头的人多达四十个，但是还是没有把树砍断。士兵们感到疲倦了，就回去休息，其中有一个人的脚受伤了，不能走路，只好躺在树下，他听见鬼对树神说：“打仗很辛劳吧？”其中一个人说：“这哪里算得上辛劳。”鬼又说：“秦文公肯定不会善罢甘休的，怎么办呢？”树神回答道：“秦文公能把我怎么样？”鬼又说：“如果秦文公让三百个人披散着头发，用大红丝线绕住树干，再身穿赤褐色的衣服，撒着灰前来向你身上砍去，你能不被困住吗？”树神就无话可说了。

第二天，那个伤了脚的人便说了自己在树底下听到的话。于是，秦文公让士兵们都穿上赤褐色衣服，紧跟着在砍出来的创口上撒上灰。树被砍断了，从树中跑出来一头青牛，一直跑进了丰水中。后来，这只青牛又从丰水中跑了出来，秦文公派骑兵去追击它，不能取胜。有个骑兵摔倒在了地上，马上又爬起来上了马，他的发髻散开了，披着头发继续去追它，青牛非常害怕他，于是就逃进了丰水中，从此以后不敢再出来了。所以秦国从此便设置了“旄头骑”。

四　树神黄祖

［原文］

庐江龙舒县陆亭流水边有一大树，高数十丈，常有黄鸟数千枚巢其上。时久旱，长老共相谓曰：“彼树常有黄气，或有神灵，可以祈雨。”因以酒脯往。亭中有寡妇李宪者，夜起，室中忽见一妇人，着绣衣，自称曰：“我，树神黄祖也，能兴云雨。以汝性洁，佐汝为生。朝来父老皆欲祈雨，吾已求之于帝，明日日中大雨。”至期果雨，遂为立祠。神谓宪曰：“诸卿在此，吾居近水，当致少鲤鱼。”言讫，有鲤鱼数十头，飞集堂下，坐者莫不惊悚。如此岁余，神曰：“将有大兵，今辞汝去。”留一

树

有些树的树龄很长，甚至可长达千年之久。古人认为它们最终也会修炼成精怪，文中所提之树，就是一个鲜明的例子。

玉环曰："持此可以避难。"后刘表、袁术相攻，龙舒之民皆徙去，唯宪里不被兵。

[译文]

庐江郡龙舒县陆亭河边有一棵大树，树身高达几十丈，经常有几千只黄鸟在这树上做窝搭巢。当时已经干旱了很长时间了，老人们在一起互相议论道："那大树常常冒出黄气，可能树里存在神灵，我们可以向它祈求下雨。"于是他们就拿着酒和干肉去祭拜了。亭里有一个叫李宪的寡妇，有一天夜里起床后，忽然看见屋里站着一个妇女，身上穿着绣花的衣服，她自称道："我是树神黄祖，能够兴云降雨。因为你本性纯洁，我来帮助你生活。早晨来的父老乡亲都来大树前求雨，我已经向天帝请求过了，明天中午这里就会下大雨。"到了明天中午，果然下起了大雨，于是人们就给树神建造了祠堂。树神对李宪说："各位父老乡亲都在这里，我在靠近河流的地方住着，应该给大家送一些鲤鱼。"说完，有几十条鲤鱼，飞来聚集在祠堂下，在座的人没有不感到惊奇的。这样过了一年多，树神说："天下最近即将发生大规模的战争，我要向你告别离开了。"走之前，她把一个玉环留给了李宪，对她说："你把这个东西收下，它可以帮你躲避灾难。"后来，刘表、袁术相互进攻，龙舒县的老百姓都迁徙走了，只有李宪所在的村子没有受到战乱的骚扰。

五　张辽斫树

[原文]

魏，桂阳太守江夏张辽，字叔高，去鄢(yǎn)陵，家居买田。田中有大树，十余围，枝叶扶疏，盖地数亩，不生谷。遣客伐之。斧数下，有赤汁六七斗出。客惊怖，归白叔高。叔高大怒曰："树老汁赤，如何得怪！"因自严行复斫之，血大流洒。叔高使先斫其枝，上有一空处，见白头公，可长四五尺，突出，往赴叔高，高以刀逆格之。如此，凡杀四五头，并死。左右皆惊怖

伏地，叔高神虑怡然如旧。徐熟视，非人非兽，遂伐其木。此所谓木石之怪，夔、魍魉者乎？是岁应司空辟侍御史、兖州刺史。以二千石之尊，过乡里，荐祝祖考，白日绣衣荣羡，竟无他怪。

[译文]

魏国的时候，桂阳太守江夏郡人张辽，字叔高，到鄢陵县置家买了田地。田中有棵大树，直径有十多围，枝叶生长得非常茂盛，遮住了好几亩地，使这些田地不能长出庄稼。张辽派他的门客前去把它砍掉。用斧子砍了几下，就有六七斗红色的浆汁从树里流了出来。门客非常害怕，回来把这件事情报告了张辽。张辽非常生气地说：“这棵树老了，树浆是红色的，你怎么这样大惊小怪！”于是，他自己穿好衣服就去亲自砍树，血汁到处流淌。张辽让人先砍掉这棵树的树枝，树枝上有一个空洞，看见一个白头老人，身长大约有四五尺，他突然跳了出来，径直奔向张辽，张辽用刀抵挡他。像这样打斗着，一共杀了四五个，都死了。旁边的人都吓得趴在了地上，但是张辽的神情却还像原来那样镇定和悦。他慢慢地仔细观察，发现它既不是人，也不是兽，于是就把那棵树砍掉了。这就是传说中的木石的妖怪，夔、魍魉之类的东西吗？这一年，张辽被司空举荐做了侍御史、兖州刺史。他凭借二千石秩禄的高贵地位，回家探亲，祭祀祖先，身穿光彩绣衣，非常荣耀，竟然也没有别的妖怪出现了。

六 彭 侯

[原文]

吴先主时，陆敬叔为建安太守，使人伐大樟树，不数斧，忽有血出。树断，有物人面狗身，从树中出。敬叔曰：“此名‘彭侯’。”乃烹食之，其味如狗。《白泽图》曰：“木之精名‘彭侯’，状如黑狗，无尾，可烹食之。”

[译文]

吴先主孙权当权的时候，陆敬叔任建安太守，他派人去砍伐一棵大樟树，刚砍了几斧头，忽然有鲜血从树里流出来。树断了以后，有一个人面狗身的怪物，从树中出来。陆敬叔说：“这个怪物的名字叫‘彭侯’。”于是，就把这个怪物下锅煮来吃了，它的味道像狗肉一样。《白泽图》中说：“树木里面的精怪名字叫‘彭侯’，外形像黑狗，没有尾巴，可以把它煮了吃。”

七　船自入水

[原文]

吴时，有梓树，巨围，叶广丈余，垂柯数亩。吴王伐树作船，使童男女三十人牵挽之，船自飞下水，男女皆溺死。至今潭中时有唱唤督进之音也。

[译文]

吴国的时候，有一棵梓树，长得非常粗，叶子有一丈多宽，垂到地上的枝叶遮盖了几亩田地。吴王就把这棵树砍来造船，派三十个少年男女去拉它，用这棵梓树造的船却自己飞下了水，拉船的童男童女都掉到河里淹死了。直到现在，水潭中还时常传出督促前进的呼号声。

八　老狸诣仲舒

[原文]

董仲舒下帷讲诵，有客来诣，舒知其非常。客又云："欲雨。"舒戏之曰："巢居知风，穴居知雨。卿非狐狸，则是鼷鼠。"客遂化为老狸。

董仲舒

董仲舒，西汉时期经学大师。他曾建议"罢黜百家，独尊儒术"，为汉武帝所采纳，著书甚丰，尤擅《春秋》公羊学，对于后世儒家文化的传播做出了极大的贡献。

[译文]

董仲舒放下讲堂的帷幕开始讲课，有个客人前来拜访他，董仲舒知道他不是一个普通的人。客人又对他说："天要下雨了。"董仲舒便和他开玩笑似的说："住在巢里的知道刮风，住在洞里的知道天下雨。您如果不是狐狸，就是鼷鼠。"客人于是就变成了一只老狐狸。

九　张华识狐妖

[原文]

张华，字茂先，晋惠帝时为司空。于时燕昭王墓前，有一斑狐，

积年，能为变幻，乃变作一书生，欲诣张公。过问墓前华表曰：“以我才貌，可得见张司空否？”华表曰：“子之妙解，无为不可。但张公智度，恐难笼络。出必遇辱，殆不得返。非但丧子千岁之质，亦当深误老表。”

狐不从，乃持刺谒华。华见其总角风流，洁白如玉，举动容止，顾盼生姿，雅重之。于是论及文章，辨校声实，华未尝闻。比复商略三史，探赜(zé)百家，谈《老》《庄》之奥区，披《风》《雅》之绝旨，包十圣，贯三才，箴八儒，擿(tī)五礼，华无不应声屈滞。乃叹曰：“天下岂有此少年！若非鬼魅则是狐狸。”乃扫榻延留，留人防护。此生乃曰：“明公当尊贤容众，嘉善而矜不能，奈何憎人学问？墨子兼爱，其若是耶？”言卒，便求退。华已使人防门，不得出。既而又谓华曰：“公门置甲兵栏骑，当是致疑于仆也。将恐天下之人卷舌而不言，智谋之士望门而不进。深为明公惜之。”华不应，而使人防御甚严。

时丰城令雷焕，字孔章，博物士也，来访华，华以书生白之。孔章曰：“若疑之，何不呼猎犬试之？”乃命犬以试，竟无惮色。狐曰：“我天生才智，反以为妖，以犬试我，遮莫千试万虑，其能为患乎？”华闻，益怒曰：“此必真妖也。闻魑魅忌狗，所别者数百年物耳，千年老精，不能复别。惟得千年枯木照之，则形立见。”孔章曰：“千年神木，何由可得？”华曰：“世传燕昭王墓前华表木已经千年。”

乃遣人伐华表，使人欲至木所，忽空中有一青衣小儿来，问使曰：“君何来也？”使曰：“张司空有一少年来谒，多才，巧辞，疑是妖魅，使我取华表照之。”青衣曰：“老狐不智，不听我言，今日祸已及我，其可逃乎！”乃发声而泣，倏然不见。使乃伐其木，血流，便将木归。燃之以照书生，乃一斑狐。华曰：“此二物不值我，千年不可复得。”乃烹之。

［译文］

张华，字茂先，晋惠帝时（公元290年—306年）任司空一职。当时，燕昭王墓

雷 焕

雷焕，字孔章，东晋人，曾为丰城县令，在任期间，通过“施仁政，废霸道，谦和待百姓，廉洁抚民怨，宽厚感民心”，深受丰城百姓们的敬重。

前有一只花狐狸，年月久了，能让自己的外形变化，于是，它便变成了一个读书人，想去拜访张华。它去问墓前的华表：“凭我现在的才能和相貌，可以去拜见张司空吗？”华表说：“您擅长辩解，没有什么不可以的。只是张公明智而有才华气度，你恐怕难以控制他。你如果去的话肯定会受到屈辱，大概就会回不来了。不但会丧失您修炼千年的身体，还会连累到我老表。”

狐狸没有听从华表的忠告，就带着自己的名帖去拜访张华。张华看到他非常年轻，风流倜傥，仪表不凡，肌肤洁白如玉，一举一动都表现得从容不迫，转眼回望风姿横生，所以他从心里十分看重他。于是就和他评论文章，辩论考察名和实的情况，张华以前还从未听过这样的评论。等到他再和自己商讨前朝历史，探求诸子百家里所蕴含的精微义理，畅谈《老子》《庄子》等书中的玄妙之处，揭示《风》《雅》等文中的非凡义旨，概括古代圣人的思想才识，贯通天文、地理、人事等三方面的事理，规诫儒家大师的得失，批判五种礼法的弊端，所有这些内容，张华没有哪个不是应对迟钝、无法应答的。于是张华叹息说：“天底下怎么会有这样的年轻人！他如果不是鬼魅，就是狐狸。”于是就打扫了床榻挽留他在家里过夜，并留下人防守。这书生便说：“您应该尊重有才能的贤人，宽容普通百姓，奖励聪明能干的人，怜悯没有生活能力的，你怎么能忌恨别人有学问呢？墨子主张兼爱的思想，难道是这样的吗？”说完，便请求离去。张华已经派人把门守住了，书生没能出去。一会儿，他又对张华说：“您在门口安排士卒武器，应该是对我产生怀疑了。我非常担心天下的人将会把舌头卷起来不再说话，许多足智多谋的贤士看着您的家门不敢进来。我深深地为您感到惋惜。”张华没有搭理他，叫人把门防守得更加谨慎了。

当时丰城县的县令雷焕，他字孔章，是个见多识广的人，前来拜访张华，张华就把书生的事详细地告诉了他。雷焕说：“如果你怀疑他，为什么不牵一只猎狗来试探一下呢？”于是张华就呼来了一只猎狗来试探，那只老狐狸的脸上竟然没有一丝害怕的神色。狐狸说：“我天生就具有这样的聪明才智，你反倒把我当成妖怪，用狗来试探我，尽管你千方百计来试探我，但是你怎能伤害到我呢？”张华听后更加愤怒了，说：“这书生一定是妖怪。听说鬼怪怕狗，但狗能识别出来的只是修炼了几百年的妖怪，至于修炼了上千年的老妖怪，狗就识别不出来了。只有用千年的枯木拿来照它，它才能立即显出来原形。”雷焕说：“千年的神木，在什么地方能得到呢？”

张华说："人们传说的燕昭王墓前的华表木，已经有一千年的历史了。"

于是，张华就派人去燕昭王坟前砍华表，使者到了华表木那里的时候，忽然空中飞下来一个穿着青衣服的小孩，他问使者道："您来做什么呀？"使者说："张司空那里有一个少年来访，很有学识，擅长辩论，张司空猜测他是一个妖怪，就派我来取千年的华表木照他。"青衣小儿说："老狐狸不理智，不听我的劝告，今天灾祸已经波及我了，我怎么能逃避得了呢？"于是便放声痛哭起来，忽然之间这个孩子不见了。使者就把那华表木砍倒了，木中有血流了出来，使者就扛着华表木回去了。把华表木点燃了来照书生，他竟然是一只花狐狸。张华说："这两样东西如果不遇上我，一千年也不可能被人们抓到。"于是他就把狐狸放在锅里煮了。

十　老狸化父

[原文]

晋时，吴兴一人有二男，田中作，时尝见父来骂詈赶打之。童以告母。母问其父，父大惊，知是鬼魅，便令儿斫之。鬼便寂不复往。父忧，恐儿为鬼所困，便自往看。儿谓是鬼，便杀而埋之。鬼便遂归，作其父形，且语其家："二儿已杀妖矣。"儿暮归，共相庆贺，积年不觉。后有一法师过其家，语二儿云："君尊侯有大邪气。"儿以白父，父大怒。儿出以语师，令速去。师遂作声入，父即成大老狸，入床下，遂擒杀之。向所杀者，乃真父也。改殡治服。一儿遂自杀，一儿忿懊，亦死。

[译文]

晋朝的时候，吴兴郡一个人有两个儿子，他这两个儿子在田里劳动，曾经遭到父亲的大骂和追打。儿子们回家后把这事告诉了他们的母亲。母亲便质问他们的父亲，父亲感到非常吃惊，知道那是鬼魅，便让儿子把它砍死。鬼便安静下来不再去他家的田地了。父亲担心儿子被鬼所困扰，就亲自去查看。儿子以为父亲是鬼，就把父亲杀死埋掉了。那鬼于是回到了他家，变成了他父亲的模样，并且对他家里人说："两个儿子已经把妖怪杀死了。"儿子傍晚回到家中，全家人都向他们表示祝贺，就这样过了好几年都没有发觉。后来，有一位法师到他们家拜访，法师对两个儿子说："你们的父亲看起来有一股很重的邪气。"儿子把这话告诉了他们的父亲，父亲非常恼火。儿子把父亲发怒的情况告诉了法师，叫法师赶快走。法师于是念着咒语走进内屋，父亲立刻变成了一只很大的老狐狸，钻到了床底下，于是把它捉住杀掉了。从前儿子杀掉的那个，竟然是真正的父亲。于是，家里人就为父亲改办葬礼。一个儿子因此自杀了，另一个儿子感到又气愤又懊悔，也死了。

十一 无尾狸

[原文]

句容县麋(mí)村民黄审，于田中耕，有一妇人过其田，自塍(chéng)上度，从东适下而复还。审初谓是人，日日如此，意甚怪之。审因问曰：“妇数从何来也？”妇人少住，但笑而不言，便去。审愈疑之，预以长镰(lián)伺其还，未敢斫妇，但斫所随婢。妇化为狸，走去。视婢，乃狸尾耳。审追之不及。后人有见此狸出坑头，掘之，无复尾焉。

[译文]

句容县麋村的村民黄审，在田中耕地，有一个妇人经过他的田地，走过田埂的时候，刚从东边下去而后又回来了。刚开始的时候黄审还以为是人，以后天天发生这样的事情，他从心里感觉这件事情非常奇怪。于是黄审就问那个妇人：“你这妇人是从哪儿来的？”这个妇女只是稍稍停留了一下，一直向他笑，却不说话，接着便走了。黄审更加怀疑她，就准备好了长镰刀，等她再回来，他没敢砍那个妇人，只是砍了跟随在她身后的婢女。这个妇人变成了一只狐狸，跑掉了。再看看被砍的那个婢女，原来是一条狐狸尾巴。黄审没追上那只狐狸。后来有人看见这只狐狸从地洞中出来，就去挖地洞，挖出的狐狸没有尾巴。

十二 承尘上之神

[原文]

博陵刘伯祖为河东太守，所止承尘上有神，能语，常呼伯祖与语，及京师诏书诰下消息，辄预告伯祖。伯祖问其所食啖(dàn)，欲得羊肝。乃买羊肝，于前切之，脔(luán)随刀不见，尽两羊肝。忽有一老狸，眇(miǎo)眇在案前，持刀者欲举刀斫之，伯祖呵止。自着承尘上，须臾大笑曰：“向者啖羊肝，醉忽失形，与府君相见，大惭愧。”

后伯祖当为司隶，神复先语伯祖曰：“某月某日，诏书当到。”至期，如言。及入司隶府，神随遂在承尘上，辄言省内事。伯祖大恐怖，谓神曰：“今职在刺举，若左右贵人闻神在此，因以相害。”神答曰：“诚如府君所虑，当相舍去。”遂即无声。

[译文]

博陵县人刘伯祖担任河东郡太守，他所住房屋的天花板上住着一个神，会说话，经常叫刘伯祖来和他交谈，每当京城有诏书文诰送来的消息，他总会提前告诉刘伯祖。刘伯祖问他想吃什么，他说想吃羊肝。刘伯祖就买了羊肝，叫人在自己面前把羊肝切碎，但是一块块羊肝随着刀落立即就不见了，就这样吃完了两份羊肝。忽然屋里出现了一只老狐狸，隐隐约约地站在刘伯祖的桌子前面，拿刀的人想举刀砍它，刘伯祖喝住了。这只狐狸便自己爬上了天花板上，过了一会儿，它大笑着说："刚才我吃的羊肝的时候，醉了，忽然间现出了自己的原形，让太守看见了，惭愧得很。"

后来，刘伯祖升任司隶校尉，狐仙又事先告诉刘伯祖："某月某日，诏书就来了。"到了那一天，果然像他所说的那样。等到刘伯祖进了司隶府，狐仙于是也伴随着他住在天花板上，经常告诉他一些朝廷里的事情。刘伯祖感到非常恐惧，他对狐仙说："我现在的职责主要是侦查检举官吏，假如皇帝身边的亲信和当朝权贵们听说我这里有神在的话，就会加害于我。"狐仙回答说："确实是您所担心的那样，我应当离开这儿了。"于是就再也没有他的消息了。

狐狸

狐狸，因其体型较小，非常灵活，由于这些特点，古人很早就给它赋予了聪明、狡猾的习性。人们认为，狐狸修行一定的阶段，就会成精，可变做人。文中所提到的狐仙，狡猾中带着善良，这为后来蒲松龄《聊斋志异》提供了很多借鉴。

十三 阿紫

[原文]

后汉建安中，沛国郡陈羡为西海都尉。其部曲王灵孝无故逃去，羡欲杀之。居无何，孝复逃走。羡久不见，囚其妇，妇以实对。羡曰："是必魅将去，当求之。"

因将步骑数十，领猎犬，周旋于城外求索，果见孝于空冢中。闻人犬声，怪遂避去。羡使人扶孝以归，其形颇像狐矣。略不复与人相应，但啼呼阿紫。阿紫，狐字也。后十余日，乃稍稍了悟。云："狐始来时，于屋曲角鸡栖间，作好妇形，自称

阿紫，招我。如此非一，忽然便随去，即为妻，暮辄与共还其家，遇狗不觉。”云乐无比也。

道士云：“此山魅也。”《名山记》曰：“狐者，先古之淫妇也，其名曰阿紫，化而为狐。”故其怪多自称阿紫。

[译文]

后汉建安年间（公元 196 年—220 年），沛国郡的陈羡任西海都尉。他有一个叫王灵孝的部下无缘无故地逃跑了，陈羡想要把他杀掉。过了没多久，王灵孝又逃跑了。过了很长时间，陈羡也不见他回来，就把他的妻子关了起来，这妇人如实回答了他的问题。陈羡说：“肯定是妖怪把他带走了，我们应该去找他。”

于是陈羡就带领几十个步兵骑士，带着猎狗，在城外来来回回不停地寻找，果然在一个墓穴中找到了他。那妖怪听见外面有人与狗的声音，于是就逃走了。陈羡让人搀扶着王灵孝回去，他的外形已经非常像狐狸了。他不再和人说话，只是一直呼唤阿紫。阿紫，就是那只狐狸的名字。过了十多天，他才逐渐醒悟。他说：“那只狐狸刚来的时候，在房屋拐角处的鸡棚那里，变成了美女的模样，她说自己名叫阿紫，挥手招我过去。她这样不止一次地前来引诱我，忽然我就跟着她去了，这只狐狸就做了我的妻子，晚上我总是跟她一起回到她的家里，那天你带着狗来的时候，我还没有睡醒。”他说没有什么可以比得上和阿紫在一起所享受到的快乐。

道士说：“它是山里的精怪。”《名山记》说：“狐狸，原本是上古的一个淫妇，她的名字叫阿紫，她死后就变成了狐狸。”所以狐狸精大多以阿紫自称。

十四　亭楼狐鬼

[原文]

南阳西郊有一亭，人不可止，止则有祸。邑人宋大贤以正道自处，尝宿亭楼，夜坐鼓琴，不设兵仗。至夜半时，忽有鬼来，登梯与大贤语，眝（zhù）目，磋（cuō）齿，形貌可恶。大贤鼓琴如故。鬼乃去，于市中取死人头来，还语大贤曰：“宁可少睡耶？”因以死人头投大贤前。大贤曰：“甚佳！我暮卧无枕，正欲得此。”鬼复去。良久乃还，曰：“宁可共手搏耶？”大贤曰：“善！”语未竟，鬼在前，大贤便逆捉其腰。鬼但急言死，大贤遂杀之。明日视之，乃老狐也。自是亭舍更无妖怪。

[译文]

南阳郡的西郊有一座亭子，人不可以在里面过夜，如果在里面过夜，就会有

灾难。城里有个叫宋大贤的人，立身处世以正道为原则，曾经在这座亭楼过夜，夜里坐在那儿弹琴，身边也没准备什么兵器。半夜的时候，亭子里忽然来了一个鬼，它爬上楼梯和宋大贤谈话，瞪着眼睛，磨着牙齿，样子非常可怕。宋大贤还是像原来那样坐在那里弹着琴。鬼于是走了，从街上拿来一个死人的头，回来对宋大贤说：“可以稍微休息一会儿吗？”于是就把死人的头扔在了宋大贤的跟前。宋大贤说：“这个东西很好！我晚上睡觉正好没有枕头，正想得到这么个东西呢。”鬼又走了。过了很长时间以后鬼才回来，对宋大贤说：“我们两个人是否可以搏斗一番呢？”宋大贤说：“好！”话还没有说完，这个鬼已经站在宋大贤的面前了，宋大贤便迎上前去用手抓住它的腰。鬼只是着急地连声说死，宋大贤于是就杀了它。第二天过去查看，发现它原来是一只老狐狸。从此以后，这座亭楼里再也没有出现过妖怪了。

十五　郅伯夷杀狐

［原文］

北部督邮西平郅伯夷，年三十许，大有才决，长沙太守郅君章孙也。日晡时，到亭，敕前导入且止。录事掾(yuàn)白：“今尚早，可至前亭。”曰：“欲作文书。”便留。吏卒惶怖，言当解去。传云：“督邮欲于楼上观望，亟扫除。”须臾便上。未暝，楼镫阶下，复有火。敕云：“我思道，不可见火，灭去。”吏知必有变，当用赴照，但藏置壶中。

日既暝，整服坐，诵《六甲》《孝经》《易》本讫，卧。有顷，更转东首，以帤(rú)巾结两足，帻冠之，密拔剑解带。夜时，有正黑者四五尺，稍高，走至柱屋，因覆伯夷。伯夷持被掩之，足跣(xiǎn)脱，几失，再三。以剑带击魅脚，呼下火上照，视之，老狐，正赤，略无衣毛。持下烧杀。

明旦，发楼屋，得所髡(kūn)人髻百余。因此遂绝。

［译文］

北部督邮西平郡人郅伯夷，年纪三十多岁，非常有才智谋略且处事果断，他是长沙太守郅君章的孙子。有一天下午四点钟左右，他来到一座亭前，命令开路的差役暂且进入这个亭留宿。录事掾向他禀告说：“现在时间还早，我们可以赶到前面的亭馆去住。”郅伯夷说：“我现在想写公文。”于是就命令他们留了下来。小吏非常害怕，对郅伯夷说应该祭祀消灾。郅伯夷却传令说：“督邮想到楼上观望景色，快点去打扫一下。”不一会儿郅伯夷就上了楼。当时天还没有黑，楼梯下下都有灯火。郅伯夷说：“我正在思考道家学说，不可以见火，请把火灭掉！”亭吏知道一定会有突然的事故发生，到时候应该用火去照看，因此把火暂时藏在了壶中。

天色黑了以后，郅伯夷整理好服装坐下，念诵《六甲》《孝经》《易经》等经书，念完就躺下了。过了没多久，他又把头转到东边继续睡，他用巾布捆扎在两只脚上，再戴上头巾、帽子，并且偷偷地把宝剑拔了出来，解开了衣带。夜里，有个乌黑的大概四五尺长的东西，而且一直在慢慢得升高，径直走到屋里，便扑向郅伯夷。郅伯夷拿起被子罩住了它，他光着两只脚从头巾中挣脱出来，差一点让那个精怪逃走，这样反复了几次。他用剑和衣带抽打那个精怪的脚，并呼喊楼下的人把火拿上来照亮，看它，原来是一只老狐狸，颜色通红，身上一根毛也没有。于是便把它捉下去用火烧死了。

第二天早晨，打扫清理这座楼房，找到了被狐狸剃掉的人的头发有一百多个。从此以后，这座亭楼的妖怪就绝迹了。

十六 胡博士

[原文]

吴中有一书生，皓首，称胡博士，教授诸生。忽复不见。九月初九日，士人相与登山游观，闻讲书声，命仆寻之，见空冢中群狐罗列，见人即走。老狐独不去，乃是皓首书生。

谢鲲

谢鲲，字幼舆，陈郡阳夏人。谢安的伯父，有高识，不修威仪，好《老》《易》，能歌，善鼓琴，为两晋之时的名士。

[译文]

吴郡有一个书生，头发花白，自称为胡博士，教授学生。忽然有一天他不见了。九月初九那一天，士人都相约一起去登山游览，听见胡博士讲书的声音，就叫仆人四处寻找，只见一群狐狸排列在一个空墓中，看见有人来就逃跑了。只有一只老狐狸不跑，它就是那个白头书生。

十七 空亭鹿怪

[原文]

陈郡谢鲲（kūn），谢病去职，避地于豫章。尝行经空亭中夜宿。此亭旧

每杀人，夜四更，有一黄衣人呼鲲字云：“幼舆！可开户。”鲲澹然无惧色，令申臂于窗中。于是授腕，鲲即极力而牵之。其臂遂脱。乃还去。明日看，乃鹿臂也。寻血取获。尔后此亭无复妖怪。

［译文］

陈郡的谢鲲，推托自己有病而辞官引退了，为了躲避灾祸而移居在豫章郡。他曾经外出经过一座空亭，晚上便在里面过夜。这亭馆里面过去经常有人被杀，这天夜里四更时分，有一个穿黄衣服的人在门外呼唤着谢鲲的字说道：“幼舆！请你开门。”谢鲲神态安然，毫无惧色，他叫穿黄衣服的人把手臂从窗口中伸进来。于是穿黄衣服的人就把手臂伸了进来，谢鲲立即用尽全身的力气拉住他的手臂。他的手臂于是被拽掉了。他逃走了。第二天一看，那只手臂原来是只鹿臂。于是他就沿着路上的血迹去寻找，终于抓获了这只鹿怪。从此以后，这座亭馆就不再有妖怪出现了。

十八　猪臂金铃

［原文］

晋有一士人姓王，家在吴郡。还至曲阿，日暮，引船上，当大埭(dài)。见埭上有一女子，年十七八，便呼之留宿。至晓，解金铃系其臂，使人随至家，都无女人。因逼猪栏中，见母猪臂有金铃。

［译文］

晋朝有个士人姓王，家住在吴郡。有次他回家的时候途径曲阿县，天黑了，他便把船拉上岸靠住土坝。看见土坝上有一个女子，年龄大概在十七八岁左右，就招呼她来船上过夜。到天亮的时候，他解下一个金铃系在她的胳膊上，派人随着铃声跟踪到她家里，她家里根本就没有女人。于是随着铃声一直走到猪圈旁，只见一只母猪的腿上系着金铃。

十九　高山君

［原文］

汉齐人梁文，好道。其家有神祠，建室三四间，座上施皂帐，常在其中，积十数年。后因祀事，帐中忽有人语，自呼“高

山君”。大能饮食，治病有验。文奉事甚肃，积数年，得进其帐中。神醉，文乃乞得奉见颜色。谓文曰：“授手来！”文纳手，得持其颐，髯(rán)须甚长。文渐绕手，卒然引之，而闻作羊声。座中惊起，助文引之，乃袁公路家羊也。失之七八年，不知所在。杀之，乃绝。

[译文]

汉朝齐郡人梁文，爱好神仙方术。他家里有一座神祠，共有三四间房屋，神座上挂着黑色的帷幕，神灵经常住在里面，就这样过了十多年。后来因为祭祀，帷帐中忽然传出人说的话来，此人自称是“高山君”。那神人吃的东西非常多，治病也非常有经验。梁文侍奉他的时候态度非常严肃认真，过了几年，他准许梁文进入他的帷帐中。那神人醉了以后，梁文才被准许可以用手摸一下他的脸。那神人对梁文说：“请把你的手伸过来。”梁文就把手伸了过去，他可以捏着神人的下巴，神人的胡须非常长。梁文慢慢把这些胡须绕在手上，突然间使劲用力往下一拉，却听见那个神人发出了羊的叫声。在座的人都感到非常吃惊，迅速地站了起来，帮着梁文拉那神人，原来那个神人是袁术家的一只羊。这只羊丢失了有七八年了，一直不知道它去了哪儿。大家就把这只羊杀了，神人也就不存在了。

二十　白狗升妇床

[原文]

北平田琰(yǎn)，居母丧，恒处庐。向一暮，夜忽入妇室，密怪之曰：“君在毁灭之地，幸可不甘。”琰不听而合。后琰暂入，不与妇语。妇怪无言，并以前事责之。琰知鬼魅。临暮，竟不眠，衰服挂庐。须臾，见一白狗，攫庐衔衰服，因变为人，着而入。琰随后逐之，见犬将升妇床，便打杀之。妇羞愧而死。

[译文]

北平郡人田琰，为他母亲守丧，一直住在他母亲坟墓边的草屋里。一天，他忽然在夜里走进了妻子的房间，妻子就悄悄地责备他说：“您现在处于悲痛到形毁性灭的境地，希望您现在不要寻欢作乐。”田琰不听她的劝告，和她行夫妻之事。后来，田琰回家待了很短的一段时间，但是一直没有和妻子谈话。妻子很奇怪他不说话，又拿以前的事情来责备他。田琰知道是精怪在作怪。到了夜里，他整夜都没有睡觉，把丧服挂在了坟墓边的草屋里。没过多久，他就看见一只白狗，用脚爪把丧服抓起来用口衔着，然后变成了人的模样，穿了丧服进入到他妻子的房间里了。田

琰就跟在它的后面追它，看到这条狗快要爬上他妻子的床时，就把它打死了。他的妻子也羞愧得自杀了。

二十一 老狗成精

[原文]

司空南阳来季德，停丧在殡，忽然见形，坐祭床上，颜色服饰声气，熟是也，孙儿妇女，以次教戒，事有条贯。鞭扑奴婢，皆得其过。饮食既绝，辞诀而去。家人大小，哀割断绝。如是数年，家益厌苦。其后饮酒过多，醉而形露，但得老狗，便共打杀。因推问之，则里中沽酒家狗也。

[译文]

司空南阳郡人来季德，本来已经入棺等着下葬了，忽然又恢复了原来的模样，坐在祭床上，他的脸色、衣着和声音，还是像人们所经常见到的那样，他依次教导告诫每个孙儿媳妇，嘱咐给他们的事情都有条有理。他惩罚鞭打奴婢，也都能说得出他们所犯的错误。在家里吃喝完毕，就与家人告别离开了。全家老少，都悲痛欲绝。像这样的情况持续了好几年，家里的人逐渐都讨厌他。后来他喝酒喝得太多了，醉了以后露出了原形，原来是一条老狗，大家便一起上去把它打死了。于是大家又去打听这条狗的来历，原来它是村中卖酒人家的狗。

二十二 老狗变人著白衣

[原文]

山阳王瑚(hú)，字孟琏，为东海兰陵尉。夜半时，辄有黑帻白单衣吏，诣县叩阁，迎之则忽然不见，如是数年。后伺之，见一老狗，黑头白躯犹故，至阁便为人。以白孟琏，杀之，乃绝。

[译文]

山阳郡人王瑚，字孟琏，担任东海郡兰陵县尉。半夜的时候，总有头戴黑头巾身穿白单衣的小吏来县府敲门，等着王瑚去开门迎接他的时候，他却又忽然间不见了，像这样的情况一直持续了好几年。后来王瑚派人偷偷地观察他，只看见一条老狗，头是黑色的、身体是白色的，样子仍然和过去一样，一到县府门口就变成了人。派出的人回来后就把这个情况告诉了王瑚，王瑚就把这条狗杀了，从那以后，半夜敲门的事也就没有了。

二十三 家犬人行戴冠

[原文]

桂阳太守李叔坚，为从事。家有犬，人行，家人言当杀之。叔坚曰：“犬马喻君子。犬见人行，效之何伤？”顷之，狗戴叔坚冠走，家大惊。叔坚云：“误触冠，缨挂之耳。”狗又于灶前畜火，家益怔营。叔坚复云：“儿婢皆在田中，狗助畜火，幸可不烦邻里，此有何恶？”数日，狗自暴死，卒无纤芥之异。

[译文]

桂阳太守李叔坚，曾经给刺史当过从事史。他家里养了一条狗，这狗能像人一样直立起来走路，家里人说应该把它杀死。李叔坚说：“犬马通常被用来比喻君子。狗看到人直立走路，便模仿人类走路，对人类有什么伤害呢？”过了没过久，这只狗戴了李叔坚的帽子行走，家里的人感到非常惊讶。李叔坚说：“它不小心误撞上了帽子，是帽带挂住了它的头罢了。”狗又在灶前保存火种，家里人更加恐惧不安了。李叔坚又说：“奴婢们都在田里干活，狗帮助她们保留火种，正好可以不用再麻烦邻居，这有什么不好的呢？”过了几天，这只狗突然死了，从此以后，李家再也没有一点儿怪异的事情。

二十四 苍獭化妇

[原文]

吴郡无锡有上湖大陂(bēi)，陂吏丁初，天每大雨，辄循堤防。春盛雨，初出行塘。日暮回顾，有一妇人，上下青衣，戴青伞，追后呼：“初掾待我。”初时怅然，意欲留俟之，复疑：“本不见此，今忽有妇人，冒阴雨行，恐必鬼物。”初便疾走，顾视妇人，追之亦急。初因急行，走之转远，顾视妇人，乃自投陂中，泛然作声，衣盖飞散。视之，是大苍獭(tǎ)，衣伞皆荷叶也。此獭化为人形，数媚年少者也。

[译文]

吴郡无锡县的上湖有条大堤，管堤的小吏名叫丁初，每当天下大雨的时候，他总是去堤岸巡视。这年春天，天刚好下着大雨，他就和往常一样去湖堤巡视。傍晚回家的时候，回头看见一个妇女，全身都穿着青色的衣服，撑着一把青色的雨伞，

在他后边追着叫喊："丁初等等我。"丁初当时十分犹豫，心想停下来等她，但又有所怀疑："以前从没有碰到过这种情况，现在忽然间有个女人在下雨天赶路，恐怕是精怪了。"丁初便加快步伐逃跑了，回头再看看那个女人，追他也追得非常急。丁初于是也跑得非常急，跑着跑着，自己和那个女人之间的距离就变远了，回头看那个女人，竟然自己跳进了湖中，扑通有声，衣服和伞都飞散开来。上前仔细一看，原来是一只青色的大水獭，衣服和伞都是荷叶。这只水獭变成人的形状，多次用美色来诱惑年轻人。

二十五　不应鼠语

[原文]

魏齐王芳正始中，中山王周南，为襄邑长。忽有鼠从穴出，在厅事上语曰："王周南！尔以某月某日当死。"周南急往，不应，鼠还穴。后至期，复出，更冠帻皂衣，而语曰："周南！尔日中当死。"亦不应，鼠复入穴。须臾复出，出复入，转行数语如前。日适中，鼠复曰："周南！尔不应，我复何道！"言讫，颠蹶(jué)而死。即失衣冠所在。就视之，与常鼠无异。

[译文]

魏齐王曹芳正始年间（公元240年—249年），中山郡人王周南，担任襄邑县长。忽然有一只老鼠从洞中爬出来，在厅堂上说："王周南，你在某月某日要死去。"王周南急忙赶过来，不答话，老鼠就回到了洞中。后来，到了王周南要死的那一天，这只老鼠又出来了，头上戴着帽子、头巾，身上还穿着黑衣服，说："王周南，你中午就要死了。"王周南还是不答话，老鼠又进入了洞中。过了一会儿它又出来了，出来了又进去，就这样转了几个来回，讲的话都和前面所说的话相同。正好到了中午，老鼠又说："王周南，你老不答话，我还能再说什么呢！"说完，就倒在地上死了。它的衣帽也马上随之消失了。走近看它，发现它与平常的老鼠没有什么不一样。

二十六　安阳亭鬼怪

[原文]

安阳城南有一亭，夜不可宿，宿辄杀人。书生明术数，乃过宿之，亭民曰："此不可宿。前后宿此，未有活者。"书生曰："无苦也。吾自能谐。"遂住廨(xiè)舍。乃端坐，诵书。良久乃休。

夜半后，有一人，着皂单衣，来往户外，呼亭主，亭主应诺。“见亭中有人耶？”答曰：“向者有一书生在此读书。适休，似未寝。”乃喑嗟而去。须臾，复有一人，冠赤帻者，呼亭主，问答如前，复喑嗟而去。既去寂然。书生知无来者，即起，诣向者呼处，效呼亭主。亭主亦应诺。复云：“亭中有人耶？”亭主答如前。乃问曰：“向黑衣来者谁？”曰：“北舍母猪也。”又曰：“冠赤帻来者谁？”曰：“西舍老雄鸡父也。”曰：“汝复谁耶？”曰：“我是老蝎也。”于是书生密便诵书至明，不敢寝。

天明，亭民来视，惊曰：“君何得独活？”书生曰：“促索剑来，吾与卿取魅。”乃握剑至昨夜应处，果得老蝎，大如琵琶，毒长数尺。西舍得老雄鸡父，北舍得老母猪。凡杀三物，亭毒遂静，永无灾横。

[译文]

安阳城南边有一座亭馆，到了夜里，人不可以在里面住宿，在里面住宿的人会被杀掉。有一个书生精通道术，经过那个亭馆便在里面过夜，亭里的老百姓说：“这亭馆不能住。前后在亭馆里过夜的，没有一个能活着的。”书生说：“没有关系，我自己能对付。”于是他就住在了亭馆的客舍中。然后端正地坐在那儿读书，读了很长时间才休息。

过了半夜后，有个身穿黑色单衣的人来到了门外，呼唤亭主的名字，亭主答应了一声。“看见亭楼里有人吗？”亭主回答道：“刚才有一个书生在那里读书。刚刚休息，好像还没有睡觉。”那人于是叹息着离开了。过了一会儿，又有一个戴着红色头巾的人，呼唤亭主，问答就像刚才那个人一样，这个人也叹息着离开了。他们走了以后，这里也就鸦雀无声了。书生知道没有人再来了，就起来走到刚才那两个人呼喊亭主的地方，模仿他们的样子呼唤亭主。亭主也答应了。书生又问：“亭楼里有人吗？”亭主就像刚才那样做了回答。书生就又问道：“刚才过来的穿黑衣服那个人是谁？”亭主回答说：“是北屋的母猪。”书生又说：“那个戴着红头巾的人是谁？”亭主回答说：“是西屋的老公鸡。”书生说：“你又是谁呢？”亭主说：“我是老蝎。”于是书生悄悄读书到天亮，一夜不敢睡着。

天亮了以后，亭里的百姓过来看他，非常惊讶地说：“您怎么能独自活下来呢？”书生说：“快拿把剑来，我和你们捉拿精怪。”于是，他就拿着宝剑来到昨天夜里亭主回答问题的地方，果然找到了一只老蝎，像琵琶一样大，身上长有几尺长的毒刺。又到西屋找到了老公鸡，到北屋找到了老母猪。一起杀了三个怪物，亭馆里的毒害就清净了，从此以后，这里再也没有灾祸横行了。

二十七 汤应夜斫豨狸

［原文］

吴时，庐陵郡都亭重屋中，常有鬼魅，宿者辄死。自后使官，莫敢入亭止宿。时丹阳人汤应者，大有胆武，使至庐陵，便止亭宿。吏启不可，应不听。迸从者还外，惟持一大刀，独处亭中。

至三更，竟忽闻有叩阁者。应遥问：“是谁？”答云：“部郡相闻。”应使进，致词而去。顷间，复有叩阁者如前，曰：“府君相闻。”应复使进，身着皂衣。去后，应谓是人，了无疑也。旋又有叩阁者，云：“部郡、府君相诣。”应乃疑曰：“此夜非时，又部郡府君不应同行。”知是鬼魅，因持刀迎之。见二人皆盛衣服，俱进。坐毕，府君者便与应谈。谈未竟，而部郡忽起至应背后，应乃回顾，以刀逆击，中之。府君下坐，走出。应急追至亭后墙下，及之，斫伤数下，应乃还卧。

达曙，将人往寻，见有血迹，皆得之。云称府君者，是一老豨也；部郡者，是一老狸也。自是遂绝。

［译文］

三国东吴的时候，庐陵郡治所的亭馆楼上经常有鬼怪，在里面住过的人都会死掉。从此以后，过路的使者官员，没有敢在亭馆里住宿的。当时丹阳郡有个叫汤应的人，非常有胆量和武艺，奉命出使来到庐陵，就到亭馆里过夜。亭吏告诉他这亭馆晚上不能住人，汤应没有听从亭吏的劝告。他让自己的随从到亭馆外面过夜，自己只拿了一把大刀，独自一个人住在亭馆中。

到了三更时分，忽然听见外面有人敲门。汤应远远地问：“你是谁？”外面的人回答道：“我是部郡从事史，前来互通消息。”汤应听后就让他进来，他说了一番话就离开了。过了一会儿，又有一个人像刚才那个人一样前来敲门，说：“我是郡守，前来互通消息。”汤应又让他进来了，这人身上穿着黑色的衣服。这两个人走了以后，汤应觉得他们都是人，一点儿也没有怀疑他们。一会儿，又有人前来敲门，说：“部郡从事史、郡守前来拜见。”汤应于是怀疑了，心想：“夜里不适合拜访客人，而且部郡从事史和郡守也不应该一起来。”他知道是妖怪，于是就拿起刀开门迎接他们。只看见那两个人身上穿着华美的衣服，一起进了屋。坐下后，自称郡守的那个人便和汤应说话。他的话还没有说完，部郡从事史忽然起身绕到汤应的背后，汤应便转过头来，用刀向对面砍去，把他砍中了。郡守便从座位上站起来，逃了出去。汤应急忙追赶到了亭馆的后墙下，便追上了郡守，向他一连砍了好几刀，汤应才回去睡觉。

等到天亮的时候，汤应便带了人前去寻找，在路上发现了血迹，便沿着血迹去找，果然把两个妖怪都找到了。那个自称郡守的，是一头老猪；另一个自称部郡从事史的，是一只老狐狸。从此以后，这亭馆里的妖怪就灭绝了。

卷十九

一　李寄斩蛇

[原文]

东越闽中，有庸岭，高数十里。其西北隙中，有大蛇，长七八丈，大十余围，土俗常惧。东冶都尉及属城长吏，多有死者。祭以牛羊，故不得祸。或与人梦，或下谕巫祝，欲得啖童女年十二三者。都尉令长并共患之，然气厉不息，共请求人家生婢子，兼有罪家女养之，至八月朝，祭送蛇穴口，蛇出吞啮(niè)之。累年如此，已用九女。

尔时预复募索，未得其女。将乐县李诞家有六女，无男，其小女名寄，应募欲行，父母不听。寄曰："父母无相，惟生六女，无有一男，虽有如无。女无缇(tí)萦济父母之功，既不能供养，徒费衣食，生无所益，不如早死。卖寄之身，可得少钱，以供父母，岂不善耶？"父母慈怜，终不听去。寄自潜行，不可禁止。

寄乃告请好剑及咋蛇犬。至八月朝，便诣庙中坐，怀剑将犬，先将数石米餈，用蜜麨(chǎo)灌之，以置穴口。蛇便出，头大如囷(qūn)，目如二尺镜，闻餈香气，先啖食之。寄便放犬，犬就啮咋，寄从后斫得数剑。疮痛急，蛇因踊出，至庭而死。寄入视穴，得其九女髑髅，悉举出，咤言曰："汝曹怯弱，为蛇所食，甚可哀愍。"于是寄女缓步而归。

李寄

李寄，少小就有勇略，斩蛇除怪，为民除害，声闻乡里。

越王闻之，聘寄女为后，指其父为将乐令，母及姊皆有赏赐。自是东冶无复妖邪之物，其歌谣至今存焉。

[译文]

东越闽中郡有一座庸岭，高达几十里。在它西北部的山缝里住着一条大蛇，有七八丈那么长，十多围那么粗，当地的人都非常害怕它。东冶都尉和东冶所管辖下的县城里的长官，常有被蛇咬死的。人们都用牛羊去祭祀它，因此，没有大的灾祸发生。这条大蛇有时托梦给人，有时吩咐巫师，说它想吃年龄在十二三岁左右的女孩。都尉和县令都以此为患，但大蛇的妖气给人类所造成的灾害却没完没了，他们只好一起请求大户人家的奴婢生的女儿和犯人的女儿，把她们收养起来，到八月初，祭祀大蛇的时候把女孩子送到大蛇所住的洞口，大蛇出来便把献给它的女孩吞食了。好多年来一直这样，已经用了九个女孩了。

这一年，他们又预先招募寻求，但是一直还没有找到这样的女孩。将乐县的李诞家养有六个女儿，家中没有男孩，最小的女儿名叫李寄，想应招而去，但是她的父母不同意。李寄说："父母没有福相，只生了六个女儿，没有儿子，所以你们虽然有孩子也像没有一样。女儿没有缇萦救父母那样的功德，既然不能赡养父母，白白地耗费衣服和食物，活着也没有什么用处，还不如早点死掉。把我的身体卖掉，可以换来一些钱，这些钱可以用来赡养父母，这样做难道不好吗？"父母疼爱她，始终不同意她去。李寄自己就偷偷地离开了家，父母最终也没法阻止她的这一举动。

李寄于是就请求官府给她一把好剑和一条会咬蛇的狗。到了八月初，她就端坐在庙中，怀里揣着剑，带着狗，她先把用几石米做的糍糕用蜜糖麨面搅拌好，放在蛇的洞口。蛇闻见香味便出来了，它的头大得像圆形的谷仓，眼睛大得像一面直径两尺的镜子，它闻到糍糕的香味后，就先去吞食糍糕。这时，李寄便放出狗，狗就上去撕咬这条蛇，李寄从蛇后面把它砍了好几下。蛇的伤口非常疼，便翻滚着窜了出来，爬到庙中的院子里就死了。李寄便进入蛇洞察看，在那里发现了那九个女孩的头骨，便都把这些头骨拿了出来，悲痛地说："你们这些人怯懦软弱，被蛇吃掉，实在是太可怜了。"于是李寄便慢慢地走回家去了。

越王听说了这件事，就聘取了李寄姑娘为王后，把她的父亲任命为将乐县县令，她的母亲和姐姐们都得到了赏赐。从此以后，东冶县再也没有怪异邪恶的东西了，直到现在，那些赞颂李寄的歌谣还在流传。

二　蛇居平橑（liǎo）

[原文]

晋武帝咸宁中，魏舒为司徒。府中有二大蛇，长十许丈，居厅事平橑上，止之数年，而人不知，但怪府中数失小儿，及鸡犬之属。后有一蛇夜出，经柱侧伤于刃，病不能登，于是觉

之。发徒数百，攻击移时，然后杀之。视所居，骨骼盈宇之间。于是毁府舍更立之。

[译文]

晋武帝咸宁年间（公元275年—280年），魏舒任司徒一职。官府里住着两条大蛇，有十多丈长，常年盘踞在公堂屋檐前的椽木上，已经在那儿住了好几年了，但是人们却不知道，只是奇怪官府中为什么屡次丢失小孩，以及鸡狗之类的动物。后来有一条蛇在夜里爬了出来，经过柱子边上的时候，被刀口碰伤了，伤口太严重了，不能再爬到椽木上，于是人们发现了它。府里发动了几百个差役，围着蛇击打了好长一段时间，才把它们打死。人们察看它盘踞的地方，只见屋檐之间堆满了骨头。于是人们便把这座公堂捣毁了，重新建造了一座。

三　二蛇化老翁

[原文]

汉武帝时，张宽为扬州刺史。先是，有二老翁争山地，诣州，讼疆界，连年不决，宽视事，复来。宽窥二翁，形状非人，令卒持杖戟（jǐ）将入，问："汝等何精？"翁走，宽呵格之，化为二蛇。

[译文]

汉武帝时期，张宽任扬州刺史。在他到任之前，本地有两个老头争夺山地，就到扬州府为疆界纠纷而打官司，一连几年这个案子都没有解决，张宽到任后，他们又来为这事打官司。张宽看着这两个老头，他们的模样不像人，就让士兵拿着兵器押他们进来，张宽喝问道："你们是什么妖怪？"两个老头听后想要逃跑，张宽让士兵把他们拦住痛打了一顿，这两个老头就变成了两条蛇。

四　大鼍化妇

[原文]

荥阳人张福，船行还野水边。夜有一女子，容色甚美，自乘小船来投福，云："日暮，畏虎，不敢夜行。"福曰："汝何姓？作此轻行。无笠雨驶，可入船就避雨。"因共相调，遂入就福船寝，以所乘小舟系福船边。三更许，雨晴，月照，福视妇人，乃是一大鼍（tuó），枕臂而卧。福惊起，欲执之，遽走入水。向小舟是一枯槎段，长丈余。

[译文]

荥阳县人张福，乘船回家时把船停泊在野外的河岸边。夜里有一个很美丽的女子，独自划着一只小船前来投靠张福，她对张福说："天已经黑了，我害怕老虎，不敢在夜里独自赶路。"张福说："你姓什么？怎么自己一个人作这样轻率的事情。你没有戴斗笠，但是还在雨中驾船行驶，你可以到我的船里来避雨。"于是，两个人相互调戏了一番，女子就上了张福的船休息，并把她自己乘坐的小船绑在张福的船边。夜里三更左右，雨不下了，月光从船头照了来，张福仔细看了看那个女子，发现她竟然是一条大鳄鱼，头枕在胳膊上躺着。张福惊恐地从地上爬了起来，想捉住它，它见状急忙逃进水里。刚才那乘坐的那只小船，原来是一截枯木筏断头，长一丈多。

五 龟鼍成怪

[原文]

丹阳道士谢非，往石城买冶釜。还，日暮，不及至家。山中庙舍于溪水上，入中宿，大声语曰："吾是天帝使者，停此宿。"犹畏人劫夺其釜，意苦搔搔不安。

二更中，有来至庙门者，呼曰："何铜！"铜应喏。曰："庙中有人气，是谁？"铜云："有人，言是天帝使者。"少顷便还。须臾，又有来者呼铜，问之如前，铜答如故，复叹息而去。非惊扰不得眠，遂起，呼铜问之："先来者谁？"答言："是水边穴中白鼍。""汝是何等物？"答言："是庙北岩嵌中龟也。"非皆阴识之。

天明，便告居人言："此庙中无神，但是龟鼍之辈，徒费酒食祀之。急具锸(chā)来，共往伐之。"诸人亦颇疑之，于是并会伐掘，皆杀之。遂坏庙，绝祀，自后安静。

[译文]

丹阳郡的道士谢非，去石城买铁锅。回来的时候，天色已经很晚，来不及赶到家。山中有一座庙宇在溪水边上，谢非到里面过夜，他大声说："我是天帝的使者，将要在这里留宿。"他还是害怕别人把他的锅抢走，心里一直惊慌不安。

到了夜里二更时，有个来到庙门的人喊道："何铜！"何铜在里面答应了一声。说："庙里面有人的气味，是谁？"何铜说："是有一个人，他自称是天帝的使者。"过了一会儿，那个人就回去了。又过了一会儿，又有个人来叫何铜，问的话就像刚

才那个人一样，何铜也像刚才那样回答了他的问题，那个人听完后也叹息着走了。谢非被惊扰的睡不着觉，于是就起来了，喊了何铜，然后问他："最开始来的那个人是谁？"何铜回答说："它是溪水边洞穴中的白鳄。"谢非又问道："你是什么东西？"何铜回答说："是庙北岩缝中的乌龟。"谢非把这些话都暗暗地记在心里。

天亮以后，他就告诉居民说："这座庙里没有神灵，只是一些乌龟、鳄鱼之类的，你们白白浪费了酒食来祭祀它们。赶快拿把铁锹来，我们一起去铲除他们。"大家也都非常怀疑这庙里的神灵，因此一起去挖掘，把乌龟、鳄鱼都杀掉了。于是把庙宇也毁坏了，不再来庙里祭祀，从此以后，这里就安静了。

六 鳀（tí）鱼精

［原文］

孔子厄于陈，弦歌于馆。中夜，有一人长九尺余，着皂衣，高冠，大咤，声动左右。子贡进，问："何人耶？"便提子贡而挟之。子路引出，与战于庭，有顷，未胜。孔子察之，见其甲车间时时开如掌。孔子曰："何不探其甲车，引而奋登？"子路引之，没手仆于地，乃是大鳀鱼也，长九尺余。孔子曰："此物也，何为来哉？吾闻物老则群精依之，因衰而至。此其来也，岂以吾遇厄绝粮，从者病乎？夫六畜之物，及龟蛇鱼鳖草木之属，久者神皆凭依，能为妖怪，故谓之'五酉'。'五酉'者，五行之方，皆有其物，酉者，老也，物老则为怪，杀之则已，夫何患焉？或者天之未丧斯文，以是系予之命乎？不然，何为至于斯也？"弦歌不辍。子路烹之，其味滋，病者兴，明日遂行。

［译文］

孔子被困在陈国，在旅馆中弹琴唱歌。半夜，有个人身长九尺多，身上穿着黑色的衣服，头上戴着高帽子，大声怒喝，声音把孔子身边的人都惊动了。子贡进来问道："你是谁？"这人便提起子贡挟持了他。子路把他引出去，和那个人在院子中打起来了，过了一会儿，子路没能战胜。孔子仔细地观察了一下那个人，只见他的铠甲和腮帮子之间经常打开，像手掌一样。孔子说："你为什么不把手伸入到他的铠甲与腮帮子之间，使劲往上拉它？"子路便把手伸进去拉它，手伸了进去，那个人便倒在了地上，原来是一条大鳀鱼，九尺多长。孔子说："这个怪物怎么会来这里呢？我听说如果一个东西老了，那么各种精怪都会来依附它，在人衰败的时候，各种精怪就会跟上来。它来到这里，难道是因为我遭遇到了粮食被断绝、追随我的人都生了病的缘故吗？牛、马、羊、鸡、狗、猪等六种家畜，以及龟、蛇、鱼、鳖、野草、树木之类的东西，凡是时间长了，神灵都过来依附它们，因而这些东西能成为妖怪，所以人们把这些东西叫作‘五酉’。‘五酉’，东西南北中这五方都有这种怪物。酉，意思就是老，东西老了就会变成妖怪，如果把它杀掉了，那么什么妖怪也都没有了，对这种东西又有什么可担心的呢？或者是上天为了不让那些古代的文化礼仪制度丧失，所以采用这东西来维持我的生命吗？否则，这个鳀鱼精为什么会来到这里来呢？”孔子弹唱没有停止。子路把这条鳀鱼煮了，它的味道非常美，病人吃了以后能站起来了，第二天，大家便又继续赶路了。

七 鼠妇服衰

[原文]

豫章有一家，婢在灶下，忽有人长数寸，来灶间壁，婢误以履践之，杀一人。须臾，遂有数百人，着衰麻服，持棺迎丧，凶仪皆备。出东门，入园中覆船下。就视之，皆是鼠妇。婢作汤灌杀，遂绝。

[译文]

豫章郡有一户人家，家里的一个婢女站在灶边，忽然来了一些身长几寸的人，他们来到灶边的壁墙旁，这个婢女不小心用鞋子踩着了他们，把其中的一个踩死了。过了一会儿，就来了几百个人，都穿着丧服，它们扛着棺材来抬尸体，丧葬的礼仪都非常周全。他们一行人出了东门，来到园中一条翻船下面。走近仔细一看，原来他们都是一些潮虫。婢女便烧了热水，拿热水去浇灌它们，从此以后，这群怪物就都灭绝了。

八 千日酒

[原文]

狄希，中山人也，能造千日酒，饮之千日醉。时有州人，姓刘，名玄石，好饮酒，往求之。希曰：“我酒发来未定，不敢饮君。”石曰：“纵未熟，且与一杯，得否？”希闻此语，不免饮之。复索，曰：“美哉！可更与之。”希曰：“且归，别日当来，只此一杯，可眠千日也。”石别，似有怍(zuò)色。至家，醉死。家人不之疑，哭而葬之。

经三年，希曰：“玄石必应酒醒，宜往问之。”既往石家，

语曰：“石在家否？”家人皆怪之曰：“玄石亡来，服以阕矣。”希惊曰：“酒之美矣，而致醉眠千日，今合醒矣。”乃命其家人凿冢，破棺看之。冢上汗气彻天，遂命发冢。方见开目张口，引声而言曰：“快哉，醉我也！”因问希曰：“尔作何物也，令我一杯大醉，今日方醒？日高几许？”墓上人皆笑之。被石酒气冲入鼻中，亦各醉卧三月。

[译文]

狄希，是中山人，他会酿造“千日酒”，喝了这种酒的人会醉上一千日。当时州里有个人，姓刘，名玄石，喜欢喝酒，便去狄希那儿要酒喝。狄希说：“我的酒发酵还没有稳定下来，不敢给您喝。”刘玄石说：“即使酒还没有熟，暂且先给我一杯，可以吗？”狄希听了这些话，不得已就让他喝了一杯。他喝完后又要，说：“美啊！请您再给我一杯吧。”狄希说：“你先回去，改日再来，只这一杯酒，可以让你睡上一千日了。”刘玄石告别，似乎有羞愧的神色。回到家里后，他便醉死了。家里人对他的死没有产生怀疑，就哭着把他埋葬了。

过了三年，狄希说：“刘玄石应该酒醒了，我应该去问候一下他。”到了刘玄石家后，说：“玄石在家吗？”刘玄石的家人感到非常奇怪，便说：“玄石死了，丧服都已经卸除了。”狄希惊讶地说：“那酒的味道美极了，以至于使他醉了一千天，今天他应该醒了。”于是他就叫刘玄石的家人去挖开坟墓，打开棺材看看他。坟上汗气冲天，就叫人挖开坟墓。正好看见刘玄石睁开眼睛，张开嘴巴，拖长了声音说：“痛快！把我弄醉了啊！”于是问狄希：“你做的什么东西，让我喝了一杯就大醉了，到现在才醒过来？太阳升得多高了？”坟旁的人都笑他。这些人被他的酒气冲入鼻中，结果也都醉了三个月。

九 陈仲举算命

[原文]

陈仲举微时，常宿黄申家。申妇方产，有扣申门者，家人咸不知。久之方闻屋里有人言：“宾堂下有人，不可进。”扣门者相告曰：“今当从后门往。”其人便往。有顷，还，留者问之：“是何等？名为何？当与几岁？”往者曰：“男也，名为奴，当与十五岁。”“后应以何死？”答曰：“应以兵死。”

仲举告其家曰：“吾能相，此儿当以兵死。”父母惊之，寸刃不使得执也。至年十五，有置凿于梁上者，其末出，奴以为

木也，自下钩之，凿从梁落，陷脑而死。

后仲举为豫章太守，故遣吏往饷之申家，并问奴所在，其家以此具告。仲举闻之，叹曰："此谓命也。"

［译文］

陈仲举卑微的时候，经常寄宿在黄申家。黄申的妻子刚刚生小孩，有人来敲他家的门，家里的人都不知道。过了好长时间，在外面敲门的人才听见屋里有人说："客堂里有人，你们不能进来。"敲门的人互相商量说："现在我们应该从后门走。"其中一个人就去了他家的后门。过了一会儿，那人回来了，留在大门边的人就问他："生下来的孩子什么样子？名字叫什么？该给他几岁阳寿？"回来的那个人说："是男孩，名字叫奴，应该给他十五岁。""这孩子以后应该怎样死去？"回来的人回答："应该因为兵器而死。"

陈仲举对黄家的人说："我会相面，你们的儿子以后会死于兵器。"孩子的父母亲非常惊恐，连小刀都不让儿子拿。等到孩子长到十五岁的时候，有个人把凿子放在了屋梁上，凿子的末端露了出来，黄奴以为这是木料，就在下面用东西钩它，凿子从屋梁上掉下来，正巧砸进了他的脑袋，死了。

后来陈仲举升任豫章郡太守，所以派了差役馈赠礼物给黄申家，同时问一下黄奴现在哪儿，黄家人把这情况都具体告诉了差役。陈仲举听了以后，叹息地说："这就是命啊！"

卷二十

一 孙登治病龙

[原文]

晋魏郡亢阳，农夫祷于龙洞，得雨，将祭谢之。孙登见曰："此病龙雨，安能苏禾稼乎？如弗信，请嗅之。"水果腥秽。龙时背生大疽，闻登言，变为一翁，求治，曰："疾痊，当有报。"不数日，果大雨。见大石中裂开一井，其水湛然，龙盖穿此井以报也。

孙登

孙登，字公和，西晋的隐士，与阮籍、嵇康等友善，传说嵇康非常叹服他，曾作诗曰："昔惭柳下，今愧孙登。"

[译文]

晋朝时候，魏郡遭到大旱，农民在龙洞中向上天祈祷，求到了雨，人们将要去祭祀感谢那条降雨的龙。孙登看见了说："这是有病的龙降下的雨，怎么能使庄稼复苏呢？如果你们不相信，请闻闻这雨水的味道。"大家一闻，水果然是肮脏腥臭的。当时这条龙的背上生了一个大毒疮，它听到了孙登的话以后，就变成一个老头，请求孙登为他治疗，并对孙登说："如果我的病能够痊愈，一定会报答你的。"过了几天，果然下了一场大雨。人们还看见大石头裂开了一口井，井里的水非常清澈，那条龙大概是打了这口井来报答孙登吧。

二 苏易助母虎产子

[原文]

苏易者，庐陵妇人，善看产。夜忽为虎所取，行六七里，至大圹（kuàng），厝（cuò）易置地，蹲而守。见有牝虎当产，不得解，匍匐欲死，辄仰视。易怪之，乃为探出之，有三子。生毕，牝虎负易

还，再三送野肉于门内。

[译文]

苏易，是庐陵郡的一个妇女，她擅长给人接生。有一天夜里，她忽然被老虎叼走，走了六七里路，来到一个大墓穴里，老虎便把苏易放在地上，蹲在她旁边守住她。她看见有一只母老虎就要分娩了，但是生不下来，趴在地上像快要死了，总是抬头看。苏易觉得它非常奇怪，就伸进手去把肚子里的小老虎拉了出来，总共有三只。分娩完了以后，母老虎就把苏易背回了家，老虎又多次把野兽的肉送到她家门口。

三　双鹤衔珠报恩

[原文]

哙(kuài)参，养母至孝。曾有玄鹤，为弋人所射，穷而归参。参收养，疗治其疮，愈而放之。后鹤夜到门外，参执烛视之，见鹤雌雄双至，各衔明珠以报参焉。

[译文]

哙参赡养母亲非常孝顺。曾经一只黑色的鹤被猎手射伤了，走投无路了，便来找哙参。哙参收养了它，为它治疗伤口，等到它的伤口痊愈了以后就放了它。后来，有一天夜里鹤来到哙参的家门外，哙参拿着火烛看它，只见有雌雄两只鹤双双而来，各自的嘴里衔了一颗夜明珠来报答哙参。

四　西王母使者

[原文]

汉时，弘农杨宝，年九岁时至华阴山北，见一黄雀，为鸱(chī)枭(xiāo)所搏，坠于树下，为蝼(lóu)蚁所困。宝见，愍(mǐn)之，取归置巾箱中，食以黄花。百余日，毛羽成，朝去暮还。一夕三更，宝读书未卧，有黄衣童子，向宝再拜曰："我西王母使者，使蓬莱，不慎，为鸱枭所搏。君仁爱，见拯，实感盛德。"乃以白环四枚与宝曰："令君子孙洁白，位登三事，当如此环。"

[译文]

汉朝的时候，弘农郡有个叫杨宝的人，他九岁的时候在华阴山的北边，看见一只黄雀被鸱枭啄伤了，掉在了树底下，被一群蝼蛄蚂蚁围困。杨宝看见了，非常可怜它，就把它从地上拾起来带回了家，把它放在装头巾的小箱子里，拿菊花喂养它。过了一百多天，黄雀的羽毛长出来了，它每天早上飞出去傍晚飞回来。有一天夜里三更时分，杨宝因为读书还没有休息，有一个身穿黄衣服的小孩向杨宝拜了两拜说：“我是西王母的使者，奉王母的命令出使到蓬莱仙岛去，在路上不小心被鸱枭啄伤。您非常仁慈，看见后救了我，我非常感激您的大恩大德。”说完，他便拿出四只白色的玉环送给杨宝，说：“这些玉环会保佑您的子孙品德洁白，官位升到三公，人就像这玉环一样既洁白又高贵。”

五　隋侯珠

[原文]

隋县溠(zhā)水侧，有断蛇丘。隋侯出行，见大蛇被伤，中断，疑其灵异，使人以药封之，蛇乃能走，因号其处断蛇丘。岁余，蛇衔明珠以报之。珠盈径寸，纯白，而夜有光明，如月之照，可以烛室。故谓之“隋侯珠”，亦曰“灵蛇珠”，又曰“明月珠”。丘南有隋季良大夫池。

[译文]

隋县的溠水旁，有一座断蛇丘。隋侯出去游玩，看见一条大蛇被砍伤了，断成了两半，他怀疑这条蛇有灵性，就让人用药把它的身体接上并且包好，蛇就能继续爬行了，于是把那个地方称为断蛇丘。过了一年多，那条蛇嘴里衔着明珠来报答隋侯。这颗珠子的直径超过一寸，通身洁白无瑕，夜里发出光亮，就像月亮发出的光芒一样，可以用来做室内照明。因此把这颗珠子称为“隋侯珠”，也称作“灵蛇珠”，又称作“明月珠”。断蛇丘的南边有隋国季梁大夫的水池。

六　神龟报恩

[原文]

孔愉，字敬康，会稽山阴人。元帝时以讨华轶功，封侯。愉少时尝经行馀不亭，见笼龟于路者，愉买之，放于馀不溪中。龟中流，左顾者数过。及后，以功封馀不亭侯，铸印，而龟钮左顾，三铸如初。印工以闻，愉乃悟其为龟之报，遂取佩焉。累迁尚书左仆射，赠车骑将军。

［译文］

孔愉，字敬康，是会稽郡山阴县人氏。晋元帝年间（公元317年—322年），他因为讨伐华轶有功而被封侯。孔愉年轻的时候曾经经过馀不亭，看见路边有个人把乌龟装在一个笼子里卖，孔愉便把这只乌龟买了下来，把它放回到了馀不溪中。乌龟游到了溪水中央以后，几次向左掉过头来回望孔愉。后来，孔愉因功而被封为馀不亭侯，铸造官印时，印纽上的乌龟老是向左边的方向回望，浇铸了三次还是原来那个样子。铸印工就把这事报告给了孔愉，孔愉这才意识到这次封侯是乌龟对自己的报答，于是就把印拿过来佩带在身上。后来孔愉又连续升官至尚书左仆射，并被赐予车骑将军的称号。

七　不食巨鱼

［原文］

古巢，一日江水暴涨，寻复故道。港有巨鱼，重万斤，三日乃死。合郡皆食之，一老姥(mǔ)独不食。忽有老叟曰："此吾子也，不幸罹此祸。汝独不食，吾厚报汝。若东门石龟目赤，城当陷。"姥日往视。有稚子讶之，姥以实告。稚子欺之，以朱傅龟目。姥见，急出城。有青衣童子曰："吾，龙之子。"乃引姥登山，而城陷为湖。

［译文］

古巢县的江水有一天忽然猛涨，不久又回到原来的河道中去了。与长江相通的一条小河港里有一条大鱼，重一万斤，过了三天就死了。整个郡的人都过来吃它，唯独一个老太太不吃。忽然有一个老头说："这条鱼是我的儿子，不幸遇到这样的灾难。只有你一个人不吃，我一定要重重地报答你。如果矗立在东门口的石乌龟的眼睛变红，巢城就要塌陷了。"于是，这个老太太天天去看那只石乌龟。有个小孩看到后感到很惊奇，老太太就据实告诉了他。这个小孩骗她，把丹砂涂在石乌龟的眼睛上。老太太看见乌龟的眼睛发红了，急忙走出城去。有个身穿青色衣服的小孩对她说："我是龙的儿子。"说于是他就搀着老太太爬上了山，而这座城塌陷下去成了湖泊。

八　蚁王报恩

［原文］

吴富阳县董昭之，尝乘船过钱塘江，中央见有一蚁，着一

短芦，走一头，回复向一头，甚惶遽。昭之曰：“此畏死也。”欲取着船。船中人骂：“此是毒螫（shì）物，不可长，我当蹋（tà）杀之。”昭意甚怜此蚁，因以绳系芦着船。船至岸，蚁得出。其夜梦一人，乌衣，从百许人来，谢云：“仆是蚁中之王，不慎堕江，惭君济活。若有急难，当见告语。”

历十余年，时所在劫盗，昭之被横录为劫主，系狱余杭。昭之忽思蚁王梦，缓急当告，今何处告之？结念之际，同被禁者问之，昭之具以实告。其人曰：“但取两三蚁着掌中，语之。”昭之如其言。夜，果梦乌衣人云：“可急投余杭山中，天下既乱，赦令不久也。”于是便觉。蚁啮械已尽，因得出狱，过江，投余杭山。旋遇赦，得免。

[译文]

吴郡富阳县人董昭之，曾经乘船渡过钱塘江，到了江中央，他看见一只蚂蚁，附在一根很短的芦苇上，走完这头，转身再转向另一头，非常惊慌忙乱。董昭之说：“它这是怕死啊！”他想把蚂蚁从江中的芦苇上捞起来放在船上。船中的人向他骂道：“这是咬人的毒虫，不能让它活下去，我要把它踩死。”董昭之从心里非常可怜这只蚂蚁，就用绳子把那根芦苇绑在船上。船到了岸边，蚂蚁才得以爬出来。那天夜里，董昭之梦见一个人，穿着黑衣服，带着一百多个人前来感谢他说：“我是蚂蚁中的国王，不小心掉进了江中，感谢您救了我。以后您如果遇上什么危急困难，请告诉我。”

蚂 蚁

蚂蚁，其物虽小，偶尔救之，终受其回报，所谓桃报李之事，非但只有人才会做到，动物于人，亦有此感。

过了十多年，当时董昭之的住地附近有强盗，他被官府抓去横加了罪名，诬告他为抢劫案的首犯，被关在余杭县。董昭之忽然想起蚁王的托梦，如果遇到危急的情况可以告诉它，现在到什么地方去告诉它呢？当他正在苦思冥想的时候，与他一起被囚禁的人问他在想什么，董昭之把实情详细地对他说了。那个人说：“你只要把两三只蚂蚁捉来放在掌心里，把你的想法告诉它们就行了。”董昭之就按照他所说的话做了。夜里做梦果然

梦见一个穿黑服的人说：“您可以赶紧跑到余杭山中，现在天下已经乱了，大赦的命令不久就会发布。”这时董昭之便醒了。蚂蚁已经把他身上的枷锁都咬掉了，于是他得以逃出了牢房，渡过江，跑到了余杭山上。不久遇到大赦，他也因此得到了赦免。

九 黑 龙

［原文］

孙权时李信纯，襄阳纪南人也。家养一狗，名曰黑龙。爱之尤甚，行坐相随，饮馔之间，皆分与食。

忽一日，于城外饮酒大醉，归家不及，卧于草中。遇太守郑瑕(xiá)出猎，见田草深，遣人纵火爇(ruò)之。信纯卧处，恰当顺风。犬见火来，乃以口拽纯衣，纯亦不动。卧处比有一溪，相去三五十步，犬即奔往，入水湿身，走来卧处，周回以身洒之，获免主人大难。犬运水困乏，致毙于侧。

俄尔信纯醒来，见犬已死，遍身毛湿，甚讶其事。睹火踪迹，因尔恸哭，闻于太守。太守悯之曰：“犬之报恩，甚于人，人不知恩，岂如犬乎？”即命具棺椁(guǒ)衣衾葬之。

今纪南有义犬葬，高十余丈。

［译文］

孙权统治时有个李信纯，是襄阳郡纪南县人。他的家里养了一条狗，给它起名叫黑龙。他非常喜欢这条狗，无论是走路还是坐着，这只狗都跟着他，吃东西的时候，也都要把食物分一些给狗吃。

忽然有一天，他在城外喝酒喝得酩酊大醉，没来得及回到家中，睡倒在草丛里。遇上太守郑瑕外出打猎，他看见田野里的草长得很深，就派人放火把这些草烧掉。李信纯躺的地方，正好处于顺风方向。狗看见大火烧了过来，就用嘴拖拉他的衣服，但是李信纯仍然一动不动。李信纯所躺的地方附近有一条小溪，离他只有三五十步的距离，狗立刻奔向小溪，跑进溪水中把自己的身体浸湿，然后再跑到李信纯所躺的地方，在他的周围来回跑，把自己身上的水洒在他的身上，这才使主人避免了这场大难。狗因为运水疲乏，以至于累死在主人的身旁。

过了没多久，李信纯醒来，发现狗已经死了，浑身的毛都是湿的，感到非常惊讶。他看到了大火烧着的痕迹，这才悲痛地大哭起来，这事传到了太守那儿。太守非常可怜这条狗，说：“狗的报恩行为，超过了人，人如果不知道报恩，怎么比得上狗呢？”立即让人准备了棺材衣服把狗给安葬了。

现在纪南市还有义犬坟，高达十多丈。

十　义犬救主人

［原文］

太兴中，吴民华隆，养一快犬，号“的尾”，常将自随。隆后至江边伐荻（dí），为大蛇盘绕，犬奋咋蛇，蛇死。隆僵仆无知，犬彷徨涕泣，走还舟，复反草中。徒伴怪之，随往，见隆闷绝，将归家。犬为不食，比隆复苏，始食。隆愈爱惜，同于亲戚。

［译文］

大兴年间（公元318年—321年），吴郡有个叫华隆的人，养了一条狗，给它起了个“的尾”的绰号，华隆经常让它跟着自己。后来华隆到江边去割芦苇，被一条大蛇盘住了，那条狗奋力撕咬大蛇，最后蛇被咬死了。当时华隆昏倒在了地上失去了知觉，狗就在他身边徘徊哭泣，跑到船上，接着又返回草中。华隆的伙伴们对狗的这种行为感到非常奇怪，就跟着它到了草丛中，发现华隆晕倒在那里，就把他抬回家去了。狗不吃任何东西，等到华隆苏醒过来，它才肯进食。华隆更加爱惜它，对待它就像对待自己的亲人一样。

十一　蝼蛄报恩

［原文］

庐陵太守太原庞企，字子及，自言其远祖，不知几何世也，坐事系狱，而非其罪，不堪拷掠，自诬服之。及狱将上，有蝼蛄虫行其左右，乃谓之曰：“使尔有神，能活我死，不当善乎？”因投饭与之。蝼蛄食饭尽去，顷复来，形体稍大。意每异之，乃复与食。如此去来，至数十日间，其大如豚。及竟报，当行刑，蝼蛄夜掘壁根为大孔，乃破械，从之出去。久时遇赦，得活。于是庞氏世世常以四节祠祀之于都衢（qú）处。后世稍怠，不能复特为馔，乃投祭祀之余以祀之，至今犹然。

［译文］

庐陵太守太原郡人庞企，字子及，他自己说他的远祖，不知道在哪一代，

蝼蛄

蝼蛄，俗称“土狗子”，一种昆虫，背部呈褐色，腹面灰黄色。前足发达，呈铲状，适于掘土。生活在泥土中，昼伏夜出，吃农作物嫩茎。

因为牵连到一个案情而被捕入狱，其实那个案子不是他犯下的，因为他经受不了严刑拷打，自己便承认了罪名。等到这个案子送上去的时候，有只蝼蛄在他的旁边爬行，于是他就对蝼蛄说：“如果你真的有神灵的话，能救我免死，这不也是一件非常好的事情吗？”说完便把饭扔给了这个蝼蛄让它吃。蝼蛄吃完饭就离开了，过了一会儿它又来了，身体渐渐长大了。他心里总感觉这蝼蛄非常奇怪，就又给它东西吃。像这样来来去去，几十天以后，蝼蛄就长得像小猪那样大了。等到最后判罪，要对他行刑的时候，蝼蛄夜里就在牢房的墙脚下挖了一个大洞，于是他就把自己身上的枷锁砸坏，从洞里逃了出去。过了很久以后，他遇到大赦，才免了一死。于是庞家世世代代一年四季常常在城内四通八达的大路上祭祀蝼蛄。到了后代才逐渐有点怠慢，不再特地为它准备食物，就把祭祀时剩下的东西去祭祀它，直到现在还这样做。

十二 猿母悲子断肠

[原文]

临川东兴有人入山，得猿子，便将归，猿母自后逐至家。此人缚猿子于庭中树上，以示之。其母便搏颊向人，欲乞哀状，直谓口不能言耳。此人既不能放，竟击杀之。猿母悲唤，自掷而死。此人破肠视之，寸寸断裂。未半年，其家疫（yì）病，灭门。

[译文]

临川郡东兴县有一个人进山，抓到了一只小猴子，便把它带回了家，一只母猴跟在他身后一直追到他家。这人把小猴子绑在院中的树上，给母猴看。那个母猴便当着人打自己耳光，好像乞求哀怜的样子，只是嘴里不能说出来罢了。这个人不仅没有把小猴子放掉，竟然把它打死了。母猿悲痛欲绝地呼号着，自己跳起来死了。这个人把母猿的肚皮剖开看了一看，发现它的肠子断成了一寸一寸的。不到半年时间，他家就遭到瘟疫，全家人都死了。

十三 虞荡猎麈(zhǔ)

[原文]

冯乘虞荡夜猎，见一大麈，射之。麈便云："虞荡！汝射杀我耶？"明晨，得一麈而入，即时荡死。

[译文]

冯乘县的虞荡夜里出去打猎，看见一只大麈，就射向它。麈便说："虞荡，你想要射杀我吗？"第二天早晨，他发现了一只死麈，便去收取，当场虞荡就莫名其妙地死了。

十四 大蛇复仇

[原文]

吴郡海盐县北乡亭里，有士人陈甲，本下邳人。晋元帝时寓居华亭，猎于东野大薮(sǒu)，欻见大蛇，长六七丈，形如百斛船，玄黄五色，卧冈下。陈即射杀之，不敢说。三年，与乡人共猎，至故见蛇处，语同行曰："昔在此杀大蛇。"其夜梦见一人，乌衣，黑帻，来至其家，问曰："我昔昏醉，汝无状杀我。我昔醉，不识汝面，故三年不相知。今日来就死。"其人即惊觉。明日，腹痛而卒。

[译文]

吴郡海盐县北乡亭有个士人叫陈甲，原本是下邳县人氏。晋元帝年间（公元 317 年—322 年），他寄居在华亭，到亭东野外的沼泽地中去打猎，忽然发现了一条大蛇，长六七丈，形状像装了一百斛谷子的船，错杂着黑、黄、红、青、白几种颜色，躺在山冈下。陈甲立即把它射死了，但是不敢对人说出来。三年以后，他与乡里人一起出去打猎，来到他原来发现蛇的地方，便对他同行的人说："过去我在这里射死了一条大蛇。"那天夜里，他梦见了一个人，穿着黑色的衣服，头上戴着黑色的头巾，来到他的家里，问他说："过去我昏迷的时候，你无缘无故杀了我。那时候我因为昏迷不醒，不能认识你的面孔，因此就一直过了三年还不知道是你。现在你来送死了。"陈甲立马就惊醒了。第二天，他因腹痛而死掉了。

十五 湖 陷

[原文]

邛(qióng)都县下有一老姥，家贫，孤独，每食，辄有小蛇，头上戴角，在床间，姥怜而饴之食。后稍长大，遂长丈余。令有骏马，蛇遂吸杀之。令因大忿恨，责姥出蛇。姥云："在床下。"令即掘地，愈深愈大，而无所见。令又迁怒，杀姥。蛇乃感人以灵，言瞋："令，何杀我母？当为母报仇！"此后每夜辄闻若雷若风，四十许日，百姓相见，咸惊语："汝头那忽戴鱼？"

是夜，方四十里，与城一时俱陷为湖，土人谓之为陷湖。唯姥宅无恙，讫今犹存。渔人采捕，必依止宿。每有风浪，辄居宅侧，恬静无他。风静水清，犹见城郭楼橹畟(cè)然。今水浅时，彼土人没水，取得旧木，坚贞光黑如漆。今好事人以为枕相赠。

[译文]

邛都县有一个老妇人，家境非常贫寒，一个人孤独伶仃，每到吃饭的时候，总是有一条小蛇，头上长着角，出现在她的床边，老太太可怜它，就给它东西吃。后来，这条小蛇慢慢长大，有一丈多长。邛都县令有一匹骏马，这条蛇竟把它吞食了。县令因而十分气愤，责令老太太把这条大蛇交出来。老太太说："蛇就在床底下。"县令立即令人掘地，地洞越挖越深，越挖越大，但是什么也没有发现。县令又把愤怒迁移到了老太太身上，把她给杀了。这条蛇便把自己的灵魂感应到活着的人身上，以这个人的口气说："县令为什么杀死我的母亲？我要为我母亲报仇！"从此以后，每天夜里人们总是能听到就像打雷刮风一样的声音，一连过了四十多天，老百姓见面的时候，都很惊讶地问对方："你的头上怎么突然间顶着鱼呢？"

那天夜里，方圆四十里和县城一起陷落成了湖泊，当地的人把这个湖称为陷湖。只有老太太的住宅没有陷下去，到现在还完好无损地在那里。渔民捕鱼的时候，一定要在那里留宿。每次遇到风浪的时候，他们也总是把船停在老太太的住宅边，这样就会安然无事了。风平水清的时候，还可以看见陷入湖中的城墙楼阁清清楚楚的样子。现在每当湖水浅的时候，当地的居民潜入水中，捞到一些旧木头，这些木头坚硬结实，乌黑发亮，就像涂上了一层漆一样。现在有些好事的人还把它做成枕头互相赠送。

十六 背生大瘤(liú)

［原文］

建业有妇人背生一瘤，大如数斗囊，中有物，如茧栗，甚众，行即有声。恒乞于市，自言村妇也，常与姊姒辈分养蚕，己独频年损耗，因窃其姒(sì)一囊茧焚之。顷之，背患此疮，渐成此瘤。以衣覆之，即气闭闷，常露之乃可，而重如负囊(náng)。

［译文］

建业有一个妇女，背上长了一个瘤子，大得就像放了几斗米的大袋子，瘤中长有东西，像蚕茧、栗子般，特别多，她走路的时候就会发出响声。她经常在街上讨饭吃，称自己是个农村妇女，曾经和姊妹嫂子们各自养蚕，但是只有她一个人连年亏损，于是就把她嫂子的一袋蚕茧偷来烧掉了。顷刻之间，她的背上就生了这个毒疮，慢慢地长成了这个瘤子。用衣服把它盖住，她就会觉得呼吸不通畅，憋得慌，所以要经常让它露在外面才可以，但是这个瘤子太重了，感觉背上就像背了个大袋子。

图书在版编目(CIP)数据

图解搜神记/干宝编著,崇贤书院释译.—合肥:黄山书社,2015.11

(经典传家系列丛书)

ISBN 978-7-5461-5327-8

Ⅰ.①图… Ⅱ.①干… ②崇… Ⅲ.①笔记小说-中国-东晋-时代 Ⅳ.①I242.1

中国版本图书馆 CIP 数据核字(2015)第 286439 号

总 策 划　李　克
选题策划　汤吟菲　白剑峰
编辑统筹　刘　春
责任编辑　程　景
装帧设计　未　氓
责任印制　戚　帅
出版发行　时代出版传媒股份有限公司(http://www.press-mart.com)
　　　　　黄山书社(http://www.hspress.cn)
地址邮编　合肥市政务文化新区翡翠路 1118 号出版传媒广场 7 层　230071
印　　刷　安徽新华印刷股份有限公司
版　　次　2016 年 3 月第 1 版
印　　次　2019 年 6 月第 3 次印刷
开　　本　700mm×1000mm　1/16
字　　数　290 千
印　　张　21.75
书　　号　ISBN 978-7-5461-5327-8
定　　价　26.80 元

服务热线　0551-63533706

销售热线　0551-63533761

官方直营书店(http://hsssbook.taobao.com)